TODESMUT

MEG GARDINER

TODESMUT

THRILLER

Aus dem Amerikanischen
von Friedrich Mader

HEYNE <

Die Originalausgabe erschien unter dem Titel
The Nightmare Thief
bei HarperCollins, London

MIX
Papier aus verantwortungsvollen Quellen
FSC® C014496
FSC
www.fsc.org

Verlagsgruppe Random House FSC-DEU-0100
Das für dieses Buch verwendete
FSC®-zertifizierte Papier *Super Snowbright*
liefert Hellefoss AS, Hokksund, Norwegen.

2. Auflage

Redaktion: Tamara Rapp
Satz: Leingärtner, Nabburg
Druck und Bindung: GGP Media GmbH, Pößneck
Printed in Germany

ISBN 978-3-453-26676-6

www.heyne.de

Für Nancy Fraser

1

Wie eine Vogelscheuche auf Strohbeinen stolperte die junge Börsenmaklerin zwischen den Bäumen hervor. Ihr Anzug war schlammverschmiert, ihre Bluse zerrissen, ihr seidiges dunkles Haar mit Kiefernnadeln verfilzt. Direkt vor Autumn Reinigers BMW lief sie auf die Straße.

Autumn stieg auf die Bremse. »O Mann!«

Die Maklerin warf ihr einen raschen Seitenblick zu, ohne jedoch ihr Tempo zu verlangsamen. Mit einem Arm umklammerte sie eine zerschrammte Schließkassette. Den anderen Arm hielt sie an die Brust gedrückt. Für Autumn sah es aus, als hätte sie sich das Handgelenk gebrochen.

Offenbar war sie hier richtig. Fun City.

Die Maklerin lief über die Straße zur Auffahrt von Peter Reinigers palastartigem Domizil. Sie war die Letzte, die aus dem Eukalyptushain am Rand des Residio auftauchte. Die anderen drängten sich bereits in der Auffahrt. Neben ihnen saß Reiniger persönlich auf der Heckklappe eines Mercedes-Geländewagens.

Autumn stieg aus. Sie hatte kaum einen Schritt auf ihn zu gemacht, als Reiniger sie mit einem Wink aufforderte, an Ort und Stelle zu bleiben.

Wankend kam die Maklerin zum Stehen. Nakamura – ja, so hieß sie. Autumn erkannte sie aus einem der Hochglanzprospekte ihres Vaters wieder. Schwer atmend sackte die Frau auf die Knie und stellte die Schließkassette ab. Erst nach mehreren langen Sekunden hob sie den Blick zu Reiniger.

Ihr Schweigen ließ Autumn erschauern. Offenbar konnte Nakamura nur mit Mühe ihre Schmerzen und Gefühle im Zaum halten. Doch sie hatte sich nicht unterkriegen lassen – es war ein bewegender Moment. Sie kniete in der Auffahrt, das schwarze Haar fiel ihr ins Gesicht, und sie schaute Peter Reiniger in die Augen. Umständlich fummelte sie mit der unverletzten Hand die Schließkassette auf. Darin glitzerten Hunderte von Edelsteinen wie Tränen.

»Ich hab gewonnen«, sagte sie.

Plötzlich wurde es gespenstisch still. Vogelgesang, das Rascheln des Windes in den Bäumen, der Verkehr bergab Richtung Meer – alles verebbte.

Reiniger erhob sich von der Heckklappe. »Und?«

Sie wühlte in den Steinen und griff sich eine Handvoll. »Ich kaufe mein Team frei.«

Die um den Geländewagen versammelten Leute brachen in lauten Jubel aus. Nakamura ließ die Steine – Spieldiamanten aus geschliffenem Zirkonia – zurück in die Kassette rieseln.

Reiniger zog sie nach oben. »Alles in Ordnung?«

Sie schwankte, aber sie lächelte. »Sie schulden mir eine Gehaltserhöhung.«

Ein Sanitäter trabte heran. »Zeigen Sie mir mal den Arm.«

Ihre Kollegen scharten sich um sie. Grinsend klatschte Autumn Beifall. Die Frau war wirklich zäh. Vom Dach des Mercedes fing ein Kameramann mit weitem Schwenk die ausgelassene Szene ein.

Und … Schnitt. Dazu die Musik aus *Die Stunde des Siegers.* Die Hände in den Jeanstaschen vergraben, schlenderte Autumn auf ihren Dad zu.

Aber der Spielleiter war zuerst bei Reiniger. »Wir bearbeiten den Film und brennen für jeden eine Kopie.«

Reiniger nickte. »Das lassen wir auf der Vorstandssitzung laufen.«

Der Spielleiter, ein Schwarzer mit der drahtigen Fitness eines Sportlers, tränkte einen Mulltupfer mit Desinfektionsmittel und reichte ihn Reiniger. »Zum Saubermachen.«

Saubermachen war die Spezialität von Edge Adventures. Zumindest im übertragenen Sinn. Reiniger schob den Ärmel seines Sweatshirts hoch. Am Ellbogen hatte er mehrere tiefe Schrammen. Autumn hatte den Eindruck, dass dieses Kidnapping-Szenario heftiger verlaufen war als gewöhnlich.

Sie nahm ihm den Mulltupfer aus der Hand und drückte ihn sachte auf die Schrammen. »Furchtbar.«

»Realistisch«, erwiderte er. »Schreien gehört zum Spiel.«

Vor allem bei den teamgeistfördernden Wochenenden, die für Reiniger Capital veranstaltet wurden.

»So finde ich raus, was meine Leute draufhaben«, fügte er hinzu.

Autumn kannte das alles schon von ihrem Vater. Das Hantieren mit Hedgefonds konnte stressig sein, und Edge Adventures half den Wertpapierhändlern zu erkennen, was in ihnen steckte. Stehvermögen. Mumm. Inzwischen drängten sich seine Mitarbeiter mit Bierflaschen in der Hand um eine Kühlbox, erschöpft und stolz. Zwei von ihnen hatten die Schließkassette gepackt und schütteten Nakamura die falschen Diamanten über den Kopf, ähnlich wie bei einem siegreichen Footballtrainer, der mit dem Inhalt eines Eiskübels begossen wurde.

Edge Adventures verkaufte nicht nur Nervenkitzel, es zeigte seinen Kunden den Weg zum Licht.

Edge schuf urbane Rollenspiele mit Szenarien, die die Kunden in eine fiktive Halbwelt aus Verbrechen und Befreiung entführt. Das Unternehmen warf die Menschen ins kalte Wasser.

Edge bot Entführungen, Verfolgungen durch Kopfgeldjäger und sogar eine Nacht in einem verschlossenen Leichenschauhaus – in jedem Fall die Chance, den eigenen Dämonen die Stirn zu bieten und Fantasien von Kriminalität und Gefahr auszuleben. Heute hatte Edge Peter Reinigers Team im Zentrum von San Francisco im Rahmen eines Entführungsszenarios überfallen.

Der Spielleiter Coates taxierte Reinigers Ellbogen. »Halb so wild.«

»Keine Angst, ich werde schon keinen Nachlass verlangen.«

Autumn bemerkte, wie ein besorgter Ausdruck über Coates' Gesicht huschte. *Und er wird dich auch nicht verklagen.*

»Alles in Ordnung«, meinte Reiniger. »Hat Spaß gemacht, auch wenn es ziemlich schräg war, wie meine Tochter sagen würde.«

Autumn verdrehte die Augen.

Coates klopfte Reiniger auf den Rücken. »Wir freuen uns immer über einen Auftrag von Ihnen.«

»Aber ich muss noch mal mit Ihnen reden wegen des Zusammenstoßes mit der Polizei. Wir treffen uns in fünf Minuten drinnen.«

Stirnrunzelnd ging Coates zu den Mitarbeitern von Edge, um ihnen beim Einladen ihrer Gerätschaften in den Geländewagen zu helfen: Seile, Leuchtpistolen und gemein aussehende falsche Schusswaffen.

Reiniger wandte sich seiner Tochter zu. »Du kommst eine halbe Stunde zu spät.«

»Mein Auto funktioniert nicht richtig. Auf dem Armaturenbrett leuchtet ein Licht.«

»Was für ein Licht?«

»Das, wo man sieht, dass es Zeit für einen neuen Wagen ist.«

»Du meinst die Wartungsanzeige?«

Lachend stellte sie sich auf die Zehenspitzen und küsste ihn auf die Wange. »Nur ein Witz, Dad.«

»Na klar.«

Autumn hatte noch einen Monat bis zu ihrem einundzwanzigsten Geburtstag. *Großer Geburtstag. Da dürfen auch die Geschenke entsprechend ausfallen.*

Mit dem Kinn wies sie zur Auffahrt. »Warum wolltest du eigentlich, dass ich beim großen Finale dabei bin?«

»Damit du mal siehst, wie das läuft.«

»Wie das läuft? Ihr spielt hier *Ocean's Eleven*. Und *Zeig mir deine Phobien.*« Sie zog eine Augenbraue hoch. »Brauchst es gar nicht abstreiten.«

»Ich streite es nicht ab.«

»Aber du wolltest, dass ich am Spielfeldrand stehe. Damit ich Beifall klatsche?« Sie verschränkte die Arme. »Oder damit ich euch Pflaster auf die Wehwehchen klebe?«

Mit gekrümmtem Zeigefinger winkte er sie ins Haus. Drinnen schwebte seidig das Sonnenlicht. Vom Wohnzimmer aus ging der Blick über die Terrasse hinaus auf Monterey-Kiefern und das blaue Wasser der Bucht.

»Streck die Hand aus«, sagte Reiniger.

Kribbelnde Vorfreude stieg in ihr auf. *Wurde aber auch Zeit.* Sie hielt ihm die Hand hin. Reiniger klatschte ihr einen schweren Umschlag hinein. Unsicher schaute sie ihren Vater an.

»Mach ihn auf.«

Autumn riss das Kuvert auf. Sie fand ein Blatt Papier mit einem roten Stempel darauf: VERTRAULICH.

Von: Edge Adventures
An: Autumn Reiniger
Betreff: Ihre Aufgabe

»Willkommen im Club der Erwachsenen«, erklärte er.

»Du hast ein Spiel für mich gekauft?« Autumn las den Text.

OUTLAW ist ein urbanes Reality-Szenario, das Ihnen und Ihren engsten Freunden eine Vielfalt von Rollen bietet. Boss eines Verbrechersyndikats, Kopfgeldjäger, entflohener Sträfling. Die Mitarbeiter von Edge übernehmen weitere Rollen und koordinieren das Szenario.

»Ein dreitägiges Wochenende für sechs Leute.« Reiniger lächelte. »Eine Gangsterspritztour.«

Ihre Verwirrung löste sich auf. *Luxusausgabe. Outlaw. Flucht aus dem Gefängnis.* »Wahnsinn. Kriegen wir auch ein Schnellboot?«

»Wenn du eins willst.«

Hubschrauberrettung. »Dad, ist das dein Ernst?«

Den Verbrecherboss zur Strecke bringen. Oder als Verbrecherboss dem langen Arm des Gesetzes entrinnen.

»Und alles total relaxed, okay? Keine Motivation für Teamgeist. Kein *Finde den Helden in dir.*« Ihre Stimme wurde scharf. »Kein *Stell dich deinen Dämonen.* Nur Spaß. Und fünf Sterne. Versprochen?«

Er deutete auf das Hauptquartier ihres Verbrechersyndikats: das Mandarin Oriental Hotel. »Alles Gute zum Geburtstag.«

Sie warf ihm die Arme um den Hals und küsste ihn auf die Wange.

Während ihn Autumn noch umschlang, röhrte eine Corvette in die Auffahrt. Reiniger tätschelte ihr den Rücken. »Na los.«

Es war ihr Freund. Lächelnd wie eine Katze, die gerade eine Maus in die Enge getrieben hat, lief sie hinaus.

Stell dich deinen Dämonen.

Mit Phobien kannte sich seine Tochter aus. Schade, dass Shopping nicht dazu gehörte.

Autumn war bezaubernd: wach, klug, einnehmend. Und so hübsch, mit den schweren braunen Locken einer viktorianischen Aristokratin. Er hatte es nie fertiggebracht, ihr einen Wunsch abzuschlagen. Sie wickelte ihn immer wieder ein. Auch diese Unerbittlichkeit war eine Eigenschaft, die er an ihr bewunderte. Warum dann dieses nagende Unbehagen, wenn er ihrem Drängen nachgab?

Weil er sie verwöhnt hatte, um sie nach der Scheidung von ihrer Mutter über den Schmerz hinwegzutrösten. Und erst recht nach dem Tod ihrer Mutter. Er hatte sie mit Geschenken überhäuft. Und was hatte er damit erreicht? Sie wollte nur noch mehr.

Autumn hatte ihren BMW. Sie hatte ein Apartment in der Stadt, das er ihr gekauft hatte. Sie hatte einen Studienplatz an der University of San Francisco, die er großzügig mit Spenden bedachte. Allerdings empfand sie die Kurse dort als störend für ihre Termine im Sonnenstudio.

Keine Motivation für Teamgeist. Kein Finde den Helden in dir.

Doch ihm kam es gerade darauf an, dass sie das Heldenhafte an sich entdeckte.

An die Grenze zu gehen und den stärksten eigenen Ängsten ins Auge zu blicken – das war entscheidend für die innere Entwicklung. Und Edge bot eine echte Klauen-und-Zähne-Erfahrung, wie sie im Amerika des einundzwanzigsten Jahrhunderts nur noch selten zu finden war. Ein Gefühl wahrer, tiefer Lebendigkeit. In der heutigen Ära kam dieses Eintauchen in eine Welt voller Abenteuer den Initiationsriten primitiver Zeitalter am nächsten.

Er musste tief dafür in die Tasche greifen, aber die Sache war es wert.

Schon seit Jahren bettelte Autumn, bei einem Edge-Szenario mitmachen zu dürfen. Aber Reiniger wollte ihr nicht den begehrten Grusel ermöglichen. Er wollte sie wachrütteln. Denn sie hatte seltsame Ängste, die sie als Waffen benutzte, um ihn zu manipulieren, wenn sie sich in ihrem Anspruchsdenken bedroht sah. Es war höchste Zeit, diese Ängste zu vertreiben.

Coates klopfte an die offene Tür. »Sie wollten mich was wegen der Polizei fragen?«

Reiniger winkte ihn herein. »Ja. Warum sind die genau im falschen Moment aufgekreuzt?«

Coates hatte früher bei der Polizei von Oakland gearbeitet. Er war Mr. Law-and-Order und vergaß nie, vor einem geplanten Rollenspiel die Behörden zu verständigen. Wenn ein Kunde auf offener Straße verschleppt werden sollte, mussten die Cops wissen, dass das in Wirklichkeit keine Entführung war, sondern eine Party.

Aber heute gleich zu Beginn hatte die Polizei von San Francisco durch ihr Eingreifen das Szenario fast zum Entgleisen gebracht. Als Nakamura zum Kleinbus gezerrt wurde, war ein Streifenwagen mit blitzendem Blaulicht herangerauscht.

Coates schüttelte den Kopf. »Reiner Zufall. Man kann niemanden von der Straße holen, ohne gesehen zu werden.« Wachsam musterte er Reiniger. »Ich hab die Sache hingebogen. Sie sind abgezogen.«

»Der Streifenwagen ist dreißig Sekunden nach Beginn

der Entführung eingetroffen. Fast als wären sie alarmiert worden.«

Coates erstarrte. »Von Edge? Ausgeschlossen. Wir haben keinen Grund, ein Szenario zu kippen.« Sein Blick zuckte nach draußen zu Reinigers Team.

»Von denen war es keiner.« Reiniger schüttelte den Kopf. »Die wussten nicht mal, wann die Entführung steigt.«

»Dann war es eben niemand. Zufall, wie gesagt.«

Reiniger war nicht überzeugt, ließ die Sache aber auf sich beruhen. »Ich wollte Sie noch was anderes fragen.« Vorsichtig vergewisserte er sich, dass seine Tochter außer Hörweite war. »Ich möchte Autumns Geburtstagsszenario noch ein wenig ausbauen. Es muss mehr sein als eine Party.«

»Sollen wir die Intensität des Spiels steigern?«

»Das würde ihr guttun.«

Coates überlegte. »Wir könnten der Sache einen zusätzlichen Dreh geben. Hat sie ein Problem, an dem sie Ihrer Meinung nach arbeiten sollte?«

Reiniger wollte, dass Autumn den Wert von Teamgeist begriff. Aber weil sie so dickköpfig war, musste man ihr Angst machen, damit sie diesen Schritt vollzog. »Ja, da gibt es was.«

Ein großer roter Alarmschalter. Ein Knopfdruck genügte, und man löste einen Kindheitsekel aus, der sich zu einem störrischen Grauen entwickelt hatte.

»Sie kennen doch diese Leute, die Clowns hassen.«

»Eine gar nicht so seltene Kindheitsangst.«

»Autumn hasst Cowboys.«

»Von so was hab ich noch nie gehört«, erwiderte Coates.

»Geht auf ein Erlebnis zurück, als sie klein war. Ein Typ bei einer Party hat ihr einen Schreck eingejagt.«

»Zum Glück ist eine Cowboyphobie im modernen Leben keine ernste Beeinträchtigung.«

»Aber es ist albern, und sie hat einen richtigen Popanz daraus gemacht. Sie nennt ihn den Bösen Cowboy.«

Reiniger hatte den Mann damals nur flüchtig gesehen: ein Mitarbeiter bei einer Party, korpulent und schwitzend in Stiefeln und Stetson. Er hatte dafür gesorgt, dass ungezogene Kinder auf dem Parkplatz nicht vor die Autos liefen.

Und das war offenbar der Ursprung von Autumns Abscheu. Der Mann hatte sie in scharfem Ton ausgeschimpft, das hatte sie beschämt und verschreckt. Und seit zwölf Jahren jammerte sie über diesen Vorfall, zumeist in denkbar heiklen Momenten. Der Böse Cowboy hatte ihr Angst eingejagt. Unartige Kinder wurden bestraft, hatte er gedroht. Leichtsinnige Kinder wurden vom Auto überfahren und *getötet*. Er war *unheimlich*. Warum wollte Dad das einfach nicht ernst nehmen?

Natürlich verstand Reiniger die unterschwellige Botschaft: *Ich brauche deine Aufmerksamkeit, Daddy. Du musst mir jeden Wunsch von den Augen ablesen.*

»Der Typ war ein ehemaliger Rodeoreiter. Massiger Bursche mit einem gesteppten Schriftzug auf dem Hemd: ›Red Rattler‹.«

»Und er war angezogen wie bei einem Rodeo?«

»Es war eine Party zum 4. Juli. Die Bediensteten waren alle amerikanisch maskiert«, antwortete Reiniger. »Worauf ich rauswill, ist: Wenn Autumn an diesem Wochenende dem Bösen Cowboy entgegentreten und ihn besiegen kann, wäre das das Sahnehäubchen für ihren Geburtstag.«

»Red Rattler, war das ein Rodeoprofi? Haben Sie seinen Namen?«

»Spielt keine Rolle, ob Sie ihn auftreiben. Auf den Kerl an sich kommt es nicht an, nur auf den schwarzen Mann, den sie in ihrer Fantasie aus ihm gemacht hat.«

»Also auf das, wofür der Böse Cowboy steht«, fügte Coates hinzu.

»So ist es.«

»Psychodrama.«

Genau damit wollte Reiniger Schluss machen, ein für alle Mal. »Vielleicht kann sich einer von den Spielleitern entsprechend verkleiden.«

In diesem Augenblick trat Autumn angeregt mit ihrem Freund plaudernd ins Wohnzimmer.

Coates nickte Reiniger zu. »Sie können sich auf mich verlassen.« Dann verließ er den Raum.

Dustin Cameron, glattwanging und übereifrig, streckte die Hand aus. »Guten Tag, Sir.«

»Hat Autumn es schon erzählt?«

Sie wirkte zugleich überschäumend und berechnend. »Eine Gangsterspritztour. Ich werde die Königin der Unterwelt spielen.« Sie legte Dustin den Arm um die Taille. »Und du bist der Drogenfahnder, der mir auf den Fersen ist.«

»Ich möchte eine Riesenknarre«, meinte Dustin.

Dustin machte Krafttraining und trug die teure Sonnenbrille im offenen Kragen seines Poloshirts. Seine beruflichen Ambitionen hingegen waren eher unklar. Aber Dustins Vater war Lobbyist in Washington. Der Junge kam aus einer Familie mit Macht und Ansehen. Das reichte.

Und er konnte mit Autumn in der Welt herumreisen. Reiniger hoffte, dass sie nicht schon bald die Nase von ihm voll hatte. Dustin musste als Held aus dem Rollenspielwochenende hervorgehen. Reiniger wollte Coates darum bitten, die Sache entsprechend zu arrangieren.

Autumn drückte den jungen Mann an sich. »Das wird ein knallhartes Spiel. Gottverdammt knallhart.«

»Autumn«, mahnte Reiniger.

Sie lachte. »Ich passe mich doch nur an meine Rolle an. Eine Rolle, die du dir ausgedacht hast.«

Reinigers Telefon klingelte. Er machte einen Schritt zur Seite.

»Dad ...«

Er hob die Hand, um sie abzuwehren. »In Asien öffnen gleich die Börsen.« Er nahm das Gespräch entgegen.

Kurz darauf zog Autumn Dustin durch die französische Tür hinaus auf die Terrasse. Sie schien zu schmollen. Reiniger verließ das Zimmer und schloss hinter sich die Tür.

In einem Wäldchen weiter unten am Hügel stellte Dane Haugen sein Leicafernglas scharf. Der Lasermesser gab die Entfernung zu Reinigers Terrasse mit hundertzweiundzwanzig Metern an. Im dunstigen Sonnenlicht schimmerte Autumn Reiniger hell und ahnungslos wie ein Stück Glas.

»Fotos«, sagte Haugen.

Sabine Jurgens hob ihre Nikon und machte ein Dutzend Schnappschüsse von Autumn und dem jungen Mann, der sie befummelte. »Meine Güte, dieser Mr. Cameron ist ja das fleischgewordene Testosteron.«

»Was reden sie?«

Neben Haugen richtete Von Nordlinger ein Parabolmikrofon auf die Terrasse und justierte seine Ohrhörer. »Sie reden über das Spiel. Sie hat gerade die Einladung bekommen.«

»Nimm das Gespräch auf«, befahl Haugen.

Von drückte auf einen Knopf und lauschte mit konzentrierter Miene. Die Ohrhörer spannten sich über seinem kürbisgroßen Kopf.

Haugen beobachtete Autumn. »Passt ihre Beschreibung des Szenarios zu den Daten, die Sabine vom Edge-Computer geholt hat?«

Von nickte. »Gefängnisausbruch … Schnellboot … sechs Teilnehmer. Autumn überlegt gerade, wen sie einladen soll.«

Sabine schoss weitere Fotos. Ihre Miene war streng, das rote Haar kurz geschnitten wie bei einem Jungen. Sie hatte nichts Weiches an sich, ihre Bewegungen waren kalt und flüssig. Haugen fand sie hinreißend wie einen Zitteraal: glatt, verschlagen, zielstrebig.

Beim Eindringen in das Computersystem von Edge war sie auf das für Mitte Oktober gebuchte Szenario *OUTLAW – Autumn Reiniger* gestoßen. Doch dieser Hack lag schon vierundzwanzig Stunden zurück.

»Du musst heute Nacht noch mal ins Edge-System«, sagte Haugen. »Ich brauche mehr Einzelheiten: der Ausgangspunkt des Rollenspiels, der Zeitplan, die Ausrüstung der Edge-Leute.«

Sie senkte die Nikon. »Coates gibt nicht alle Notizen in den Computer ein.«

»Ich kann das Büro durchsuchen«, warf Von ein.

Haugen nahm die Sonnenbrille ab und funkelte Von an. Von kratzte sich die Nase und wich leicht zurück.

Noch immer starrte Haugen ihn an. »Wir hinterlassen keine Spuren. Wir machen nichts, wodurch Edge auf uns aufmerksam werden könnte.«

Von senkte den Blick zum Boden. »Vergiss, dass ich es vorgeschlagen habe.«

»Bestimmt nicht«, entgegnete Haugen.

Aber Sabine hatte recht. Manchmal änderte Coates ein Szenario spontan ab. Deswegen hatte Haugen das Edge-

Team beim heutigen Kidnappingspiel beschattet. Er wollte wissen, ob sie sich ans Drehbuch hielten. Und vor allem, ob sich auch die Polizei daran hielt, wenn sie herausgefordert wurde.

Dank Sabine hatte er gewusst, wo und wann die Edge-Leute Reinigers Firmenteam überfallen würden. Als Terry Coates Punkt zwölf anrollte, beobachtete Haugen das Ganze aus einem Café auf der anderen Straßenseite. Die Polizei hatte er zu diesem Zeitpunkt schon verständigt.

Die Reaktionszeit des San Francisco Police Department auf die Notrufmeldung einer Entführung mit vorgehaltener Waffe: drei Minuten und zweiundvierzig Sekunden.

Benötigte Zeit, um die Beamten davon zu überzeugen, dass es ein Spiel war: vier volle Minuten. Nachdem sich die Uniformierten vergewissert hatten, dass Edge eine Übung zur Förderung des Teamgeists veranstaltete und dass die Polizei vorab informiert worden war, fuhren sie davon.

Ausgezeichnet.

Haugen schwenkte das Fernglas und beobachtete die Mitarbeiter von Reiniger Capital in der Auffahrt, die ihr Abenteuer feierten. Mittendrin Terry Coates, athletisch, routiniert, selbstgefällig. Dann kam Peter Reiniger nach draußen und wurde von seinen Jüngern umringt. Bestimmt machten sie ihm Komplimente.

Haugen senkte das Fernglas. »Ist dir überhaupt klar, wer Peter Reiniger ist?«

»Er ist reicher als Gott«, antwortete Von.

»Er ist der Angelpunkt. Der Punkt, wo wir den Hebel ansetzen können. Und dank seiner Tochter wird er *flexibel* sein.« Haugen kostete das Wort aus.

»Also schnappen wir uns die Kleine.« Von konnte es anscheinend gar nicht mehr erwarten.

Wie eine Verheißung hing das würzige Salzaroma in der Luft. Haugen setzte das Fernglas wieder an, um einen letzten Blick auf Autumn zu werfen. »Alles Gute zum Geburtstag, Prinzessin. Überraschung, Überraschung.«

2

Mittwoch, 10. Oktober

»Soll das ein Witz sein? *Wie viel* kostet das?«

Der Typ am Schalter blickte nicht einmal auf. »Vierundzwanzig Dollar für die erste Stunde, zwölf fünfzig für jede Stunde danach.«

Evan Delaney konnte es nicht fassen. *Fürs Parken?* Vielleicht sollte sie lieber den Schlagbaum rammen und aus der Garage fliehen, statt zu blechen. Danach konnte sie, weil das Parken auf den Straßen von San Francisco ein Kampf auf Leben und Tod war, mit dem Mustang einfach den Berg hinunterfahren, sich in die Bucht stürzen und zu ihrem Termin schwimmen.

Das Auto hinter ihr hupte.

»Na schön.« Resigniert gab sie nach. »Soll ich die Brieftasche öffnen, oder wollen Sie es mir gleich aus den Adern saugen?«

Sie konnte nur hoffen, dass sich das Treffen mit Jo Beckett lohnte.

Die Story, die Evan recherchierte, war groß, seltsam und voller Löcher. Der Versuch, sich einen vollen Überblick zu verschaffen, war frustrierend – aber das war für sie als freie Journalistin nichts Neues. Und nicht der Grund, weshalb sie sich mit einer forensischen Psychiaterin unterhalten wollte. Nein, Jo Beckett hatte *sie* angerufen. Denn Dr. Beckett untersuchte ebenfalls den Tod des Rechtsanwalts Phelps Wylie.

Phelps Wylie hatte Antiquitäten gesammelt und Anzüge bei Hugo Boss gekauft. Er war klein und kahlköpfig, hatte den Mund einer Kröte und wässrige Augen. Wenn sie sein Foto sah, musste Evan immer an einen Frosch denken.

Er war tot in einer verlassenen Goldmine in den Sierras entdeckt worden.

An einem Samstagmorgen im April war Wylie aus San Francisco verschwunden. Erst Monate später wurden seine Überreste dreihundert Kilometer entfernt begraben unter Schutt in der Mine gefunden. Die Leiche war so stark verwest, dass sich die Todesursache nicht mehr feststellen ließ.

Im örtlichen Sheriff's Office vermutete man, dass er beim Wandern von einer Sturzflut überrascht und in den Tod gerissen worden war. Entweder das, oder er war bei seinem Spaziergang im Hochland alkoholisiert und fiel beim Erkunden der Mine in den Schacht. Möglicherweise hatte er sich auch absichtlich hineingeworfen. Jedenfalls war es ein mitternächtlicher Kopfsprung ins Nirwana, dessen Gründe und Umstände niemand kannte.

Einen derart mysteriösen Todesfall eines Mitglieds der Anwaltskammer hatte es schon seit dem Verschwinden des Strafverteidigers im Mordprozess gegen die Manson Family nicht mehr gegeben. Evan sollte für die Zeitschrift *California Lawyer* einen großen Beitrag darüber schreiben.

Aber bisher war die Story immer noch Stückwerk. Sie kam sich vor, als würde sie mit einem Stock ein totgefahrenes Tier anstupsen, um es zum Tanzen zu bewegen. Und dann rief aus heiterem Himmel Dr. Jo Beckett an und bat um ein Treffen.

Das war der Grund, warum Evan in der Nähe von Fisherman's Wharf parkte und zu Fuß zu einem Café marschierte.

Das Java Jones dampfte nur so vor Leben. Die junge Barfrau besaß einen silbernen Nasenring, die nervöse Energie eines Rennpferds und Locken in der Farbe des Kaffees, den sie braute. Auf ihrem Namensschild stand TINA. Auf der Stereoanlage lief *Bad Dogs and Bullets.*

Evan trat zum Tresen. »Klingt ja wie ein Tingeltangelrequiem.«

»Möchten Sie was Starkes und Großes zu dem Song?«

»Und was Heißes. Muss einem Bär das Fell abziehen und auf einem Pferd eine gute Figur machen können.«

Tina lächelte. »Großer Americano?«

Mit einer Windbö öffnete sich die Tür, und eine Frau rauschte herein: Anfang dreißig, Caffè-Americano-Locken, dezent fit unter leger schicker Kleidung. Sie winkte der Barfrau zu und ließ den Blick durchs Lokal schweifen.

Man konnte sie nicht als elfenhaft bezeichnen, dafür wirkte sie zu nüchtern. Ihr Gesichtsausdruck war liebenswürdig, aber zurückhaltend. Vielleicht analysierte sie ja einfach nur die Kunden.

Das musste die Psychologin sein.

»Jo?«

»Hallo, Evan.« Die Frau streckte die Hand aus. »Danke fürs Kommen.«

Evan wies mit dem Kinn auf die Barfrau. »Seid ihr Schwestern?«

Ein Lächeln spielte um Jos Lippen. »Ja, aber du musst bloß einen Monat lang diesen Kaffee trinken, dann siehst du genauso aus wie wir.«

Sie bestellte einen mehrfachen Espresso; er ließ förmlich

die Tasse vibrieren. Evan musterte sie verstohlen. Das war also die Leichendurchleuchterin.

Jo sah aus wie die typische Kalifornierin: Doc Martens und Mickey-Mouse-Uhr, dazu der Hauch eines mehrere Generationen alten ostasiatischen Erbes. Um den Hals trug sie ein koptisches Kreuz. Das Funkeln in ihren Augen wirkte zugleich einnehmend und scharfsinnig.

Evan hätte geschworen, dass neunzig Prozent der Leute auf den Begriff *forensische Psychiaterin* verschlossen und scheu reagierten, weil sie sich Sorgen machten, ob Jo sie vielleicht auf Ticks und Zwänge taxierte. Ihr ging es schließlich genauso.

Jo begleitete sie zu einem Fenstertisch. »Ich führe eine psychologische Autopsie zu Phelps Wylie durch. Seine Kanzlei hat mich gebeten, seinen Geisteszustand zu untersuchen und seine Todesursache festzustellen.«

»Und wie läuft es?«

»Es ist einfach frustrierend.« Sie ließ sich nieder. »Wylies Leben widerspricht allen Vermutungen der Sheriffs über seinen Tod. Er ist nicht regelmäßig gewandert. War nicht scharf auf die Berge. Gold mochte er zwar, aber nur in Form von Barren, mit denen seine Mandanten gehandelt haben. Auch auf Alkohol hat er gestanden, allerdings in Sektflöten in der Oper.«

»Ein Bear Grylls war er jedenfalls nicht«, warf Evan ein.

»Garantiert nicht. Weißt du, wie eine psychologische Autopsie funktioniert?«

»Man nimmt sich die Psyche eines Opfers vor, um rauszufinden, wie es gestorben ist.«

»Ja, und zwar bei ungeklärten Sterbefällen. Das heißt, wenn Polizei und Gerichtsmedizin nicht feststellen können, ob es sich um eine natürliche Todesursache, Unfall, Suizid oder Mord handelt. Wenn sie in eine Sackgasse geraten, rufen sie mich an, damit ich den Geisteszustand des Opfers bewerte«, erklärte Jo. »Ich bin sozusagen die letzte Zuflucht.«

»Und ich bin deine.«

Etwas Gequältes trat in Jos Miene. »Ja, das trifft die Sache so ziemlich.«

Evan schwieg. Ihre Scheu legte sich, da sie in Jos Gesicht die gleichen bösen Vorahnungen las, die sie selbst empfand. »Diese Untersuchung geht dir irgendwie unter die Haut, oder?«

»Ja, wie eine Zecke. Erzähl mir was über Wylie. Hintergrund, Erkenntnisse, irgendwelche Hinweise auf Persönlichkeit und Beweggründe, alles, was mir hilft, den Ablauf seiner letzten vierundzwanzig Stunden zu rekonstruieren.«

»Hatte er in der Vergangenheit psychische Probleme?«

»Überhaupt nichts.«

»Glaubst du an eine natürliche Todesursache bei ihm?«

»Du meinst, dass er beim Blumenpflücken tot umgefallen und in eine Flutrinne gestürzt ist und dann zufällig von einem Wolkenbruch in die Mine gespült wurde?« Jos Ton war bissig.

Evan verkniff sich ein Grinsen. »Glaubst du, dass Wylie ermordet wurde?«

»Möglicherweise. Und du?«

»Ich würde fast darauf wetten. Der Mann war sozusagen ein junger Raubfisch auf dem Weg zur Spitze der legalen Nahrungskette. Hat sich Feinde gemacht. Und seine Freunde sagen, dass er vor seinem Verschwinden irgendwie nachdenklich und zerstreut war. Einige Male ist auch das Wort *nervös* gefallen.«

Jo nickte. »Und dann noch das Auto.«

Kurz nach Wylies Verschwinden war sein Mercedes an

der mexikanischen Grenze aufgetaucht – ausgeräumt, verlassen, alle Fingerabdrücke weggewischt.

»Die Goldmine befindet sich in einem abgelegenen Teil des Stanislaus National Forest. Vielleicht hat der Autodieb auf einer verlassenen Forststraße den leeren Mercedes entdeckt und hat beschlossen, eine achthundert Kilometer weite Spazierfahrt zu machen. Aber ich hab da meine Zweifel.«

Evan hakte nach. »Wenn du Wylies Geisteszustand feststellen kannst, beweist das dann, wie er gestorben ist?«

»Nicht unbedingt. Ich hab keine Kristallkugel, die *Mord* oder *Unfall* anzeigt. Leute, die meinen, ich hätte eine Art Wünschelrute für den Tod, muss ich leider enttäuschen.«

»Immerhin hast du mit deiner psychologischen Autopsie den Fall Tasia McFarland geklärt.«

Jo warf ihr einen scharfen Blick zu. »Am Ende dieses Falls wurde mein Liebster fast erschossen, und die Medien sind über mich hergefallen wie die Heuschrecken. Ich muss dich also warnen: Im Umgang mit der Presse bin ich auf der Hut.«

Evan riss die Augen auf. »Auf der Hut? Du hast dir mit diesem Monster vom Blondinensender eine richtige Straßenschlacht geliefert. Und du hast sie zur Strecke gebracht, live im Fernsehen. Eigentlich müsste ich jetzt Konfetti streuen.«

Jo lachte.

»Und wenn du so misstrauisch gegen die Presse bist, warum hast du mich dann angerufen?«

»Du warst früher selbst Anwältin. Wahrscheinlich hast du einen ganz anderen Zugang zu dem Fall als ich. Außerdem bist du angeblich eine ehrliche Haut.« Ein Schatten huschte über Jos Augen.

Und ich weiß, warum Sie in Schwierigkeiten geraten sind, Ms. Delaney. Wusste Jo tatsächlich, warum ihr dieser Fall so an die Nieren ging? Auch Evans Vater war verschwunden.

Sie hatte ihn zwar gefunden, doch danach waren die Fixpunkte ihres Lebens in einem Kessel der Trauer verdampft. Evans ganzer Körper versteifte sich. »Wer hat dir meinen Namen genannt?«

»Es ist doch kein Geheimnis, dass du an dieser Story arbeitest.«

Sie spürte ein Kribbeln an der Schädelbasis. »Trotzdem, wer hat dich an mich verwiesen?«

»Meine Quellen sind vertraulich. Genauso wie bei dir.«

»Verstehe.«

Jo musterte sie kühl.

Beruhig dich. Evan trommelte mit den Fingernägeln auf den Tisch. »Na schön.«

Nachdem sie sich noch einen Moment gegenseitig taxiert hatten, holten sie beide gleichzeitig Notizblöcke, Stifte und Aufnahmegeräte heraus.

Jo machte den Anfang. »Hast du die Polizeiberichte schon gesehen?«

»Nur den von Tuolumne County. Den aus San Francisco nicht.«

»Okay. Am Freitag vor seinem Verschwinden hat Wylie den ganzen Tag gearbeitet. Nichts Ungewöhnliches bei seinen E-Mails und Anrufen. Sein letzter Anruf um sechs Uhr galt einem Mandanten. Er hat nicht erwähnt, dass er zum Wandern in die Sierra Nevada wollte. Am Samstagmorgen ist er von zu Hause mit seinem Mercedes weggefahren. Vom Auto aus hat er mit seiner Mutter telefoniert und gesagt, dass er auf dem Weg ins Büro ist. Danach hat niemand mehr was von ihm gehört.«

Irgendwas an dem zeitlichen Ablauf nagte an Evan, aber sie bekam es nicht zu fassen. »Hast du mit seinen Mandanten gesprochen?«

Jos Miene wurde bewusst neutral.

»Ist das vertraulich?«, fragte Evan.

»Absolut. Aber das betrifft nicht die Liste von Wylies Mandanten. Nichts hält dich davon ab, sie zu befragen.«

»Hast du eine Kopie?«

Jo reichte ihr eine Mappe.

Evan lächelte. »Okay, ich tausche.« Aus ihrem Rucksack holte sie Landkarten und Fotos des unwegsamen Geländes in der Nähe der verlassenen Goldmine. Sie gab Jo einen Schnappschuss.

Jo schien überrascht. »Satellitenfotos?«

»Sind zwei Tage vor Wylies Verschwinden entstanden.«

»Unglaublich, diese Auflösung.«

Evan reichte ihr noch ein Bild. »Gleiche Stelle vom selben Satelliten aufgenommen, aber in diesem Monat.«

Jo erstarrte. »Woher hast du das?«

»Verwandte mit den richtigen Passwörtern. Siehst du, was ich sehe?«

Jo betrachtete die Bilder. »Die Flutrinne. Auf der neueren Aufnahme ist sie viel tiefer.«

Evan entrollte eine Karte des US Geological Survey. »Warst du schon mal dort oben?«

In Jos Sachlichkeit mischte sich Unruhe. »Ich hab mir nächste Woche Zeit eingeplant, um hinzufahren.« Sie vertiefte sich in die Karte. »Diesen Teil der Sierras kenne ich. Das Gelände ist brutal. Schau dir die Topografie an.« Sie fuhr eine Reihe eng beieinanderliegender Höhenveränderungen nach. »Wald, Granitschluchten, Steilwände. Bei schweren Regenfällen können Sturzfluten zu einem echten Problem werden. *Falls* Wylie tatsächlich eine Wanderung gemacht hat, kann es durchaus sein, dass er vom Wasser mitgerissen worden ist. Weißt du, ich kenne Kalifornier, die es sogar für sicher halten, nach einem Wolkenbruch am Russian River zu campen.«

»Ich komme aus der Mojave-Wüste. Ich kenne Leute, die gemeint haben, man kann einfach über einen vierzig Zentimeter hoch überschwemmten Highway fahren«, antwortete Evan. »Was denkst du?«

»Die Fotos vom Sheriff's Office zeigen nicht die Schwierigkeit des Geländes. Und …«

Evan hob die Augenbraue. »Der zeitliche Ablauf?«

Jo setzte sich gerade auf. »Ich muss so schnell wie möglich dorthin. Deine Satellitenfotos deuten nämlich darauf hin, dass die Sturzflut erst *nach* Wylies Verschwinden eingetreten ist.«

»Genau.«

Um sie herum klirrten Kaffeetassen und Besteck. Jos intensiver Gesichtsausdruck war wie ein Spiegel für Evans Stimmung. Sie spürte ein Gewicht, hörte ein untergründiges Fauchen. Drohendes Unheil lag in der Luft.

Jo sprach weiter. »Die Frage ist, was hat Wylie in diese Mine getrieben? Oder *wer*?«

Evans nagendes Gefühl, etwas übersehen zu haben, verstärkte sich. »Du sagst, am Tag vor seinem Verschwinden hat Wylie zuletzt von der Kanzlei aus mit jemandem telefoniert.«

»Ja.«

»Und was ist mit dem Mann, der seinen Hund ausgeführt hat?«

Am Abend vor seinem Verschwinden hatte Wylie nach seiner Post gesehen. Dabei war er seinem Nachbarn begegnet und hatte kurz mit ihm geredet.

»Ich hab mit ihm gesprochen. Er hat nichts von einem Telefonat mit Wylie erzählt.«

»Nein. Aber er hat gehört, wie Wylie einen Anruf entgegengenommen hat. Wann hast du mit ihm gesprochen?«

»Vor zwei Wochen.«

Evan erschauerte. »Ich habe gestern mit ihm geredet. Er sagt, dass sie eine Minute geplaudert haben, dann hat Wylies Telefon geklingelt. Wylie hat sich entschuldigt und ist rangegangen.«

Jo wirkte konsterniert. »Um wie viel Uhr war das?«

»Acht.«

»Wylie hat einen Anruf auf seinem Handy erhalten?«

»Ja«, bestätigte Evan.

Jos Augen wurden schmal. »In Wylies Mobiltelefondaten tauchen nach halb sechs keine Anrufe mehr auf.«

Auf einmal waren beide ganz angespannt.

»Also hatte er ein zweites Handy«, konstatierte Jo.

»Kann gar nicht anders sein.«

»Wahnsinn.« Jo schien zugleich gereizt und aufgeregt. »Hat der Nachbar was von dem Telefongespräch mitbekommen?«

»Nur ein paar Worte. Wylie hat was von *Laufen* erwähnt. Und von *Tour* oder so.«

In Jos Augen funkelte es. »Das zweite Handy. Hat Wylie es für Sex benutzt oder für krumme Geschäfte?«

»Das prüfe ich nach. Aber wenn dieses geheimnisvolle Telefon nicht in den Aufzeichnungen auftaucht, dann ist es entweder ein Prepaid-Handy oder auf einen anderen Namen eingetragen. Wenn wir nicht die Nummer oder das Telefon selbst auftreiben, finden wir auch nicht raus, wer ihn angerufen hat.«

Jo wandte sich erneut den Fotos zu. »Was hat der Nachbar gehört? Was hat Wylie genau gesagt?«

Evan sah in ihren Notizen nach. »Wylie hat erwähnt, dass sie ›laufen‹. Und ›Tour‹.«

Jo tippte auf die Bilder, die gewaltige Granitkeile zeigten.

»Vielleicht ein Zufall. Aber möglicherweise hat er von den Bergen geredet.« Sie stand auf. »Ich muss meinen Zeitplan ändern. Die Fahrt rauf in die Sierras kann nicht mehr warten.« Sie streckte die Hand aus. »Danke für die Informationen.«

»Wir sollten uns gegenseitig auf dem Laufenden halten. In achtundvierzig Stunden?«

»Verlass dich drauf.« Jos Lächeln war alles andere als neutral. Es war hungrig.

»Ausgezeichnet. Und wer hat dir nun meinen Namen gegeben?«

Das Lächeln wurde geheimnisvoll. »Ich ruf dich in achtundvierzig Stunden an.« Jo steuerte Richtung Ausgang und warf ihrer Schwester eine Kusshand zu.

Evan holte tief Luft. Sie hatte ein mulmiges Gefühl.

Wer hatte Jo den Kontakt zu ihr vermittelt?

Die Tür öffnete sich, und der Wind schien wispernd seinen Namen hereinzutragen.

Aber sie hatte ihm nichts von ihrem großen Artikel erzählt. Ganz einfach deshalb, weil sie überhaupt nicht mit ihm redete – obwohl er der Mann war, der sie besser kannte als jeder andere. Er war der Mann, den sie liebte – und den sie in dem emotionalen Trauma nach dem Tod ihres Vaters verloren hatte. Der Mann, dem sie nicht gegenübertreten konnte, der Mann, dem sie die Ehe versprochen hatte.

Sie schlang sich den Rucksack über den Rücken und verließ das Café.

Fast am Gipfel des Russian Hill sprang Jo aus dem Cablecar. Die Schienen dröhnten vom Getriebe und den unterirdischen Leitungen, ein helles Klirren, in dem das Summen ihrer Nerven widerhallte. Im Park auf der gegenüberliegenden Straßenseite von ihrem Haus prallte ein Basketball gegen das Korbbrett und senkte sich ins Netz. Sophie Quintana fing den Ball auf und bemerkte Jo.

Hüpfend winkte sie ihr zu. »Jo, du spielst in Dads Team.«

Die Hände in die Hüften gestemmt, stand Gabe unter dem Korb und schnaufte durch. »Das war ja ein schnelles Treffen.«

Jo trabte aufs Feld. »Hab mich beeilt, damit ich dir die Bälle zuspielen kann.«

Gut sah er aus im Licht der Oktobersonne. Durchtrainiert, lächelnd, überschäumend vor Energie.

»Wieso blitzen deine Augen so?«, fragte er.

Sophie wandte sich um und griff an, zehn Jahre alt und voller Vertrauen, die Erwachsenen mit ihrer Wendigkeit übertrumpfen zu können. Ihr silbrig blonder Pferdeschwanz wippte in der Brise. Ihre Wangen leuchteten. Ihr Lächeln, so stellte Jo erleichtert fest, war unbeschwert.

Sie umspielte Jo und versuchte einen Korbleger. Der Wurf traf den Rand.

Jo fing den Abpraller auf. »Der Besuch bei deinen Cousins ist doch dieses Wochenende?«

Die Kleine nickte. »Am Freitag.«

»Du brütest wohl einen Plan aus«, meinte Gabe.

Jo warf ihm den Ball zu. »Ich fahre in die Sierras.«

»Und da brauchst du einen Rettungsspringer als Begleiter?«

Plötzlich drang von hinten ein Pfeifen an ihr Ohr.

Auf der anderen Seite des Spielfelds hob ein Mann die Hände und rief Time-out. »Schön, dass du nicht mehr aussiehst, als hätte man dir einen gebrauchten Tag angedreht.« Seine Worte galten Jo. »Das Treffen ist also gut verlaufen?«

Sie entschuldigte sich und ging zu ihm hinüber. »Du hattest recht. Das Gespräch mit Evan hat mir wirklich weitergeholfen.«

Jesse Blackburns Lächeln war kurz und scharf wie ein Schnitt. »Freut mich.«

Seine Jeans hatte ein Loch am Knie. Das T-Shirt, auf dem FIND YOURSELF IN PARADISE stand, hing ihm lose um die Schwimmerschultern. Und in seinen blauen Augen brannten Fragen.

Jo gab ihm die Antworten. »Ja, sie wollte wissen, wer mir ihren Namen genannt hat. Und nein, ich hab ihr nicht verraten, dass du es warst.«

Er drehte den Rollstuhl und sauste auf sie zu. »Danke.«

»Aber, Jesse, sie weiß, dass du schon mal vor Gericht die Klingen mit Phelps Wylie gekreuzt hast. Natürlich hat sie einen Verdacht. Sie kann mühelos rausfinden, dass wir zur selben Zeit an der Universität in Los Angeles studiert haben. Und dass du gerade in San Francisco bist, um vor dem Berufungsgericht aufzutreten.«

Eine Strömung schien an ihm zu zerren. Er und Evan hatten einer gemeinsamen Zukunft entgegengeblickt – und waren dann in einem Strudel schlimmer Ereignisse versunken. Er war überzeugt, dass er ihn verursacht hatte, und sah keine Möglichkeit, sich aus den Tiefen freizuschwimmen. Und jetzt hatte Jo Zeit mit Evan verbracht, im Gegensatz zu ihm. In sein Gesicht trat ein gequälter Ausdruck.

Er musste mit vielen Schmerzen zurechtkommen und hatte viele andere überlebt. Auch diesen würde er überstehen. Doch nur zu überleben war eine Verschwendung. Evan war wie ein Streichholz für ihn, da war sich Jo sicher. Zusammen konnten sie Funken sprühen und Berge versetzen. Dass sie diese Verbindung verloren hatten, zerriss ihnen beiden das Herz.

»Auch wenn mich Evan wieder fragt, werde ich es ihr nicht verraten«, erklärte Jo. »Aber du solltest es ihr sagen.«

Er wandte den Blick zu den Sonnenstrahlen, die über das blaue Wasser in der Bucht tanzten. »Noch nicht.«

»Was willst du denn mit deinem Zögern erreichen?«

Er schob sich zum Zaun, der den Park umgrenzte, hakte sich oben mit den Armen ein und starrte hinüber nach Alcatraz.

Jo lehnte sich neben ihn. Nach einer Weile sagte sie: »Ich hab mich nie bei dir dafür bedankt, dass du zu Daniels Beerdigung gekommen bist.«

Überrascht wandte er sich zu ihr um. »Dafür musst du dich doch nicht bedanken.«

»Du bist an dem Tag fast fünfhundert Kilometer weit gefahren. Das verbindet mich mit dir.«

»Das war wirklich das Wenigste, was ich tun konnte.« Er hielt inne. »Willst du mich mit deiner Bemerkung daran erinnern, dass niemand unbegrenzt Zeit hat?«

»Du kennst die Erfahrung, wenn sich das Leben plötzlich völlig verändert. Auch das verbindet mich mit dir.«

Jo war in jungen Jahren zur Witwe geworden. Es war so schnell gegangen wie das Ausblasen einer Kerze. Sie wusste, wie es war, angestarrt zu werden. Wie es war, die Frau zu sein, die … Die Frau, die alles verloren hatte. Die Fähigkeit zum Gehen. Ihren Geliebten. Die gemeinsame Zukunft mit ihm. Jesses Freundschaft und die Tatsache, dass er verstand, was sie durchgemacht hatte, bedeuteten ihr sehr viel.

Wieder spähte er hinaus aufs Wasser. »Die Wunde sitzt tief.«

»Wann hast du dich je von Wunden aufhalten lassen? Weißt du nicht mehr, was du mal zu mir gesagt hast?«

Er lächelte schmallippig. »Wenn man eine Situation nicht

ändern und sich nicht daraus befreien kann, hilft nur die Flucht nach vorn. Das ist eine Tatsache des Lebens.«

»Diese Aussage hab ich mir praktisch auf den Hintern tätowiert. Danke für die Bestätigung, dass der Wortlaut stimmt.«

Sein Lächeln wurde breiter. »Auf jeden Fall werdet ihr euch gut verstehen, du und Evan.« Glucksend schüttelte er den Kopf.

Von hinten meldete sich Gabe. »Hey, Leute, ich brauche Verstärkung in der Verteidigung. Sophie spielt mich total an die Wand.«

Sie strebten zurück aufs Basketballfeld. Sophie ließ den Ball hüpfen und umtänzelte ihren Vater. Ihr Kichern klang silbrig hell.

»Ich kann mich auch noch an die zweite Hälfte deiner Äußerung erinnern«, sagte Jo.

»Entscheidend ist, dass man keine Angst hat. Auch wenn man weiß, was kommt.«

Sie drückte Jesses Schulter. »Vergiss das nicht.«

3

Freitag, 12. Oktober

Limousine traf die Sache nicht annähernd. Es war eine echte Wahnsinnskiste, mit der sie auf der Interstate 101 nach Süden düsten: ein schwarzer Stretch-Hummer, dessen Seiten ungelogen mit Flammen bemalt waren. Als wäre Autumn tatsächlich die Königin eines billig protzigen Drogensyndikats, unterwegs in ihrem Monsterschlitten. Sie schmiegte sich in die bequeme Polsterbank und schaute zu, wie San Francisco vorüberzog.

Dustin nahm eine Flasche Champagner aus dem Minikühlschrank des Hummer. »Zeit für einen Toast auf das Geburtstagskind.«

Lark Sobieski schüttelte den Kopf. »Keine gute Idee. Wir müssen wach bleiben.«

Larks schwarzes Punkhaar fiel ihr über ein Auge und verdeckte fast die ganze Brille. Auf dem Babyspeck über dem Bund ihrer Jeans prangte ein Uroboros-Tattoo. Rot und prachtvoll hob sich die Schlange, die sich in den eigenen Schwanz biss, von ihrer braunen Haut ab.

Dustin wickelte die Goldfolie vom Korken. »*Du* musst vielleicht wach bleiben. Aber so machen es eben die Narcotraficantes unten in Juarez.«

Grinsend schüttelte er die Flasche, bis der Korken knallte. Er prallte von der Kopfstütze des Fahrersitzes zurück.

Lark duckte sich. »Pass doch auf.«

Der Fahrer schielte in den Rückspiegel. »Vorsicht, Kumpel.«

Dustin lachte. »Die Kiste gehört mir nicht. Wenn was kaputtgeht, muss Edge Adventures blechen.«

Er setzte die überschäumende Flasche an die Lippen. Champagner strömte ihm übers Kinn. Er wischte ihn weg und beäugte kritisch das Etikett: VEUVE CLICQUOT.

»Nicht halb so gut wie das Zeug, das mein Dad auf seinem Boot serviert. Aber *Colt Forty-five*-Bier gab's bei Edge nicht.« Er hob die Stimme, damit ihn der Fahrer verstand. »Müssen wir eben mit dem hier klarkommen.« Er streckte die Flasche seinem Mitbewohner hin.

Noah Holloway hob abwehrend die Hände. »Ich arbeite für die Regierung. Kein Alkohol im Dienst.«

Noah hatte ein sonniges Lächeln und eine gelassene Art. Von der anderen Seite der Limousine aus bewunderte Lark sein zerzaustes Haar und seine unkomplizierte Surferruhe. Anscheinend fiel ihr gar nicht auf, dass alle sehen konnten, wie rot ihre Wangen anliefen.

Peyton Mackie schnappte sich die Flasche. »Ich trinke auch im Dienst. Verdeckte Ermittler müssen in Übung bleiben, damit sie bei den saufenden Gangstern nicht aus der Rolle fallen.« Sie kippte den Kopf nach hinten und genehmigte sich einen Riesenschluck.

Lachend wischte sie sich mit dem Handrücken über die Lippen. »Und weil wir gerade von Strafverfolgern reden …« Sie hob die Hand wie eine Waffe, zwei Finger als Lauf, der Daumen gereckt. »Ich hab dich im Visier, Reiniger.«

»Leck mich, Bulle«, antwortete Autumn.

Peytons blondes Haar glitt über ihre Schulter. Sie trug eine himbeerfarbene Velours-Jogginghose von Juicy Couture und ein pinkfarbenes Camisole. Als FBI-Beamtin machte sie eher eine lächerliche Figur.

Autumn schnippte mit den Fingern. »Sobieski. Agent Pretty Pink erledigen.«

Lark zielte mit dem Arm auf Peyton, als wäre er ein Scharfschützengewehr. »Peng. Dein Kopf ist weg, Bulle.«

Schielend schrumpfte Peyton zusammen und ließ die Zunge heraushängen. Lark blies sich auf die Finger.

Autumn strich mit den Händen über den roten Samt der Polsterbank. Die Limousine war eine echte Überraschung, ein echter Fünf-Sterne-Kracher. Es hatte an der Tür geklingelt, und sie hatte aufgemacht.

Vor ihrer Schwelle stand ein Mann mit Sonnenbrille und einer Baseballmütze von Edge Adventures. »Ich bin der Spielleiter. Das Szenario hat begonnen, die Uhr läuft.«

Verwirrt schaute sie ihn an. »Wir haben doch noch eine Stunde, um zum Treffpunkt zu fahren.«

»Nein. Ihr Vater schickt mich.«

Sie spürte ein Kribbeln im Bauch. Ihr Dad hatte Edge angewiesen, sie abzuholen, weil er nicht sicher war, ob sie pünktlich zum Rollenspiel auftauchte. Jetzt saß der Spielleiter Kyle am Steuer des Wagens und beäugte sie und ihre Freunde durch die Sonnenbrille.

Peyton packte die Champagnerflasche und robbte auf der Bank hinüber zu Cody Grier. Sie kringelte sich um ihn. »Willst du auch?«

Entgeistert riss Grier die Augen auf. »Die Flasche? Willst du mich bestechen, damit ich das Syndikat verrate?«

Um seiner Position als Autumns Consigliere gerecht zu werden, war Grier in Mafiosoverkleidung erschienen. Er rückte den Strohhut zurecht und zog Peyton an sich.

Lark fixierte weiterhin Noah, bis sie plötzlich Autumns Blick spürte. Sie wandte sich zum Fenster und rückte die Brille zurecht. »Man muss den Feind immer im Auge behalten.«

»Gut. Dann sag mir, ob uns jemand verfolgt.« Neben dem Highway bemerkte Autumn wucherndes Unkraut und verwahrloste Holzhäuser, die schief aneinanderlehnten. Ihr Magen zog sich zusammen. »Das meine ich ernst.«

Lark machte ein komisches Gesicht. »Was hast du denn?«

Autumn deutete auf verrostete Mülltonnen und kaputte Autos am Hang. »Von wegen fünf Sterne.«

Ich möchte ins Mandarin Oriental. Edge hatte mehrere Zimmer am Ende eines Korridors reserviert, um das Gipfeltreffen eines Syndikats nachzuempfinden. Auf einmal wollte sie nicht am Ende eines Korridors festsitzen. Ohne Fluchtmöglichkeit.

»Autumn?«, fragte Lark.

»Hast du in den letzten zwei Wochen nicht auch das Gefühl gehabt, beobachtet zu werden?«

»Von wem denn?«

»Von jemandem, der sich schnell entfernt, wenn ich zum Fenster rausschaue. Oder sich auf dem Campus hinter einen Baum zurückzieht, wenn ich vorbeikomme.« Autumn wartete, ob ihre Freundin Ähnliches zu berichten hatte. Vergeblich. »Ach, nicht so wichtig.«

Lark starrte sie zweifelnd an. »Ist das dein Ernst?«

»Vielleicht sind es die Leute von Edge, die die Lage erkunden. Die machen nämlich Recherchen zu all ihren Kunden.«

»Sie spionieren sie aus?«

»Sie legen Dossiers an.« Sie wies mit dem Kinn auf den Fahrer und senkte die Stimme. »Der weiß wahrscheinlich alles über uns. Hast du nicht auch so ein Gefühl? Dass er … uns schon mal *gesehen* hat?«

Lark beobachtete Kyle, der die Spur wechselte. »Für mich wirkt er einfach wie jemand, der uns pünktlich zum Treffpunkt bringen will.«

»Okay.«

Larks Mundwinkel zuckten nach unten. »Autumn, alles in Ordnung?«

»Schon gut, vergiss es.«

Autumn verschränkte die Arme vor der Brust. Dustin und Peyton ließen den Champagner kreisen. Grier tippte eine SMS – hoffentlich nicht an seinen Drogendealer. So eine Komplikation konnten sie an diesem Wochenende wirklich nicht gebrauchen. Noah beobachtete Lark aus dem Augenwinkel.

Ihr Vater war der Meinung, dass sie und ihre Freunde nicht einmal in der Lage waren, nach einer Fahrt durch die Stadt pünktlich zu einem Treffen zu erscheinen. Also hatte er sie zusammentreiben lassen wie Schafe. Der Knoten in ihrem Magen wurde härter.

Sie fragte sich, was Dad den Leuten von Edge Adventures über sie erzählt hatte.

Am Jachthafen Emery Cove ging Terry Coates seine Checkliste durch. Sein Bruder und andere Spielleiter bereiteten das Schnellboot vor. Treibstoff. Schwimmwesten. Verbandskasten. *Abgehakt.* Anruf beim SFPD, um die Beamten auf den Beginn des Rollenspiels hinzuweisen. *Abgehakt.*

»Sieht gut aus«, sagte Coates.

Über das sonnenglitzernde Wasser zog eine starke Brise. Hinter der Bucht ergossen sich Häuser über die Hänge, die weiß wie Kreide im Herbstlicht glänzten. Coates genoss die Aussicht.

Mit Edge Adventures hatte er es gut getroffen. Disneyland für reiche Leute, die an Adrenalinmangel litten. Selbstfindung und Konfrontation mit Phobien inbegriffen. Und es machte viel mehr Spaß als das Patrouillieren in einem Streifenwagen im Zentrum von Oakland.

Coates war klar, dass er mit seinem ergrauenden Haar und dem in die Jeans gesteckten Polohemd von Edge Adventures exakt wie ein Excop aussah. Aber er besaß auch die Statur eines Sportlers, und manchmal hielten ihn die Leute sogar für einen ehemaligen Footballspieler. *Haben Sie nicht mal bei den Raiders gespielt?*

In einem anderen Leben hätte er es vielleicht tatsächlich zum Profi gebracht. In diesem Leben hatte er immerhin eine rentable Nische gefunden: Er half anderen Leuten beim Ausleben ihrer manchmal verdrehten Fantasien. Für ihn gab es nur eine feste Regel: In einem Spiel von Edge Adventures machte sich Verbrechen nie bezahlt.

Außer für ihn natürlich.

Er ließ nicht zu, dass Kunden ein Szenario arrangierten, in dem Mörder ungestraft davonkamen. Verdeckte Operationen waren in Ordnung. Auch Gesetzlose mit einem eigenen Ehrenkodex. Robin Hood. Butch und Sundance. Aber keine Szenarien, in denen Serienmörder ihre Opfer abschlachteten oder Straßengangs Polizisten niederknallten. Seine Spiele sollten zu Begeisterung und Erbauung führen und es möglich machen, dass die Kunden mit einem Gefühl von aufrechtem Gang in ihre Vorstandsetagen zurückkehrten.

Aber heute musste er wohl den Impresario bei einer Zirkusnummer spielen. Peter Reiniger war der Ansicht, dass seine Tochter einen heilsamen Schock erleben musste, um erwachsen zu werden.

In diesem Szenario gab es viele unbekannte Faktoren. Die

Recherchen zu den sechs jungen Leuten, die in dieses Wochenende fuhren, waren ziemlich unergiebig ausgefallen, weil sie praktisch keine Geschichte hatten. Ihren Antworten auf dem Fragebogen von Edge hatte er nur entnehmen können, dass sie unerfahrene, behütete Studenten waren. Autumn Reiniger und Dustin Cameron stammten aus höchst privilegierten Familien – was bei ihm sofort die Alarmglocken schrillen ließ. Die Sprösslinge superreicher Eltern dachten oft, dass jede Krise mit einem Scheck von Daddy bewältigt werden konnte.

Hinter den anderen – Peyton Mackie, Lark Sobieski, Noah Holloway und Cody Grier – stand ein Fragezeichen. Sie waren noch nie mit dem Gesetz in Konflikt gekommen. Es gab gesundheitliche Probleme bei …

»Terry?«

Coates drehte sich um.

Sein Bruder stand am Steuerpult des Schnellboots. »Wir können loslegen.«

»Hervorragend.« Coates ging daran, die Leinen loszumachen. In diesem Augenblick piepte sein Telefon. Eine SMS.

6 PaB

Die Nachricht kam von Kyle Ritter, der die Limousine steuerte. Sechs Personen an Bord. Sie waren unterwegs zum Sammelpunkt.

Erneut spähte Coates über die Bucht. Am südlichen Zipfel von San Francisco lag kaum sichtbar die Schiffswerft Hunters Point. Dahinter erstreckte sich das öde Buschland des Candlestick Point, wo sich das Schnellboot mit Autumns Gruppe treffen sollte.

Der Motor des Boots sprang an. Er klang wie ein heiserer Löwe.

Coates hoffte, dass der Extradreh, den er in Autumns Szenario eingebaut hatte, nicht zu sehr aus dem Rahmen fiel. Nichts daran war gefährlich. Es war einfach nur … unberechenbar.

Alles Gute zum Geburtstag vom Red Rattler. Dieses kleine Geschenk sollte dafür sorgen, dass sie brannte wie ein römisches Licht. So konnte das ganze Wochenende zum Feuerwerk werden.

Als er gerade die Leinen ins Boot geworfen hatte, läutete sein Handy. Er schielte aufs Display und meldete sich betont munter und selbstsicher. »Hallo, Mr. Reiniger. Autumns Gruppe ist schon unterwegs. Gerade hab ich die Bestätigung bekommen.«

»Gut. Wenn auch der Rest des Wochenendes so genau nach Plan verläuft, dann bin ich zufrieden«, antwortete Reiniger.

Plan? Reiniger hatte ständig Änderungswünsche. Nur mit Mühe hatten sie die Forderung erfüllen können, die jungen Leute abzuholen, noch dazu mit einer dicken Limousine, darunter ging es ja nicht. Zum Glück hatten sie ein neues Teammitglied als Chauffeur entbehren können.

»Ich gehe gerade an Bord einer Maschine«, fuhr Reiniger fort. »Ich bin fünf Stunden in der Luft, dann muss ich gleich zu einer Sitzung. Aber rufen Sie mich heute Abend an. Ich will einen Zwischenbericht.«

»Wird gemacht.« Coates legte eine Hand übers Ohr.

Es war windig, und gerade näherten sich auf dem Kai Leute, die laut lachten und einen Picknickkorb schwenkten.

»Vergessen Sie nicht«, mahnte Reiniger, »Autumn hat zwar vielleicht ein selbstbewusstes Auftreten, aber tief drinnen hat sie Angst. Wenn sie sich vor ihren Ängsten verkriechen will, zwingen Sie sie dazu, sich zu behaupten. Lassen Sie ihr keine Rückzugsmöglichkeit.«

»Damit sie den Bösen Cowboy besiegt und den Rubikon überschreitet.«

»Und sorgen Sie dafür, dass ihr Freund am Schluss gut dasteht.« Reiniger beendete den Anruf.

Mit leisem Unbehagen starrte Coates das Telefon an. Dann hörte er die Stimme seines Bruders. »Terry?«

Er blickte auf. Der Mann und die Frau mit dem Picknickkorb waren neben dem Schnellboot stehen geblieben. Beide trugen Schlapphut und Sonnenbrille.

Und halbautomatische Pistolen.

Instinktiv griff Coates nach der Dienstwaffe der Polizei von Oakland, die er nicht mehr trug.

»Nicht.« Der Mann hob die Pistole und zielte auf Coates' Brust. »Hände hinter den Kopf.«

4

Die Limousine bog vom Highway in ein Industriegebiet mit Lager- und Maschinenhallen. Autumn sah gesprungenen Asphalt, verrostete Fahrzeuge, Müll, Männer in schmutziger Montur. Sie passierten ein riesiges Parkgelände für leere Sattelschlepper: ein Lastwagen nach dem anderen.

»Also keine fünf Sterne«, bemerkte sie.

Kyle schaute in den Rückspiegel. »Das ist nicht der Treffpunkt.«

Sein Näseln hallte durch den Hummer. Es klang irgendwie unangenehm. *Ich sitze am Steuer, und damit hat sich der Fall.* Peyton nahm noch einen Schluck Champagner. Grier schaltete die Stereoanlage ein. Sinatra, »Come Fly with Me«. Er kostete das Mafiathema bis zur Neige aus.

Der ungefähre Ablauf des Spiels war Autumn bekannt. Terry Coates hatte ihr das Ganze skizziert und ihr Formulare geschickt, in die sie alles eintragen sollte, von Krankheiten bis hin zu Nussallergien. Und auf jeder gestrichelten Linie hatte sie unterschreiben müssen. Niemand hatte ihr gesagt, dass Erwachsenwerden mit so viel Papierkram verbunden war. Das gefiel ihr nicht.

Was ihr gefiel, war das Szenario mit der Gangsterspritztour. Sie war der Kopf einer internationalen kriminellen Organisation, die mit allem handelte, was verboten war und Spaß machte. Nach ihrem Ausbruch aus dem Knast war sie auf der Flucht. Bei ihr waren die Vollstreckerin Lark, der Consigliere Grier und ihr Stellvertreter Dustin. Sie sollten versuchen, Peyton und Noah zu entkommen, den FBI-Agenten, die ihnen auf den Fersen waren.

Aber sie sollte sich nicht nur dem Zugriff der Bundesbehörden entziehen, sondern auch die Feinde zur Strecke bringen, deren Verrat sie ins Gefängnis gebracht hatte. Sie würde ihre Machtzentren zerstören, sie bis aufs Blut ausnehmen und Beute machen. Sore, Zaster, Moneten. Schließlich hatte sie Geburtstag.

Sie war nervös und aufgeregt und – gierig. Sie konnte es kaum noch erwarten.

Allerdings verstand sie nicht, warum das Rollenspiel in so einer heruntergekommenen Gegend beginnen musste. Der Hummer ratterte an einem gewaltigen Parkplatz vorbei, einer richtigen schwarzen Asphaltprärie, und sie erkannte die Flutlichtmasten eines Stadions. Der Candlestick Park rückte näher. Eine schmuddelige Frisbeescheibe aus Beton, die mit Plakaten der 49ers vollgeklebt war. Vor dem tristen leeren Kasten zog sich eine endlose Reihe wasserblauer Dixiklos hin.

Dann bemerkte Autumn goldene, mit stummeligen Föhren durchsetzte Felder und das funkelnde Sonnenlicht draußen auf der Bucht. Kyle steuerte den Hummer durch eine Schranke. Nachdem er ihn über eine lange, verlassene Parkfläche gejagt hatte, stoppte er den Wagen quer über vier Stellplätzen. Der Motor kratzte und hustete, bis er ihn abschaltete.

Er wandte sich nach hinten. »Okay, Kids, wir sind da. Packt zusammen.«

Dustin spähte angestrengt ins Sonnenlicht. »Das ist Candlestick Point?«

Kyle stieg aus und öffnete die Seitentür, um sie nach draußen zu winken. Noah streckte Lark die Hand hin. Sie schüttelte den Kopf. »Gegnerische Teams, Noah. Wenn ich mir von dir raushelfen lasse, legst du mir vielleicht gleich Handschellen an.«

»Das Risiko musst du schon eingehen.« Lächelnd nahm er ihre Hand, und sie kletterte hinaus.

Peyton folgte mit Grier im Schlepptau. »Hey, ich bin FBI-Agentin. Wenn hier jemand mit Handschellen spielt, dann ich.« Sie schob einen Finger unter Griers Gürtel. »Und ich rede mit *dir*.«

Grier stellte seinen Hemdkragen hoch. »Du kriegst mich nicht. Ich schmiere die Leute. Das ist mein Job. Und wenn es nicht klappt, hau ich ab.«

Kyle hatte sichtlich Mühe, ein ernstes Gesicht zu bewahren. »Wenn Sie schon gern Gefangene fesseln, Miss Mackie, sollten Sie dann nicht eine Polizeiuniform tragen?«

Sie lächelte kokett. »Stehen Sie auf Handschellen?«

Grinsend ließ er den Schirm seiner Mütze nach oben schnappen. »Knoten sind eher mein Stil.«

Autumn schob Peyton vorwärts und stieg aus. »Beweg dich, Mackie.« *Bevor du ihm noch auf den Schoß kletterst.*

Die Grünanlage Candlestick Point war wie ausgestorben. Die Bäume waren gebeugt vom Wind. Im Sand knapp vor dem Wasser machte ein Mann Tai-Chi-Übungen. In der Ferne spazierte ein älteres Paar mit einem Kinderwagen, in dem ein winziger weißer Pudel saß.

Auf einer Landzunge hinter dem glitzernden Wasser ragten an der verlassenen Schiffswerft Hunters Point untätig riesige Ladeportale und Kräne auf. Draußen in der Bucht steuerte ein Containerschiff Richtung Oakland, das Kielwasser weiß und schaumig wie Zuckerguss. Der Wind zerrte Autumn die Haare aus dem Gesicht. Sie stülpte sich eine grüne Marines-Mütze über und strich ihren goldfarbenen Kaschmirpullover glatt.

Als sie die würzige Seeluft einatmete, erschauerte sie. Auf einmal fühlte sie sich großartig.

Dustin trat hinter sie und drückte die Lippen auf ihren Nacken. »Letzter Kuss vor der Schlacht?«

Sie lehnte den Kopf zurück. »Letzter Kuss vor der Trophäenjagd.«

Neben der Limousine trugen Grier und Noah einen gestellten Boxkampf aus. Larks Telefon läutete, und sie meldete sich. »Reiniger-Syndikat, Welthauptquartier, Profikillerin Sobieski am Apparat. Mit wem darf ich Sie verbinden?« Dann kicherte sie. »Hi, Mom.«

Eine Hand schützend über den Augen, spähte Kyle über den Parkplatz. Nach einer Minute griff er in den Hummer und holte ein Walkie-Talkie heraus.

»Ritter an Zentrale.«

Rauschen.

»Ritter an Zentrale, bitte melden.«

Wieder nur Rauschen. Er nahm sein Telefon und wählte. Er runzelte die Stirn. Autumn kannte das von den Anrufen bei ihrem Vater. *Mailbox.*

Sie zupfte Dustin am Ärmel. »Zuerst müssen wir diesen ganzen Schrott von Dad über uns ergehen lassen, damit wir ja pünktlich sind, und jetzt stehen wir blöd rum, bis endlich das Spiel anfängt.«

Dustin zuckte die Achseln. Sein Lächeln war so glitschig, als wäre es geölt. »Die wollen uns mit irgendwelchen Sachen überraschen. Das ist cool.«

»Frag den Fahrer, was das soll.« Sie kniff ihn. »Los, Dustin, das ist langweilig.«

Ergeben hob Dustin die Hände und schlenderte hinüber zu Kyle. »Hey, Mann, ich dachte, Ihre Leute warten hier auf uns. Was ist denn los?«

Trotz der Sonnenbrille war Kyle die Verlegenheit anzumerken. »Wollte mich nur mit der Zentrale absprechen.« Wieder musterte er das Telefon. »Bloß …« Er presste die vollen, roten Lippen zusammen. Anscheinend war er ratlos.

Autumn verschränkte die Arme. »Wo sind die anderen Spielleiter?«

Beschwichtigend breitete Ritter die Hände aus. »Leute, für mich ist das genauso neu wie für euch. Warten wir einfach mal ab, was passiert.«

»Neu?«

Er setzte ein glattes Lächeln auf, um seine Unsicherheit zu überspielen. »Ich gehöre erst seit Kurzem zum Edge-Team.«

»Sie sind ganz neu bei dem Spiel?«, bohrte Dustin.

»Das erste Mal für alle hier, Mann. Kein Problem. Das ist bestimmt nur eine kleine Verzögerung.« Erneut warf Kyle einen flehenden Blick auf sein stummes Handy.

»Soll das heißen, wir sind am falschen Ort?« Mit leichtem Wanken schaute sich Dustin um.

Autumns Stimme wurde lauter. »Die Sache wurde monatelang geplant. Und Sie sind in letzter Minute dazugeholt worden?«

Die anderen hörten mit ihrem Geblödel auf und kamen herüber. »Was ist denn los?«, fragte Noah.

Autumn deutete auf Kyle. »Haben *Sie* das verbockt? Wenn ja, dann wird Sie mein Vater in die Pfanne hauen.«

Kyles Gesicht trocknete ein wie ein Stück Rigips. »Ich hab überhaupt nichts verbockt. Wir haben in letzter Minute den Plan geändert, weil Ihr Vater eigens um diese Limousine gebeten hat. Mein Chef hat mich um sieben Uhr früh angerufen. Wir mussten uns beeilen, um den Hummer zu besorgen und alle noch rechtzeitig abzuholen. Also nichts für ungut, Miss Reiniger, aber wenn es ein Problem gibt, dann ist es Ihr Dad …«

Autumn erstarrte.

Kyle stockte und rang sich ein Lächeln ab. »Kein Grund zur Aufregung. Das ist doch nur eine Lappalie. Bestimmt sind die anderen gleich hier.«

Peyton nahm Dustin den Champagner ab. Dann zog sie Grier zur Limousine. »Klopft an die Scheibe, wenn jemand auftaucht.«

Autumn schluckte. Der heiße Knoten in ihrem Magen war zurückgekehrt. Wieso lief das alles so furchtbar aus dem Ruder? Das war doch *ihr großer Tag.*

Lark ließ den Blick schweifen: über den leeren, windgepeitschten Park, das UFO-Stadion, die Bucht. Plötzlich stellte sie sich auf die Zehenspitzen. »Hey, schaut mal.«

Dustin wandte sich um. »Whoa.«

Lark trabte zur Bucht, Noah folgte ihr. »Alles in Ordnung.«

Zwinkernd kämpfte Autumn gegen das Brennen in ihren Augen an. Ein weißes Schnellboot zog einen weiten Bogen um die verlassenen Kräne auf Hunters Point.

Kyle stieß einen Laut zwischen Lachen und Seufzen aus. »Na also.«

»Sind sie das?«

Er winkte sie nach vorn. »Los.« Er pochte an das Fenster des Hummer. »Peyton, Grier, raus mit euch. Die Bullen rücken an.«

Autumns Zorn verflog, und wieder lag der Tag wie eine Verheißung vor ihr. Sie nahm Dustins Hand und zog ihn hinunter zum Strand.

5

Das Schnellboot pflügte durch die Wellen, vorbei an den Kränen auf der Werft, und hüpfte über die Bucht auf Candlestick Point zu.

Dane Haugen hielt den Gashebel voll durchgedrückt. »Masken aufsetzen.«

Von Nordlinger zog sich eine schwarze Skimütze übers Gesicht. Haugen machte es ihm nach. Über die Maske zog er eine Panoramasonnenbrille, die er am Morgen gekauft hatte. Seine Hände steckten bereits in schwarzen Kalbslederhandschuhen.

Er griff nach seinem Walkie-Talkie und drückte auf *Senden*. »Hier Viking. Wir nähern uns dem Strand, noch dreihundert Meter.«

Das Boot wippte auf den Schaumkronen. Über das Walkie-Talkie erreichte ihn eine kratzende Frauenstimme. »Hier Ran. Noch dreißig Sekunden bis zum Parkplatz von Candlestick Point.«

Haugen grinste. *Ran.* Wie passend von Sabine, den Namen einer altnordischen Göttin zu benutzen, noch dazu einen, der *Raub* bedeutete. »Masken aufsetzen, Position halten.«

»Roger«, antwortete sie.

Er musste diese Mütze tragen. Er war blond, groß, athletisch und gut aussehend. Ein Hollywoodproduzent hatte ihm einmal gesagt, dass an ihm ein Schauspieler verloren gegangen war. Er fand, dass ihn der Ausdruck *wie aus Stein gemeißelt* am besten beschrieb. Und er hatte eine magnetische Ausstrahlung, die Frauen regelrecht verzauberte. Er betrachtete sich als klassisch antike Erscheinung, vielleicht spartanisch. Wer ihn einmal gesehen hatte, vergaß ihn nie wieder. Er war einfach zu auffallend.

Er hob das Fernglas, das an einem Riemen um seinen Hals hing. Am Candlestick Point bogen sich die Bäume im Wind. Die traurigen Picknicktische im Park waren leer. Auf dem morastigen Strand kam eine Gruppe junger Leute in Sicht.

»Da sind sie.«

Von zog die Pistole hinten aus dem Hosenbund und lud sie durch. Seine Augen blitzten gierig in den Sehschlitzen der Skimaske.

»Keine Patrone im Lauf«, zischte Haugen.

Von warf ihm einen scharfen Blick zu.

»Zurück damit ins Magazin«, befahl Haugen. »Die Ware darf nicht beschädigt werden.«

»Aber wenn sie wegrennen …«

Haugen knallte ihm das Walkie-Talkie von der Seite an den Kopf. Taumelnd fasste sich Von ans Ohr. »Verdammt, was soll …«

»Du schiebst die Patrone zurück ins Magazin und sicherst die Waffe. Sofort. Bevor ich dich über Bord schmeiße.«

Mühsam gegen das Schaukeln des Boots ankämpfend, folgte Von der Anweisung. Er schaute Haugen nicht an.

»*Wenn* sie wegrennen?« Haugen lachte. »Natürlich rennen sie weg. Sie sind jung, fit und aufgedreht. Und sie glauben, es ist ein Spiel. Genau das wollen wir ja auch. Unser Plan hängt davon ab, *dass* sie es für ein Spiel halten.«

Er brüllte über das Motorendröhnen hinweg und sprach jedes Wort sorgfältig aus, als müsste er einen geistig behinderten Hausmeister belehren. Von starrte nach vorn zum Bug. Seine Lippen waren zusammengepresst, die Nasenlöcher bebten unter der Mütze, aber er hielt den Mund.

Haugen steuerte direkt auf den Strand zu. Das Boot lief hervorragend. Und es war das Transportmittel der Wahl für Drogenhändler. Terry Coates verstand was von seinem Geschäft, das musste man ihm lassen. Nur dumm für Edge Adventures, dass es so leicht gewesen war, das Boot zu stehlen.

Haugen atmete die salzige Luft ein. So weit, so perfekt. Sein Team hatte die Spielleiter von Edge kampflos aus dem Verkehr gezogen. Coates hatte kurz mit dem Gedanken gespielt, Widerstand zu leisten, aber der Anblick von Vons Glock hatte ihn zur Besinnung gebracht. Der Chef von Edge Adventures hatte keine Lust, für ein paar College-Kids sein Leben zu opfern.

Nein, die Edge-Leute hatten sich brav hingekniet und die Hände hinter den Kopf gelegt. In wenigen Sekunden hatten ihnen Von und Sabine die Hände gefesselt und sie in ihren Geländewagen verfrachtet. Danach nahmen Haugen und Von das Boot und düsten los zum Treffpunkt. Sabine und die anderen fuhren mit den Spielleitern los und schafften sie zu dem gemieteten Sattelschlepper, der auf dem Lastwagenparkplatz in der Nähe des Candlestick Point abgestellt war.

Wenn Sabine jetzt in der Grünanlage in Position ging, hieß das, dass sie und ihre Leute die Spielleiter in den Sattelschlepper gestopft hatten – geknebelt, gefesselt und im Kreis mit den Füßen an einen Ring im Anhänger gekettet. Die Spielleiter konnten sich weder hinlegen noch umdrehen. Nicht einmal küssen konnten sie einander. Und schon gar nicht um Hilfe schreien oder gegen die Wände treten, um auf sich aufmerksam zu machen. Die Wände des Anhängers waren mit schweren Staupolstern verhängt, wie sie von Speditionsfirmen für den Transport von Konzertflügeln verwendet wurden. Die Polster schluckten garantiert jedes Geräusch. In den nächsten achtundvierzig Stunden würde niemand die Spielleiter vermissen. Genauso wenig wie Autumn und ihre Freunde.

Und mehr Zeit brauchte Haugen nicht.

Schließlich warf er Von einen Blick zu. »Glaubst du vielleicht, ich will auch nur das geringste Risiko eingehen, dass Autumn Reiniger angeschossen wird? Noch dazu hier in einem öffentlichen Park?«

Von starrte nach vorn zum Strand. »Ist das eine rhetorische Frage?«

Haugen lächelte schmallippig. »War das jetzt eine geistreiche Bemerkung? Ein Bonmot?« Solche intellektuellen Verrenkungen hätte er Von gar nicht zugetraut. Nordlinger wurde ihm wieder ein wenig sympathischer. »Aber du hast recht. Die Frage war rhetorisch. Wir dürfen auf keinen Fall, ich wiederhole, *auf keinen Fall*, durch eine Verletzung von Ms. Reiniger unsere Investition aufs Spiel setzen.«

»Ich glaub, ich hab's jetzt kapiert, Boss.« Von hatte sein Augenmerk weiter auf den Strand gerichtet. »Nur eine Frage hätte ich noch.«

»Ja?«

»Die Gruppe besteht aus sechs Leuten, oder?«

»Richtig.«

»Warum turnen dann da vorn im Sand sieben rum?«

6

Hoch oben auf dem Gebirgskamm hielt Jo inne. Die Sonne hing wie eine goldene Nadel am tiefblauen Himmel. Sie lehnte sich an einen mit roten Flechten überwucherten Felsbrocken. Kurz darauf stieß Gabe zu ihr.

Sie strich die Locken zurück, die sich aus ihrem Pferdeschwanz gelöst hatten. »Halbe Minute. Ich muss ein bisschen verschnaufen.«

Gabe ließ den Rucksack von den Schultern gleiten und zog eine Flasche heraus. Er nahm einen Schluck und reichte sie ihr.

»Danke.« Sie trank und wischte sich die Lippen ab. »Hast du einen Höhenmesser dabei?«

Er schüttelte den Kopf. Seine Brust hob und senkte sich schwer. Allein das bewies ihr, dass sie ziemlich weit oben waren.

Jo hatte ihren Pick-up drei Kilometer weiter hinten und wahrscheinlich dreihundert Meter weiter unten neben einer schmalen Forststraße abgestellt. Sie und Gabe waren schon seit neunzig Minuten unterwegs. Nach ihrem Wanderführer für den Stanislaus National Forest und der Karte von Evan Delaney waren es noch eineinhalb Kilometer bis zu der verlassenen Goldmine, in der Phelps Wylies Leiche entdeckt worden war.

Gabe ließ den Blick über die Baumwipfel schweifen. Überall an den Berghängen wuchsen Drehkiefern, Grautannen und rot verfärbte Hartriegelsträucher.

Er deutete auf einen hoch aufragenden Nadelbaum, der seine staubig grünen Äste über ihnen ausbreitete. »Das ist eine Jeffrey-Kiefer. Wächst nur oberhalb achtzehnhundert Meter.« Herausfordernd grinste er sie an. »Aber bei so einer Höhe müssen wir uns noch keine Gedanken um zusätzlichen Sauerstoff machen.«

»Klar, du hättest natürlich auch mit dem Fallschirm abspringen können, dann wärst du mir zuvorgekommen. Angeber.«

»Nein, das geht auf keinen Fall. Die Air National Guard hat es überhaupt nicht gern, wenn ein Rettungsspringer ihre Ausrüstung verwendet, um sich mit seiner Freundin zu treffen.«

Er schob seine Oakley-Sonnenbrille nach oben. Er wirkte, als wäre er in Hochform, und er redete auch so, um von seinen Problemen abzulenken. Trotzdem behielt ihn Jo heimlich im Auge.

Seine Hautfarbe war gut: bronzen mit einem rötlichen Schimmer vom Aufstieg. Sein Atem ging schnell, aber das war aufgrund der Höhe kaum anders zu erwarten. Sein Puls war stark. Sie sah das Pochen am Hals gleich unter der Kinnlinie. Seine Augen waren klar und dunkel. Und auf sie gerichtet.

Sie schlang die Arme um ihn und drückte ihm die Lippen auf den Hals. Wortlos zog er sie an sich und hielt sie fest. Sie spürte, wie er Luft holte. Er küsste sie aufs Haar, dann hob sie das Gesicht, und er küsste sie richtig, auf den Mund. Zweimal.

Lächelnd tätschelte er ihren Hintern und griff nach seinem Rucksack. »Kein Tageslicht verschwenden, Bergkameradin.«

Jo salutierte. *Mach keine große Sache draus.*

Dennoch ließ sie ihn nicht aus den Augen. Hart im Nehmen war eine untertriebene Beschreibung für Gabe, auch an einem schlechten Tag. Und heute war bestimmt kein schlechter Tag.

Er war stark, jung, unverwüstlich. Aber er hatte sich noch nicht vollkommen erholt von dem Schuss mit einer Neun-Millimeter-Patrone, die ihn in die Brust getroffen hatte.

Erst vor Kurzem hatte er die Arbeit bei der Air National Guard von Kalifornien und sein Studium an der University of San Francisco wieder aufgenommen. Die ärztliche Erlaubnis zur Rückkehr in den aktiven Militärdienst hatte er bisher nicht erhalten. Nach dem langen Krankenhausaufenthalt hatte er sein normales Gewicht und seine frühere Kondition noch nicht erreicht. Ein Schweißfleck verdunkelte sein USF-T-Shirt zwischen den Schulterblättern. Und er hatte weiterhin starke Schmerzen, die er nicht mit Medikamenten dämpfte.

Das war natürlich auf seinen Stolz und den Vorsatz zurückzuführen, ein gutes Vorbild für Sophie zu sein. Und darauf, dass er Rettungsspringer beim 129th Rescue Wing der Air National Guard war. Gabe war an Such- und Rettungsaktionen zu Wasser, zu Lande und in der Luft beteiligt. Und im aktiven Militärdienst hatte er Einsätze, bei denen er aus großer Höhe mit einem HALO-Fallschirm absprang, der sich erst ganz spät öffnete, damit er möglichst schnell und unbemerkt in einem Kampfgebiet landen und Verletzte bergen konnte.

Jo folgte ihm durch sonnige Streifen auf dem kühlen Höhenkamm. Das Gelände war trocken, karg und wild. Es war herrlich und unglaublich still. Über den grünen Wipfeln der Kiefern sahen sie nur mattes Blau. Ihre Schritte landeten weich auf Erde und Kiefernnadeln. Von vorn und hinten hörte sie das Rauschen des Windes in den Ästen. Das einzige Zeichen eines menschlichen Eingriffs in die Natur waren Stromleitungen an Metallmasten, die die nahe gelegenen Bergzüge überragten. Die Leitungen spannten sich hoch über Schluchten und Flüsse, und Jo schoss kurz durch den Kopf, wie es wohl wäre, eine Zip Line daran festzumachen und direkt zur Goldmine hinunterzurutschen.

Gabe folgte ihrem Blick. »Keine Chance.«

Sie lachte. Vorn schlängelte sich der Pfad hinunter in eine Schlucht, um einen felsigen Bach zu überqueren und auf der anderen Seite wieder nach oben zu klettern. Dahinter, wo die Steigung noch steiler wurde und sich hinaufzog zur Baumgrenze und zu den schneebedeckten Hängen der hohen Sierra, standen auf gegenüberliegenden Graten der Schlucht Strommasten, die mit einem schmalen Aluminiumsteg verbunden waren.

»Damit könnten wir fünf Kilometer abkürzen. Wir würden uns zwei Stunden und einen Haufen Kletterei sparen«, sagte sie.

Gabe beugte sich zu ihr und wackelte mit den Fingern. »Bsss.«

»Klar, das sind Hochspannungsleitungen, und die Brücke könnte einstürzen.«

»Wenn du Aufregung brauchst, dann lass uns hier verschwinden und ein Zimmer suchen. Also weiter, damit wir uns endlich diese Mine anschauen können.«

»Okay.«

Sie hatten für eine Übernachtung in der Yosemite Lodge at the Falls reserviert. Das hieß, dass ihnen nach der Bergwanderung auch noch zwei Stunden Fahrt bevorstanden. Der Wind ließ die Bäume erschauern. Und auch Jo ließ er erschauern.

So einen Ausflug hätte Phelps Wylie nie und nimmer unternommen.

Vielleicht hatte er eine Spritztour in seinem geheizten, luxuriösen Mercedes gemacht und sich über die Stereoanlage *Madame Butterfly* angehört. Aber er wäre nie dreihundert Kilometer weit in ein Gebirge gefahren, in dem vor hundertfünfzig Jahren die Teilnehmer einer Reisegruppe vom Winter überrascht worden waren und nur durch Kannibalismus überlebt hatten.

Der Tod dieses Mannes war kein Zufall.

»Wylie hatte eine Landkarte. Oder einen Führer. Es muss einen Grund geben, warum er hier war.«

Gabe blickte zurück über die Schulter. »Bestimmt keinen guten.«

»Sehr richtig, Sergeant.« Eine Bö wehte ihr das Haar vom Kragen hoch. »Okay, beeilen wir uns. Der Wind wird immer stärker. Und die Sonne scheint auch nicht ewig.«

Gabe nickte. »Da hinten braut sich ein Gewitter zusammen.«

Sie spürte ein kaltes Prickeln wie von hundert nadelgroßen Schlangen. *Ungutes Gefühl* traf die Sache ziemlich genau. »Also los.«

7

Haugen ging vom Gas. Während das Schnellboot tiefer ins Wasser glitt, zählte er die Leute, die auf den Strand zurannten.

Drei Frauen, vier Männer. Wo kam der überzählige Mann her?

»Vielleicht nur irgendein Picknicker«, meinte Von.

Haugen spannte den Kiefer an. »Der auf ein Boot zuläuft, das von Männern in Skimasken gesteuert wird?«

Von antwortete nicht.

Das Boot kroch vorwärts. Der Wind fegte Gischt übers Wasser. Um sich vor dem hellen Gleißen zu schützen, legte Haugen eine Hand über die Augen. Dann rückte er die Sonnenbrille zurecht, um den überzähligen Mann am Strand ins Visier zu bekommen. Erst jetzt fiel ihm siedend heiß ein, dass das nicht seine normale Brille war, die auf seine Sehschärfe eingestellt war. Die Sonnenbrille hatte er erst am Morgen gekauft und bar bezahlt, genau wie die schwarzen Militärstiefel, -handschuhe und -hosen, die er alle in verschiedenen Läden erworben hatte. Den Rest seiner Ausrüstung hatte er online über ein Firmenkonto erstanden, das nicht zu ihm zurückverfolgt werden konnte. Sollte jemand der Polizei eine Personenbeschreibung von ihm geben, ließ sich keinerlei Verbindung zwischen dem Entführer Viking und Dane Haugen herstellen.

Dummerweise hatte diese Verkleidung jetzt zur Folge, dass er die Leute im Sand nicht klar erkennen konnte. Mit einer Grimasse zog er die Hand weg. »In der nächsten Minute werden wir rausfinden, wer das ist. Erst mal gehen wir nach Plan vor, dann handeln wir je nach Situation. Halt dich einfach an mich.«

»Keine Schüsse.« Die schwarze Maske, die sich über seinen Basketballkopf spannte, verdeckte Vons Gesichtsausdruck. Aber der vorwurfsvolle Ton seiner Stimme war unverkennbar.

Haugen wandte sich zu ihm um. Das tote Blitzen seiner Augen war hinter den Gläsern verborgen, trotzdem zuckte Von verängstigt zurück. *Gut.*

Haugen griff nach dem Walkie-Talkie. »Ran, bitte kommen.«

Sabine meldete sich durch statisches Rauschen. »Wir sind auf Position. Abmarschbereit. Aber wir sind …«

»Überzähliger Mann. Wiederhole, überzähliger Mann. Möglicherweise ein Unbeteiligter.«

Sie zögerte. »Möglicherweise auch nicht?«

»Keine Ahnung«, antwortete Haugen.

Erneut Zögern. »Verstanden.«

Er presste den Gashebel nach unten. Der Motor fauchte. Das Bootsheck grub sich ins Wasser, der Bug ruckte nach oben, und sie hüpften über die weiß gekrönten Wellen Richtung Strand. Wieder hob er das Walkie-Talkie an den Mund. »Wir gehen in Stellung. Strikt nach Plan.«

Autumn sprintete hinter Dustin zum Strand. Weiß und schnittig raste das Schnellboot durch das glitzernde Wasser direkt auf sie zu. Vor ihnen stoppten Lark und Noah am Meeressaum. Mit wackelnden Himbeervelourshüften trabte Peyton hinter Grier her und schwenkte die Champagnerflasche in der Hand. Ein Stück weiter vorn unterbrach der Tai-Chi-Fan seine Übungen, um zuzuschauen.

Autumn schloss zu ihren Freunden auf. Der Chauffeur Kyle war dicht hinter ihr.

»Also gut, Freunde. Zeit für die Trennung.« Er deutete zum Boot. »Die kommen, um Ms. Reiniger und ihre Kumpane abzuholen.« Er schob Lark, Dustin und Grier in ihre Richtung. Dann zeigte er auf Peyton und Noah. »Ihr zwei FBI-Agenten solltet jetzt besser verschwinden, sonst werdet ihr noch bei einem Feuergefecht niedergeknallt.«

Wippend näherte sich das Boot.

»Oder gefangen genommen und durch die Mangel gedreht«, fügte Kyle hinzu.

Grier rückte den Strohhut zurecht. »Hört lieber auf den Mann, der weiß, was hier gespielt wird. Wenn man die Anschuldigungen nicht abstreiten und die Bullen nicht kaufen kann, ist es besser, man haut ab.«

Peyton schob ihr Bettelarmband am Handgelenk hin und her. Grier nahm seinen Ring mit dem lächelnden Schädel ab und reichte ihn ihr. »Mein Pfand, Agent. Wenn du überlaufen willst, ruf mich an.«

Autumn rieb mit den Händen über die Jeans. »Das Boot – holen die mich nach meinem Gefängnisausbruch ab?«

»Genau so ist es. Alles exakt nach Plan.« Kyle griff in seine Windjacke von Edge Adventures und förderte eine Schusswaffe zutage, die aussah wie ein Gerät, mit dem Colonel Quaritch in *Avatar* auf Aliens gefeuert hätte. Mattsilber und mit einem gewaltigen Zielfernrohr auf dem Lauf.

Er grinste cool und gefährlich. »Und ich, Ms. Reiniger, bin Ihr Verhängnis. US Marshal Kyle Ritter, der die Aufgabe hat, Ihrer Flucht ein Ende zu setzen und Sie festzunehmen. Ich an Ihrer Stelle würde lieber davonlaufen, damit Sie nicht eingefangen werden wie Schlachtvieh.«

Autumn blinzelte. Dann drehte sie sich um und floh zum Wasser.

Zwanzig Meter vor dem Ufer schwenkte Haugen das Boot seitwärts und stoppte es. Von sprang mit gezückter Waffe von Bord und marschierte spritzend durch das seichte Wasser zum Strand.

Die Reiniger-Tussi lief direkt auf ihn zu. *Hervorragend.* Ihre Freunde schienen verwirrt. Auf den niedrigen Hügeln des Parks kamen die ersten Mitglieder von Sabines Team angerannt.

Ein Stück weiter vorn machte ein Typ in Trainingshose Tai-Chi-Übungen. Haugen hakte ihn ab. *Unbeteiligter Zuschauer.* In Richtung des Fischereipiers schlenderte ein älteres Paar zwischen den Bäumen hervor. Die Frau war ziemlich rundlich. Sie schob einen Babywagen, in dem ein weißer Pudel saß. Alle paar Sekunden beugte sie sich vor, um ihn gurrend zu liebkosen.

Unbeteiligte Zuschauer. Ihre Gegenwart stellte kein Problem dar. Haugen hatte durchaus damit gerechnet, Autumn Reinigers Gruppe unter den Augen von Zeugen entführen zu müssen. Genau das war der springende Punkt der ganzen Operation.

Mit dem Überfall auf Edge Adventures hatten sie so lange gewartet, bis sich der Chef Coates mit dem SFPD verständigt hatte. Jetzt wussten die Cops, dass am Candlestick Point ein Szenario lief. Freudig hatten sie die Nachricht sicher nicht aufgenommen. Doch das war unwichtig. Hauptsache, sie hielten alles Folgende für ein *Spiel.*

Sabine sprintete in Sicht, eine Skimaske über dem Gesicht. Mit der rechten Hand umklammerte sie eine äußerst reale SIG Sauer.

Jäh kam sie zum Stehen und setzte das Walkie-Talkie an den Mund. »Siebte Person in Autumns Gruppe hat eine Waffe. Ziehen wir uns zurück?«

Zögernd hob Haugen sein Funkgerät. Wer war der Typ mit Baseballmütze, der hinter Autumn Reiniger mit einer Spielzeugkanone aus einem Science-Fiction-Film herumfuchtelte?

8

Als Autumn die Killerknarre in Ritters Hand bemerkte und seinen hämischen Ton hörte, rannte sie los. Im Abdrehen sah sie das falsche Lächeln, das auf seinem Gesicht klebte. Schaukelnd und mit grummelndem Motor lag das Schnellboot in der kleinen Bucht. Am Steuer ragte ein Mann in Skimaske auf. Ein anderer war ins Wasser gesprungen und stapfte platschend auf sie zu. Er war mittelgroß und stämmig, mit einem riesigen, runden Kopf, der ebenfalls mit einer Mütze bedeckt war. Auch er hatte eine Waffe, wenn auch nicht so protzig wie Kyles Ding, und hielt sie in die Höhe, damit sie nicht nass wurde.

Er winkte. »Autumn. Hierher. Ich geb dir Deckung.«

Mit pochendem Herzen sauste sie zum Wasser. Sie merkte, dass sie lächelte. Grinste. Sie stieß einen lauten Jubelschrei aus.

Der stämmige Gangster deutete auf Dustin. »Du auch.« Am Ufer angelangt, warf er sich in Positur, die Waffe mit durchgestreckten Armen auf die anderen am Meeressaum gerichtet.

Peyton stieß einen Ruf aus. Noah trieb sie zur Eile an. »Los, weiter.«

Autumn blickte über die Schulter. Drei andere Maskierte in schwarzen Kleidern waren hinter ihnen aufgetaucht und stürmten Richtung Strand. Auch sie waren bewaffnet.

Der vierschrötige Gangster winkte ihr. »Schnell.«

Sie zögerte. Sie trug brandneue schwarze Lederstiefel von Stuart Weitzman, mit Schnalle und im coolen Reiterlook. »Die möchte ich mir nicht nass machen.«

Peyton kreischte. Autumn verfolgte, wie sich ein maskierter Angreifer auf ihre Wohngenossin stürzte und sie an den Hüften hochriss. Einer ihrer Ballettschuhe mit Zierschleife flog davon. Peyton warf den Kopf zurück und quiekte wie ein Ferkel.

Spritzend tappte Dustin ins Wasser.

»Warte – nimm mich huckepack«, rief Autumn.

Unschlüssig zögerte Dustin.

Der stämmige Gangster hetzte an ihm vorbei zum Strand. »Los, ins Boot.«

Der Kerl packte Autumn und warf sie sich über den Rücken wie ein Feuerwehrmann. Dann stapfte er zurück zum Boot. Sie hörte das Schäumen des Wassers um seine Füße.

»Vorsicht.« Sie wippte auf und ab, und ihr Bauch stieß gegen seine Schulter. »Das ist unwürdig. Ich bin die Königin der Unterwelt.«

Sie hob den Kopf. Auf dem Strand lag Peyton mit dem Gesicht nach unten im Sand, eine Himbeernickigefangene mit hinter dem Kopf gefalteten Händen. In der Nähe trieb ein Angreifer Grier und Noah mit vorgehaltener Waffe in Autumns Richtung.

Lark war ein Stück weiter vorn. Sie winkte dem älteren Paar mit dem Pudel zu. Die Frau, eine mollige Schwarze mit weißer Mähne, hatte ein Handy in der Hand. Offenbar wollte ihr Lark erklären, dass das alles nicht ernst gemeint war.

Ächzend wuchtete der stämmige Gangster Autumn auf das Schnellboot. Unbeholfen schlitterte sie über den Rand, und Dustin half ihr hoch. Der Gangster kletterte an Bord. Der

Mann am Steuer war hochgewachsen und ganz in Schwarz gekleidet: von der Skimaske über die geschlossene Sonnenbrille und die Militärkleidung bis hin zu den Handschuhen.

Mit Gesten forderte er den stämmigen Gangster auf, das Steuer zu übernehmen. Dann sprang er ins knietiefe Wasser und kämpfte sich vor zum Strand.

»Wahnsinn«, meinte Dustin. »Der volle Wahnsinn, Mann.«

Das Boot schaukelte. Autumn hielt sich am Rand fest, um nicht hinzufallen. »Worauf warten wir? Fahren wir.«

Der Mann am Steuerpult drehte sich um und funkelte sie an.

»Was ist denn …?«

Warum sagte er nichts?

Haugen schob sich durchs Wasser zum Ufer. Die Situation dort wirkte brenzlig, als könnte sie gleich explodieren. Sabines Leute hatten drei von den Studenten unter Kontrolle, aber eine vierte mit rabenschwarzer Mähne und dem Ernst einer Bibliothekarin musste unbedingt die alte Dame mit dem Pudel besänftigen. Lark Sobieski – Haugen erkannte sie von den Überwachungsfotos wieder. Mit entschlossenen Schritten steuerte Sabine auf sie zu.

Der Siebte aus der Gruppe – der Unbekannte – umklammerte mit beiden Händen seine lächerliche Spielzeugknarre. Aus siebzig Metern Entfernung war sein Gesicht nur ein verschwommener Fleck, trotzdem war Haugen sofort klar, wer der Mann war.

Ein verdammter Angestellter von Edge Adventures.

Haugen strebte hinüber zu dem Paar mit dem Pudel.

»… nur ein Rollenspiel«, sagte Lark. »Ehrlich. Eine Geburtstagsfeier.«

Sabine stieß zu Lark. »Steig sofort ins Schnellboot. Dein Boss ist ohne Schutz.«

Lark deutete auf die Pudelfrau. »Ich wollte es ihnen nur erklären.«

»Das ist nicht deine Aufgabe, sondern meine. Und ich hab die Visitenkarten.« Beruhigend legte Sabine Lark die Hand auf die Schulter. »Also los jetzt.«

Nach einem letzten Blick zu dem älteren Paar lief Lark zum Boot. Haugen hatte eine Vorahnung, dass die junge Ms. Sobieski sich noch als Nervensäge entpuppen würde. Anscheinend hatte sie ein überentwickeltes Verantwortungsbewusstsein.

Aber im Augenblick war sie nicht das Hauptproblem.

Die beiden älteren Herrschaften blitzten Sabine grimmig an. Im Kinderwagen winselte der Köter.

Sabine zog die Maske vom Gesicht. Ihr Ausdruck war völlig ruhig. Mit den blauen Kontaktlinsen, dem dramatischen Make-up und der blonden Perücke war sie gut getarnt. Sie reichte der Frau eine Karte. »Tut mir leid, dass wir Sie beunruhigt haben.«

Die Frau deutete auf Sabines Pistole. »Nach Spaß sieht die nicht gerade aus.«

»Eine Fälschung. Von Toys ›R‹ Us. Hören Sie, wir haben das mit der Parkverwaltung und der Polizei von San Francisco abgesprochen. Eigentlich hätten die Aufseher Schilder aufstellen sollen. Ich werde mich über dieses Versäumnis beschweren.« Sie zog ihr Telefon heraus. »Können Sie mir Ihren Namen nennen, damit ich den Leuten sagen kann, wer sich behelligt fühlt?«

Sie hatte die Sache unter Kontrolle. Haugen entfernte sich und winkte Pat Stringer heran, der zu Sabines Team gehörte.

Er zog ihn außer Hörweite der anderen. »Wir haben ein Problem.«

»Kann man so sagen.« Stringer blickte kurz nach vorn zu dem Edge-Mitarbeiter, der Peyton und Noah mit seiner Spielzeugwaffe bewachte. »Edge hat in letzter Minute das Szenario geändert. Sie haben einen weiteren Mann dazugeholt. Und ich glaube, ich weiß auch, warum.« Mit dem Kinn deutete er zum Parkplatz.

Über vier Stellplätze erstreckte sich der krasseste, protzigste Hummer, den Haugen je gesehen hatte.

»Wahrscheinlich hat Peter Reiniger darum gebeten, die jungen Leute abzuholen«, setzte Stringer hinzu.

Aus der Ferne beäugte Haugen den Edge-Angestellten. Schwarze Baseballmütze, Sonnenbrille, Windjacke von Edge, dazu die läppische Spielzeugkanone. »Hast du ihn schon mal gesehen?«

»Nein. Er ist neu. Sein erstes Szenario.«

Haugens Sodbrennen flammte wieder auf. Das hätte nicht passieren dürfen. Das gehörte nicht zum Plan. Und es warf gleich mehrere Probleme auf.

Sein ganzes Unternehmen hing davon ab, alle im Dunkeln zu lassen – die Öffentlichkeit, die Polizei und natürlich die jungen Leute, deren Wochenendfeier gekapert wurde. Die Illusion, dass das Spiel noch lief, war von entscheidender Bedeutung.

Er durfte nicht zulassen, dass dieser Edge-Neuling … »Wie heißt der Kerl?«

»Ritter.«

Er durfte nicht dulden, dass Ritter sein genau abgestimmtes Programm ruinierte. Weder konnte er ihn einfach hier zurücklassen noch ihn bewusstlos schlagen und ihn hinten in den Hummer werfen – am Strand wimmelte es ja nur so von Zeugen. Und er hatte weder die Zeit noch das Personal, um Ritter zu überwältigen und ihn zu den anderen in den Sattelschlepper auf dem Parkgelände zu stopfen.

Im Übrigen durfte er auch den Hummer nicht übers Wochenende hier stehen lassen. Selbst mit einer gigantischen Eistüte auf dem Dach und klimpernder Jahrmarktmusik hätte das Fahrzeug nicht mehr Aufsehen erregen können. Die Oma mit dem Hundewagen würde garantiert davon erzählen. Die Parkaufseher würden neugierig werden.

Und mit jeder Sekunde, die sie hier am Strand verplemperten, kam sein sorgfältig getimter Ablauf mehr aus dem Lot.

Ticktack.

»Hat Ritter Fragen gestellt?« Haugen dämpfte seine Stimme.

»Wollte wissen, warum wir so spät gekommen sind.«

Langsam wandte sich Haugen um. »Er hält uns für das echte Team von Edge?«

»Wie gesagt, der Mann ist ganz neu. Er wurde von Terry Coates engagiert und hat sonst noch niemand aus der Firma kennengelernt.« Stringer schaute auf den Boden. »Aber Ritter fragt nach Coates, und damit kommen wir zum nächsten Problem.«

»Was?«

Mit einer ruckartigen Kopfbewegung führte Stringer Haugen zu Sabines Volvo-Geländewagen. Er ließ die Heckklappe aufschnappen.

Im Kofferraum war ihre Ausrüstung verstaut, zu der auch eine zwei Meter lange Militärtasche mit Segeltuchplanen gehörte. Eine Plane war herausgenommen und hinten über einen dicken Klumpen gebreitet worden.

Haugens Kiefer mahlten. »Coates …«

»Irgendwie hat er die Handfesseln aufgekriegt und sich gewehrt, als wir ihn in den Anhänger stecken wollten. Er hat nach Max' Waffe gegriffen und …«

»Ich hab euch doch gewarnt, dass er ein Exbulle ist. Haarklein hab ich euch erklärt …«

»Dass wir, wenn überhaupt, dann nur bei Coates mit einem Angriff rechnen müssen, ich weiß. Aber es ging alles so schnell.«

Haugen hob einen Zipfel der Plane hoch. Die glasigen Augen der Leiche starrten durch ihn hindurch.

Das war nicht der erste vor Kurzem getötete Mensch, den er sah. Trotzdem hätte er Stringer am liebsten auf der Stelle erwürgt.

»Hättet ihr ihn nicht in den Sattelschlepper laden können?«

»Leute sind gekommen. Wir hatten keine Zeit. Außerdem kann er nicht so lang im Anhänger liegen, dafür ist es zu heiß. Nach drei Tagen …«

»Halt die Klappe.«

Sabine kam herüber. »Ma und Pa sind beschwichtigt. Aber wir müssen hier weg, sonst sind wir erledigt.«

Haugen bemühte sich um einen neutralen Ton. »Warum hast du mir davon nichts gesagt?«

»Ich wollte ja, aber du hast mich unterbrochen.«

Einen eisigen Augenblick lang starrte er reglos auf die Leiche. Dann glitt sein Blick zu Ritter und dem Hummer.

Schließlich nahm er Sabine am Arm. »Du kommst mit mir ins Schnellboot. Wir beaufsichtigen Autumn.« Er deutete auf Stringer. »Du fährst den Volvo zum Hafen. Von und Friedrich nehmen den Hummer und folgen dir – mit Ritter. Wenn wir es schlau anpacken, profitieren wir sogar von dieser Verwicklung.«

»Hab kein gutes Gefühl mit diesem Ritter«, meinte Stringer.

»Was wir mit ihm machen, entscheiden wir später. Im Moment müssen wir vor allem die vielen Leute und die Limousine hier wegschaffen und aus San Francisco verschwinden.«

Stringer nickte, knallte die Heckklappe zu und rannte zurück zum Strand. »Alle in den Hummer, los.«

Noah Holloway, Peyton Mackie und Ritter folgten ihm zu dem flammenübersäten Luxusgefährt.

Sabines Gesicht war ausdruckslos. Sie wusste, dass sie jetzt nicht mehr zurückkonnten. Sie zog die Maske wieder nach unten.

Zusammen liefen sie über den Strand und durchs Wasser zum Schnellboot. Von zog sie an Bord. Eifrig wandten sich Autumn, Lark, Cody Grier und der angeheitert wirkende Dustin Cameron zu Haugen um.

»Kann's losgehen?«, fragte er.

»Endlich. Ich hab für heute noch ein paar Diebstähle geplant«, antwortete Autumn.

»Haben wir das nicht alle?« Haugen drückte den Gashebel nach vorn und ließ das Boot nach einer Drehung des Steuers über die Bucht zischen.

9

Der Eingang zu der verlassenen Mine klaffte in der Bergwand. Jo hielt sich zurück. Die hölzernen Tragebalken waren verwittert und morsch. Drinnen herrschte Leere, düster und bedrohlich. »Da stimmt einfach was nicht. Die ganze Sache stimmt nicht.«

Die Vorstellung, dass Phelps Wylie zufällig hierhergewandert war oder dass er sich absichtlich in den Schacht gestürzt hatte, um Selbstmord zu begehen, war schlichtweg lächerlich.

Gabe nahm eine Taschenlampe aus dem Rucksack und kauerte sich vor den Eingang. Der grelle weiße Strahl fiel auf Schutt, Tierexkremente, eine leere Wasserflasche aus Plastik. Der Stollen wirkte wie ein Schlund.

»Willst du reingehen?«, fragte er.

Jo betastete einen Tragebalken. »Nicht ohne mich anzuseilen.«

Sie wandte sich um und ließ den Blick über die kiefernbewachsene Bergwand gleiten. In den Hang war eine frische Schneise gebrochen worden; eine tiefe Wunde, wo die Schlucht von der Wucht einer reißenden Strömung voller Geröll ausgewaschen worden war.

»Auf jeden Fall läuft die Flutrinne in die Mine. Ich kann verstehen, warum die Sheriffs dachten, dass Wylie vom Wasser in den Tod gerissen wurde. Wenn man die Satellitenfotos nicht kennt, ist das eine logische Schlussfolgerung.« Sie wischte sich die Hände an der Jeans ab. »Ich muss den Schacht sehen, in dem seine Leiche gefunden wurde.«

Sie streifte ihren Klettergurt über und befestigte das Ende des Seils daran. Gabe schlang es sich um die Hüften und hielt es fest, um sie aufzufangen, falls der Boden des Bergwerks einbrach.

»Gib Laut, wenn du auf eine Mumie stößt«, sagte er. »Oder auf einen Mutanten mit Kettensäge.«

»Blödmann.«

»Zu Diensten, Chica.« Er reichte ihr die Taschenlampe und umklammerte das Seil mit festem Griff. Sein Lächeln hätte fast genügt, um ihre Ängste zu zerstreuen.

Vorsichtig trat Jo in die Mine und ließ den Lichtstrahl durch das Dunkel streichen. Obwohl die Decke eine Handbreit über ihr war, zog sie den Kopf ein. Wie eine Spinne kroch ihr ein Schauer über den Rücken. Es schnürte ihr die Kehle zusammen, und die alte Verzweiflung brandete in ihr hoch: *Kleine Räume stürzen ein.* Der Wind jammerte wie eine gespenstische Pfeifenorgel.

Schluss jetzt. Beruhig dich. Sie zwang sich zu atmen. Die Wände waren aus kühlem Stein. Tausende von Kerben waren hineingemeißelt. Sie fragte sich, ob dieses Loch jemals irgendjemandem Reichtümer beschert hatte.

Oder ob Wylie auf etwas in dieser Richtung gehofft hatte.

Nach fünfzig Metern fand sie den Abhang. Ein vertikaler Seitenschacht mit einem Durchmesser von knapp einem Meter, der zehn Meter tief abfiel und mit Fels und Minenschutt endete.

Sicher, es war denkbar, dass Wylie von einer Sturzflut so weit in das Bergwerk und dann über die Kante des Schachts gespült worden war. Doch sie wurde das Gefühl nicht los, dass hier etwas anderes passiert war.

Mühsam drängte sie die Empfindung zurück, dass sich die Wände ächzend ausbeulten und auf sie zuschoben. Nach einem tiefen Atemzug drang sie weiter in den Stollen vor. Weiche, lockere Erde dämpfte ihre Schritte. Tragebalken waren in die Wände und die Decke gehämmert worden. Nach einer Biegung leuchtete sie nach vorn und erstarrte. Quer vor ihr erstreckte sich eine Grube, mindestens fünf Meter tief. Ein Notabfluss für Flutwasser.

Im Stollendach über der Grube hatten die alten Bergleute eine Eisenbahnschwelle als Querträger eingebaut. Darüber waren Erde und Fels weggebröckelt. Das Holz lag völlig nackt da. Nicht unbedingt ein beruhigender Anblick. Sie sprang über die Grube und setzte ihren Weg fort. Die Kurve im Stollen zog sich weiter, und das Tageslicht hinter ihr wurde trüb und staubig. Die Wände rückten näher zusammen, die Decke senkte sich. Als das beengende Gefühl schon fast unerträglich wurde, verzweigte sich der Stollen auf einmal. Behutsam erforschte sie beide Gänge, bis sie jeweils ein totes Ende erreichte. Im Strahl der Taschenlampe war nur hier und da etwas Abfall zu erkennen. Sie machte kehrt und wanderte zurück.

»Alles in Ordnung?«, erkundigte sich Gabe.

Sie nickte. Nachdem sie ihren Gurt abgenommen hatte, legte sie den Kopf zurück und sog die frische Luft ein. Beim Anblick des Himmels durch die Äste löste sich ihre Anspannung allmählich auf.

»Wylie wurde ermordet«, konstatierte sie. »Ich kann es nicht beweisen, es ist nur ein Bauchgefühl. Trotzdem, ich würde jeden Betrag darauf wetten.« Sie holte ihre Kamera heraus. »Die Frage ist, wer es getan hat und warum.«

Gabes Aufmerksamkeit galt dem Himmel. Im Westen türmten sich Kumuluswolken auf. »Bald haben wir kein Licht mehr. Dafür umso mehr Regen.«

»Ich beeil mich.«

Zehn Minuten lang machte sie Fotos von der Mine und der Bergwand. Als sie fertig war, blickte sie den Hang hinauf. Die Sheriffs von Tuolumne County hatten das Bergwerk und die Flutrinne nach Beweisen abgesucht. Doch inzwischen war Jo zu der Überzeugung gelangt, dass die Flutrinne bedeutungslos war.

Sie betrachtete den Pfad.

Bewusst langsam stieg sie ihn hinauf. Im Schneckentempo untersuchte sie jede Handbreit des Bodens.

Nach zwanzig Minuten blieb sie hoch über der Mine stehen. Plötzlich bemerkte sie einen verirrten Sonnenstrahl, etwas wie das Blitzen eines Signalspiegels. Ohne den Blick abzuwenden, näherte sie sich vorsichtig der Lichtquelle.

Drei Meter vom Pfad entfernt steckte etwas zwischen zwei Felsen.

»Gabe!«

Er kletterte zu ihr hinauf. »Das gibt's doch nicht.«

Staubig und zerbeult lugte unter Kiefernnadeln ein Handy hervor.

»Das kannst du laut sagen. Ich brauche Handschuhe.«

Hastig stieg sie hinunter zu ihrem Rucksack, um Latexhandschuhe und eine verschließbare Plastiktüte zu holen. Dann rannte sie wieder hinauf.

»Hat sich nicht bewegt.« Gabes Ton war leicht ironisch.

Sie machte mehrere Fotos, um den Fundort des Telefons zu dokumentieren. »Die Sheriffs waren im Sommer hier. Da stand die Sonne höher und hat sich nicht so im Display gespiegelt wie jetzt.«

»Überlegst du dir einen Grund, warum sie es übersehen haben könnten?«

»Bei Evan war es genauso, als sie vor einem Monat hier

war. Außerdem hat sie gar nicht nach einem Handy gesucht, weil bei Wylies Leiche ein Telefon gefunden wurde. Weder sie noch die Cops haben gewusst, dass er ein zweites hatte. Das hat sich erst bei meinem Treffen mit ihr rausgestellt.«

Vorsichtig löste sie das Telefon mit den Fingerspitzen aus dem Felsspalt.

Gabe winkte ab. »Wenn es Wylie gehört hat, dann war es seit fünf Monaten der Witterung ausgesetzt. Da würde ich mir keine Sorgen mehr um Fingerabdrücke und DNA machen.«

»Man kann nie wissen.«

»Und du solltest es auch nicht triumphierend im Sheriff's Office abgeben, wenn du nicht sicher bist, dass es tatsächlich dem Opfer gehört hat.«

»Schauen wir doch mal nach.«

Sie drückte die Einschalttaste. Nichts passierte.

Gabe zog sein eigenes Handy aus der Tasche. Die gleiche, äußerst beliebte Marke. »Hast du noch mehr Handschuhe?«

Sie gab ihm ein zweites Paar. Er nahm seinen Schlüsselanhänger – einen Karabiner, an dem ein Schweizer Messer befestigt war. Er klappte einen Zylinderstift heraus und löste damit die SIM-Karte aus dem toten Telefon. Er schob sie in sein eigenes Handy und schaltete ein. Das Display leuchtete auf.

»Ja«, flüsterte Jo.

Doch die SIM-Karte war beschädigt. Nur Teile des Displays waren zu erkennen – wie bei einem Blatt Papier, über das ein Glas Wasser verschüttet worden ist. Die ganze Anzeige war blass und matt.

»Das bleibt nicht stabil«, mahnte Gabe.

Hektisch scrollte Jo, bis sie die Telefonnummer der beschädigten Karte fand.

»Schreib sie auf.« Sie ratterte die Zahl herunter, und Gabe kritzelte sie aufs Handgelenk. »Damit hat die Polizei schon mal einen Ansatz.«

Mit wachsender Spannung durchsuchte sie den Verbindungsspeicher. Die beschädigte Karte zeigte nur Bruchstücke von Telefonnummern. Und zu keiner eine Anruferkennung. Aber es waren ausschließlich Nummern aus der Bay Area. Jo zweifelte immer weniger daran, dass es Wylies Telefon war.

Das Display flackerte. »Gleich ist es weg.«

Hastig nahm sie ihr eigenes Handy heraus. So schnell es ging, übertrug sie Daten von der beschädigten Karte. Dann sah sie sich die ausgehenden Anrufe an. In schneller Folge waren dreistellige Nummern gewählt worden: 6-2-2, 9-4-4, 8-2-1.

Ihr Magen zog sich zusammen. »Ich glaube, da wollte jemand 9-1-1 wählen.«

»Du meinst, er hat es mehrfach versucht und die falschen Tasten erwischt?« Gabe wurde ganz still.

Um sie herum blies ein böiger Wind.

»Ja.«

Wenn jemand 9-1-1 wählen wollte, ohne aufs Display zu schauen, konnte er die falschen Tasten drücken. Zum Beispiel wenn er heimlich die Polizei verständigen wollte – mit dem Telefon in der Tasche oder hinter dem Rücken. In größter Not.

Das Display verblasste zu Weiß. Als es wieder ansprang, war es trüber als zuvor.

Jo musste so viel wie möglich herausfinden, bevor die SIM-Karte den Geist aufgab. Die Sheriffs hatten wahrscheinlich Techniker, die sie wiederbeleben konnten, aber sie durfte kein Risiko eingehen. Hastig scrollte sie sich durch die Anwendungen, bis sie auf eine Diktatfunktion stieß.

Sie tippte auf *Play*.

Sie hörte Geräusche. Rascheln. Gedämpftes Kratzen – offenbar hatte das Handymikrofon aus einer Hosentasche oder Ähnlichem aufgenommen.

Eine Männerstimme. »Wohin fahren wir?«

Sie schielte zu Gabe. Sein Blick schimmerte dunkel.

Dieselbe Männerstimme: »Sagen Sie mir zumindest, wie weit wir fahren, damit ich planen kann. Muss ich zum Tanken anhalten?«

Jo schloss die Augen. Ihr Herz pochte auf einmal ganz fest. »Das ist er. Wylie.«

Langes Schweigen im Telefon. »Also?«

Schließlich antwortete weiter entfernt eine andere Stimme. »Fahr.«

»Bitte, ich will doch nur …«

»Klappe.« Die zweite Stimme versank in Umgebungsgeräuschen.

»Mann oder Frau?«, fragte Jo.

Gabe schüttelte den Kopf. »Kann es nicht erkennen.«

Eine weitere Minute verstrich. Sie hörten Wylies schweren Atem.

»Er hat Angst«, bemerkte Jo.

Motorengeräusch. Wylies Stimme: »Soll ich auf der 58 bleiben? Gleich sind wir in Altamont. Wie weit …«

Ein dumpfer Schlag.

Jo biss sich auf die Lippen. »Wylie fährt gegen seinen Willen irgendwohin. Und er versucht, eine Spur zu hinterlassen. Jemand soll hören, wohin er unterwegs ist.«

Wieder meldete sich Wylie. Seine Stimme zitterte. »Warum machen Sie das?«

Die andere Stimme war weit weg, noch gedämpfter als vorhin. Unverständliche Worte. Jo drückte das Telefon ans Ohr.

»Du weißt, was gespielt wird«, sagte die Stimme.

Wer war zusammen mit Wylie im Auto gesessen? Ein Mann, oder eine Frau mit tiefer Stimme? Ein eifersüchtiger Ehemann vielleicht? Eine frühere Geliebte? Die Stimme klang wie zum Zerreißen gespannt.

»Halt die Klappe, sonst …« Geräusche. »… Strafe.«

Die Aufnahme stoppte.

»Verdammt«, entfuhr es Jo.

Strafe.

»Wir müssen sofort zum Sheriff's Office.«

Sie ließ die SIM-Karte aus Gabes Telefon schnappen und versiegelte sie in der Plastiktüte. Hastig suchten sie ihre Ausrüstung zusammen, und Gabe streifte sich den Rucksack über.

»Warte kurz«, bat sie.

Hier in der tiefen Wildnis gab es bestimmt kein Funksignal, das für ein Telefongespräch reichte. Aber für das Verschicken einer SMS genügten ein schwaches Signal und wenige Sekunden. Sie tippte eine Nachricht an Evan mit der Überschrift DRINGEND. Rasch fasste sie alle Daten zusammen, die sie von der beschädigten SIM-Karte gezogen hatte, und drückte auf Abschicken.

Nachricht konnte nicht gesendet werden.

Sie versuchte es erneut. *Nachricht in Warteschleife. Bitte warten.*

Jo schnallte ihren Rucksack um. Die Stimme am Telefon hatte sie zutiefst beunruhigt.

Sie wusste jetzt, dass Phelps Wylie nicht in den Bergen gewandert war, als die Sturzflut kam. Er war zu der Mine geschleppt worden, und zwar von jemandem, der keine freundlichen Absichten hatte.

Das Schnellboot machte am Hafen von Treasure Island fest. Die Maskierten stellten den Motor ab und sprangen auf den Kai. In der plötzlichen Stille schaukelte das Boot, und das Wasser platschte gegen die Wände. Schatzinsel – ein gutes Omen.

Autumn kletterte hinauf zum Kai. Eine aufregende Bootsfahrt lag hinter ihr. Sie hatte mit den Zähnen geklappert. Lark stieg nach ihr aus, gefolgt von Grier und Dustin. Eine Minute später raste der Hummer heran und dicht dahinter ein schwarzer Volvo-Geländewagen. Das Brüllen der Motoren scheuchte eine Möwe auf, die kreischend davonflog.

Der hochgewachsene Mann deutete auf den Hummer. »Da rein, zack, zack!«

Sie rannten über den Kai und warfen sich in die Limousine. Drinnen warteten bereits Peyton, Noah und Autumns »Verhängnis«, US Marshal Kyle Ritter, der Typ von Edge Adventures.

Autumn stutzte. »Ich dachte, wir sind in getrennte Teams aufgeteilt.«

»Es gibt eine kleine Änderung im Programm«, meinte der Mann, der das Boot gesteuert hatte. »Zuerst kriegt ihr eine Kommandoausbildung. Wir fahren zu einem Trimm-dich-Pfad.«

»Ich hab kein Training gebucht. Ich will eine Gangsterspritztour. Mit Betonung auf *Spritztour*.«

Der stämmige Typ kletterte in den Hummer, packte das Gepäck und die Handtaschen und warf sie hinaus auf den Kai. »Gebt mir eure Handys. Jetzt geht's ins Ausbildungslager.«

Widerstrebend lieferten sie ihre Telefone ab. Er stieg aus und knallte die Tür zu. Vor dem Auto schwirrten weitere Maskierte herum. Jemand öffnete den Kofferraum der Limousine und lud das Gepäck ein. Ein schwerer Gegenstand landete mit einem dumpfen Geräusch darin.

Haugen beobachtete, wie Stringer und Friedrich die klobige Militärtasche in den Kofferraum des Hummer schoben. Sie schlugen die Heckklappe zu. Autumn beugte sich zum Fenster und starrte hinaus.

Von kam herüber. »Und wenn sie es merken, bevor wir das Lager erreichen?«

»Das haben wir alles durchgesprochen.«

»Sie sind nicht so blöd wie erwartet und auch nicht richtig betrunken.«

»Wenn sie Scherereien machen, stellst du sofort einen ruhig. Und zwar vor der gesamten Gruppe, ›pour decourager les autres‹. Und du filmst es, damit Peter Reiniger weiß, dass wir es ernst meinen.«

»Und dann beseitige ich die Beweise.«

»Ja. Aber die Devise heißt *entbehrlich*.« Haugen hielt inne, um ganz sicher zu sein, dass Von begriffen hatte. »Damit meine ich nicht nur die Waffe, sondern auch die Person, an der das Exempel statuiert wird.«

Der stämmige Gangster stieg vorn auf der Beifahrerseite ein. Ein anderer mit flaumig blondem Haar zog seine Maske herunter und setzte sich ans Steuer. Er schaltete die Zündung ein und ließ sie knirschen, bis der Hummer schließlich ansprang. Sie fuhren über die Bay Bridge nach Osten Richtung Oakland. Zuletzt nahm auch der stämmige Kerl seine Skimütze ab. Auf dem klobigen Körper saß ein kürbisförmiger Kopf.

Er fuhr sich mit der Hand durchs Haar. »Hallo, ich bin Von, euer Ausbilder.«

Autumn beugte sich zu ihm. »Ich will kein Militärtraining. Ich will Zimmerservice.«

»Training und Wellness«, antwortete Von. »Keine Sorge, Schätzchen. Sechs Sterne garantiert.«

Dustin hob den Kopf. »Hauptsache, es gibt Alkohol.«

»Alkohol gibt es immer«, sagte Von. »Schließlich ist es eine Party.«

10

Endlich erblickte Jo durch die Kiefern den Berggipfel. Seit zwei Stunden liefen sie schon zurück zu ihrem Wagen. Sie hatte Durst, und im Hintergrund lauerte ein Höhenkopfschmerz. Zwischen den aufziehenden Wolken spitzte immer wieder die Sonne hervor, und es hatte deutlich abgefrischt.

Es drängte sie danach, Phelps Wylies beschädigtes Handy im Sheriff's Office von Tuolumne County am Ende der gewundenen Bergstraße in Sonora abzugeben. Sie nahm ihr Handy aus der Jeanstasche. *Kein Signal.* Die Nachrichten an Evan Delaney waren weiterhin in der Warteschleife.

»Wir sind wahrscheinlich immer noch sechzig Kilometer vom nächsten Funkturm entfernt«, meinte Gabe.

Er hielt an und atmete behutsam durch. Wie Gold strahlte er im Sonnenschein. Seine Augen waren warm und voller Leben. Aber ein tiefes Luftholen konnte ihm wegen des Narbengewebes infolge der Operation nach der Schussverletzung noch Schmerzen bereiten. Er bemühte sich, Sauerstoff in die Lunge zu bekommen, ohne sich zu fühlen, als hätte ihm ein Speer die Seite aufgerissen.

Sie strich ihm über den Arm und drückte seine Hand. »Zielgerade.«

Die letzten zweihundert Meter des Wegs schlängelten sich um Kiefern, oktobergelbe Pappeln und flechtenüberwucherte Felsen zu einer Lichtung neben der Forststraße. Jo konnte bereits Sonnenstrahlen erkennen, die sich in den Fenstern ihres Toyota Tacoma widerspiegelten.

Dann hörte sie Musik und Stimmen. Sie tauschte einen Blick mit Gabe aus.

Sie traten hinaus auf die Lichtung, und Jos Schritt wurde langsamer. Aus einer Autostereoanlage dröhnte »Sex on Fire« von den Kings of Leon. Ein riesiger schwarzer Hummer parkte neben ihrem Pick-up. Die Seitenwände waren mit roten und gelben Flammen bemalt. Die Motorhaube war offen.

In der Nähe stand eine bunt zusammengewürfelte Gruppe herum. Junge Frauen mit zerzaust gestyltem Haar in ausgebleichten Jeans und sündteuren Schuhen. Durchtrainierte junge Männer, die sie beeindrucken wollten. Und es nicht schafften. Ein Typ hockte mit hängendem Kopf auf dem Boden, den Rücken an die Limousine gelehnt. Sein Gesicht war fast genauso grün wie die wenige Schritte entfernte Pfütze aus Erbrochenem. Ein Mädchen in pinkfarbenem Velours lag auf der Rückbank des Hummer und ließ die Füße aus der offenen Tür baumeln.

»Noch ziemlich früh am Tag für so viel Ausgelassenheit«, flüsterte Gabe.

Zwei Männer beugten sich über den Motor des Hummer. Einer von ihnen trug eine Baseballmütze mit der Aufschrift EDGE ADVENTURES. Der andere trug schwarze Militärkleidung. Er war klein und drahtig und hatte einen flaumigen Schnurrbart in der rötlichen Farbe eines überreifen Pfirsichs.

Plötzlich richtete er sich auf. »Von.«

Ein dritter Mann kam hinter Jos Wagen hervor.

Gabe wurde nicht langsamer und sagte kein Wort, aber beim Überqueren der Lichtung nahm er die Hände aus den Taschen und schob sich ein Stück vor Jo.

Ihr inneres Radar schlug an. »Probleme mit dem Motor?«, fragte sie.

Der Mann namens Von nickte. Auch er trug schwarze Militärkluft. Mit einem Lappen wischte er sich Schmieröl von den Händen. »Wir hoffen, dass es nur die Batterie ist und nicht der Anlasser.«

»Wir fahren unsere jungen Gäste zu einem Wochenendausflug«, fügte Pfirsichflaum hinzu. »Einem von ihnen ist schlecht geworden.«

Der betreffende junge Gast war der mit dem grünen Gesicht. Im Moment kroch er gerade neben dem Hummer auf einen Graben zu.

Von nickte erneut. Er hatte einen Kopf wie ein Basketball. »Wir haben angehalten, und dann ist der Motor nicht mehr angesprungen. Haben Sie vielleicht Starthilfekabel?«

Jos Antenne zuckte noch immer. Hatte der Typ deshalb bei ihrem Pick-up herumgeschnüffelt? »Klar, ich hol sie gleich.«

Sie schloss den Wagen auf und suchte die Kabel heraus. An der Seite der Limousine lehnte schmollend ein braunhaariges Mädchen mit einem goldfarbenen Pullover. Ihre Jeans steckte in einer Art preußischen Reitstiefeln.

»Das sollen sechs Sterne sein?« Sie verschränkte die Arme. »Wo? In den Appalachen?«

»In zwei Minuten sind wir wieder unterwegs, Autumn«, sagte Von.

Demonstrativ schaute sie auf die Uhr. »Zwei Minuten, Maximum. Sonst fordert ihr einen Hubschrauber an und fliegt mich zum Mandarin Oriental.«

Einer der jungen Männer, der einen Hut wie Dean Martin und ein Sweatshirt mit dem Aufdruck GRIER auf dem Rücken trug, schlenderte zu den Bäumen und öffnete den Hosenschlitz, um sich zu erleichtern.

»Wochenendklausur im Kloster?«, fragte Jo.

Von lächelte wie ein Roboter. »Feier zum einundzwanzigsten Geburtstag. Daddy zahlt.«

Gabe nahm die Starthilfekabel. Sein Gesicht war ausdruckslos, die Augen wach. Jo startete den Tacoma und bugsierte ihn herum, bis die beiden Fahrzeuge Kühlergrill an Kühlergrill standen. Gabe öffnete die Motorhaube.

Es dauerte nur eine Minute, bis der Hummer wieder ansprang. Einige Sekunden lang knirschte der Anlasser, dann erwachte der mächtige Motor mit einem scharfen Heulen zum Leben.

Der junge Mann mit dem grünen Gesicht rappelte sich hoch. Nachdem er über die Lichtung gewankt war, öffnete er eine Tür des Hummer und griff nach einer Wasserflasche. Dann tänzelte er hinüber zu Autumn und küsste sie auf den Hals.

Sie stieß ihn weg. »Verdammt, Dustin. Du stinkst nach Kotze.«

Gabe warf einen Blick durch die offene Tür. Jo bemerkte es ebenfalls: eine silbern schimmernde Schusswaffe mit Zielfernrohr.

»Nur ein Spielzeug«, sagte Von.

Der Mann mit der Edge-Adventures-Mütze wischte die Hand an der Jeans ab und streckte sie aus. »Kyle Ritter. Machen Sie sich keine Sorgen wegen den Waffen. Die sind nur Show.«

Gabe lächelte genauso roboterhaft wie Von. »Hab mich nur gewundert, was das für eine Geburtstagsparty ist.«

Von zog eine Visitenkarte aus der Hemdtasche. »Edge Adventures. Spezialisten für urbane Reality Games.«

Dustin näherte sich mit der baumelnden Wasserflasche in der Hand. »Wir sind FBI-Agenten, die eine Gefangene bewachen, verstehen Sie?«

Er zog die Fahrertür auf. Auf dem Sitz lehnte ein Gewehr. Jo erkannte das gebogene Magazin und das große Visier auf dem kurzen Lauf. Es war ein AK-47.

Das Mädchen, dessen Füße aus der Limousine ragten, setzte sich auf. »Knallhart. Wir sind knallharte Verbrecher.« Damit ließ sie sich wieder auf den Sitz zurückfallen.

Jo prüfte die Starthilfekabel. Der Motor des Hummer röhrte. »Ich glaube, das reicht jetzt.«

Gabe löste die Kabel von der Batterie des Pick-ups. Jo fing seinen Blick auf. *Den* Blick.

Nicht den gelassenen Alles-easy-Blick. Den anderen. Jos Nervenenden prickelten.

Er schloss die Motorhaube und sagte beiläufig: »Fahren wir.«

Von steckte den Lappen in die Tasche. Er beäugte Gabe. »Die Waffen funktionieren nicht.« Er deutete auf Pfirsichflaum. »Friedrich war früher bei der Polizei, und wir haben auch Exsoldaten in der Belegschaft. Alles in Ordnung.«

»Klar.«

Gabe lehnte sich in den Tacoma und verstaute die Kabel. »Blödsinn«, flüsterte er Jo zu.

Er schielte kurz zu Ritter. »Seine Knarre ist ein Spielzeug, die hat er wohl von einem Kongress zu *Kampfstern Galactica.* Aber die anderen sind funktionierende Schusswaffen.«

Hinter ihm drehte eine junge Frau die Musik auf und tanzte. Ritter schlug die Motorhaube des Hummer zu. Von klatschte in die Hände. »Alle auf ihre Plätze, es geht los.«

»Ich war schon mal bei so einem Rollenspielwochenende«, wisperte Gabe. »In Finnland, mit einem Haufen Denkfabriktypen. Manager, die Kalten Krieg spielen. Eine Seite wird von einem russischen Panzer gefangen, dann springen die sowjetischen Invasoren raus – finnische Wäschemodels mit Mützen von der Roten Armee. Sie hatten echte Kalaschnikows, aber es war auf *einen Blick* zu sehen, dass sie entschärft waren. Der Lauf war verstopft. Die Schlagbolzen waren entfernt. An der Mündung hingen farbige Etiketten, um sie als sicher zu kennzeichnen.« Er hielt inne. »Keine Ahnung, was das hier für ein Spiel ist. Auf jeden Fall kein gutes.«

»Fahren wir.«

Jo musste ohnehin zum Sheriff's Office. Dort konnte sie den Beamten auch gleich von dieser merkwürdigen Rodeoparty erzählen.

Dustin stand neben der Tür des Hummer. »Lark, wo ist Peyton?«

Sie hielten Ausschau. Die Blondine in Himbeervelours war zwischen die Bäume gewandert.

»Peyton«, rief Lark.

Dustin brüllte: »Mackie, komm her. Das Ausbildungslager wartet. Und danach musst du ausgebrochene Schwerverbrecher jagen.« Er griff in die Limousine und nahm das AK-47 vom Sitz. »Peyton, komm sofort her, sonst hol ich dich.«

Er schlang sich den Riemen über die Schulter wie Rambo. Die Mündung schob sich nach oben.

Sofort stürzte Gabe auf ihn zu. »Nicht.« Er packte den Lauf und drückte ihn nach unten. »Der Lauf muss immer nach unten zielen, nie auf einen Menschen.«

Dustin drehte sich weg. »Reg dich ab, Mann. Das ist doch keine echte Waffe, nur eine Attrappe.«

In einem demonstrativen Bogen riss er das Gewehr hoch, zielte auf die Bäume und drückte ab.

Das Gewehr feuerte. Kurz nacheinander peitschten vier Schüsse durch die Luft. Der Lauf spuckte orangerote Flammen, Patronenhülsen flogen, und die Schüsse schlugen in einen Kiefernstamm. *Eins zwei drei vier* ließen sie das Holz zersplittern.

Die Frauen kreischten. Einen Sekundenbruchteil stand Jo benommen da. Dann schrie sie: »Runter!«, und warf sich neben dem Pick-up auf den Boden.

Gabe stürzte sich auf Dustin, entwand ihm das Gewehr und stieß ihn weg. »Hast du sie nicht mehr alle?«

Entsetzt starrte Dustin das Sturmgewehr an. »O Gott, was …? Das Ding …«

Peyton kam auf die Lichtung gerannt. »Was war das?«

Autumn hatte die Fäuste vor dem Mund geballt. Ihre Augen sahen aus wie Silberdollars. Ratlos und erschrocken schaute Dustin sie an.

Einen Moment lang hing der Nachhall der Schüsse über der Lichtung. Ritter wirkte bestürzt, aber hellwach und bereit zuzuschlagen – aber in welche Richtung, war für Jo nicht erkennbar.

Beruhigend hob Von die Hände. Sein Gesicht war kreidebleich. »Tut mir leid. Es sollte eine Überraschung sein. Mein Fehler.«

Gabe wirbelte herum. »Eine Überraschung?«

»Schießübungen im Ausbildungslager.« Sein Lächeln entgleiste. »Das hätte nicht passieren dürfen.«

Autumn riss beide Arme hoch. »Jetzt reicht's. Ich mag nicht mehr.« Sie stakste zum Hummer. »Die ganze Sache ist doch total *schräg.* Wo ist mein Telefon? Ich rufe Dad an.«

Von drehte sich um. »Nein.«

Sie öffnete den Kofferraum. »Sie haben mir überhaupt nichts zu sagen.«

Dann erstarrte sie. Und kreischte.

Im Kofferraum hatte sich eine große grüne Reisetasche geöffnet. Eine Leiche lag darin. Das blutverschmierte Hemd eines Mannes war zu sehen. Entsetzt taumelte Autumn zurück. Friedrich stürzte sich auf sie und stieß sie, die Hand in ihren Haaren, auf die Knie.

Sofort nahm Gabe das Gewehr in beide Hände, riss es hoch und schob den Finger über den Abzug. Doch von hinten waren die Schlitten halbautomatischer Pistolen zu hören. Von und Friedrich hielten Waffen in den Händen und zielten auf seinen Kopf.

»Hinlegen«, sagte Von.

Jo bemerkte, wie Gabe einatmete. Er kalkulierte. Aber die beiden standen zu weit auseinander. Er hatte keine Gewähr dafür, dass er sie beide treffen konnte, ehe sie ihn erwischten. Außerdem waren zu viele Menschen im Schussfeld.

»Auf den Boden damit«, zischte Von.

Gabe legte das Gewehr hin und hob die Hände.

Einen Augenblick lang schien die Luft zu beben. Dann rannte der junge Mann mit dem Schriftzug GRIER los, auf die Bäume zu.

Friedrich schwenkte die Pistole und zielte auf den Rücken des Fliehenden. Mit wild rudernden Armen jagte der Junge dahin.

Autumn und Lark kreischten. »*Nein!*«

»Friedrich«, brüllte Von.

Friedrich feuerte. Der Schuss riss Grier von den Beinen.

11

Wie ein Sandsack stürzte Grier zu Boden. Donnernd hallte der Schuss nach, und auf seinem Hemd erblühte ein Blutfleck. Autumn stieß ein lautes, lang gezogenes Heulen aus.

»Was soll das?«, rief Ritter.

Jo rappelte sich hoch. Und starrte in eine Pistolenmündung.

»Keine Bewegung«, zischte Friedrich.

Wie Quecksilber waberte die Angst durch ihre Adern. Friedrich schien völlig außer sich. Die Waffe schimmerte in mattem Schwarz. Das kalte Auge am anderen Ende des Laufs zuckte hektisch hin und her.

Sie hatte Mühe, die Beherrschung zu wahren. »Ich bin ganz ruhig. Ich bin unbewaffnet.«

Peyton applaudierte. »Bravo.«

Bedächtig in die Hände klatschend, schlenderte sie zur Mitte der Lichtung. »Beifall für Grier.« Sie pfiff. »Grier, du kannst aufstehen und dich verbeugen.«

Autumn presste die zitternde Hand an den Mund.

Mit ausladender Geste winkte Peyton Jo und Gabe zu. »Wir begrüßen unsere neuesten entflohenen Sträflinge.« Wieder lachte sie. »Kapiert ihr denn nicht? Die gehören zu Edge.«

Dustin sah aus, als hätte er sich gerade in die Hose gemacht. Noah stand mit erhobenen Händen da, seine Augenlider zuckten wie ein Stroboskop. Gabes Blick harkte über die Szenerie. Er suchte nach einem Ausweg und wollte sicher sein, dass niemand sonst mit einer Waffe hinter ihm stand.

Von legte auf Ritter an. »Schaff Grier da weg. In die Bäume.«

Zögernd setzte sich Ritter in Bewegung. Er packte Grier an den Füßen und zerrte ihn beiseite. Beiläufig nahm Von sein Telefon heraus und machte ein Foto von der Leiche.

Schwankend schaute Peyton zu. Griers Gesicht schleifte durch den Dreck und zog eine Blutspur hinter sich her. Langsam flammte in ihren Augen die Erkenntnis auf. Sie ächzte. Dann rannte sie taumelnd zu den Bäumen, die Arme ausgestreckt, die Hände wie Seesterne.

Von hob das Gewehr auf und warf es Friedrich zu. »Bring sie alle in den Hummer.«

Dann schob er den Schlitten seiner Pistole zurück und jagte Peyton nach.

Autumn schrie: »Nein!«

Friedrich stieß sie in die Limousine, dann richtete er die Waffe auf Dustin. Hustend stolperte Dustin ihr nach. Autumn klammerte sich an ihn. Friedrich zielte auf Noahs Knie.

»Ganz ruhig, Mann. Ich geh ja schon.« Mit beschwichtigend vorgestreckten Händen kletterte Noah in den Wagen, dicht gefolgt von Lark.

Friedrich packte Jo am Oberarm und winkte Gabe. »Du auch, sofort.«

Gabe heftete den Blick auf Friedrich. Er registrierte jede Bewegung Friedrichs und der fahrigen Hand, die die Pistole hielt. Jo wusste genau, was er dachte und was er ihr signalisieren wollte: *Nicht einsteigen.*

Sobald sie in der Limousine waren, saßen sie in der Falle. Kalt wie Quecksilber floss das Blut durch ihre Adern. Sie wehrte sich gegen Friedrichs Griff.

Er presste ihr die Waffe in die Rippen und brüllte Gabe an. »Einsteigen, *sofort*. Sonst kriegt sie ein neues Loch im Brustkorb.«

»Nicht.« Gabe blieb ganz ruhig. »Nehmen Sie die Waffe weg. Ich steig ein.«

In den Bäumen hinter der Lichtung ging Peytons Kreischen in Schluchzen über. Von tauchte wieder auf und zerrte sie an den Haaren mit. Sie konnte sich kaum noch auf den Beinen halten.

Gabe kletterte in den Hummer. Wie erstarrt stand Jo da. Friedrich neigte den Kopf und legte den rötlichen Schnurrbart an ihr Ohr. »Ich hab fünfzehn Schuss im Magazin. Wenn du nicht in zwei Sekunden im Wagen bist, fange ich mit deinem Freund an.«

Jo konnte nicht mehr atmen, nicht mehr schlucken. Sie stieg in die Limousine.

Gleich hinter ihr stieß Von die schluchzende Peyton ins Auto. Das Mädchen sackte in die Knie. Lark umschlang sie und hielt sie fest in den Armen.

Ritter kam wieder auf die Lichtung gestolpert. Friedrich hielt ihn mit der Pistole in Schach. Ritter hatte die Augen vor Bestürzung weit aufgerissen.

»Beeil dich«, fauchte Friedrich.

Von drehte sich um, um sicherzugehen, dass Ritter der Aufforderung folgte. Jo schaute Gabe an. Letzte Chance – die Tür auf der anderen Seite des Fahrzeugs. Hektisch kletterte sie hinüber.

Mit einem erschreckend lauten Knall feuerte Friedrich auf die Rückbank. Stofffetzen flogen durch die Luft, es stank nach Pulver. Von allen Seiten erhoben sich Schreie.

»Scheiße!«, brüllte Dustin. Sein Blick zuckte zu Jo hinüber. »Bleib sitzen, verdammt.«

Er packte sie am Jackenkragen und riss sie zurück. Sie landete mit dem Hintern auf dem Boden.

Jo grub ihm die Fingernägel ins Handgelenk. Dann packte Gabe Dustin am Arm und drehte einmal kurz und heftig.

Dustin ließ los. Seine Augen glänzten wie zerbrochene Murmeln. »Was soll der Scheiß?«

Von stieß Ritter in den Fahrgastraum, kletterte hinter ihm hinein und knallte die Tür zu. Friedrich warf sich hinters Steuer und legte den Gang ein.

Mit durchdrehenden Reifen schoss der Hummer vorwärts und zog eine braune Staubwolke hinter sich her. Mit erhobener Waffe stützte sich Von auf dem Sitz ab.

Dustins Brust hob und senkte sich. Er wirkte zugleich verängstigt und aufgebracht. Peyton hatte sich zu einem Ball zusammengerollt und sich schluchzend die Finger in den Mund gesteckt. Ritter neben ihr starrte Von an, das Gesicht hart und ausdruckslos.

Autumn saß wie versteinert da und zwinkerte wie eine Otter im Sonnenlicht, die Finger in den roten Samtbezug der Bank gebohrt. Lark und Noah waren neben Jo auf den Boden gerutscht und hockten neben ihr wie paralysierte Fische.

Von hatte die Pistole ruhig im Anschlag. »Und jetzt alle schön die Hände hinter den Kopf.«

Sie folgten seiner Anweisung. Friedrich beschleunigte auf der schmalen, bergauf führenden Straße. Der Hummer hatte zwar viel Power, doch die Höhe machte dem Motor zu schaffen. Die Bäume jagten vorbei.

Von wischte sich mit der Hand über die Nase. Er deutete auf Jo und Gabe. »Taschen ausleeren.«

Sie warfen ihre Telefone nach vorn.

Von klaubte sie auf. Dann nickte er Gabe zu. »Die hintere Tasche auch, Hombre.«

Zögernd nahm Gabe sein zusammengeklapptes Jagdmesser heraus und stieß es auf dem Teppichboden zu Von hinüber.

»Niemand rührt auch nur einen Muskel.« Von kletterte über die Lehne nach vorn auf den Beifahrersitz.

Peytons Schluchzen ließ allmählich nach, bis nur noch ein leises Wimmern blieb. Autumn zitterte. »Grier.« Sie wandte sich zu Dustin und vergrub das Gesicht an seiner Schulter.

»Ruhig«, flüsterte er ihr ins Ohr.

Vorn warf Friedrich Von einen panischen Blick zu. »Was machen wir jetzt?«

»Wir fahren weiter. Wenn wir ankommen, regeln wir die Sache.«

»Dane wird ausflippen, das weißt du genau.«

»Klappe«, fauchte Von.

»Und Sabine schneidet uns die Eier ab.«

Jos Magen zog sich zusammen. *Von, Friedrich, Dane, Sabine.* Anscheinend waren sie von der Trapp-Familie gekidnappt worden.

Ritter wirkte völlig benommen. »Mein erstes Rollenspiel, nicht zu fassen.«

»Sie arbeiten für Edge Adventures?«, fragte Gabe.

»Seit ein paar Tagen.«

»Haben Sie die Typen hier schon mal gesehen?«

»Nein. Nur Mr. Coates, den Leiter. Keine Ahnung, wo er steckt.«

Im Kofferraum, dachte Jo.

Der Asphalt endete und ging in Schotter über. Laut und beharrlich prasselte er unter den Reifen. Der Hummer holperte über eine Furche, und alle stießen gegeneinander.

Von lehnte sich zu Friedrich. Seine Stimme war leise und hart. »Wir können sie nicht einfach neben der Straße rauskippen.«

Ritter flüsterte mit Jo. »Irgendwie ist mir das gleich komisch vorgekommen, als diese Leute aufgekreuzt sind. Die schienen ziemlich überrascht, mich zu sehen.«

Mit dröhnenden Reifen überquerten sie eine Betonbrücke. Aus dem Augenwinkel registrierte Jo das wild schäumende Flusswasser.

Dustin atmete ein. »Wir müssen was tun.«

Noah, der ruhigere der beiden Studenten, fragte: »Was denn?«

Von drehte sich nach hinten und starrte sie an. Die Waffe hing lässig in seiner Hand. »Schnauze.« Dann wandte er sich wieder Friedrich zu. »Gottverdammt, was für eine Scheiße. Drei Leute, mit denen wir nicht gerechnet haben, und die Kids wissen jetzt Bescheid. Auf jeden Fall müssen wir weiter. Wir können nur zum Treffpunkt fahren und alle einsperren.«

Friedrich schüttelte den Kopf. »Wir sind im Arsch.«

»Wenn wir sie irgendwo rausschmeißen, ist es noch schlimmer.«

Friedrich schielte in den Rückspiegel, und Jos Magen machte einen Satz. Sie hatte Angst davor, dass er denken könnte: *Nur wenn wir sie lebend rausschmeißen.*

Der Hummer jagte über die Schotterstraße, die sich jetzt eine steile Schlucht hinaufwand. Die Reifen bewegten sich nah am Rand zum Abhang.

»Nicht langsamer werden«, forderte Von. »Der Volvo ist nur zwei Stunden hinter uns. Wenn wir dort sind, können wir alle einsperren und überlegen.«

Dustin knirschte mit den Zähnen. »Wir sollten sie angreifen.«

Gabe musterte ihn betont ruhig. »Wie stellst du dir das vor?«

»Wir sind doch mehr. Wir können sie überrumpeln und die Kontrolle über den Wagen übernehmen.«

Peyton schüttelte mit ruckartigen, kleinen Bewegungen den Kopf. »Nein. Grier. Nein, nein, nein.«

Die Straße machte eine scharfe Kurve, um dem Flussverlauf zu folgen. Alle rutschten zur linken Seite der Limousine, die über den unebenen Schotterbelag schaukelte. Rechts von der Fahrbahn wuchsen dicht die Bäume. Dahinter ragte die Bergwand auf. Links gähnte der Abgrund.

Jo hievte sich auf einen Sitz und schnallte sich an. Autumn folgte ihrem Beispiel.

Dustin senkte die Stimme zu einem scharfen Flüstern. »Wir könnten uns auf sie stürzen.«

Gabe blieb reglos. »Keine gute Idee.«

Dustin schaute Noah an. »Wir packen das.«

Misstrauisch spähte Von in ihre Richtung, aber sie sprachen so leise, dass er nichts hörte. Schließlich setzte er seinen hektischen Dialog mit Friedrich fort.

Dustins Atem wurde schneller. »Die wollen uns umbringen.«

»Hier geht es nicht«, wisperte Gabe.

So blass, dass er fast grün im Gesicht wirkte, fuhr Dustin zu ihm herum. »Wer bist du überhaupt? Jemand, der an der Uni von San Francisco arbeitet? Ich und Noah und Ritter, wir greifen an. Drei gegen einen. Du kannst ja mit deiner Freundin Händchen halten, wenn du willst. Wir schaffen das auch zu dritt.«

Gabes Augen blitzten kurz auf, dann wurden sie wieder matt. »Noch nicht. Nicht hier.« Sein Blick glitt zum Fenster.

Der Hummer bretterte über die zerfurchte Bergstraße und schwankte hin und her wie ein führerloser Planwagen. Sonnenlicht blitzte durch die Limousine, die sich weiter die ausgedehnte Kurve hinaufmühte.

Friedrichs Hände zuckten auf dem Lenkrad, als wäre er eine Comicfigur. »Wir sind im Arsch. Total im Arsch.«

»Klappe.«

Von zückte ein Handy und tippte eine Nummer ein. In diesem Augenblick drang ein Klingelton aus seiner Tasche. Jo kannte dieses Geräusch: Ihr Telefon hatte eine SMS abgeschickt. Von nahm ihr Handy heraus.

Dustin atmete stakkatoartig. »Jetzt ist er abgelenkt.«

Er spannte sich an. Gabe wollte ihn noch packen, doch Dustin war schon aufgesprungen. Schreiend wie ein Irrer, hechtete er nach vorn.

Mit dem Telefon am Ohr fuhr Von in dem Moment herum, als Dustin sich über die Sitzlehne warf und ihn packte.

Friedrich riss den Kopf herum. »Scheiße …«

Auch Gabe bewegte sich jetzt, schnell wie eine Schlange. Ritter folgte einen Sekundenbruchteil später.

Jo sah nur Dustins zappelnde Beine und seine gebleckten Zähne. Er kämpfte mit Von, um ihm die Waffe zu entreißen. Auch Noah stürzte sich nun in das Handgemenge. Die Pistole in Vons Hand zuckte hin und her. Jo beobachtete, wie sie herumschwang, konnte aber nichts tun, weil sie angeschnallt war.

Friedrich gaffte und nahm dabei automatisch den Fuß vom Gas.

»Nein«, brüllte Von. »Schneller, sie dürfen nicht rausspringen.«

Friedrich trat das Pedal durch, und der Hummer schoss wieder vorwärts.

Da Dustin im Weg war, kam Gabe nicht nah genug heran, um Vons Waffe zu erreichen. Also griff er mit dem rechten

Arm um die Kopfstütze, packte Von an den Haaren und knallte seinen Kopf an den Türrahmen.

»Dustin, drück die Waffe weg von uns«, rief Gabe.

Von wand sich und trat um sich wie ein gefangener Stier. Wieder schlug Gabe seinen Kopf gegen den Türrahmen. Mit der linken Hand krallte er nach Vons Augen. Reflexhaft fuhren Vons Knie nach oben, seine Füße prallten gegen die Armaturen, den Schalthebel, die Windschutzscheibe.

Dann traf Vons Stiefel mit voller Wucht Friedrichs Kopf.

Der Kopf des Fahrers knickte zur Seite, und er verriss das Steuer.

Jo wurde schlagartig übel. *Nein, nicht. Bleib auf der Straße.*

Friedrich zerrte das Steuer zurück, und die Limousine kam wieder auf Kurs.

Im nächsten Moment feuerte Vons Pistole.

Jo duckte sich. Peyton und Lark kreischten. Blitzartig zogen sich spinnenartige Sprünge über die Windschutzscheibe, und der Hummer kam ins Schlingern. Noch immer trat Von wütend um sich. Die Pistole ruckte durch die Luft. Dustin umkrallte Vons Hand, um ihm die Waffe zu entwinden.

»Nein, den Lauf weg von uns«, zischte Gabe. »Drück seine Hand gegen die Armaturen, damit die Waffe nicht auf uns zeigt.«

Vons Beine zappelten wild hin und her. Ritter warf sich auf seine Knie. Gabe drosch weiter Vons Kopf an den Türrahmen. Allmählich ließen Vons Kräfte nach. Der Hummer scherte nach links aus.

Jo schrie: »*Lenken.* Steuer festhalten und bremsen.«

Lark stürzte sich auf einen Sitz und angelte nach dem Gurt. Sie schob den Arm durch den Riemen und umklammerte ihn wie eine Liane. Der Hummer erschauerte. Das linke Vorderrad streifte die Kante zur Schlucht. Verzweifelt riss

Friedrich am Steuer, den Fuß auf dem Gas. Jo erhaschte einen kurzen Blick auf Autumns Augen, die vor Angst glänzten.

Vom Beifahrersitz kamen Schreie und Ächzen. Wieder peitschte ein Schuss. Und noch einer. Glas splitterte, und dann rutschte Friedrichs Hand vom Lenkrad.

Nach einigen Metern kippte der Hummer. Das Licht rotierte im Wagen, Schatten sausten am Fenster vorbei.

»O Gott«, entfuhr es Autumn.

Dann sackte alles zur Seite. Jo prallte mit der Person neben ihr zusammen und schrie auf. Ihre Augen zuckten zu Gabe, der die Arme um die Kopfstütze geschlungen hatte und Von an den Haaren festhielt. Dann ließ er los und griff mit fliegenden Fingern nach einem Gurt. Der Verschluss rastete ein, und er packte Lark.

Die Vorderseite des Hummer rutschte weg, alles ging ganz schnell. Der mit Bäumen und Felsbrocken bedeckte Hang schoss auf sie zu.

Der Hummer überschlug sich.

Mit einem entsetzlichen Knirschen krachte das Dach der Limousine gegen die Bergwand. Fenster zerbarsten, im Wageninneren flogen Leute herum. Jo klammerte sich an ihrem Gurt fest, als säße sie in einer Waschmaschine im Schleudergang. Der Hang wurde steiler, und sie rutschten in den Abgrund. Jo sah Licht und Schatten vorbeihuschen, sie spürte, wie unter ihr das Dach zerdrückt wurde. Durch die zerbrochenen Fenster wehte Staub. Flüchtig bemerkte sie Felsbrocken und das silberne Glitzern von Wasser am Grund der Schlucht. Dann durchzuckte ein helles Gleißen ihren Kopf. Unaufhaltsam rasten sie in die Tiefe.

12

Am Fuß der Marmortreppe zögerte Evan Delaney. Sie versuchte, möglichst sanft und unaufdringlich auszusehen. Zum Glück fiel ihr das in dem hallenden Gewölbe der City Hall von San Francisco nicht schwer. Das Gebäude wirkte wie das Kapitol in Washington, nur prachtvoller. Es hatte eine vergoldete Kuppel und erstreckte sich über zwei Straßenblocks. Evan drückte sich ans Geländer und beobachtete den Mann im Nadelstreifenanzug auf der Treppe.

Das Wort *Überfall* klang angenehm. So hoffnungsvoll.

Der Mann stieg langsam die Stufen herunter, sein weißer Schopf bauschte sich wie der eines Fernsehpredigers. Er war umgeben von Lakaien. Ein Hypothekenbanker, der vor dem Aufsichtsrat der Stadt ausgesagt hatte. Außerdem war er ein Mandant des toten Anwalts Phelps Wylie gewesen. Und jetzt war er Evans letzte Hoffnung.

Er kam näher. Entschlossen trat sie auf ihn zu. »Mr. Higgins, ich hätte ein paar Fragen zu Phelps Wylie.«

Wie eine Wand aus Stoff stürmten die Lakaien nach vorn, um sie abzublocken.

Doch sie ließ sich nicht abdrängen und verscheuchte sie wie Motten. »Mr. Higgins, möchten Sie den Tod Ihres Anwalts kommentieren?«

Wortlos rauschte er an ihr vorbei, hinunter in das riesige Foyer und durch die Tür.

Sie folgte ihm auf die Straße. Higgins stieg in ein wartendes Auto, das sich gleich darauf schnurrend entfernte. Gefolgt vom Schwarm der Lakaien, verschwand es im Verkehr.

Überfall? Von wegen. Keiner von Wylies Mandanten wollte mit ihr reden. Nur wenige hatten sich zu einem »kein Kommentar« herabgelassen. Die anderen hatten ihre Anrufe einfach nicht entgegengenommen. Higgins war ihre letzte Chance gewesen.

Vielleicht war es Zeit heimzufahren. Sie drehte ab und steuerte auf das Parkhaus zu. Sie konnte schon das schmerzvolle Stöhnen ihrer Kreditkarte hören. Dann piepte ihr Telefon.

Eine SMS von Jo. Sie ging langsamer. Nein, es waren drei Nachrichten. Sie öffnete die erste und blieb wie angewurzelt stehen.

Wylies zweites Handy gefunden. Wurde mit Auto entführt. Fuhr unter ZWANG in die Sierras.

Evans Lippen öffneten sich.

Wylie hat Gespräch während Fahrt aufgenommen. Zweite Person im Auto. Gewaltanwendung.

»O Gott.«

Mehr später.

Hastig öffnete sie die zweite SMS. Sie enthielt Wylies Handynummer und seine Anrufliste. *Daten beschädigt*, warnte Jo. Tatsächlich zeigten die letzten Anrufe nur unvollständige Nummern. Aber die meisten umfassten die ersten sieben Zahlen einschließlich Ortsvorwahl.

Jos dritte Nachricht enthielt die Log-in-Angaben für ihre Mailbox.

Habe Wylies Aufnahme an meine Mailbox geschickt. Hör's dir an. Muss das Handy zum Sheriff's Office in Sonora bringen. Melde mich, sobald Signal besser.

Evan strahlte das Telefon an. »Ach Jo, ich hab doch gewusst, dass du mir nicht ohne Grund sympathisch warst.«

Mit fliegendem Puls versuchte sie, Jo zurückzurufen. Doch sie stieß nur auf eine Konserve. *Die Nummer, die Sie gewählt haben, ist nicht erreichbar. Bitte versuchen Sie es später erneut.*

Dunstiger Wind wehte. In der Nähe fand sie eine Bank und rief mit zitternden Fingern Jos Mailbox an. Sie loggte sich ein.

Und auf einmal hörte sie Wylies Stimme. »Wohin fahren wir?«

Ein eisiges Kribbeln kroch ihr Rückgrat hinauf. Mit geschlossenen Augen lauschte sie Wylies verzweifeltem Versuch, sich zu retten und eine Spur zu hinterlassen.

Dann meldete sich eine andere Person. »Klappe.«

Eine unheimliche Stimme, die kaum das Motorengeräusch übertönte. Evan bekam Gänsehaut.

»… Strafe.«

Sie konnte nicht erkennen, ob die Stimme einem Mann oder einer Frau gehörte. Aber der stumpfe Befehlston machte ihr Angst.

Dann brach die Aufnahme ab. Benommen schlug sie die Augen auf. Jo hatte ihr eine Flaschenpost geschickt – von einem Toten. Auf der verhängnisvollen Fahrt in die Berge hatte Wylie versucht mitzuteilen, was mit ihm geschah. Er musste gefürchtet haben, dass das Ende auf ihn wartete. Trotzdem hatte er weitergeredet.

Evan schlang sich den Rucksack über die Schulter und hastete in ein Starbucks auf der anderen Seite des Civic Center Plaza. Auf einem Block notierte sie die beschädigten Daten aus der Liste von Wylies letzten Anrufen. Von den Nummern waren jeweils verschiedene Teile verloren gegangen, fast als hätte sich ein Glas Milch über das Display ergossen. Aber sie erkannte bald, dass Wylie mit diesem zweiten Handy nur wenige Leute angewählt hatte. Und die eingegangenen Anrufe stammten lediglich von einer Handvoll Nummern. In fast allen Fällen ließ sich die vollständige Nummer durch Kombination rekonstruieren.

Keine gehörte einem von Wylies Mandanten, Bekannten oder Verwandten.

Sie ging ins Netz und rief ein Telefonverzeichnis auf, um Namen zu den Nummern zu finden. Ohne Erfolg.

Zeit für ein paar Kaltanrufe.

Sie nahm ihr Telefon und wählte die erste Nummer auf der Liste. Es läutete dreimal, dann folgte nach einer Pause ein veränderter Klingelton, als wäre der Anruf weitergeleitet worden.

Eine Frau nahm ab. »Ragnarok Investments.«

Die Stimme klang schroff und scharf. Ungeduldig.

Evan zögerte. *Hat Wylie das zweite Handy für Sex oder für krumme Geschäfte benutzt?* »Ich rufe wegen der Spendenaktion für die Kirche Our Lady of Perpetual Sorrow an.«

Die Frau von Ragnarok legte auf.

Evan starrte das Telefon an. Das war doch wirklich interessant.

Sie wandte sich ihrem Notebook zu und tippte *Ragnarok* ein.

13

Das Zischen klang wie ein Geysir, heiß und feucht. Durch die weiß zerborstenen Scheiben sickerte Licht. In der Luft schwebten Staubkörnchen.

Jo hustete. Sie atmete noch.

Das Zischen ließ nicht nach. Der Kühler. Im Hintergrund war rauschendes Wasser zu hören. Sie blinzelte angestrengt. In den Fingern und Zehen kribbelte es, so wie überall auf der Haut: Signale von Adrenalinstress.

Das Dach des Hummer war unter ihrem Rücken. Sie lag auf Scherben von Sicherheitsglas. Als sie den Kopf drehte, knirschte es wie von zerbrochenen Flaschen in einem Sammelcontainer. Dann drangen allmählich andere Geräusche in ihren pochenden Kopf vor. Ein leises Greinen wie von einem verletzten Tier.

Heiße Angst durchzuckte sie. »Gabe?«

Mein Gott, das Dach der Limousine drückte hart gegen ihren Rücken, aber der Boden war nur knapp über ihrem Kopf. Bei dem tiefen Sturz in die Schlucht war der Hummer zusammengequetscht worden, als hätte ein riesiger Kiefer zugebissen. Bei der Vorstellung schnürte es ihr die Brust zusammen.

Vorsichtig hob sie die Hände und presste gegen den Boden des Wagens. Es war, als wäre sie eingemauert. Sie unterdrückte einen Schrei. Sie musste hier raus. Wo war Gabe?

»Quintana!«

Auf der anderen Seite, hinter den wirbelnden Staubpartikeln bewegte sich etwas. »Jo.«

»Gabe …« Erleichterung und überwältigende Angst verschlangen den Rest ihrer Worte.

Sie mussten sich aus dem Wagen befreien, sonst wurden sie zermalmt. »Weg hier.«

Ihre Stimme war heiß vor Panik. Sie hustete, um nicht in Tränen auszubrechen. Wo waren die anderen? Waren sie unverletzt geblieben?

Sie hatte bestimmt ein Dutzend Prellungen und Schnittwunden, ihr Schädel brummte, und ihre Muskeln waren verspannt, als hätte sie versucht, aus dem Stand eine halbe Tonne zu stemmen. Sie hatte den Schultergurt so fest umklammert, dass sie fast am ganzen Körper Krämpfe hatte. Hastig tastete sie nach dem Verschluss und drückte. Er löste sich.

Sie versuchte sich zu drehen und schlug sich den Kopf am Dach – dem Boden – des Hummer an. In ihren Augen brannte Staub.

Hinter ihr ging das Greinen jetzt in Husten über. Wie eine Fallschirmspringerin, die sich in ihrem Geschirr verheddert hat, hing Autumn in ihrem Gurt. Ihre Knie scharrten über das Dach der zertrümmerten Limousine unter ihr. Sie war bei Bewusstsein und hatte die Augen weit aufgerissen. Sie schnallte sich ab.

»Raus hier, schnell.« Es fehlte nicht viel, und Jo hätte es herausgekreischt.

Um sie herum waren die anderen verstreut. Lark hatte ihren Gurt schon gelöst und kroch auf Jo zu. Peyton lag quer und mit dem Gesicht nach unten da. Sie weinte. Ihre Lunge schien also bestens zu funktionieren. Ihr Haar hatte blutrote Streifen.

Die Luft fühlte sich an wie elektrisch aufgeladen. Sie kitzelte Jos Haut wie eine Million kleiner Nadeln. Es war nicht die Erde, die durch die zerbrochenen Fenster eingedrungen war, nicht der talgähnliche Staub aus dem Airbag und auch nicht die winzigen Glassplitter, die durch das Fahrzeug wehten, sondern schiere, höllische Energie. Jo drehte sich auf den Bauch und suchte nach der Tür. Sie war einen guten Meter entfernt und völlig zusammengestaucht. Ein Wimmern drang aus ihrem Mund.

Dann fing sie an zu zittern. In ihrem Kopf toste es. Das Licht wurde gelb und kalt. Es roch nach Zementstaub, nach dem Knirschen von tonnenschwerem Straßenbeton, der auf das Auto ihres Vaters presste. Alles drehte sich, verdunkelte sich, zersplitterte.

Sie musste hier raus.

Bevor die oberste Fahrbahn des Cypress Viaduct vollständig einstürzte und sie zusammen mit ihrem Dad, ihrem Bruder und ihrer kleinen Schwester in dem alten Auto zermalmte.

Alles umwölkte sich, als hätte die Tonnenlast nun auch die Sonne verdeckt. Grau, braun, dunkel. Rauch. Sie würgte vom Gestank nach Benzin und brennenden Reifen. Wild strampelnd kroch sie vorwärts, ohne auf die Scherben zu achten. Sie musste zur Tür, bevor ein Nachbeben kam und der gesamte zweistöckige Abschnitt des Highways nach unten krachte.

»Wir müssen raus, schnell.«

»Jo, nein.«

»Sofort, *los.*«

Eine Hand packte sie an der Schulter. Jaulend stieß sie sie weg und robbte zu der dunklen Tür. Die Hand fuhr über ihre Schulter und zog sie zurück.

»Jo, bleib da.« Gabe hielt sie mit eisernem Griff fest. »Warte.«

Sie war kurz davor zu hyperventilieren. Dann wälzte sie sich herum, vergrub das Gesicht an seiner Brust und zwang sich, ruhig zu atmen.

Verdammt.

Allmählich klärte sich ihr Blick. Sie war nicht im Auto ihres Vaters. Nicht gefangen auf dem Cypress Viaduct. Das Loma-Prieta-Beben lag schon Äonen zurück. Es war Vergangenheit.

»Entschuldige.« Sie klammerte sich an ihn. »O Gott.«

Wie aus dem Nichts hatte die Klaustrophobie sie angesprungen und sie um ein Haar in die Panik getrieben. In ihren Augen brannten heiße Tränen. »Alles in Ordnung bei dir?«

»Morgen hab ich garantiert einen tierischen Muskelkater. Aber ich kann mich bewegen.«

An seinem T-Shirt klebten scharfe Scherben, doch das war ihr gleichgültig. Hauptsache, es ging ihm gut. »Tut mir leid, dass ich ausgerastet bin. Trotzdem müssen wir aus dem Wagen raus.«

Mit sanftem Druck hielt er sie zurück. »Nicht durch diese Tür.«

Jo wischte sich Staub aus den Augen. Die zermalmte Tür vor ihr ließ sich bestimmt nicht öffnen. Das Fensterglas war als ganze, gesprungene Platte hinausgefallen und auf Friedrich gelandet.

Offenbar war während des Absturzes die Fahrertür aufgesprungen, und Friedrich war hinausgeschleudert worden. Seine Leiche lag direkt vor dem Fenster. Das Gesicht war zerquetscht, der Schädel deformiert. In das Blut und den Schlamm unter ihm mischte sich noch eine weitere Flüssigkeit.

»Die Benzinleitung ist gerissen.« Sie konnte das Beben in ihrer Stimme nicht unterdrücken. Wenn sie hinausgekrochen wäre, hätte sie große Schwierigkeiten bekommen, und nicht nur wegen des Toten, dem sie in die Augen hätte schauen müssen.

Von. Sie fuhr herum, um einen Blick auf die vorderen Sitze zu werfen.

Leer. Die Beifahrertür hing offen und völlig verbogen im Rahmen.

»Wo ist Von?«

Von hinten aus dem Hummer kam eine Stimme. »Weg.« Kyle Ritter, der Angestellte von Edge Adventures, hatte sich aufgestützt und spähte durch das hintere Fenster, das sich über die gesamte Länge der Limousine zog. »Als wir über die Kante gerutscht sind, ist er abgesprungen.«

Jo zitterte vor Erleichterung. Beide Gangster waren weg. Erst einen Moment später begriff sie, was Kyle gesagt hatte. Von war abgesprungen.

»Dann kann es also sein, dass er zu uns runterklettert«, stellte sie fest.

Gabe ließ den Blick durch den Hummer wandern. »Bringen wir die anderen raus.«

Kyle nickte. »Bevor er zurückkommt. Zusammen mit seinen Komplizen.«

14

Dane Haugen starrte auf das Display seines iPhone und lud die neuesten Börsendaten herunter. Die Straße draußen führte in gerader Linie und stetig bergauf. Endlich hatten sie den östlichen Rand des San Joaquin Valley erreicht und drangen allmählich in die Ausläufer der Sierra Nevada vor. Nach seiner Berechnung befand sich sein Volvo-Geländewagen zwei Stunden hinter dem Hummer.

Alles lief genau nach Plan.

Das iPhone war nützlich, um online schnell schmutzige Informationen zu sammeln, aber eigentlich hätte er sich eine Stunde an sein Notebook in San Francisco setzen müssen. Das Notebook hatte eine äußerst leistungsfähige Verschlüsselung und ging über einen Anonymisierer ins Netz, konnte also nicht zu ihm zurückverfolgt werden. Das Telefon war nicht annähernd so sicher.

Alles war vorbereitet. In Dubai und Singapur und rund um die Welt, wo er Zwischenkonten eingerichtet hatte. Der Profit, den er für heute erwartete, war gewaltig. Und dieser Gewinn stand ihm zu, er war schon längst überfällig. Allerdings würde er erst nach einer Wanderung um den Globus eintreffen, nachdem er von Bank zu Bank, von Land zu Land, von Konto zu Konto gehüpft war.

Am Steuer des Volvos konzentrierte sich Pat Stringer mit verbissener Miene auf den Highway. Er sah aus wie ein Singvogel, so schmächtig und fahrig, doch Haugen wusste, dass er sich auf den Mann verlassen konnte.

»Beruhig dich. Spar dir deine Kraft für die kommenden Stunden.«

Stringer nickte knapp.

»Wir sind auf der Gewinnerseite«, setzte Haugen hinzu. »Diese Kids sind doch Waschlappen. Weicheier. Du bist hier nicht mehr in Lompoc.«

Das Staatsgefängnis Lompoc in Kalifornien war eine Einrichtung mit mittleren Sicherheitsvorkehrungen, nicht zu vergleichen mit Leavenworth oder Marion. Trotzdem war es eine echte Haftanstalt, in der Stringer für ein echtes Finanzdelikt eine echte Strafe abgesessen hatte. Er hatte einen Banküberfall begangen.

Stringer war ein Krimineller und stand dazu. Ohne Skrupel hatte er versucht, sich zu nehmen, was er wollte, und war ein Risiko eingegangen, um sein Ziel zu erreichen. Das Dumme nach Haugens Ansicht war, dass Stringer kein Talent zum Manager hatte. Er war nicht in der Lage, Unvorhergesehenes einzuplanen, und hatte sich keine Hintertür offengehalten, damit er abhauen konnte, wenn etwas schiefging. Als sein Fluchtauto mit einer Radkralle blockiert wurde, während er in der Bank war, war ihm nichts Besseres eingefallen, als zu Fuß auf dem Wilshire Boulevard vor den Bullen davonzulaufen.

Aber Stringer beklagte sich nicht. Nie. Und nach seiner Anwerbung für diese Operation hatte Haugen ihn darüber aufgeklärt, warum er den Überfall versiebt hatte. Stringer war mitten am Tag mit einem Zettel in der Hand zu einem Bankangestellten marschiert. Das war zwar die klassische Vorgehensweise, führte aber nicht unbedingt zu den besten Ergebnissen. Nein, um wirklich Geld zu stehlen, musste ein

Investmentbanker einem Hedgefondsmanager oder einem Derivatenhändler einen Zettel in die Hand drücken. Mit einem Lächeln und einer messerscharfen Stimme. In großem Stil. Mit über hundert Millionen Dollar. Ohne Rücksicht auf Verluste. Wenn man es so machte, rückte man auf zu den Herren des Universums.

Auch bei Haugen hätte es eigentlich so kommen müssen.

Stringer behielt die Straße im Auge, ohne etwas zu sagen. Draußen wichen die Felder allmählich einer offenen Landschaft. Der trockene Sommer hatte das Gras golden verfärbt. Über die Hügel zogen sich Lebenseichen. In der Ferne, wo sich die Straße immer weiter hinaufwand, übernahmen Gelbkiefern die Herrschaft. Die Sonne brannte herunter, aber es wehte ein starker Wind, und vor den Bergen türmten sich Wolken.

Haugen schielte nach hinten zu Sabine. »Wir haben noch nichts von Von und Friedrich gehört.«

»Hier oben gibt's kaum Funkmasten.«

Haugen drehte sich ganz nach hinten und funkelte sie an.

Sie richtete sich aus ihrer lässigen Pose auf. Sie hatte nicht nur die Skimaske abgenommen, sondern auch die blonde Perücke, und das jungenhaft kurze rote Haar stand gerade von ihrem Kopf ab wie Hirse auf einem Feld.

Haugen sprach leise und ausdruckslos. »Setz die Perücke wieder auf.«

»Die Fenster sind getönt.«

»Die Tarnung wird nicht aufgegeben.«

Träge, als wäre es ihre eigene Idee, streckte sie sich und griff nach der Perücke. Sie stülpte sie sich über den Kopf und strich sie langsam mit den Fingerspitzen glatt, während sie den Blick über ihn gleiten ließ.

»Schon besser«, bemerkte er.

Jetzt sah sie wieder mehr wie eine Frau aus. Die männliche Kraft war gebändigt. In Wirklichkeit wollte sie ihn nur verführen. Wie alle Frauen. Sie fuhren auf ihn ab, taten alles, um ihn zu kriegen. Sabine war da keine Ausnahme.

Obwohl sie durchaus eine Ausnahmeerscheinung war. Sie hatte einen MBA-Titel aus Wharton und hatte nach mehreren Jahren an der Frankfurter Börse achtzehn Monate lang als Wertpapierhändlerin für einen der großen Finanzakteure in der Londoner City gearbeitet. Sie war eine Magierin. Eine grausame, brutale, gierige Magierin mit einer absolut faszinierenden Skrupellosigkeit. Aber sie war auch loyal. Fanatisch und loyal im Hinblick auf das viele Geld, das ihnen winkte. Aber ihre Lust auf ihn – ihr Wunsch, nicht nur in sein Bewusstsein vorzudringen, sondern sich wie ein Wurm unter seine Haut zu bohren, bis *er sie* begehrte – war der Grund für ihre Loyalität zu ihm. Möglicherweise wollte sie das Geld irgendwann für sich haben, aber jetzt noch nicht. Nicht, solange sie der Vorstellung verfallen war, dass er sie lieben könnte.

»Ich weiß, dass die Funktürme hier dünn gesät sind«, sagte er. »Und dass der Empfang in den Bergen schwach ist. Sie hätten sich einen Festnetzanschluss suchen müssen, um zu telefonieren. Und zwar schon vor zehn Minuten. Schlamperei dulde ich nicht, das wissen sie genau. Ruf sie an.«

Sabine seufzte nicht und machte auch keine Schnute. Das rechnete er ihr hoch an. Ohne zu zögern, nahm sie ihr schnittiges kleines Telefon heraus und drückte mit einem manikürten Fingernagel Vons Nummer.

Sie legte das Handy ans Ohr und richtete den Blick auf Haugen. Als Teil ihrer Tarnung trug sie blaue Kontaktlinsen. Zusammen mit der blonden Perücke sprang ihm das Aquamarin förmlich entgegen. *Ran.* Ja, in ihrer Verkleidung sah sie wirklich aus wie die altnordische Göttin. Ihr war jeder Raub zuzutrauen.

Fünf Kilo abzunehmen konnte ihr allerdings nicht schaden. Nach diesem Wochenende wollte er sie sowieso in einen Kurort schicken. Dort sollte sich das schon regeln.

»Außer Reichweite«, meinte sie schließlich.

Das Auto schaukelte heftig durch eine Kurve. Stringer drückte aufs Tempo.

»Bleib unter dem Tempolimit«, mahnte Haugen. Dann wandte er sich wieder an Sabine. »Probier's noch mal.«

Sabine reichte ihm das Telefon. »Hör selbst.«

Als sie sich vorlehnte, öffnete sich ihr Ausschnitt und zeigte das Tattoo.

Haugen spürte ein Prickeln an den Schläfen. »Mach das zu.«

Reglos hielt sie ihm weiter das Handy hin. Er hörte das Läuten. Sie bewegte sich nicht und traf keine Anstalten, die Tätowierung zu bedecken. Als sie einatmete, dehnte sich ihre Brust und mit ihr die Seeschlange, die Weltenschlange aus der nordischen Mythologie, blau wie die Adern, die zahlreich und furchterregend unter der blassen weißen Haut verliefen. Die gespaltene Zunge der Natter zuckte zu ihrem unsichtbaren Nippel. Der Anblick stieß ihn ab.

Er packte das Handy. »Knöpf die Bluse zu oder zieh eine Jacke an. Keine Sicherheitsverstöße, auch nicht hier im Auto.«

Sie lehnte sich zurück und schaute hinaus auf die endlosen Prärien, die leeren Felder und die Virginia-Kiefern. Ließ sich Zeit. Dann lächelte sie, wie um ihn bei Laune zu halten, und machte den Knopf zu.

Haugen hielt das Telefon ans Ohr. Vons Nummer läutete, aber er meldete sich nicht.

Sabine stellte den Fuß auf die Mittelkonsole. »Ab einer Entfernung von drei Kilometern können wir das Walkie-Talkie benutzen.«

»Das weiß ich.«

Warum ging Von nicht hin? Haugen klappte das Handy zu. Mit dem Kinn deutete er zur Windschutzscheibe und sagte zu Stringer: »Gib Gas.«

15

Irgendwo im Geröll des Abhangs läutete das Telefon. Von hörte es deutlich. Aber er hatte keine Ahnung, wo es lag.

Das musste Haugen sein. Haugen, der anrief, weil er sich nicht gemeldet hatte. Das Klingeln schien mit jedem Mal zorniger zu werden.

Wütend schnaubte er in die Bergluft. »Ich bin hier, Arschloch.«

Er hing an der steilen Wand, auf halber Höhe zwischen der Forststraße oben und dem Flussbett unten. Als sich der Hummer überschlug, war er hinauskatapultiert worden. Das hatte ihn gerettet. Dass er überhaupt noch lebte, grenzte an ein Wunder, und er akzeptierte es dankend.

Unter ihm waren in einer Schneise Erde und Vegetation weggescharrt, als hätte sich ein wild gewordener Bulldozer in unmöglichem Winkel den Hügel hinuntergepflügt. Jeder Knochen im Leib tat ihm weh. Er war voller Staub und überall zerschrammt. Irgendwas stimmte mit seinem Arm nicht. Und auch mit seinem Auge – irgendwie sah alles so komisch aus. Sein Kopf wummerte.

Er schaute nach oben. Der Hang, diese verdammte Schlucht, ragte fast senkrecht über ihm auf. Er klammerte sich an einer Wurzel fest, die von einer Kante der Limousine halb aus dem Erdreich gerissen worden war, und lehnte sich nach vorn, um nach unten zu spähen.

Der Hummer.

O Mann, die Limousine lag wahrscheinlich hundertfünfzig Meter unter ihm auf den Felsen am Flussrand. Die Reifen zeigten zum Himmel wie die Pfoten einer fetten, toten Schildkröte.

Dann bemerkte er Friedrich.

Oder die zerschmetterten Überreste von ihm.

Total im Arsch. Allerdings. Friedrich, Friedrich. »Warum bist du nicht auf der Straße geblieben?«

Er hatte Friedrich doch nur versehentlich mit dem Stiefel erwischt, und der Idiot verlor einfach die Kontrolle über den Hummer. So musste er es Haugen erzählen. Friedrich war schuld.

Er hörte Stimmen. Eine weinende Frau. Also waren nicht alle tot.

Von wischte sich über die Nase. Er musste die Situation retten. Er durfte nicht zulassen, dass die Kids entkamen.

Das Klingeln des Handys brach ab.

»Scheiße.«

Das Telefon musste läuten, sonst konnte er es nicht finden.

Vorsichtig schob er sich auf die Knie. Sein Schädel brummte wie nach einem Hieb mit einer Bratpfanne. Wieder schaute er bergab. Er musste da runter. Friedrich konnte seine Waffe nicht mehr benutzen. Niemand passte auf die Geiseln auf.

Dann fasste er die Schlucht genauer ins Auge. Er konnte unmöglich da hinunterklettern. Der Hang war viel zu steil und glitschig.

Aber er konnte hinaufsteigen. Zurück zur Forststraße. Und unterwegs konnte er sein Handy und seine Knarre auflesen. Haugen musste bald kommen. Haugen und sonst niemand – diese Straße war das ganze Jahr über so gut wie unbefahren.

Ja, er würde hinaufklettern und Haugen mit Sabine und Stringer abpassen. Die Kids konnten ja nicht weg. Friedrich war schuld an dem Schlamassel. Das musste auch Haugen einsehen.

Er blutete am Kopf. Als er in seiner Hosentasche nach einem Taschentuch kramte, stieß er auf die Glock.

Vielleicht war der Tag doch nicht völlig versaut.

Er konnte es diesen Blödmännern im Hummer zeigen, diesen Studenten und dem Typen mit dem USF-T-Shirt, die ihn angegriffen hatten. Er würde es ihnen heimzahlen.

Mit steifen Gliedern machte er sich an den Aufstieg.

16

»Noch mal.«

Bei drei traten Gabe und Kyle gleichzeitig gegen das breite Seitenfenster des Hummer. Diesmal platzte das ganze Ding mit einem gepressten Knirschen aus dem Rahmen und fiel auf die Felsen am Flussufer.

Gabe prüfte kurz die Lage. »Es ist sicher, wir können raus.«

Jo fing seinen Blick auf. Wortlos tauschten sie eine Nachricht aus: *Triage.* Sie mussten klären, wer wie schwer verletzt war. Vorsichtig achtete sie darauf, die Hände nicht auf Scherben zu stützen, und robbte auf dem Bauch durch die zerstörte Limousine. Ihr Herzschlag beruhigte sich allmählich. Sie blinzelte sich Staub aus den Augen.

Dann erreichte sie Autumn. »Alles in Ordnung bei dir?«

Autumn hatte den Gurt abgeschnallt und kauerte in Embryonalstellung an der Wagenseite. Ihre Augen waren hellwach.

Jo legte ihr die Hand auf die Schulter. »Bist du verletzt?«

Autumn starrte sie an wie ein Reh, das vor einer Flammenwand steht. Mit beiden Händen umfasste Jo ihren Kopf. »Antworte.«

»Ich bin okay.«

Jo nickte. »Gut. Wir bringen dich gleich raus.«

Autumn schien unversehrt: bei Bewusstsein, koordinierte Bewegungen, hochgradig orientiert. Dustins Gesicht war mit

Erde und Schutt bedeckt und blutverschmiert, weil er Abschürfungen am Kopf hatte, aber auch er war wach und zeigte keine neurologischen Defizite. Gabe hatte eine Taschenlampe gefunden, mit der er ihm in die Augen leuchtete, um eventuelle Anzeichen einer Kopfverletzung zu erkennen.

»Alles in Ordnung.« Gabe nickte zum Fenster, das er und Kyle aufgebrochen hatten. »Rutsch da durch und rühr dich nicht vom Fleck. Das meine ich ernst.«

Dustin fixierte den Boden und mied Gabes Blick, als er zum Fenster kroch.

Jo schob Autumn an. »Du auch.«

Autumn bewegte sich nicht. Dustin streckte ihr die Hand hin. »Komm.«

Autumn funkelte ihn böse an. Sein bleiches Gesicht bebte. Er wandte sich ab und ließ sich durch den Fensterrahmen gleiten.

Peyton stöhnte nur noch unregelmäßig, aber laut.

»Du hast dir das Schlüsselbein gebrochen«, stellte Gabe fest.

Lark lag auf dem Bauch und tastete hilflos das schuttübersäte Dach der Limousine ab. »Meine Brille, ich kann sie nicht finden.«

Autumn wandte sich vom Fenster ab und eilte zu ihr. »Sie muss doch irgendwo sein.«

Abgesehen von der fehlenden Brille schien Lark einigermaßen in Ordnung. Jo wandte sich Noah zu.

Er lehnte an der Rückseite der Fahrerkabine, bedeckt mit Staub und Glasscherben. Blutbesudelt, stumm.

Sie krabbelte zu ihm. »Bist du wach?«

Er bewegte sich nicht, doch es schien, als würde eine Schmerzwelle über ihn hinwegbranden. Sein Blick glitt zu ihr. »So eine Fahrt brauch ich so schnell nicht mehr.«

Mit gezwungenem Lächeln fühlte Jo seinen Puls. Stark und heftig wie bei einem Rennpferd. »Wo tut's weh?«

»Überall. Von der Brust abwärts.«

»Auch *in* der Brust?«

Sein Blinzeln bedeutete *nein.* »Schulter brennt wie die Hölle.«

Sie bemerkte ein blutiges Loch im T-Shirt. Eine Schusswunde.

Nach dem Triage-System wurden Unfallopfer in vier Kategorien eingeteilt: grün, leichte Verletzungen; gelb, nicht lebensbedrohliche Verletzungen; schwarz tot oder im Sterben; und rot, lebensbedrohliche Verletzungen – Menschen, die nur gerettet werden konnten, wenn sie sofort zur Behandlung in ein Krankenhaus transportiert wurden.

Noah war ganz klar ein roter Punkt.

Jo hatte Erfahrung in der Notfallmedizin, wenngleich sie sich als forensische Psychiaterin vorwiegend mit der Vergangenheit von Menschen befasste, deren Leben schon vorbei war. Es war immer ein beängstigender Moment für sie, wenn sie sich plötzlich mit einem akuten Krisenfall konfrontiert sah.

Mit einem Kopfruck winkte sie Gabe zu sich. Er kroch herüber. Er war dreckverschmiert und blutig, seine Augen glänzten dunkel.

Doch als er sich an Noah wandte, war seine Stimme so beruhigend wie ein kühler Schluck Wasser. »Schauen wir uns das mal an.«

Der junge Mann war blass, aber wach. »Seid ihr Sanitäter?«

»Ich bin Rettungsspringer, und Jo ist Ärztin.«

Noah riss die Augen auf. »Mein Glückstag.«

»Jedenfalls jemand, bei dem das Glas halb voll ist.«

Noahs Hände waren kalt. Aus Sorge wegen seines Schockzustands bat Jo Autumn, Trinkwasser zu holen, und sah sich nach etwas um, das sie ihm unter die Füße schieben konnte. Sie wollte seine Beine hochlegen, um die Blutzufuhr zum Gehirn zu verbessern.

»Dann wollen wir mal.« Gabe fing an.

Noahs Schulter und der schmutzige Belag unter ihm waren blutgetränkt. Behutsam riss Gabe das nasse Hemd auf, um einen Blick auf die Verletzung zu werfen.

Die Kugel hatte ihn aus schrägem Winkel getroffen. Jo konnte nur eine kleine Eintrittswunde erkennen. Sie war grellrot, doch der Blutfluss war begrenzt. Anscheinend war keine Arterie verletzt.

Plötzlich hörte Jo ein Ächzen. Lark kniete am Fenster und starrte Noah an. Sie hatte hinauskriechen wollen, doch jetzt verharrte sie reglos, die Fingerknöchel weiß auf dem Fensterrahmen.

Gabe tastete Noahs Brust ab und beugte sich nach unten, um die Seite und den Rücken zu sehen. »Keine Austrittswunde. Die Kugel ist noch drin. Da bleibt dir ein Souvenir, Kumpel.« Er nahm Noahs rechte Hand. »Drücken.«

Mit zusammengebissenen Zähnen umklammerte Noah Gabes Hand. »Au.«

In Gabes Augen flackerte Anerkennung. *Au* war garantiert eine starke Untertreibung.

»Ich glaube, die Kugel sitzt im Brustmuskel unter dem äußeren Ende des Schlüsselbeins. Wir können die Verletzung verbinden und Arm und Schulter ruhigstellen. Am wichtigsten ist, dass wir die Blutung stillen.«

»Verstanden«, antwortete Jo.

Lark schob sich herüber. »Noah.« Ihre Stimme brach. Doch gleich darauf hatte sie sich wieder im Griff. »Was kann ich tun?«

Nichts, wollte Jo antworten, unterdrückte aber den Impuls. Autumn näherte sich von hinten und legte Lark den Arm um die Schulter. Sie reichte Jo eine Flasche Wasser. Ihre Gesichter waren beklommen.

»Schaut nach, ob es einen Erste-Hilfe-Kasten gibt«, bat Jo.

»Okay.« Lark krabbelte zurück. Sie fasste Autumn an der Hand. »Komm.«

Mit leiser Stimme erwiderte Autumn: »Wir finden deine Brille schon. Sie muss hier irgendwo sein.«

Jo brauchte einen sterilen Verband, doch wenn kein Erste-Hilfe-Kasten auftauchte, hatte sie da wenig Hoffnung. Sie wischte die dreckigen Hände an der Jeans ab.

Sie riss einen Streifen von ihrer Bluse ab, die die unterste Schicht ihrer Bergkleidung bildete und im Augenblick wohl das sauberste und am wenigsten keimverseuchte Stück Stoff war, das sie auftreiben konnte. Sie faltete es und drückte es auf die Schusswunde.

Gabe suchte Noah nach weiteren Verletzungen ab. Als er den rechten Unterschenkel berührte, schrie Noah auf. Ein hemmungsloser, fast animalischer Laut.

»Vorsicht.« Noah ächzte. »Verdammt, bitte Vorsicht. Nicht das Bein berühren.«

»Verstanden.« Gabe äugte zu Jo. »Wir müssen mein Messer finden.«

Nur mit Mühe schaffte es Jo, sich in das zusammengestauchte Fahrerabteil zu zwängen. Alles war mit Erde und Schutt übersät, und die Kopfstütze auf der Fahrerseite war dunkelrot von Blut. Jo zog die Ärmel über die Hände und fegte durch die Trümmer.

Das Jagdmesser klemmte zwischen der Armatur und der zerborstenen Windschutzscheibe. Sie zerrte es heraus.

»Hier.« Sie reichte Gabe das Messer und schaute sich weiter um. Kurz darauf fand sie auch seine Karabinerschlüsselkette mit dem Schweizer Messer. Dann schlängelte sie sich zurück in den Passagierraum.

Gabe klappte das Jagdmesser auf und schnitt Noahs Jeans auf. Und mit einem Mal war klar, was Noah so furchtbare Schmerzen bereitete.

Jo hatte ein geübtes, neutrales »Therapeutengesicht« und war ruhig, konzentriert und aufmerksam im Umgang mit Kranken. Doch in diesem Moment hatte sie zu kämpfen, um ihre Fassade zu bewahren. Zum Glück hatte Gabe viel mehr Erfahrung mit traumatischen Verletzungen.

Nur unmerklich hielt er inne, und seine Stimme blieb gelassen und souverän. »Du hast dir das Bein gebrochen, Kumpel. Aber das hast du wahrscheinlich schon geahnt.«

Noah hob den Kopf. Jo wartete auf den Schrei, aber er gab keinen Laut von sich. Er verlor auch nicht das Bewusstsein. Nur seine Augen wurden nass, und er presste die Lippen zusammen.

Er hatte eine offene Fraktur beider Unterschenkelknochen. Schien- und Wadenbein waren gebrochen. Die schartigen Enden ragten durch einen Riss in der Haut.

Er ließ den Kopf zurücksinken. »Kaum zu glauben, dass einem noch was Schlimmeres passieren kann als ein Schuss in die Brust.«

Seine Einschätzung traf den Nagel auf den Kopf. Aus reinem Glück sah es so aus, als könnten sie die Schussverletzung stabilisieren. Aber die Fraktur konnte sich als tödlich erweisen.

Stumm starrten Gabe und Jo auf das lädierte Bein. Ein kurzer Blick von ihm bestätigte ihre Befürchtungen. Es war nicht damit zu rechnen, dass sie Noah in den nächsten zwei Stunden in ein Krankenhaus transportieren konnten. Sie mussten versuchen, den Bruch einzurichten. Wenn er offen blieb, musste Noah albtraumhafte Schmerzen ertragen, und es bestand die Gefahr einer schlimmen Infektion. Außerdem durften Knochen nicht längere Zeit der frischen Luft ausgesetzt werden, weil sie sonst vertrocknen und absterben konnten. Jo wollte Noah eine Knochentransplantation oder gar eine Amputation ersparen. Also gab es keine andere Wahl. Sie mussten schnell handeln, bevor Muskelkrämpfe einsetzten und die Handhabung des Beins erschwerten.

Doch das Einrichten der Fraktur war gefährlich und kompliziert. Sie mussten mit äußerster Behutsamkeit vorgehen. Selbst geübten Fachleuten konnte es passieren, dass sie mit scharfen Bruchstellen von Knochen aus Versehen in Nerven oder eine Arterie schnitten.

Und der zerstörte Innenraum des Partymobils war alles andere als eine sterile Umgebung.

Bevor Jo etwas sagen konnte, hörte sie Rufe.

»O mein Gott.« Peyton war zum Fenster gekrochen. Auf halbem Weg nach draußen war sie erstarrt und fixierte entsetzt Friedrichs Leiche. »Er ist tot, o Gott.«

Kyle Ritter bewegte sich auf sie zu. »Sei still.«

»Er ist *tot.*«

»Und sein Komplize treibt sich irgendwo hier rum. Willst du, dass er wegen deinem Geplärr auf uns anlegen kann?«

Peyton drückte die Augen zu. Vorsichtig, um ihr gebrochenes Schlüsselbein zu schonen, bugsierten Kyle und Dustin sie durchs Fenster. Sie sank auf den Hintern und presste die Faust vor den Mund. Lautlos weinend schaukelte sie hin und her.

Kyle beobachtete sie kurz, und als er sich davon überzeugt hatte, dass sie nicht wieder zu schreien anfing, ging er zur Vorderseite des Hummer. Er ließ sich auf Hände und Knie nieder und schob sich langsam vorwärts, um unter den Wagen zu spähen, ohne die Leiche zu berühren.

»Was machen Sie da?«, fragte Autumn.

»Er hatte eine Waffe. Die brauchen wir.«

Kyle suchte weiter, wühlte unter Steinen, schaufelte Erde unter der Motorhaube heraus. »Wie wär's mit ein bisschen Hilfe?«

Autumn rührte sich nicht. Wie gebannt starrte sie den Toten an.

»Autumn«, mahnte Jo. »Hol was, um ihn zuzudecken.«

Die junge Frau schaute sie nur leer an. Sie schien Jos Worte kaum registriert zu haben. Sie hatte keinen körperlichen Schock, sondern einen emotionalen. Sie war wie gelähmt.

»Na los, das ist das Beste.«

Ohne äußere Regung packte Autumn ein Kapuzenshirt und kroch durch das Fenster. Sie breitete es über Friedrichs Gesicht.

»Lark, hast du einen Erste-Hilfe-Kasten gefunden?«, fragte Jo.

Aus dem hinteren Teil der Limousine kam Larks Stimme. »Ich suche noch.«

Gabe deutete mit dem Daumen über die Schulter wie ein Tramper. Er wollte unter vier Augen mit Jo reden. An sich war das in dem engen Fahrzeug lächerlich, doch sie rückten einen Meter zur Seite und unterhielten sich flüsternd.

»Wir können den Bruch einrichten, aber es wird verdammt schwer, ihn hier zu stabilisieren«, murmelte Gabe.

»Ich mach die Umgebung so sauber wie nur irgend möglich.«

Vor Jo ließ Gabe seine freundliche Keine-Sorge-Maske fallen. »Seine Verletzungen sind nicht das Hauptproblem. Die Situation ist das Hauptproblem.«

»Ich weiß.« Sie warf einen Blick durchs Fenster.

Die Wände der Schlucht erhoben sich über ihnen zu einem V. Überall Auswaschungen, nackter Stein, Felsnasen. Die Oktobersonne war bereits hinter der westlichen Kante der Schlucht versunken und tauchte die Föhren am Grat in orangefarbenes Licht. Der Fluss mit seinem Granitufer lag im Schatten. Auch die Temperatur war merklich gesunken. Und am blauen Himmel zogen immer dichtere Haufenwolken auf.

Die einzige Hilfe für Noah war, ihn in ein Krankenhaus zu bringen. Und die einzige Hilfe für die anderen war, sie zurück in die Zivilisation zu führen, wo sie auf den Schutz der Polizei hoffen konnten.

Gabes Gesicht war ernst. »Wenn wir in den nächsten paar Stunden nicht hier wegkommen, überlebt von den Kids vielleicht kein Einziger.«

17

Auf halbem Weg nach oben fand Von das AK-47. Er griff nach dem Sturmgewehr wie nach der besten, kältesten, belebendsten Flasche Whiskey der Welt und drückte es an die Brust. Jeder Zentimeter an seinem Körper tat ihm weh und erinnerte ihn mit nagender Eindringlichkeit daran, was ihm diese kleinen Scheißer angetan hatten.

So was ließ er sich nicht bieten.

Er musste die Sache in Ordnung bringen, bevor Haugen eintraf. Wenn er das nicht schaffte, kam Haugen womöglich zu dem Schluss, dass er *entbehrlich* war.

Wie der Tote im Kofferraum des Hummer. Und dieser Grier.

Er setzte sich auf die bröckelige Erde, um zu verschnaufen und das Gewehr zu inspizieren. Als der Hummer abtauchte, hatte es anscheinend genau den gleichen Entschluss gefasst wie er: *Nichts wie raus hier.* Es war sein Freund. Und Freunde hielten zusammen. Freunde halfen sich gegenseitig aus der Patsche.

Er überprüfte das Magazin und vergewisserte sich, dass keine Erde die Mechanik behinderte. Dann stand er auf und lehnte sich weit vor, um nach unten zu spähen.

Er musste sich die Kids vorknöpfen, und zwar sofort. Damit sie nicht wegrannten, alles ausposaunten oder wieder über ihn herfielen wie in der Limousine.

Haugen verstand das bestimmt – sofern bei seinem Eintreffen alles schon geregelt war. Von konnte ihm erklären, dass ihn die Umstände in die Enge getrieben hatten. Er hatte keine andere Wahl. Es war ein – wie hieß dieser französische Ausdruck, mit dem Haugen immer um sich schmiss? – *Fait accompli*. Schicksal, genau.

Er wusste schon, wen er fürs Erste am Leben lassen musste. Miss Autumn Reiniger, die goldene Prinzessin. Und diese kleine Schlampe in ihrem rosa Top, Peyton. Damit er an ihr ein Exempel statuieren konnte. Eine Spielgefährtin, damit Autumn spurte. Die anderen konnten verschwinden.

Und sie *mussten* verschwinden. Angefangen bei diesem Weichei von Edge Adventures, Mr. Kyle Ritter mit der Alienknarre. Dann die zwei Bergwanderer, die zufällig dazwischengeplatzt waren. Gewehrschüsse bekam hier oben niemand mit, und so schnell würde die beiden sicher keiner vermissen.

Langsam kletterte er weiter, Zentimeter für Zentimeter, und das machte ihn noch wütender.

Der Wind fegte durch die Kiefern. In der Ferne plätscherte Wasser über Felsen. Von den Wänden der Schlucht hallten Stimmen aus der Tiefe wider. Die schrillen, gestressten Stimmen von stinkreichen Gören. Wahrscheinlich wunderten sie sich, dass ihnen ihre Mocha Frappuccinos und Platinkreditkarten hier nicht weiterhalfen.

Vorsichtig beugte sich Von vor, um zu sehen, was die Entbehrlichen da unten trieben.

Er konnte überhaupt nichts erkennen.

An dieser Stelle war die Neigung schon zu flach. Er konnte nicht mehr bis zum Grund der Schlucht blicken. Konnte sie nicht abknallen.

Wieder setzte er sich hin. »Ihr kleinen Wichser.«

Er schlang sich das AK-47 um die Schulter. Er musste eine bessere Position finden. Dann machte er sich wieder auf den Weg nach oben, kroch Meter um Meter die Geröllböschung hinauf, während die Wut immer heftiger in seinem Schädel brodelte.

Eine Minute später entdeckte er das Handy.

Halt noch ein bisschen durch«, sagte Gabe zu Noah. »Wir sind gleich wieder da und richten dein Bein ein.«

Noah nickte grimmig. Er war bleich wie ein Fischbauch, und in seinen Augen waberte der Schmerz. Lark war in der Nähe, äußerlich ruhig, aber innerlich dröhnend wie ein Rohr unter Druck.

Jo krabbelte hinter Gabe über das Bodendach des zerstörten Hummer. Geschmeidig wie ein Aal glitt er durch den Fensterrahmen. Sie folgte ihm mit steifen Muskeln und sank auf die Erde.

Es roch nach Benzin, Gummi und feuchtem Moos. Einen Augenblick lang kauerte sie sich hin, um dankbar die Weite des Raums in sich aufzunehmen. Alles war riesig und frei.

Sie spürte jeden Kratzer und Riss, als sie sich vorsichtig aufrichtete. Ihr Blick hing an der Limousine. Zum ersten Mal sah sie das volle Ausmaß der Zerstörung.

Der Hummer war an der Ostseite der Schlucht nach unten gerutscht. Auf halber Höhe hatte er mehrere Felsbrocken gestreift. Diese Schleuse aus Granit hatte die Schussfahrt gebremst und ihn seitlich in weiche Erde abgelenkt, ehe er in schrägem Winkel bis hinunter zum Flussufer pflügte. Nur diesem Umstand war es zu verdanken, dass er nicht wie eine

Bombe von einem Sims dreißig Meter über dem Grund der Schlucht nach unten gestürzt war.

Der Sims war stark ausgewaschen. Wurzeln ragten heraus, und durch die bröckelige Erde schimmerte der blanke Stein. Bei diesem Sturz wären sie alle umgekommen. Doch stattdessen war die Limousine ungefähr vier Meter vor dem felsübersäten Fluss auf dem Dach liegen geblieben.

Über klickende Kiesel und moosige Steine marschierte sie zum Ufer. Flussaufwärts führte die Strömung um Felsbrocken. Das Wasser plätscherte beruhigend. Doch weiter hinten wirkte es merkwürdig aufgewühlt.

Sie hatten Glück gehabt. Sie wollte gar nicht so genau wissen, wie viel.

Noch immer zitterte sie, aber wenigstens pochte ihr der Puls nicht mehr in den Ohren. Sie hatte nicht das Gefühl, Zementstaub zu schmecken und ölig schwarzen Rauch zu riechen. Lediglich ihr Mund war trocken, die Beine wacklig. Sie drehte sich um.

Alle starrten sie an.

Sie standen im Halbkreis um den Wagen. Sie zitterten nicht vor Kälte und weinten nicht. Aber sie waren verängstigt, geschockt und verwirrt. Und schauten sie an.

»Was machen wir jetzt?«, fragte Peyton.

Jo atmete tief durch. *Beruhig dich. Nimm deine fünf Sinne zusammen.* Peyton beäugte sie, als hätte sie einen Zauberstab in der Hand.

»Wir überlegen uns, wie wir hier wegkommen und Hilfe holen«, antwortete Jo.

»Wie wollen wir das anstellen?« Kyle machte ein Gesicht. »Wer sind Sie überhaupt?«

»Ich bin Ärztin.«

Dustin zeigte auf Gabe. »Und der da?«

Gabe blieb zurückhaltend. »Ich bin Rettungsspringer bei der Air National Guard von Kalifornien.«

»Häh? Rettungs was? Donnervögel?« Dustin breitete die Hände aus. »Was heißt das?«

»Such- und Rettungsdienst, auch bei Kampfeinsätzen. Notoperationen.«

»Kampfeinsätze? Und wo warst du, als ich da vorn im Wagen deine Hilfe gebraucht habe?«

Jo kochte. *Arroganter kleiner Pinsel.*

Dustin trat auf Gabe zu. »Ich hab versucht, uns zu retten. Und du hast einfach zugeschaut ...«

Der Rest des Satzes hing in der Luft: ... *wie ich mich zum Narren mache und der Wagen abstürzt.*

Mit dem Handrücken wischte sich Dustin Splitt aus dem Gesicht. Er schien kurz davor, zu spucken oder zu weinen. »Ich hätte ein bisschen Hilfe gebrauchen können, Mann. Dann wären wir vielleicht noch oben auf der Straße in dieser Scheißkarre und könnten Delta Force anrufen oder wie deine Brigade heißt.«

Jo mahlte mit dem Kiefer. *Halt den Mund, Beckett. Halt einfach die Klappe.*

Gabe nahm die Hände aus den Taschen und ließ sie ruhig herunterhängen. »Vielleicht. Oder vielleicht wären wir gar nicht abgestürzt, wenn du noch gewartet hättest.«

Kopfschüttelnd wandte sich Dustin zu seinen Freunden um. »Glaubt ihr diesem Wochenendkrieger?«

Kyle schob seine Baseballmütze mit dem Zeigefinger zurück. »Ich weiß genau, wer das ist.«

Alle schauten ihn an.

»Das ist der Typ, der wahrscheinlich verhindert hat, dass ihr eine Kugel abkriegt. Er hat Vons Schädel an den Türrahmen geknallt, bis der Kerl fast bewusstlos war. Hat ihn dazu gebracht, die Waffe runterzunehmen, statt weiterzuschießen.«

»Was?« Dustin runzelte die Stirn.

Kyle schlenderte auf sie zu. »Von hat um sich geballert wie eine verängstigte Grundschullehrerin.« Mit dem Kinn deutete er auf Friedrichs bedeckte Leiche. »Von hat den Fahrer abgeschossen.«

Autumn machte große Augen. »Im Ernst?«

»Was glaubt ihr, warum der Wagen von der Straße abgekommen ist? Dustin hat sich auf den Mann mit der Kanone gestürzt, und der Mann mit der Kanone hat sich gewehrt. Jeden Einzelnen von euch Ärschen wollte er treffen. Aber zum Glück hat er nur euren Freund Noah und seinen Compadre am Steuer erwischt.«

Dustin wurde bleich.

Kyle nickte Gabe zu. »Das ist der Mann, der Von ausgeschaltet hat. Ohne ihn wärt ihr jetzt wahrscheinlich alle tot.« Nach einer Pause trat er auf Gabe zu. »Ich weiß, wer du bist. Du hast dich vor Robert McFarland geworfen und die Kugel abgekriegt, die für ihn bestimmt war.«

Alle wurden still, und Peyton taumelte einen Schritt zurück, als wäre sie gestoßen worden. Autumns Augen wurden rund wie Untertassen. Dustin wirkte belämmert.

»Du hast dem Präsidenten das Leben gerettet und die Verfassung bewahrt.« Kyle blieb vor Gabe stehen. »Du bist mein Mann, Partner.«

Der Fluss gurgelte. In der Ferne grummelte Donner. Kyles Blick war intensiv und fordernd. »Also, was ist der Plan?«

Bedächtig musterte Gabe erst Kyle, dann die anderen. »Der Plan ist, dass wir überleben. Und dazu müssen wir Folgendes tun.«

18

Evan hakte sich den Rucksack über die Schulter und verließ das Starbucks. Sie fühlte sich gleichzeitig von Energie und Misstrauen erfüllt.

Die Oktobersonne schien warm, aber die Schatten flüsterten bereits von der kommenden Kühle. Der strahlend blaue Himmel hatte goldene Streifen; es ging auf den Abend zu. Auf dem Gehsteig drängten die Leute an ihr vorbei. Bei Rot stoppte sie an einer Ecke und dachte über Ragnarok Investments nach.

Das Unternehmen existierte nicht.

Ein Phantom. Die Nummer auf Phelps Wylies zweitem Handy, von der aus er in den Tagen vor seinem Tod mehrere Anrufe erhalten hatte, gehörte einer Briefkastenfirma.

Die Präsenz von Ragnarok auf der gesamten Welt beschränkte sich auf einen Eintrag im kalifornischen Handelsregister. Keine Website. Keine Nachrichten. Nicht einmal eine Pressemitteilung. Keine offizielle Telefonnummer. Ragnarok war nur eine Fassade. Eine brüske Frauenstimme am Handy.

Wie stand sie zu Wylie? War sie eine heimliche Geschäftspartnerin? Eine Geliebte?

Die Entführerin?

Vielleicht konnte Evan es herausfinden, wenn sie die anderen Bruchstücke von Telefonnummern aus Wylies beschädigtem Handy zusammensetzte. Sie hielt vor einem Minirestaurant, ließ sich Hunan-Huhn und ein kaltes Tsingtao-Bier geben und nahm sie in das Touristenmotel mit, in dem sie abgestiegen war. In ihrem Zimmer warf die verblassende Sonne rotes Licht über den Resopaltisch. Der Wetterbericht im Fernsehen prophezeite Gewitter in der Sierra Nevada.

Sie holte ihr Notebook und die Liste unvollständiger Telefonnummern heraus. Aber bevor sie mit den Anrufen begann, telefonierte sie mit Santa Barbara.

Nach dem siebten Klingeln meldete sich ihre Nachbarin und Freundin Nikki Vincent. »Wie kannst du eine Schwangere so aufscheuchen?«

»Wenn es doch mein Lieblingsspiel ist«, antwortete Evan. »Wie geht's?«

»Famos.«

Evan lächelte. Nikki war eine straffe afroamerikanische Künstlerin, die ihr Haar in Dreadlocks trug. *Famos* klang aus ihrem Mund ungefähr so, als würde Nancy Reagan für Metallica singen.

»Georgie geht es gut. Ich hol sie gleich«, setzte Nikki hinzu.

Georgie – Georgia Delaney – war Evans elfjährige Halbschwester. Vor nicht allzu langer Zeit hatte Evan unter schwierigen Umständen ihre Vormundschaft angetreten. Georgie hatte Mühe, sich in das Leben in Kalifornien mit ihrer großen Schwester hineinzufinden, die sie erst vor Kurzem kennengelernt hatte. Schließlich konnte sie nicht wissen, wie lange Evan die Rolle der Ersatzmutter einnehmen würde. Einen Monat? Ein Jahr? Für immer?

Und jetzt war Evan zwei Tage weggefahren. Das schlechte Gewissen versetzte ihr einen Stich.

Am anderen Ende der Leitung klapperte es. Dann meldete sich die Stimme eines kleinen Mädchens. »Hiya.«

»Wie war dein Tag, Schätzchen?«

»Nach der Schule haben wir Football gespielt, und jetzt kocht Nikki Paella.«

Mit Football meinte Georgie Fußball. Sie sprach mit starkem britischen Akzent. Sie redeten ein paar Minuten, und Georgie fragte: »Sehen wir uns am Sonntag?«

»Bestimmt. Sei schön brav. Ich hab dich lieb.«

Evan beendete den Anruf. Sie saß in dem stillen Motelzimmer und hielt das Telefon fest. Das schlechte Gewissen wollte nicht vergehen. *Ich mach das für dich. Für uns beide. Um der Welt zu beweisen, dass ich noch da bin, dass ich kämpfe und auf der Seite der Gerechtigkeit stehe.*

Und um zu beweisen, dass Phelps Wylie kein Niemand war. Sein Tod durfte nicht ungeklärt bleiben, kein Thema, um das sich gehässige Gerüchte rankten. Er hatte es verdient, dass nachgeforscht wurde.

Sie legte die Liste der unvollständigen Nummern aus Wylies Verbindungsspeicher auf den Tisch und machte sich daran, systematisch jede mögliche Kombination zu wählen. Sie brauchte neunzig Minuten, um die gesamte Liste abzuarbeiten und alle Nummern abzuhaken, unter denen es keinen Anschluss gab oder die offensichtlich keine Verbindung zu Wylie hatten.

Die letzte Nummer klingelte ewig, bevor sich eine roboterhafte Maschinenstimme meldete. »Die Person, mit der Sie sprechen wollen …« Nach einer winzigen Pause kam eine andere Stimme: *»Ruby Ratner.«* Dann wieder der Roboter: »… ist gerade nicht erreichbar. Bitte hinterlassen Sie nach dem Piepton eine Nachricht für … *Ruby Ratner*.«

Evan bat Ratner, sie zurückzurufen.

Ruby Ratner.

Eine androgyne Stimme. Ein hoher Tenor oder ein tiefer

Alt. Wenn sie hätte raten sollen, ob es ein Mann oder eine Frau war, hätte Evan gezögert.

War das die Frau, die sich bei Ragnarok gemeldet hatte? Der Entführer oder die Entführerin?

Die Websuche nach *Ruby Ratner* ergab neun Treffer. Die meisten stammten aus der US-Volkszählung und boten Hilfe bei der Suche nach der Häufigkeit des Namens an. Doch ein Treffer war eine Site mit öffentlich zugänglichen Behördendaten, die ein halbes Dutzend Ruby Ratners im Westen der Vereinigten Staaten auflistete. Zwei in der Bay Area. Eine – oder einer? – in San Francisco.

Und die Telefonnummer in Wylies Verbindungsspeicher war aus San Francisco. Sie schaute im Telefonbuch nach. Ratners Adresse stand drin.

Die Site mit den Behördendaten versprach pikante Details über Verschuldung und Vorstrafen, wenn sie ein Premiumabo kaufte. Dazu reichte die Eingabe ihrer Kreditkartennummer.

Der blinkende Cursor, der sie zum Zahlen einlud, war nicht unbedingt ein Knurren. Eher ein Raunen, das mit der Möglichkeit winkte, dass hinter der Geldschranke etwas Handfestes wartete.

Aber sie hatte keine Lust, 59,99 Dollar zum Fenster hinauszuwerfen. Und sie hatte eine Regel, an die sie sich manchmal sogar hielt: *Stolpere nicht blind in ein Dickicht, aus dem ein Knurren dringt.*

Zurzeit kannte sie nicht viele Leute, die sie um einen Gefallen bitten konnte. Zumindest nicht bei den Strafverfolgungsbehörden. Da war Raffinesse gefragt. Charme. Überzeugungskraft. Sie rief beim Sheriff's Office von Santa Barbara an, um eine Kontaktperson zu erreichen, Detective Lilia Rodriguez.

Rodriguez war nicht im Dienst, also sprach sie ihr eine Nachricht auf Band. »Ich schreibe einen Artikel über Phelps Wylie, und ich bin auf eine Spur gestoßen. Was Großes, Lily. Der Detective, der den Fall unter Dach und Fach bringt, könnte glatt die Treppe rauffallen.« Sie hinterließ den Namen Ruby Ratner und bat Lily um Rückruf.

Dann sammelte sie ihre Sachen zusammen.

Ruby Ratners Haus war ein trister gelber Kasten in einer tristen Gegend nahe einem erhöhten Abschnitt der I-280. Der Vorgarten war zubetoniert und mit Plastikwindrädern dekoriert, die leuchtend wie Buntstifte gleich dutzendweise im Maschendrahtzaun steckten. Evan schob das knarrende Gartentor auf, und unmittelbar darauf brach im Haus jaulendes Gebell los.

Als sie den unkrautverzierten Weg zur Hälfte hinter sich hatte, öffnete sich die Tür einen Spalt. Ein kläffendes Fellbündel erschien, geparkt zwischen den stämmigen Beinen einer Frau mit grauer Dauerwelle.

Das Gesicht der Frau war umrahmt vom Dunkel hinter ihr. »Kommen Sie wegen der Party?« Sie hatte den Mund zusammengekniffen, als würde sie an einem Kiesel lutschen. Ihre Cateye-Brille war zu einer Zeit modern gewesen, als Harper Lee *Wer die Nachtigall stört* schrieb. Aber nur vielleicht. Und höchstens in Wohnwagensiedlungen, die die älteren Ausgaben des Sears-Katalogs bekamen.

Evan lächelte. »Ruby Ratner?«

»Sind Sie ein Gerichtszusteller?«

»Nein, Ma'am.« Heute nicht.

Der kleine Hund bleckte die Zähne und bellte, als würde er gleich einen Anfall bekommen. Die Frau schob ihn mit dem Fuß beiseite. Wie magnetisch angezogen hüpfte er sofort zum Türspalt zurück. Die Frau musterte Evan durch schmale Augenschlitze.

»Mrs. Ratner? Die Party?« Evan blieb freundlich.

Die Frau schien kurz zu überlegen. Der Hund fing an, ihr Fußgelenk zu bespringen.

Sie schüttelte ihn ab. »Pepito, hol dein Quietschspielzeug.«

Der Hund drehte sich um und trippelte davon. Nachdem die Frau Evan einen weiteren Moment finster fixiert hatte, trat sie wortlos zurück und öffnete die Tür.

»Er ist nicht da, aber wir können schon mal die Party besprechen.« Sie winkte Evan hinein. In den OK Corral.

19

Dane Haugen fixierte sein Display. Ein mit Holz beladener Peterbilt-Sattelschlepper rumpelte an dem geparkten Volvo-Geländewagen vorbei. Sie befanden sich in einer Fernfahrerkneipe in den Sierra-Ausläufern. Die Sonne war inzwischen hinter Gewitterwolken verborgen. Das Lokal hatte WLAN für die Trucker, Touristen und Bergwanderer, die sich mit Kaffee und Nachrichten abfüllen wollten, bevor sie zum Klettern aufbrachen, sich zum Vögeln zurückzogen oder einen Schwerlaster durch die Berge steuerten.

Haugen überprüfte online sein Bermuda-Konto. Er warf Sabine einen Blick zu. »Flugradar von Reinigers Maschine?«

Sie leerte ihren Bildschirm. Nachdem sie Echtzeit-Radardaten aufgerufen hatte, erkannte sie das kleine gelbe Bild des Flugzeugs, das Peter Reiniger nach New York brachte.

»Sie ist über Ost-Ohio. Planmäßig.«

Haugen knurrte bestätigend. Er bearbeitete gerade den Film mit dem Lockmaterial, das er Reiniger in einigen Stunden vorführen wollte. Der Trailer für seinen neuen Katastrophenfilm sozusagen.

Fotos, Film, Ton – der Trailer zeigte ihn mit Autumn und ihren Freunden, die gefangenen Spielleiter von Edge Adventures und – auf äußerst plastische Weise – die Konsequenzen der Nichterfüllung seiner Forderungen. Reiniger würde das Ganze als die unwiderstehlichste Anlage seiner Finanzkarriere betrachten. Er würde investieren. Das letzte Hemd würde er hergeben und sein eigenes Rückenmark verkaufen, um diese Chance beim Schopf zu packen.

Das Geschäft lief, auch wenn Reiniger noch nicht davon gehört hatte. Und ihm den Filmtrailer *Autumn! Teil 1* zukommen zu lassen war der erste Schritt des Plans.

Haugen hielt das Video an, um eine elegante Aufnahme zu bewundern: die lächelnde Autumn und hinter ihr der maskierte Von, der mit einem AK-47 auf ihren Rücken zielte. Wirklich erlesen.

Sein Telefon läutete. Nach einem Blick aufs Display meldete er sich. »Höchste Zeit.«

»Wir haben ein Problem«, sagte Von.

Die Luft war kühl geworden.

Gabe wandte sich der Gruppe zu. »Wir müssen uns schützen. Es geht ums Überleben.«

Ein Crashkurs für Anfänger, die nicht damit gerechnet haben, ihn zu benötigen, dachte Jo.

»Wir bleiben zusammen. Niemand – wirklich niemand – geht allein weg«, setzte er hinzu.

»Nicht mal zum Pinkeln?«, warf Dustin ein. »Immer schön zu zweit?«

»Ja.«

Dustin antwortete nicht. Autumn hatte sich die Arme um den Körper geschlungen. Auch Peyton kam anscheinend allmählich zur Besinnung, was bedeutete, dass sie die Schmerzen ihres gebrochenen Schlüsselbeins stärker spürte. Sie hielt den rechten Arm an die Brust gedrückt. Die linke Hand spielte unentwegt mit einem silbernen Bettelarmband, als wäre es ein Rosenkranz. Offenbar sickerte langsam die Erkenntnis bei ihnen ein: *Das ist real.*

»Wir brauchen Hilfe. Aber hier werden wir sie nicht finden«, erklärte Gabe. »Wir müssen zu jemandem Kontakt aufnehmen.«

»Unsere Telefone sind nicht hier«, meinte Autumn. »Die haben sie uns noch in San Francisco weggenommen.«

»Ich hab meins noch«, sagte Kyle. »Sie hatten keinen Vorwand, es mir abzuknöpfen.«

»Super.« Jo nickte.

»Momentan kein Signal, aber ich hab's in der Tasche.«

»Mein Handy und das von Gabe sind vielleicht noch im Hummer.«

Autumn öffnete den Mund, um etwas zu sagen, doch Jo hob beruhigend die Hand. »Es wäre eine große Hilfe, wenn ihr danach suchen könntet. Denn Gabe und ich müssen erst einmal Noahs Zustand stabilisieren.«

Autumn holte Luft. »Okay.«

Gabe fuhr fort. »Wir müssen planen, wie wir uns für die kommende kurze Zeit in der Wildnis durchschlagen. Dazu brauchen wir eine Überlebensausrüstung.«

»Kurze Zeit?«, fragte Autumn.

»Auf jeden Fall bis morgen«, antwortete Jo. »Vielleicht auch bis zu vier Tage lang. Wir müssen so gut wie möglich vorbereitet sein.«

»Einer von euch schaut bitte im Hummer nach folgenden Sachen: Feuerzeug, Taschenlampe, sämtliche Wasserflaschen.«

»Was ist mit Bier?« Die Frage kam von Dustin.

»Wir trinken keinen Alkohol, aber wir holen alle Flaschen raus. Und alles, womit wir den Körper wärmen können. Planen, Schlafsäcke, Zelt, Abfalltüten. Seil. Signalgeräte. Pfeifen, Spiegel, Stroboskoplichter …«

»Das soll alles im Wagen sein?« Dustin schnaubte.

Gabe fixierte ihn. »Das Ganze sollte doch ein Spiel sein, oder? Habt ihr keine Spielsachen mitgebracht?«

Kyle nickte. »Ich schau nach.«

»Ich habe zwei Messer. Vielleicht findet ihr noch andere.« Gabe zögerte kurz. »Landkarten. Ein Kompass – habt ihr einen dabei? Und GPS – der Hummer hat einen eigenen Empfänger an der Armatur. Vielleicht wurde er zufällig nicht zerstört – seht nach.«

Langsam erwachte die Gruppe aus ihrer Erstarrung.

»Die wichtigsten Punkte: Schutz und Wasserzufuhr. Wir brauchen Schutz vor Wind, Kälte, Nässe. Wenn zwei davon zusammenkommen, kann das tödlich sein. Am besten wäre ein Feuer, aber damit würden wir die Aufmerksamkeit von Von und seiner Bande auf uns ziehen.«

»Was ist mit Essen?«, fragte Peyton.

»Alles einsammeln. Hoffentlich sind wir nicht so lange hier draußen, dass wir auf Nahrungssuche gehen müssen.«

»Nahrungssuche? Nüsse und Beeren? Ich bin allergisch gegen *alles*.«

»Verstanden.« Er ließ den Blick über die jungen Leute wandern. »Und wir brauchen einen Wachposten. Von treibt sich irgendwo in der Gegend rum. Geht davon aus, dass er jeden Moment auftauchen kann, und zwar mit Verstärkung. Wir lösen uns ab. Kyle, übernimmst du die erste Wache?«

Ritter nickte. »Mach ich.«

»Sicherheit ist momentan entscheidend für uns.«

Kyle starrte Gabe mit einer fast glühenden Intensität an.

Gabe hielt inne. »Vor allem brauchen wir Stärke. Wir bleiben zusammen. Wir passen auf, wir halten durch. Wir kommen hier raus. Alle.« Wieder schaute er sie der Reihe nach an. »Verstanden?«

Peyton blieb reglos. Dustin nickte. Autumn sagte: »Verstanden.«

Gabe trat in die Mitte des Kreises und streckte die Hände aus. *»Verstanden?«*

Diesmal kam die Antwort einmütig und lauter: »Verstanden.«

Gabe wandte sich zu Jo. »Dann los.«

Sie kletterten über die Felsen zum Flussufer. Jo schüttelte sich Staub aus den Kleidern und Haaren, dann kauerte sie sich hin und tauchte die Hände ins Wasser. Es war so kalt, dass es bis in die Arme hinaufzog. Sie wusch sich und spülte sich Dreck und Splitt aus dem Gesicht. Gabe folgte ihrem Beispiel. Dann krochen sie zurück in den Hummer. Jo zog die Jacke aus, kehrte die Innenseite nach außen und robbte neben Noah.

Er war unruhig, seine Augen glänzten vom Schmerz. »Wird es wehtun?«

»Auf jeden Fall.«

Er stieß ein verunglücktes Lachen aus. »Du hättest mich ja wenigstens anlügen können.«

»Es wird schmerzhaft sein, aber wir tun nichts, was zusätzlichen Schaden anrichtet. Das Einrichten der Fraktur ist einfach sicherer für dich.« Sie legte ihm die Hand auf die unverletzte Schulter. »Es dauert nicht lange. Danach schienen wir das Bein. Schaffst du das?«

»Ich muss ja.«

»Das ist die richtige Einstellung.«

Aus dem Fahrerabteil rief Lark: »Ich hab den Erste-Hilfe-Kasten gefunden.«

Sie kroch zu ihnen nach hinten. Ihre Miene war angespannt. Sie strich sich staubig schwarzes Haar aus dem Gesicht und öffnete einen Kasten in der Größe einer Pausenbrotdose. »Pflaster und Verbandszeug, Jod, Fixiertape. Adrenalinspritze für Bienenstiche. Tylenol.«

Tylenol würde Noah kaum helfen, trotzdem hielt Jo den Daumen hoch. »Handschuhe? Antibiotika?«

Mit vorgebeugtem Kopf und zusammengekniffenen Augen starrte Lark in den Verbandskasten. Offenbar sah sie wirklich ziemlich schlecht.

Antibiotika gab es nicht, aber Latexhandschuhe. Hastig streiften Jo und Gabe sie über. Jo gab Noah zwei Tylenol. Dann packte sie Mull auf seine Schusswunde und stellte die Schulter ruhig.

Zum Glück hatten Noahs Jeans und die Sportsocke verhindert, dass sein Bein mit Erde und Schutt verschmutzt wurde. Die Wunde war sauber. Dennoch öffnete Jo eine Plastikflasche Wasser.

Sie beugte sich über Noah. »Ich muss die Verletzung ausspülen und desinfizieren. Du kannst Larks Hand halten.«

Noah nahm die Hand seiner Freundin. Jo ging neben seinem Knie in Stellung und goss erst Wasser auf sein Bein, dann Jod. Er stöhnte und wand sich. Sie hielt sein Knie fest, bis sie die ganze Flasche geleert hatte.

»Fertig. Jetzt muss ich meine Jacke unter dein Bein legen, damit die Verletzung sauber bleibt.«

Das Infektionsrisiko bei diesem Vorgehen war enorm, aber sie hatten keine andere Möglichkeit.

Gabe kauerte sich vor die Füße des Jungen. »Ich nehme jetzt dein Bein hoch, damit Jo die Jacke drunterschieben kann.«

Als er die Hände unter Noahs Wade führte und sie anhob, krümmte sich der junge Mann vor Schmerz. Schnell drückte Jo die Jacke darunter.

»Sehr gut. Das war der erste Schritt.« Gabe fühlte den Puls

an Noahs Fußgelenk, um die Blutzirkulation zu prüfen. Er nickte – sie war in Ordnung. »Jetzt hol tief Luft.«

»Sie hat mir schon gesagt, dass es wehtun wird«, erwiderte Noah.

»Wie die Hölle, aber dafür ist es gleich vorbei.«

Jo hielt das obere Ende der Wade gleich unterm Knie. Gabe umfasste Noahs Knöchel und Fuß. Die unregelmäßig gebrochenen Knochen ragten durch die Haut.

Kräftig und kontrolliert zog Gabe an Noahs Bein. Der junge Mann erstarrte. Sein unverletztes Bein schlug wild aus. Jo konnte hören, dass er einen Schrei unterdrückte. Gabe unterbrach kurz, um zu testen und zu tasten. Dann zog er noch einmal, stärker, und die Knochen glitten zurück unter die aufgerissene Haut und die Muskeln.

»Gleich haben wir's.«

Noah keuchte heftig. Mit dem Absatz seines unversehrten Beins trat er gegen das Dach des Hummers.

Vorsichtig machte Gabe weiter, bis die Knochenenden zusammenpassten. »Geschafft.«

Besorgt sah Jo Noah ins Gesicht.

Er war kalkweiß, und Tränen rannen ihm aus den Augen. Er japste nach Luft wie ein Fisch am Kai. »Das mach ich so schnell nicht wieder.«

Sie berührte ihn am Arm. »Du warst sehr tapfer.«

Wieder tastete Gabe nach dem Puls am Knöchel. Dann schienten sie das Bein von oberhalb des Knies bis zum Fuß und benutzten dafür die Kartonverpackung von zwei Kisten Heineken und eine Rolle Fixiertape. Zuletzt lagerten sie es hoch, um die Schwellung zu vermindern.

»Super durchgehalten, Mann«, sagte Gabe.

Schließlich krochen er und Jo wieder durch das Fenster hinaus. Die Schatten waren tiefer geworden, der Wind hatte weiter aufgefrischt. Gabe wischte sich mit dem Handrücken über die Stirn. Die Rückseite seines T-Shirts war gesprenkelt mit Schweiß und Blut.

Dustin, Autumn und Peyton näherten sich, aber Gabe hob abwehrend die Hände. »Nur eine Minute.« Er kauerte sich am Ufer nieder und wusch sich das Gesicht.

Jo folgte ihm und hockte sich lässig neben ihm auf einen Fels. »Das war ganze Arbeit.«

Er blickte nicht auf. »Wir müssen diese Kids hier wegbringen. Wenn Noah nicht in ein Krankenhaus kommt, steht er das nicht durch. Er muss operiert werden.«

Und er brauchte Antibiotika, eine Bluttransfusion, ein warmes Bett.

»Alles in Ordnung mit dir?«, fragte Jo.

Er nickte. »Ich glaube, ich habe einen Muskelfaserriss in der Schulter. Und in der Seite einen Schnitt.«

»Höchste Zeit, dass du mir das erzählst.«

»Hat ja keinen Sinn, die anderen zu beunruhigen.«

Du Blödmann. Du tapferer, stoischer Blödmann.

»Setz dich sofort hin und steh ja nicht auf.« Eilig holte sie den Verbandskasten und kam zurück. »Runter mit dem Shirt.«

Mit einiger Mühe zog er es sich über den Kopf. Auf der hinteren Seite der Rippen hatte er einen langen Schnitt von einem Stück Metall oder einer Glasscherbe. Die Wunde war schartig, aber nicht tief. Nur sicher äußerst schmerzvoll.

Sie säuberte sie, schloss sie mit einem Pflasterzugverband, bedeckte die Rippen mit Mull und verklebte alles fest mit Fixiertape.

Dann gab sie ihm sein Shirt zurück. »Heute Abend nicht zum Tanzen, Sergeant.«

Er lachte nicht.

Sanft drückte sie ihm die Hand aufs Herz. Einen Moment

drohten ihre Gefühle sie zu überwältigen. Sie kämpfte zwar dagegen an, aber er las es in ihrem Gesicht und schlang die Arme um sie.

»Gott sei Dank hat es dich nicht schlimm erwischt«, hauchte sie.

Er hielt sie fest. »Wir kommen hier raus.«

Sie nickte angespannt. *Reiß dich zusammen.* »Natürlich.« Sie blinzelte die Tränen weg und unterdrückte das Beben in ihrer Stimme. »Ich liebe dich.«

»Ich liebe dich auch.«

Er machte einen Schritt zurück, und sie wischte sich mit den Handballen die Augen. Nachdem sie langsam ausgeatmet hatte, sagte sie mit gesenkter Stimme: »Eine verrückte Situation.«

»Das ist eine starke Untertreibung. War das wirklich eine Entführung mit dem Ziel, Lösegeld zu erpressen?«

»Wer in Amerika ein Kidnapping gegen Lösegeld versucht, muss psychotisch oder ein unverbesserlicher Gewaltverbrecher sein.«

Nach dem Fall Lindbergh hatte das FBI Entführungen, aus denen finanzieller Profit geschlagen werden sollte, in den USA praktisch beendet. Dieses Verbrechen war so gut wie ausgestorben.

»Trotzdem«, meinte Gabe, »die einfachste Erklärung ist wahrscheinlich die richtige.«

»Stimmt. Ich möchte nur nicht die Möglichkeit ausschließen, dass da auch weniger klare Faktoren im Spiel sind.« Sie strich sich das Haar aus dem Gesicht. »Außerdem will ich nicht, dass mir diese Kids auf den Nerven rumtrampeln.«

Er legte ihr die Hände auf die Schultern. »Ganz ruhig. Sie sind jung, und sie haben Angst. Und sie sind keine Aliens. Autumn sieht fast aus wie Tina.«

Jo warf einen kurzen Blick zu Autumn: die flotte Mütze von den Marines, der goldfarbene Kaschmirpullover, die Lederstiefel. Trotz der Notlage hatte sie die unangreifbare Ausstrahlung eines Alphatiers – als wäre sie die Königin aller Ballköniginnen.

»Autumn ist überhaupt nicht wie Tina.«

»Trotzdem, stell's dir einfach vor. Das hilft dir, ihnen nicht den Kopf abzubeißen.«

Kyle beobachtete sie aus einiger Entfernung.

»Wie geht's jetzt weiter?«

Vorsichtig schlüpfte Gabe wieder in sein Shirt. »Wir hauen ab. Aber zuerst müssen wir rausfinden, was hier eigentlich los ist.«

Er legte den Arm um Jo und näherte sich der Gruppe. »Wie seid ihr überhaupt hierhergekommen, ohne zu merken, dass eure Geburtstagsparty gekapert wurde?«

Jo hatte eine ganz andere Frage: *Warum?*

20

Mit dem Hündchen unterm Arm schlurfte Ruby Ratner in das schummrige Innere des Hauses. Evan folgte ihr.

Im Fernsehen lief eine Talkshow. Auf einem Fernsehtischchen lag ein Puzzle, an dem Mrs. Ratner anscheinend gerade arbeitete. Der Teppich roch nach Pepito.

Das Haus war vom Boden bis zur Decke dekoriert, als wäre Mrs. Ratner gerade einem Planwagen entstiegen. Auf dem Kaminsims war eine Sammlung von Tellern aufgereiht, die an die Serien *Rauchende Colts* und *Bonanza* erinnerten. Wie ein Erschießungskommando saßen überall in Regalen Porzellanfiguren: Paladin, Annie Oakley, Doc Holliday, die Gebrüder Earp, die Dalton-Bande. Über dem Kaminsims hing ein Malen-nach-Zahlen-Porträt von Chuck Connors in seiner Rolle als Lucas McCain in *Westlich von Santa Fé*. In der Küche baumelte eine Cowboy-Essensglocke. Sogar Mrs. Ratners zirkuszeltartiges Hauskleid hatte ein Karomuster.

Als sie sich aufs Sofa sinken ließ, bauschte sich das Kleid wie eine Qualle um ihren Körper. »Sagen Sie mir, wie hoch das Honorar ist.«

»Für die Party?«

»Natürlich für die Party. Umsonst gibt's nichts.«

Evan setzte sich auf einen knarrenden Kunstledersessel. Allmählich beschlich sie das Gefühl, dass sie hier im falschen Film war. Entweder das, oder Mrs. Ratner war Teil einer superschrägen Untergrundszene, zu der auch Phelps Wylie heimlich gehört hatte: Western-Swinger.

Knopfäugig und fauchend schmiegte sich Pepito an Mrs. Ratner.

»Pschsch, Baby. Mama redet gerade.« Durch ihre Cateye-Brille musterte sie Evan. »Bevor ich einen Vertrag unterschreibe, legen wir die Details fest. Reden wir von der ganzen Nummer oder nur von dem Puppentheater?«

Evan hatte keine Ahnung, ob sie etwas kaufen oder verkaufen sollte. Ganz zu schweigen von dem Produkt. Sie konnte nur hoffen, dass es sich nicht um Sockenpuppen handelte, die sich jemand über die Genitalien streifte. »Welche Möglichkeiten kommen für Sie infrage?«

»Zwei Stunden bedeutet: die Schießerei, der Prozess und das Erhängen. Ein halber Tag heißt: der komplette Gefängnisteil, die Seiltricks und das Puppentheater.«

»Mrs. Ratner, ich muss Ihnen ein Geständnis machen.«

»Sparen Sie es sich für die Party auf. Dafür sind Galgen ja da.«

Das klang nach einer Höllenparty. »Schön, aber …«

»Klar, Sie brauchen bloß jemanden, der die verschiedenen Arbeiten wie zum Beispiel Saubermachen übernimmt, aber trotzdem, das mit meinem Unterhaltungspaket sollten Sie sich ernsthaft überlegen.«

Evan konnte sich nicht bremsen. »Macht das *irgendjemand?*«

Die Frau schaukelte mehrmals nach vorn, um genügend Schwung zum Aufstehen zu holen. »Ich hol mal die Prospekte.«

Evan nahm sich vor, durchs Fenster zu hechten, falls Mrs. Ratner mit Bildern von sich selbst beim Lapdance mit einem Pony zurückkam. Um die Scheibe zu zerbrechen, würde sie zuerst den knurrenden Hund durchpfeffern und dann selbst hinterherspringen.

Da piepte ihr Telefon. Auf dem Display erkannte sie, dass es Detective Lilia Rodriguez war, ihre Kontaktfrau beim Santa Barbara Sheriff's Office. Mit einem Auge auf den Gang, in dem Mrs. Ratner verschwunden war, meldete sie sich.

»Evan, worauf hast du dich denn da wieder eingelassen?«, fragte Lily.

»Nur auf investigativen Journalismus. Warum?«

»Ruby Ratner. Ziemlich schillernde Figur.«

Evans Magen machte einen Salto. »Na, dann leg mal los.«

»Tätlichkeit, bewaffneter Raubüberfall, schwerer Autodiebstahl«, ratterte Lily herunter. »Und nach der Verurteilung wegen schwerer Körperverletzung gab es dann eine längere Haftstrafe.«

»Schwere Körperverletzung?« Bei diesem Delikt ging es meistens um Verstümmelung oder Folter. »Reden wir hier wirklich über Mrs. Ruby Ratner aus San Francisco? Die Dame ist ungefähr sechzig und bewegt sich, als hätte sie Arthritis.«

»Nein, wir reden hier von Ruby junior.«

»Wer ist das?« Evan schielte zu Pepito. Der Hund starrte sie an wie ein angriffslüsterner Mopp.

»Mrs. Ratner senior ist die Mutter von dem Typen, den ich meine.«

»Ein Mann?«

»Ja. Ruben. Spitzname Ruby.« Lily nannte die Telefonnummer, die ihr Evan gegeben hatte. Dazu die Adresse. Es war die gleiche.

»Ich bin gerade dort«, antwortete Evan. »Erzähl mir schnell von dem Sohn.«

»Ruben Ratner, Alter dreiunddreißig, weiß, eins dreiundsiebzig, vierundsechzig Kilo. Exhäftling. Zurzeit auf Bewährung frei.«

»Bewährung? Seit wann?«

In diesem Moment schlurfte Mrs. Ratner mit mehreren billigen Faltblättern herein. »Mit wem reden Sie da?«

Mit einem verkrampften Lächeln griff Evan nach den Broschüren. Die Frau ließ nicht los.

Evan zerrte, bis sie sie Mrs. Ratner aus der Hand gezogen hatte. »Danke. Entschuldigung, eine Bekannte hat mich angerufen.«

»Was haben Sie da von Bewährung gesagt?«

Evan hielt die Telefonverbindung aufrecht. »Nicht wichtig.«

Die Frau rückte die Cateye-Brille zurecht und reckte das Kinn, um Evan genauer ins Auge zu fassen. »Wer sind Sie?«

»Mrs. Ratner, ich glaube, Sie haben mich verwechselt.«

»Sind Sie von der Polizei?«

»Nein.«

»Haben Sie einen Durchsuchungsbefehl?«

»Ich bin nicht von der Polizei.«

»Dann verlassen Sie sofort mein Haus.«

»Ja, Ma'am.«

Mit Gänsehaut am ganzen Körper steuerte sie auf die Tür zu. Als sie einen Blick über die Schulter warf, bemerkte sie, wie Mrs. Ratner in eine Tasche ihres unförmigen Hauskleids griff. Kurz darauf hatte sie einen Revolver mit Perlmuttgriff in der Hand. Er sah nicht aus wie eine Requisite aus *Hängt ihn höher.*

»Verschwinden Sie von meinem Grundstück.« Mrs. Ratner stieß einen Pfiff aus. »Pepito, Mama braucht Hilfe.«

Evan stieß die Fliegentür auf und war vorbei an den wild rotierenden Plastikwindrädern und durch das Gartentor, bevor Pepito seine Stummelbeine vom Sofa bekam. Sie rannte zu ihrem Mustang, stieg ein und rammte den Schlüssel mehrmals vergeblich an die Zündung, bis sie den Wagen endlich starten konnte und mit heulendem Motor davonbrauste. Im Rückspiegel sah sie den kleinen Hund, der ihr kläffend nachjagte.

Erst nach zwei Kilometern hielt sie an und griff nach dem Telefon. »Lily?«

»Alles in Ordnung?«, fragte Rodriguez. »Was ist denn passiert?«

»Ich glaube, ich bin da auf was gestoßen.«

»Ja, Ruben Ratner. Ziemlich übler Bursche.«

Evan betrachtete die zerknitterten Prospekte in ihrer Hand. »Und wo ist er gerade?«

21

Peyton biss sich auf den Daumennagel. »Eigentlich war alles ganz normal, bis auf einmal geschossen wurde.«

Autumn verschränkte die Arme. »Nicht unbedingt. Zwei Stunden vor Beginn des Spiels wurde der Plan geändert.« Sie blickte zu Kyle. »Richtig?«

»Richtig«, bestätigte Kyle. »Ich sollte zusammen mit den anderen Spielleitern am Candlestick Point aufkreuzen. Aber dann kam der Anruf, dass ich euch abholen soll.«

»Warum haben sie ausgerechnet dich angerufen?«, fragte Jo.

Er überlegte. »Coates musste das Schnellboot holen. Und ich habe einen Führerschein zur Fahrgastbeförderung.«

Jo wandte sich an Autumn. »Wer seid ihr? Warum sind diese Entführer hinter euch her? Was haben sie vor? Es klingt nämlich, als hätten sie das sehr gründlich geplant.«

Kyle kickte mit dem Stiefel Kiesel weg. »Ihr Daddy hat einen Haufen Kohle.«

In Autumns Augen blitzten Schmerz und Sorge auf.

Gabe meldete sich zu Wort. »Sonst noch jemand mit einer dicken Brieftasche dabei, die die Kidnapper vielleicht leeren wollen?«

»Mein Dad ist Hedgefondsmanager«, antwortete Autumn. »Dustins Vater ist Lobbyist in Washington.«

»Entschuldige bitte meine Neugier, aber von was genau reden wir hier? Wie reich? Wie mächtig?«

Autumn zog die Schultern hoch.

»Ich habe in Ländern gedient, wo Entführungen ungefähr so verbreitet sind wie Geldziehen am Bankautomaten. Aber in Amerika muss mindestens ein achtstelliger Betrag auf dem Konto sein, bevor ein Kidnapper das Risiko eingeht, in den Knast zu wandern. Also?«

»Mein Dad hat dieses Wochenende arrangiert. Er hat selbst schon bei Szenarien von Edge Adventures mitgemacht. Es ist allgemein bekannt, dass er solche Rollenspiele liebt. Er ist der Grund.« Nacheinander schaute Autumn ihre Freunde an. Ihre Augen schimmerten feucht. Dann drehte sie sich Richtung Fluss, um ihr Gesicht zu verbergen.

Gabe hakte nach. »Und was haben die Kidnapper vor? Wollen sie euch irgendwo in der Pampa in eine Scheune sperren, bis dein Dad das Geld lockermacht?«

Peyton drückte den Arm auf der verletzten Seite an sich. »Ist doch egal. Jemand muss rauf zur Straße klettern und ein Auto anhalten.«

Jo blickte den Hang hinauf. »Da geht es nicht.«

»Warum nicht?«

»Da, wo das Auto runtergestürzt ist, ist es zu steil und rutschig. Und wie Kyle schon gesagt hat, dort oben wartet Von, und bald rücken seine Komplizen an. Wir müssen Hilfe holen, aber auf sichere Art.«

Peyton wischte sich über die Nase. »Aber irgendjemand wird doch nach uns suchen, oder?«

Mit angespannter Miene wandte sich Gabe um. »Ja, bloß die falschen Leute.«

Peyton verzog das Gesicht. »Die Polizei. Forstaufseher.«

Dustin mischte sich ein. »Wie kommst du darauf?«

»Die Typen, die uns in San Francisco am Strand abgeholt

haben, waren keine Mitarbeiter von Edge Adventures.« Sie schaute Kyle an. »Oder?«

»Keine Ahnung. Außer Coates kenne ich niemand bei Edge.«

»Auf jeden Fall werden die echten Mitarbeiter von Edge nach uns suchen.« Peyton wirkte aufgedreht und hoffnungsvoll.

Im Hintergrund murmelte der Fluss.

»Nein«, sagte Autumn.

»Warum nicht?«

»Weil die Entführer das Edge-Team aus dem Verkehr gezogen haben.« Autumn fixierte Kyle. »Am Candlestick Point hast du doch mehrfach angerufen, und sie haben sich nicht gemeldet.«

Kyle starrte sie an. Seine Augen waren von einem harten Braun mit einem fast goldenen Ring um die Iriden. Ein intensiver Blick, der dennoch praktisch keine Tiefe hatte. »Sie hat recht. Die sind erledigt.«

Peyton schrumpfte in sich zusammen und fummelte wieder an ihrem Armband herum. In Autumns Augen trat etwas Gequältes. Lastende Stille breitete sich aus.

»Aber wir sind nicht im Hotel aufgetaucht«, wandte Peyton ein.

»Wir sollen erst später dort ankommen«, entgegnete Autumn. »Niemand sucht nach uns.«

»Aber …«

»Peyton, warum sollte uns jemand in den *Sierras* suchen? Das Spiel sollte in der Stadt ablaufen.«

Jo griff ein. »Wie lang dauert es, bis jemand in San Francisco merkt, dass da was nicht stimmt?«

Autumn wirkte niedergeschlagen. »Unsere Familien erwarten frühestens nach dem Wochenende einen Anruf von uns.«

»Was ist mit dem Hotel?«

»Das Mandarin Oriental. Wenn wir nicht aufkreuzen, annullieren die einfach die Reservierung.«

»Die Polizei rufen sie bestimmt nicht«, meinte Lark. »Das steht fest.«

Peyton machte einen hilflosen Eindruck. »Aber irgendjemand muss sie doch rufen.«

Wütend fuhr Autumn herum. Anscheinend hatte sie die Nase voll. »Wir sind entführt worden, kapierst du das nicht? Die haben sich genau überlegt, wie sie uns kidnappen können, ohne dass es jemand mitkriegt.«

»Du meinst also, niemand weiß, wo wir sind?«

Jo schüttelte den Kopf.

Mit erhobener Hand ging Gabe dazwischen. »Ich möchte wissen, was vorher passiert ist. Ihr seid zum Strand am Candlestick Point gefahren.«

Kyle hob einen Stock auf. »Genau. Dann sind diese Typen in Skimasken aufgekreuzt.«

»Also haben sie das Team von Edge Adventures unschädlich gemacht und euch dann gekidnappt.«

»Sieht ganz danach aus«, antwortete Kyle. »Ich dachte zuerst, die Fahrt hierher wäre eine neue Wendung in einem laufenden Szenario. Coates hat anscheinend gern in letzter Minute Änderungen vorgenommen. Ich hab geglaubt, das ist nur eine zusätzliche Schikane.«

Gabe streckte die Hand aus. »Gib mir den Stock und such dir einen größeren. Am besten gleich sieben größere.« Gabe zog sein Jagdmesser.

»Wozu das?«

»Wir sitzen hier nicht einfach unbewaffnet rum. Wir schnitzen uns Speere.«

»Keine schlechte Idee.« Kyle steuerte auf die Bäume zu.

»Sie haben euch am Candlestick Point aufgelauert«, sagte Jo. »Warum nicht auf dem Weg zur Uni? Warum wurden alle auf dem Geburtstagswochenende verschleppt?«

Der Wind fegte durch die Schlucht. Allmählich wurde es ziemlich kühl. Jo spürte die Kälte fast innerlich. *Warum die ganze Gruppe?*

Autumns Haar wurde von der Brise aufgebauscht. »Weil die Polizei informiert war, dass es ein Spiel ist. Sie hätte nicht eingegriffen.«

Gabe und Jo gafften sie an. »Was?«

»So werden Pseudoentführungen von Edge gehandhabt. Die Firma verständigt vorher die Polizei, damit sie nicht dazwischenfunkt und Mitarbeiter verhaftet.«

»Soll das ein Scherz sein?« Jo konnte es nicht fassen.

Autumn sank in sich zurück. »Uns kam es völlig normal vor.«

Und die möglichen Folgerungen waren entsetzlich. Gabe dachte offenbar das Gleiche wie sie.

Jetzt verstand sie, warum die Verbrecher die ganze Gruppe entführt hatten. Aber warum hatten sie die zusätzlichen Gefangenen nicht laufen lassen, nachdem sie Autumn in ihre Gewalt gebracht hatten?

Dafür gab es keinen triftigen Grund. Sie hatten sie einfach deshalb in die Wildnis verschleppt, um sie loszuwerden.

Zunächst waren sie zwar außer Gefahr. Aber sie war noch lange nicht gebannt.

Sie wollte es nicht so drastisch ausdrücken, aber sie musste ihnen klarmachen, wie schwierig ihre Lage war. »Niemand außer Von weiß, wo wir sind. Und wenn Von rauf zur Straße klettert, kann er seine Komplizen anhalten, wenn sie vorbeikommen, oder sie anrufen.«

Autumns Schultern hoben und senkten sich. »Und was machen wir jetzt?«

»Wir müssen die Polizei alarmieren.« Jo schaute Gabe an. »Jemand muss Hilfe holen.«

Gabe trat vor. »Es geht um euer Leben. Also hört gut zu. Ich erzähl euch jetzt was von SERE.«

»Was ist das?«, fragte Dustin.«

»Survive, Evade, Resist, Escape. Überleben, Ausweichen, Widerstand, Flucht. Militärisches Überlebenstraining. Ihr bekommt einen Crashkurs.«

Raus«, befahl Haugen. »Ich übernehme das Steuer.«

Unzufrieden kletterte Stringer vom Fahrersitz des Volvo. Mit geballten Fäusten stakste Haugen hinüber.

»Nach hinten. Sabine, du setzt dich neben mich. Geh mit meinem Telefon ins Netz. Schließ das Notebook an.«

Er warf sich in den Wagen und ließ die Fernfahrerkneipe mit quietschenden Reifen hinter sich.

Wie hatte es dazu kommen können?

Der Hummer war abgestürzt. Friedrich war tot. Von war zwar mit dem Leben davongekommen, hatte Autumns Gruppe jedoch nicht in seiner Gewalt. Sie waren am Grund einer Schlucht gestrandet, aber nicht unter Kontrolle.

Er drückte das Gaspedal durch und beschleunigte auf hundertdreißig, hundertvierzig, hundertfünfzig. Wie ein Panther sprintete der Wagen über den Highway.

Sabine griff hinüber und schaltete die Scheinwerfer ein. »Wir sind immer noch im Zeitplan. Reinigers Maschine landet erst in einer Stunde. Wir haben den ersten Film und die Fotos von den Edge-Spielleitern. Es hat sich nichts geändert.«

»Und wenn Reiniger einen Beweis dafür verlangt, dass sie lebt?«

»Das wird er nicht. Noch nicht. Erst mal wird er unter Schock stehen.«

Er klatschte die Hand auf das Lenkrad. »Das hätte nie passieren dürfen.« Im Rückspiegel warf er einen Blick auf Stringer. »Warum hat niemand vorausgesehen, dass diese Kids zum Angriff übergehen?«

Der bittere Ausdruck in Stringers Augen war leicht zu deuten: *Warum hast du es nicht vorausgesehen?*

Sabine versuchte, Ruhe zu bewahren. »Von geht in Position. Er muss nur so nah an sie rankommen, dass er sie sieht. Und dann kann er sie festnageln. Ein einziger Schuss, und sie verschanzen sich wieder in der Limousine. Die machen sich doch in die Hose vor Angst.«

Haugen schielte zu ihr hinüber. »Hol Von noch mal ans Telefon.«

»Warum?«

Er fuhr die Hand aus und packte sie um den Hals. »Sofort.«

Blitzschnell und ohne einen Laut bohrte sie ihm die Fingernägel in den Unterarm. Fest.

Er ließ los.

»Beide Hände aufs Steuer, Dane«, ächzte sie. Sie warf ihm einen fiesen Blick zu.

Er legte die Hände auf zehn und zwei Uhr. In seinem Gesichtsfeld brandete es rot. Schließlich griff er wieder nach rechts, um ihr die Wange zu streicheln, aber sie schlug seine Hand weg wie eine Kobra.

»Ich sag dir, warum wir Von anrufen müssen«, erklärte er. »Weil er die Spielregeln verstehen muss. Sie haben sich geändert.«

Stringer lehnte sich vor. »Inwiefern?«

»Ein Schuss in die Felsen oder den Fluss wird die jungen Leute zurück in den Hummer scheuchen. Ein Schuss in den Kopf von jemand wird sie davon überzeugen, dass sich das Risiko einer Flucht lohnt.« Seine Hände umkrampften das Steuer. »Er darf nur im äußersten Notfall auf einen von ihnen feuern.«

Wieder huschte sein Blick zu Sabine. »Er muss mit dem Umlegen warten, bis ich vor Ort bin.«

»Außer sie versuchen abzuhauen«, stellte Sabine fest.

»Richtig. Dann sind sie zum Abschuss freigegeben.«

Gabe stand in der Mitte des Halbkreises, alle Blicke waren auf ihn gerichtet. »Wir haben den Unfall überlebt, aber das ist noch nicht mal die halbe Miete. Um der Gefangennahme zu entgehen und zu fliehen, müssen wir unseren Feind kennen.«

Jo fiel ein. »Wie viele Leute waren in der Gruppe, die euch abgeholt hat?«

»Fünf«, antwortete Kyle. »Eine von ihnen eine Frau. Die zwei Clowns, die uns in die Schlucht gefahren haben, hatten nicht das Sagen. Die Befehle kamen von einem anderen.«

»Der große Mann, der das Schnellboot gelenkt hat«, ergänzte Autumn.

Kyle schien zu überlegen. Dann nickte er.

Gabe fasste zusammen. »Also müssen wir mit mindestens vier schwer bewaffneten Gegnern rechnen, die entschlossen sind, die Gruppe wieder gefangen zu nehmen.«

Alle schauten Autumn an. Was sie dachten, war nicht schwer zu erraten: *Oder sie gefangen zu nehmen und die anderen zu töten.*

»Am schnellsten bekommen wir Hilfe, wenn wir die

Sheriffs aus der Gegend verständigen. Und wir haben noch immer nicht die Telefone von Jo und mir gefunden.«

»Also los.« Jo machte einen Schritt auf den Wagen zu.

»Wir können doch nicht einfach bloß rumsitzen«, wandte Dustin ein.

»Das habe ich auch nicht gesagt. Jemand muss aus der Schlucht rausklettern. Aber nicht alle.«

»Worauf willst du raus, Mann?«

»Noah darf nur bewegt werden, wenn es unvermeidlich ist. Auch Peyton wird Probleme in unwegsamem Gelände haben. Am besten wäre es, wir würden uns in eine Stellung zurückziehen, die wir verteidigen können. Aber fürs Erste müssen wir hier Schutz suchen.«

Peyton wirkte müde und zittrig. »Wie?«

»Bald bricht die Nacht herein. Die Temperatur wird fallen, vielleicht unter den Gefrierpunkt. Außerdem zieht ein Gewitter auf.«

»Du willst mich wohl verarschen«, knirschte Dustin.

»Wir können kein Feuer machen, weil wir damit im Dunkeln unseren Standort verraten würden. Wenn ihr warme Sachen zum Anziehen dabeihabt, holt sie. Zieht sie an, lasst sie geschlossen. Bleibt trocken.«

Jo machte einen Bogen um Friedrichs zerschundene Leiche, um zum Fahrerabteil der Limousine zu gelangen. Die Tür war offen und verbogen wie der gebrochene Flügel eines Vogels. Sie wand sich hinein. Das Innere des Wagens lag in grauem Schatten.

Vorsichtig tastete sie herum. Dann hörte sie Stimmen von hinten. Lark und Autumn waren hereingekrochen.

»Alles okay, Noah?«, fragte Autumn.

Er kippte die Hand hin und her. So lala. »Hatte schon mal bessere Tage.«

Larks Lippen wurden zu einem Strich. Sie schien den Tränen nah.

Jo rief nach hinten. »Alles in Ordnung bei euch?«

Lark schüttelte den Kopf. »Könnte ich nicht behaupten.« Dann fasste sie sich wieder. »Aber es kommt wieder in Ordnung, oder?«

»Das ist der Plan.«

Jo krabbelte durch das zerstörte Fahrerabteil und zuckte immer wieder vor Scherben und schartigen Metallstücken zurück. Sie durchwühlte Schrott und Schutt, bis sie schließlich ganz unten auf ihr Handy stieß. »Na endlich.«

Das Telefon war eingeschaltet und sah unbeschädigt aus. Sie staubte es ab.

Kein Signal. Sie waren zu tief in der Schlucht. Dann suchte sie weiter nach Gabes Handy, aber ohne Erfolg.

Autumn sah sich hinten im Fahrgastraum um. »Von unseren Sachen ist nichts mehr da. Sie haben uns alles abgenommen.«

»Was ist mit dem Kofferraum?«

Betroffenes Schweigen. »Aber …« Autumn schielte kurz zu Jo. Ihr Gesichtsausdruck flehte praktisch: *Zwing mich nicht.*

»Ich komme mit.«

Nachdem sie durch die verformte Tür wieder hinaus in den kühlen Abend geklettert war, stapfte Jo mit Autumn zur Rückseite des Hummer. Autumn öffnete den Riegel des Kofferraums. Er schnappte gut einen halben Meter auf. Ächzend schüttelte Autumn den Kopf. Sie war offensichtlich überfordert.

Die große Militärtasche war deutlich zu sehen. Durch den Sturz war die Leiche halb herausgerutscht. Erst jetzt nahm Jo die Kluft des Toten wahr: die schwarze Militärkleidung der

Entführer. Die Haut des Toten war kreidebleich. Wie eine Pocke saß eine Schusswunde an der Schläfe.

»Wir müssen einfach die Zähne zusammenbeißen und alles an Ausrüstung rausholen, was da noch drin ist.« Jo war klar, dass sie ziemlich viel von Autumn verlangte. Aber sie hatten keine Zeit für Selbstmitleid. Sie durften nicht lockerlassen. Sie mussten sich zusammenreißen. Einige von ihnen mussten aus der Schlucht herausklettern, solange es noch hell war – und Von vielleicht durch sein Zielfernrohr auf sie anlegte. Es ging nicht anders. Ein Ausflug im Dunkeln war eine Anleitung zum Selbstmord.

Wimmernd griff Autumn in den Kofferraum und zog eine schwarze Sporttasche heraus. Schaudernd wankte sie zurück. Dann ließ sie die Tasche fallen und fing an, darin herumzukramen.

»Was …« Ihre Stimme klang zittrig. »Was ist …?« Ihre Brust hob und senkte sich. »Wie kommt das hierher?« Sie richtete sich auf, als wollte sie sich gleich auf jemanden stürzen. »Wer hat das getan?«

»Was getan?«

Autumn zerrte einen Cowboyhut und ein Lasso aus der Tasche. »Der Böse Cowboy. Das sind seine Sachen. Wie kommen die hierher?«

22

Zum zehnten Mal versuchte Evan, Jo zu erreichen. Und zum zehnten Mal hörte sie: *Die Nummer, die Sie gewählt haben, ist nicht erreichbar.*

Wie eine Raubkatze lief sie im Motelzimmer auf und ab. Sie hatte Jo per SMS den Text und ein Foto von Ruby Ratners Prospekt geschickt. Aber noch immer hatte sie keine Antwort erhalten.

Sparen Sie sich Arbeit – mieten Sie einen Cowboy!

Ruben Ratner war ein Handwerker und ein Tausendsassa. In seinem Flugblatt bot er an, Müll zur Deponie zu fahren, Partys zu organisieren und zu unschlagbar günstigen Preisen Reitstunden zu erteilen. Aber wie sie von Lilia Rodriguez wusste, hatte er weder einen Gewerbeschein noch Erfahrung darin, Nachwuchscowboys das Reiten durch die weiten Savannen beizubringen. Das war höchstens ein Wunschtraum seiner Mutter, ein hoffnungsvoller Funken in ihrem prärieumwölkten Auge.

Sie nahm sich den anderen Flyer vor: Mrs. Ratner, als singendes Cowgirl verkleidet. Evan konnte sich nicht vorstellen, dass die Frau auch nur für eine einzige Party engagiert worden war. Noch nie war ihr der Spruch *Wir raten ab* so zutreffend erschienen.

Allmählich wurde es dunkel. Es konnte eigentlich nicht sein, dass Jo noch immer nicht erreichbar war.

Vielleicht hatte es auch gar nichts zu bedeuten. Vielleicht saß Jo mit abgeschaltetem Telefon irgendwo im Yosemite Park an einem prasselnden Kamin und vergnügte sich mit ihrem Freund.

Bloß dass sie Evan versprochen hatte, sich zu melden. Evan rief die SMS auf, die ihr Jo aus der verlassenen Goldmine geschickt hatte. *Muss das Handy zum Sheriff's Office in Sonora bringen.*

Evan wählte die Nummer des Sheriff's Office von Tuolumne County.

»Tut mir leid, aber ich habe keine Ahnung, wovon Sie reden«, meinte der Mann.

»Kann ich bitte mit dem diensthabenden Beamten sprechen?«

»Das bin ich, und ich bin schon seit acht Uhr früh hier, Ma'am. Glauben Sie mir, wenn hier jemand mit Beweisen dafür aufgetaucht wäre, dass Phelps Wylie ermordet wurde, würde ich mich daran erinnern. Und selbst wenn ich einen Filmriss hätte, gäbe es ein Aufnahmeprotokoll und ein Handy im Beweisschrank. Aber da ist nichts.«

»Dr. Beckett …«

»Ich habe erst kürzlich mit Dr. Beckett gesprochen. Sie war nicht hier.«

Beunruhigt beendete Evan das Telefonat. Noch einmal probierte sie es mit Jos Nummer. Ohne Erfolg.

Hastig schnappte sie sich die Broschüre und fuhr zu dem Café in der Nähe von Fisherman's Wharf. Die Sonne senkte sich schon zum Horizont. Sie konnte nur hoffen, dass das Lokal noch geöffnet hatte.

Als sie auf die Tür des Cafés zustürmte, bemerkte sie sofort die verkehrt herum auf die Tische gestapelten Stühle und einen Mann, der den Boden wischte. Verdammt. Sie pochte an die Tür.

»Geschlossen«, rief der Mann.

Sie drückte die Hände trichterförmig an die Scheibe. »Ich suche nach einer Barfrau, Tina heißt sie. Es ist wichtig.«

Der Mann lehnte sich auf seinen Mopp. Er wirkte müde und alles andere als hilfsbereit. Dennoch wandte er sich nach hinten in einen Gang. »Tina.«

Kurz darauf kam die junge Frau, die so große Ähnlichkeit mit Jo hatte, heraus und wischte sich die Hände an ihrer schwarzen Java-Jones-Schürze ab. Mit verblüffter Miene schloss sie die Tür auf.

»Ich muss mit Jo sprechen. Es ist dringend«, sagte Evan.

»Brauchst du ihre Telefonnummer?«

»Die wähle ich schon seit Stunden.«

In Tinas Augen flammte Sorge auf. Dann erlosch sie wieder. »Sie ist in der Lodge im Yosemite Park.«

»Super.« Trotzdem ließ die Unruhe Evan nicht los.

Wenn Jo in der Lodge war, hatte sie bestimmt Zugang zu einem Festnetzanschluss. Sie ließ sich die Nummer von der Auskunft geben und rief an.

»Ms. Beckett ist nicht eingetroffen«, erklärte die Empfangsdame.

»Wirklich nicht?«, fragte Evan.

Tinas Augen wurden groß und glänzend. »Vielleicht haben sie sich unter Gabes Namen angemeldet. Quintana.«

»Versuchen Sie es mit Quintana«, sagte Evan.

»Unter diesem Namen liegt keine Reservierung vor.«

»Danke.« Evan ging aus der Leitung. »Sie ist nicht dort.«

Tina zögerte nur einen Moment. »Fahren wir zu ihrem Haus. Vielleicht hat sie dort eine Nachricht hinterlassen.«

Autumn hielt den Cowboyhut und das Lasso hoch, als wären es Giftschlangen. »Verdammt noch mal.«

»Was ist denn?«

Dustin schlenderte herüber und zerrte Kleidungsstücke aus der schwarzen Sporttasche. Ein kitischiges Westernhemd mit gestickten roten Rosen auf der Brust. Krokodillederstiefel, himmelblau gefärbt. Und ein Paar Cowboyüberhosen. »Total schräg«, meinte er.

Autumn wirbelte herum. »Das ist nicht lustig.«

Die anderen näherten sich. Kyle spähte in den Kofferraum. Das Gesicht der Leiche schimmerte bläulich weiß. Peyton zuckte zurück.

Autumn schüttelte den Cowboyhut in ihrer Faust. »Dieses Zeug gehört dem Bösen Cowboy. Das ist ein kranker Witz.«

»Der Böse Cowboy?«, fragte Gabe.

»Der Red Rattler. Dieses Arschloch ... ich hasse ihn. Das weiß jeder.«

Dustin nickte. »Stimmt«, bestätigte Peyton.

Blass und wütend starrte Autumn um sich, ihre langen braunen Locken wirbelten im böigen Wind. »Wer war das?«

Kyle wandte sich vom Kofferraum ab. »Das war Edge Adventures.«

»Was soll das heißen?«

»Diese Kleider sind ein Kostüm. Edge Adventures hat sie geliefert. Für mich.«

»Wozu?«

»Ich sollte am Wochenende in diese Rolle schlüpfen. Damit du dieser Gestalt, diesem ›Bösen Cowboy‹, entgegentrittst und ihn besiegst.«

»Ist das dein Ernst?«, fragte sie.

»Terry Coates hat mir gesagt, dass das ein spezielles Element für dein Szenario ist. Der Kunde zahlt fürs Spielen, also kriegt er die Spielsachen, die ihm am meisten bedeuten.«

Mit ungläubiger Miene fixierte Autumn Ritter, dann ließ sie den Cowboyhut und das Lasso fallen, als wären sie mit Jauche getränkt. »Wie hat Edge überhaupt von dem Bösen Cowboy erfahren?«

Dustin versuchte, sie zu beruhigen. »Autumn …«

Ihr Gesicht lief rot an. »Warum macht er so was? Warum erzählt Dad das den Leuten von Edge?«

Peyton verdrehte die Augen. »Weil es ein Spiel sein sollte. Bloß ein blödes Spiel, Autumn. Keine Phobie. Schau dich doch bloß an.«

Autumn blinzelte hektisch. »Das ist total pervers.«

Jo ging dazwischen. »Kann mir das mal jemand erklären?«

Peyton übernahm die Antwort. »Als Autumn klein war, war sie auf einer Party, wo dieser Red Rattler die Autos der Gäste eingeparkt hat. Er hat sie angebrüllt, als sie ihm zu nahe gekommen ist. Hat sie erschreckt – und da sind bei ihr die Sicherungen durchgebrannt.«

Autumn schüttelte heftig den Kopf. »Das ist es nicht. Überhaupt nicht.«

Sie stopfte das Westernhemd und die Überhosen in die Sporttasche und marschierte zum Fluss. »Ich will den Müll nicht mehr sehen.«

Jo rannte ihr nach. »Nicht. Wir brauchen die Kleider. In zwei Stunden fällt die Temperatur fast auf den Gefrierpunkt.« Sie fasste nach der Tasche. »Bitte nicht.«

Einen Moment lang klammerte sich Autumn daran fest wie ein Knirps an einem Spielzeug. Dann gab sie nach und warf die Tasche auf den Boden.

Sie krallte die Hände in ihr Haar. »Das ist nicht lustig, es ist *krank*. Der Typ war keine Witzfigur, sondern ein Irrer.«

Mit einer wilden Geste deutete sie auf ihre Augen. »Er hatte so einen weißen Kreis um eins seiner blauen Augen. Leuchtend weiß. Hat gesagt, dass es ein Schlangenauge ist. Dass es mich *beobachten* wird. Dass er es erfahren wird, wenn ich jemandem von ihm erzähle. Dass er mir *wehtun* kann.«

Die Füße fest auf den Boden gepflanzt, schien sie Jo herauszufordern, ihre Worte in Zweifel zu ziehen. Als Jo nichts dergleichen tat, versetzte sie der Tasche einen Tritt und entfernte sich mit einem giftigen Blick in Kyles Richtung.

Er hob die Hände. »Hey, ich bin nicht schuld.« Kopfschüttelnd wandte er sich an Dustin. »Warum regt sie sich denn so auf?«

»Das wüsste ich auch gern«, erwiderte Dustin. »Was für einen Auftrag hattest du von Edge Adventures?«

»Sie haben mir erklärt, dass das Geburtstagskind eine besondere Abneigung gegen einen ehemaligen Rodeoreiter hat, dem sie begegnet ist, als sie noch klein war. Nach der Hälfte des Wochenendes sollte ich mich wegschleichen, die Sachen anziehen und sie überraschen. Um zu sehen, wie sie reagiert.«

»Selten so was Blödes gehört«, meinte Dustin.

»Das Drehbuch war nicht von mir. Das haben sich die bei Edge einfallen lassen – ausgehend von Informationen, die ihr Vater geliefert hat. Die bekloppte Idee war also von ihrem Daddy.«

Dustin schüttelte den Kopf. »Mann, ihr Dad ist echt ein harter Knochen.«

»Was hat ihr Vater mit der Sache zu tun?«, erkundigte sich Jo.

»Sie hat sich bei ihm über diesen Typen beschwert. Sie hatte Albträume von dem Kerl. Aber ihr Dad macht sich darüber lustig. Autumn hasst das.«

Jo wandte sich an Kyle. »Und Edge hat dich einfach gebeten, die Rolle zu übernehmen?«

»Ich bin der Neue in der Firma. Die anderen haben alle feste Aufgaben, die zu ihrer Qualifikation passen.«

»Und was für eine Qualifikation hast du?«, fragte Gabe.

»Dass ich einen Job gebraucht habe, Mann. Und dass ich bereit bin, hart zu arbeiten.«

»Du bist also nicht dieser Red Rattler?«

»Bin in meinem Leben noch nie auf einem Pferd gesessen«, erwiderte Kyle. »Können wir jetzt bitte damit aufhören, uns über Miss Reinigers gekränkte Gefühle aufzuregen, und uns wieder um unsere Rettung kümmern?«

Jo war irgendwie mulmig zumute, aber sie hatte keine Zeit, der Sache genauer nachzugehen. Sie mussten endlich etwas unternehmen. »Ja. Wir sollten zwei Leute losschicken, die Hilfe holen.«

»Einer davon bin ich«, meinte Kyle. »Ich will hier nicht rumhängen und mir Autumns Jammergeschichten am Lagerfeuer anhören.«

»Ich gehe auch«, sagte Dustin.

Gabe war anzusehen, dass er Einwände erheben wollte.

Aber Dustin schüttelte entschlossen den Kopf. »Lass mich das machen. Ich hole Hilfe.« Er wandte sich an Kyle. »Wir marschieren zusammen. Vor Einbruch der Dunkelheit schaffen wir noch eine ordentliche Strecke.«

Kyle nahm eine Packung Zigaretten aus seiner Windjacke. Als er eine herausklopfen wollte, schüttelte Gabe den Kopf. Nach kurzem Zögern steckte Kyle sie wieder weg. »Wenn wir wieder zur Straße kommen, können wir ihr bergab folgen. Da waren doch Abzweigungen – Zufahrten vielleicht, hat zumindest so ausgesehen. Da oben müssen Ranchhöfe sein. Dünn gesät, aber wir finden schon jemanden. Zumindest können wir weiterlaufen, bis wir Telefonempfang haben.«

Dustin schien darauf zu warten, dass Gabe ihn zurückpfiff. Aber Gabe sagte nur: »Gut.«

Jo erkundete die Route, die sie nehmen sollten. Kein leichter Aufstieg, der ihnen da bevorstand.

Sie war eine erfahrene Bergkletterin, die auch mit VI+-Stellen problemlos zurechtkam. Der Hang, den der Hummer hinuntergestürzt war, war kein Fels und hätte von Kletterern nicht einmal eine Bewertung bekommen. Aber sie brauchte zehn Minuten, um vorbei an einem Vorsprung zu einem vierzig Meter höher gelegenen Platz zu gelangen, von dem aus sie einen guten Blick über das Gelände hatte.

Der Boden war locker und rutschig von Kiefernnadeln. Als sie innehielt und sich vorsichtig aufrichtete, bemerkte sie die Spur der Verwüstung, die die Limousine bei ihrer Schussfahrt zum Grund der Schlucht hinterlassen hatte. Auf halber Höhe hatte der Hummer eine Kiefer gestreift und dabei eine tiefe Kerbe in die Rinde gerissen. Die splitterige Scharte schimmerte blass im schwindenden Licht.

Jo schaute hinunter zum Flussufer. Auf einem Fels neben dem glitzernden Wasser saß Gabe und schnitzte Speere aus daumendicken Ästen. Das Jagdmesser blitzte. Ganz in der Nähe spähten Kyle und Dustin zu ihr hinauf.

Flussabwärts bestand das Ufer nur aus Gesteinsbrocken und Gestrüpp. Auf dieser Seite gab es keinen Weg.

Nachdem sie halb schlitternd wieder hinuntergeklettert war, schüttelte sie den Kopf. »An diesem Ufer könnt ihr nicht flussabwärts gehen. Ihr müsst den Fluss überqueren und die Wand gegenüber hinaufsteigen.«

Prüfend betrachteten sie den Hang auf der anderen Seite. Er war dicht mit Gelbkiefern und Pappeln bewachsen. Hoch droben unter drohend dunklen Wolken streiften die roten Ausläufer des Sonnenuntergangs die Baumspitzen am Hügelkamm.

»Kyle, versuch immer wieder zu telefonieren auf dem Weg nach oben«, mahnte sie.

Er nickte. »Besser, wir brechen auf.«

Dustin atmete tief durch. Gabe stand auf und reichte ihm einen Speer. »Nimm das.«

Dustin packte ihn fest, aber unbeholfen. Fast wie einen Säbel.

Gabe machte ein ernstes Gesicht. »Vor dem Unfall hat Von gesagt, dass die anderen zwei Stunden hinter ihm sind. Ich schätze also, dass ihr ungefähr eine Stunde habt, um jemanden zu verständigen.«

Kyle blieb stumm.

»Sobald ihr ein Signal habt, ruft ihr zuerst die Polizei an, dann Jo. Wir müssen erfahren, ob ihr Alarm schlagen konntet.«

Jo hatte noch eine Ergänzung. »In zwanzig Minuten überquere ich den Fluss und klettere ebenfalls den Hang hoch, um ein Signal zu kriegen. Schickt mir eine SMS, wie's bei euch steht. Ich will wissen, ob ihr die Sheriffs erreicht habt, ob ihr zurück zum Hummer kommt oder ob ihr auf Zeichen von Zivilisation gestoßen seid.«

»Verstanden«, antwortete Kyle.

Gabes Stimme klang spröde. »Wenn wir in den nächsten neunzig Minuten nichts von euch hören, verschwinden wir ohne euch, weil wir davon ausgehen müssen, dass der Feind näher rückt.« Gabe gab Dustin die Landkarte und den Kompass.

Dustin verstaute alles in seinen verschiedenen Taschen. Dann ging er zu Autumn und legte die Arme um sie. »Ich komme zurück und bringe Hilfe, Baby.«

Sie nickte angespannt. »Sei vorsichtig.«

Dustins Blick wanderte zu Gabe. Er schien kurz davor, etwas zu sagen. Schließlich streckte er die Hand aus. »Passt gut auf Noah auf, Mann.«

Gabe schüttelte ihm die Hand. »Machen wir.«

Kyle schlang seinen Rucksack um, den er aus dem Kofferraum geholt hatte. »Bald sind wir mit der Kavallerie wieder da.«

Sie stapften in den Fluss und wateten gegen die Strömung hinüber. Jo spürte die Zeit wie eine Last auf sich ruhen. Neunzig Minuten, der Countdown lief.

Gleich neben ihr stand Autumn. Sie ballte die Hände zu Fäusten und presste sie an den Mund. »*Ich* müsste gehen, nicht Dustin.«

Jo war überrascht. »Wieso das?«

»Ich bin an allem schuld.«

»Nein, bist du nicht.«

Die junge Frau war blass, aber ihre Wangen waren gerötet. »Die Entführer haben die anderen doch nur mitgeschleppt, weil sie es auf mich abgesehen hatten.«

»Autumn, schuld an dieser Sache sind nur die Leute, die uns gekidnappt haben. Du bist das Opfer.«

Sie schien den Tränen nah. »Ich habe Grier eingeladen. Hab ihn gebeten mitzukommen.«

Bei der Erwähnung von Griers Namen schnürte es Jo die Kehle zu. Um ihre Betroffenheit zu überspielen, sprach sie betont ruhig. »Du bist nicht verantwortlich für die Taten dieser Kriminellen.«

Autumn starrte in das vorbeifließende Wasser, das schiefergrau und seidig in der Dämmerung schimmerte. »Mein

Dad sitzt im Flieger nach New York. Sobald er landet, werden sie ihn anrufen. Er wird das Lösegeld zahlen, das weiß ich. Und er wird mit mir reden wollen. Sie müssen ihn mit mir reden lassen.«

O Gott, das Mädchen fühlte sich vollkommen allein. Jo trat auf sie zu in der Absicht, ihr den Arm um die Schulter zu legen.

Autumn verscheuchte sie wie eine Fliege. »Mir geht's gut.«

Jo mahnte sich zur Ruhe. Sie war hier die Erwachsene. Autumn erreichte an diesem Tag nur *nominell* die Volljährigkeit. Und ihre Nerven waren bis zum Zerreißen angespannt.

Alle müssen sich zusammenreißen. Die mentale Stärke kann den Ausschlag geben, wenn es um Leben und Tod geht.

»Denk einfach positiv«, erklärte Jo. »Vielleicht bist du die Erste, die deinen Dad anruft – um ihm zu sagen, dass du entkommen bist und dass es uns allen gut geht.«

Auf der anderen Flussseite kletterten Dustin und Kyle langsam den steilen Hang hinauf.

»Ich wünsche mir so, dass sie Hilfe finden«, sagte Autumn.

Jo hoffte einfach darauf, sie wiederzusehen.

23

Am JFK Airport stieg Peter Reiniger als Erster aus der Maschine. Die Flugbegleiter bedankten sich dafür, dass er sich für ihre zunehmend deprimierende Airline entschieden hatte. Der Kapitän stand in der Cockpittür. Erwartete er etwa ein Trinkgeld? Reiniger marschierte vorbei, den Blick auf sein BlackBerry gesenkt.

Keine Anrufe von Autumn. Gut. Also hatte Edge Adventures ernst gemacht und ihr Telefon beschlagnahmt. Und Autumn hatte es weder mit Schmollen noch mit Charme geschafft, es wieder zurückzubekommen.

Auf dem Terminal herrschte dichtes Gedränge. Draußen vor den Fenstern rollte ein Jumbo zur Startbahn. Er scrollte durch sein Telefonverzeichnis, um Terry Coates' Nummer zu finden.

Er hasste kommerzielle Fluglinien, aber im derzeitigen wirtschaftlichen Klima waren sie eine bedauerliche Notwendigkeit. Sobald er sich bei NetJets anmeldete oder irgendwo aus einem Privatjet stieg, machte garantiert irgendein Idiot ein Foto von ihm, lud es auf Twitter hoch und nannte ihn einen Teufel in Menschengestalt. Das finanzielle Böse, Satan auf Rädern. Das neue Jahrhundert war eine Ära der Öffentlichkeitswirkung. Eine Ära außer Rand und Band. Er konnte es sich nicht leisten, zu sehr im Rampenlicht zu stehen. Zumindest nicht, bis die Empörung der Menschen über ihre finanziellen Einbußen wieder etwas nachgelassen hatte.

Reiniger rief Coates an, während er sich durch Horden von langsam dahintrottenden Leuten schob, die hilflos wirkten und sich wahrscheinlich fragten, wo der Times Square war. Sein Chauffeur wartete mit einem Schild, auf dem P. REINIGER stand.

Coates' Telefon läutete.

Zusammen mit dem Chauffeur trat er durch die Tür hinaus in einen angenehm frischen Herbstabend. Klarer Himmel, kühler Wind. Rufende Gepäckträger, Schlepper, die ihm eine teure Fahrt mit einer Limousine aufschwatzen wollten. Der Chauffeur führte ihn zu einem Lincoln Town Car und öffnete ihm die hintere Tür.

Bei Coates klingelte es noch immer.

Terry Coates' Handy leuchtete auf und gab Laut.

Sabine hob es auf. »Dane. Showtime.«

Haugen fuhr auf den Seitenstreifen der dämmerigen Straße und stellte den Motor ab. Er griff nach dem Handy. Es spielte das Thema aus *Shaft.* »Ziemliches Klischee, findest du nicht? Schwarzer Exbulle steht auf schwarze Actionfilme. Aber der hat sowieso sein Fett wegbekommen.«

Sabine machte ein betont ausdrucksloses Gesicht, aber ihre Augen blieben wachsam. »Sei dir lieber nicht so sicher. Immerhin hat er es auf dem Lastwagenparkplatz geschafft, Max die Waffe wegzunehmen und ihn zu töten. Oder hast du schon vergessen, wie wir Max' Leiche in den Kofferraum des Hummer gestopft haben?«

»Coates wurde auch verletzt bei dem Gerangel. Der wird in dem Anhänger verbluten, bevor das Wochenende vorbei ist.«

Das Telefon klingelte weiter.

»Geh schon hin«, flüsterte Sabine.

Haugen schloss den Stimmmodulator an. Konzentriert atmete er durch und ließ eine Stahltür über seinen Emotionen zuschnappen.

Immer schön frostig. Zwar waren sie zwei Leute weniger, aber sie hatten noch mehrere Stunden, um das Durcheinander weiter vorn an der Straße zu korrigieren. Im Grunde zählte nur eins: Sie mussten um jeden Preis verhindern, dass Autumn Reiniger entkam und die Polizei verständigte. Aber sie saß ja am Grund dieser Schlucht fest, sechzig Kilometer entfernt vom nächsten Ort, und bald war er bei ihr. Im Augenblick musste er sich nur ans Drehbuch halten und dafür sorgen, dass Peter Reiniger spurte.

Haugen meldete sich. »Ich dachte schon, du rufst gar nicht mehr an.«

In der schützenden Stille des Town Car legte Reiniger das Telefon ans Ohr. Der Chauffeur reihte sich in den Verkehr ein. Die Stimme am anderen Ende der Leitung klang verzerrt – ein tiefer, bis unter den normalen menschlichen Tonumfang gedehnter Bass, zäh wie Toffee.

»Coates?«

»Hier ist deine neue Wirklichkeit«, antwortete die Stimme. »Der Moment der kristallklaren Gegenwart.«

Reiniger schielte aufs Display. Er hatte sich nicht verwählt. »Wer spricht da?«

»Wenn du eine Zukunft erleben willst, hörst du mir ganz ruhig zu und tust genau, was ich dir sage.«

»Was soll das?«

»Ich darf präzisieren. Wenn du eine Zukunft *zusammen*

mit deiner Tochter erleben willst, hältst du den Mund und folgst meinen Anweisungen.«

Der Town Car beschleunigte in den New Yorker Abend. Reiniger sah ohne ein Wort zu, wie die Straße unter ihm vorbeizog.

Haugen legte Coates' Handy auf die Mittelkonsole und stellte auf Lautsprecher. Draußen zuckte ein Blitz. Heftige Böen rüttelten am Wagen. Aber die gewundene, waldgesäumte Straße war wie ausgestorben, und die verzerrende Wirkung des Stimmmodulators sorgte dafür, dass Reiniger nicht aus den Hintergrundgeräuschen auf ihren Standort schließen konnte. Und er hatte auch keine Möglichkeit, ihre Position durch Triangulierung herauszufinden. Die Zurückverfolgung des Anrufs war praktisch unmöglich. Haugen hatte sichergestellt, dass Reiniger keinen Versuch unternehmen konnte, Autumn durch einen Angriff zu befreien.

»Ich darf dein Schweigen als Zustimmung werten«, sagte er.

Reiniger blieb stumm.

»Du weißt ja, wie so was läuft. Im Fernsehen hast du es schon tausendmal erlebt. Du wirst nicht die Polizei verständigen. Und schon gar nicht das FBI. Verstanden? Ich möchte ein Ja hören.«

»Ist das ein Witz?« Reiniger wirkte erstaunlich gelassen.

»Falsche Antwort. Ich wiederhole: *Du weißt, wie so was läuft.* Ich bin überzeugt, dass du das beim Sicherheitstraining deines Unternehmens gelernt hast. Deine Firma ist doch gegen Kidnapping versichert. Und du hast eine Ausbildung zum Schutz vor Entführungen gemacht. Ausgeschlossen, dass es nicht so ist.«

»Wo ist Autumn?«

»Klappe.«

Reiniger hielt die Klappe.

Unterwerfung. Haugens Blick huschte hinüber zu Sabine. Die Armaturenbeleuchtung warf einen gespenstischen Schein über ihre Gesichtszüge. Sie schnalzte mit der Zunge gegen die Zähne. Er wedelte mit der Hand, um sie davon abzubringen. Hinten auf der Rückbank kauerte Stringer in der Dunkelheit. Er wusste, wann man vor Spannung die Luft anhielt.

»Du hast diese Ausbildung gemacht. Und die Firmenschläger haben dir erzählt, du sollst sie anrufen, falls jemand entführt wird. Sie haben dir versichert, dass sie alles regeln, vom Lösegeld bis zur Rückholung, dass die Polizei nicht eingeschaltet werden muss. Schließlich wohnen wir zumindest nominell in einem kapitalistischen Land, wo der freie Markt regiert, nicht wahr?«

»Was wollen Sie?«

»Ich will, dass du am Ball bleibst, Peter. Konzentrier dich mit aller Kraft auf die Gegenwart. Du wirst den Sicherheitsdienst deiner Firma nicht alarmieren. Keine Bodyguards, keine Versicherungsfuzzis, keine Schadensregulierer, keine Rambosöldner. Hier geht es nicht um eine normale Lösegeldzahlung.«

»Worum dann?«

Haugen registrierte den Stress in Reinigers Stimme. Scharf und mühsam unterdrückt. Entweder erlebte Reiniger gerade einen mentalen Zusammenbruch, oder er war nicht allein. Andernfalls hätte er bestimmt gebrüllt und irgendwas durch die Gegend geworfen. Haugen hatte Peter Reiniger genau studiert.

»Zuerst muss ich dich darauf aufmerksam machen, welche Folgen eine Missachtung meiner Direktiven hätte. Wenn du dich mit irgendjemandem außer mir in Verbindung setzt, werden Menschen sterben. Hast du verstanden? Ich will ein Ja hören.«

»Wer?«

»Fragst du nach Autumn? Oder nach ihren Freunden? Das hängt nämlich alles zusammen.« Er nahm das Handy und scrollte zu den gespeicherten Fotos. »Hier ein kleiner Appetithappen. Du möchtest doch sicher einen Beweis dafür, dass ich es ernst meine.« Er wählte ein Bild aus und sandte es ab. »Sieh's dir genau an.«

Im Fond des Town Car hatte Peter Reiniger das Gefühl, einen Tritt in die Brust bekommen zu haben. Seine Hände waren kalt. In seinen Ohren sirrte es.

»Trennscheibe«, krächzte er in Richtung Chauffeur.

Der Fahrer warf einen kurzen Blick in den Rückspiegel, dann schnurrte das Glas nach oben. Reiniger versuchte zu schlucken, aber seine Kehle war zu trocken. Sein Gesicht blieb ausdruckslos. Ausdruckslos und stark. Darauf verstand er sich. Damit verdiente er sein Geld, beim Pokern und an der Börse. Doch sein Herz pochte wild und unregelmäßig.

Dann piepte das Handy. Ein Foto war geschickt worden. Als er es geöffnet hatte, stockte ihm der Atem.

Ein Bild von Autumn. Am Candlestick Point. Eine Aufnahme vom Deck eines Boots. Zusammen mit Dustin rannte Autumn aufs Wasser zu. Sie lachte und machte einen ausgelassenen Eindruck.

Hinter ihr ragten drei schwarz gekleidete Gestalten mit Balaklavas auf. Und mit automatischen Waffen.

Reiniger hatte tatsächlich ein Sicherheitstraining seiner Firma durchlaufen. Zum Schutz gegen Kidnapping. Und bei

Reisen nach Übersee hatte er Bodyguards um sich gehabt. Er kannte die Waffen, die die Leute auf dem Foto in der Hand hatten.

Es waren funktionstaugliche Schusswaffen. Nicht die Spielsachen, mit denen Terry Coates und seine Mitarbeiter auf Leute zielten.

Echte Sturmgewehre, die auf Autumns Kopf gerichtet waren.

Und sie wusste es nicht einmal. Sie hielt das Ganze für eine Party. Die Party, die er für sie geplant hatte. Die Party, zu der er sie geschickt hatte.

Die Party, die Edge Adventures bei der Polizei von San Francisco angemeldet hatte.

Wieder drang die verzerrte Roboterstimme aus dem Telefon. »Hübsches Mädchen. So fröhlich.«

»Was haben Sie mit ihr gemacht? Wer sind Sie? Wo ist Coates?«

Erneut pingte das Handy. Ein anderes Foto. Reiniger öffnete es, und sein Blick verschwamm.

Ein Bild von Terry Coates. Der Besitzer von Edge Adventures lag auf dem Boden – in einem Lastwagen, einem Anhänger? Er war geknebelt und an den Händen gefesselt. Und voller Blut.

Reiniger hatte Mühe, sich zu konzentrieren. »Wollen Sie mich reinlegen?«

Ping. Wieder ein Foto.

Cody Grier, zusammengesackt auf der Erde.

Mit zitternden Fingern umklammerte Reiniger das Telefon und versuchte sich einzureden, dass das alles nur ein Streich war, ein raffiniertes Manöver, mit dem man ihn überlisten wollte. Es gelang ihm nicht. Ein trockenes Würgen stieg in ihm hoch.

Dann meldete sich die Stimme erneut. »Drohungen reichen nicht, das weiß ich aus Erfahrung. Am besten lässt man Taten sprechen, nicht wahr?«

»Tun Sie ihr nichts.«

»Freut mich, dass du verstanden hast.«

Die tiefe und gespenstisch mechanische Stimme schien sich über ihn lustig zu machen. Schien das Ganze *auszukosten.* Reiniger empfand Übelkeit und eine zerstörerische Wut, ganz als würde sein Innerstes zerreißen. Er saß in einer Limousine und fuhr auf dem Long Island Expressway Richtung Manhattan, sein Anzug war tadellos gebügelt, seine Rolex glänzte im Licht der Straßenlaternen. Und über das Telefon flüsterte ihm der Tod ins Ohr.

»Geben Sie sie mir zurück. Ich mache alles, was Sie verlangen. Aber tun Sie ihr nichts.«

Haugens Hände krallten sich zu Fäusten zusammen. Reiniger war kurz vor dem Zusammenbruch. Ein atemberaubendes Erlebnis. Sein Herz schlug schneller.

»Der erste Schritt – Einsicht. Ich bin stolz auf dich, Peter.«

Sabine runzelte die Stirn. *Spiel nicht mit Reiniger*, sagte ihr Blick. Er ignorierte sie. Das hier war der Lohn jahrelanger Planung. Ein Augenblick zum Genießen. Sabine konnte ihn später mit ihren Bedenken behelligen. Aber diesen Augenblick hatte er sich verdient.

»Jetzt zum zweiten Schritt. Du rufst niemanden an, weder die Bullen noch die Entführungsversicherung und ihre Leute fürs Grobe. Denn wenn du das tust, sterben auch noch die anderen Freunde von Autumn.«

»Sie können sie nicht einfach umbringen.«

»Unterbrich mich nicht. Die Freunde von Autumn sterben

zuerst.« Er hielt inne, um seine Aussage wirken zu lassen. »Ich glaube nämlich nicht, dass dir was an Autumns Freunden liegt. Wenn Lark Sobieski oder Noah Holloway bei einer Befreiungsaktion ihr Leben verlieren würden, wäre dir das völlig egal, vorausgesetzt, Autumn kommt heil nach Hause.« Haugen redete langsamer. *Modulieren*, mahnte er sich. *Kein Tonfall, keine Hinweise. Nur die schlichten Fakten.*

Sabine tippte auf die Uhr. *Fass dich kurz.* Er durfte kein Risiko eingehen, falls Reiniger doch den Sicherheitsdienst verständigt und ihn darauf angesetzt hatte, Coates' Telefon aufzuspüren. Er musste das Gespräch beenden. Später war immer noch Zeit, mit Reiniger zu spielen.

»Wenn hier ein Rettungsteam vom FBI oder sonst irgendwelche Steroidaffen aufmarschieren, um deine Tochter zu befreien, werde ich Autumns Freunde nacheinander liquidieren. Sie darf zuschauen. Und ich werde ihr nicht verschweigen, dass alles deine Schuld ist.«

Reiniger antwortete nicht.

»Sollte Autumn nach ihrer Befreiung nach Hause kommen, wird die Freude nicht lange dauern. Denn meine Agenten werden sie finden. Und dann darfst *du* zuschauen, wie sie Autumn umbringen.«

Er gab Reiniger Gelegenheit zum Nachdenken.

»Immer noch am Überlegen?«, stichelte Haugen. »Du bist doch auch bestimmt nicht scharf darauf, dass die Börsenaufsicht deine Geschäfte genauer unter die Lupe nimmt.«

»Scheißkerl.«

Ausgezeichnet. Eine Pause entstand.

»Was wollen Sie?«, fragte Reiniger schließlich.

»Ich melde mich in einer halben Stunde wieder.« Haugen gestattete sich ein leises Lächeln. »Du tätest gut daran, Stift und Papier bereitzuhalten.«

24

Jo trat zum hinteren Ende des zerstörten Hummer, wo Autumn und Peyton Überlebensausrüstung zusammensammelten.

Zwei Feuerzeuge. Ein halbes Dutzend Plastikflaschen Wasser. Eine Kiste Budweiser.

Immerhin ein Anfang.

Böiger Wind rauschte durch die umschatteten Kiefern an den Seiten der Schlucht und wühlte die stahldunkle Oberfläche des Flusses auf.

Peyton setzte sich auf einen Fels. Vor Schmerzen zusammengesunken und zerzaust saß sie da. Klein und verloren wirkte sie, ängstlich und hilflos. »Wenn es dunkel wird, kommen die Raubtiere raus. Pumas vielleicht.«

Dank vieler Kletterpartien und Rucksackwanderungen in den Sierras und den Cascades hatte Jo Erfahrung mit der Wildnis. Zwar war sie nicht annähernd so gut ausgebildet wie Gabe, aber die Grundzüge kannte sie. Sie wusste, dass ein Fingerschnippen reichte, damit etwas schiefging, und dass man nichts als selbstverständlich voraussetzen durfte. Der kleinste Fehler konnte zum Verhängnis werden. Zwischen Leben und Tod lag oft nur einen Atemzug.

Und sie wusste, dass äußerst reale und schwierige psychologische Aspekte eine Rolle spielten, wenn es darum ging, in einer Notsituation in der Wildnis zu überleben. Gabe war dafür geschult, solche Dinge an sich selbst und den ihm anvertrauten Menschen zu erkennen. Aber im Moment war er ganz mit Verteidigungsmaßnahmen beschäftigt. Also achtete Jo darauf, dass die Emotionen nicht überkochten. Schmerz. Durst. Kälte. Erschöpfung. Einsamkeit. Furcht.

Hoffnungslosigkeit.

»Es ist äußerst unwahrscheinlich, dass ein Puma eine Gruppe von Menschen angreift«, erklärte sie. »Das …«

»Skorpione, Schlangen. Kriechen in leere Schuhe und Schlafsäcke. Erzähl mir nicht, das wäre auch unwahrscheinlich. Als ich klein war, wäre ich bei einem Campingausflug mit meiner Familie fast von einer Klapperschlange vergiftet worden.«

»Wir bleiben zusammen und halten die Augen offen. Wir passen aufeinander auf«, antwortete Jo.

Gabe näherte sich von hinten. »Na, macht ihr euch Gedanken?«

»Natürlich. Und ja, ich hab das Überlebenshandbuch der Air Force gelesen.«

»Gibt es irgendwas, worüber wir uns keine Gedanken machen müssen?«, fragte Autumn.

»Haiangriffe«, meinte Jo. »In der Hinsicht haben wir Glück.«

Peyton zog an einer Locke ihres blonden Haars und wand sie sich wie besessen um den Finger. Doch die Bewegung tat ihrem gebrochenen Schlüsselbein weh, und sie schnitt eine Grimasse. »Warum muss das ausgerechnet uns passieren?«

»Ihr wart doch auf ein extremes Reality-Erlebnis eingestellt, oder?«

Autumns Blick huschte kurz zu Jo. Dann lachte sie. »Und das kriegen wir jetzt.«

»Ja. Trotzdem solltet ihr euer Geld zurückverlangen.«

»Aber ihr zwei habt garantiert nicht mit so was gerechnet.«

»Stimmt.« Jo wies mit dem Kinn auf die Limousine. »Wickelt euch ein und zieht euch in den Hummer zurück.«

Peyton blieb reglos sitzen. Ihre Augen glänzten. »Wir werden sterben.«

»Nein. Wir kommen hier raus, und wenn es das Letzte ist, was ich tue.« Jos Ton wurde schärfer.

»Seid ihr vielleicht die Fantastischen Vier? Da kann ich ja nur lachen.«

Autumn ging dazwischen. »Hey, Peyton, halt endlich den Mund und kriech in den Hummer.«

Doch Peyton schien nicht nachgeben zu wollen; sie machte ein finsteres Gesicht. *Gut*, dachte Jo, *soll sie wütend werden. Besser als einknicken.*

»Ich bin die Königin des Wochenendes«, setzte Autumn hinzu. »Deine Herrscherin und dein Gangsterboss. Also beweg deinen hübschen rosa Hintern.«

Peyton erhob sich und zupfte an ihrem Bettelarmband, während sie auf den Wagen zusteuerte. Jo fand, dass Autumn auf einmal größer wirkte.

In der Nähe des Hummer wandte Peyton den Kopf ab, um den Blick auf Friedrichs Leiche zu vermeiden.

Jo wappnete sich innerlich, denn sie hatten eine unangenehme Aufgabe vor sich. »Wir müssen die Toten wegbringen.«

Gabe nickte. Autumn und Lark war der Ekel anzusehen. Aber die Vorstellung, sich umgeben von entstellten Leichen im Hummer niederzulassen, war einfach zu grausig.

Zu viert schleppten sie zuerst Friedrich und dann den Mann aus dem Kofferraum ein Stück von der Limousine weg – so weit, dass sich ihnen beim Einsteigen in den Hummer nicht mehr der Magen umdrehte.

»Danke«, sagte Jo.

Die Mädchen antworteten nicht. Sie kletterten über Fels und Sand zum Fluss, kauerten sich nieder und schrubbten sich heftig Hände, Arme und Gesicht. Jo und Gabe folgten ihrem Beispiel. Das kalte Beißen fühlte sich nicht nur an wie eine Reinigung, sondern wie eine emotionale Notwendigkeit.

Jo trocknete sich die Hände an der Jeans ab und schaute auf die Uhr. Seit Dustins und Kyles Aufbruch waren zwanzig Minuten vergangen.

»Höchste Zeit, dass ich den Fluss überquere und versuche, ein Signal auf meinem Telefon zu bekommen. Keine Ahnung, wie viel Höhe ich brauche. Wünscht mir Glück.«

Gabe wirkte nicht gerade begeistert. »Pass auf dich auf.«

Ein Stück flussaufwärts fand sie eine Stelle, wo das Wasser wie Glas über den Granit strömte und nur drei Zentimeter tief war. Schnell lief sie hinüber in das dichte Gestrüpp am anderen Ufer. Die letzten Funken Tageslicht malten Glanzpunkte und Schatten auf die steilen Hänge. Prüfend ließ sie den Blick über die Schlucht gleiten, auf der Suche nach Bewegung, Farbe, aufblitzendem Metall. Doch wenn Von sich dort irgendwo herumtrieb, dann war er gut versteckt.

Sie schaute zurück über den Fluss. Gabe winkte.

Im Schatten der Bäume kletterte sie den Berg hinauf. *Weiter.* Solange sie kletterte, konnte sie ihre Furcht bezähmen.

Nachdem sie hundert Meter aufgestiegen war, kauerte sie sich hinter einen grauen Felsbrocken. Indigodunkel erstreckte sich der vom letzten Schein des Tages berührte Himmel über ihr. Aber die Gewitterwolken rückten immer näher, und die Dämmerung hatte einen grauen Schleier über die Schlucht geworfen. Sie zog ihr Telefon heraus und wölbte die Hand darüber, um das Licht der Anzeige zu verbergen. Dann drückte sie auf eine Taste. Grellblau sprang das Display im Halbdunkel an. *Suchen.*

Ihr zwei habt garantiert nicht mit so was gerechnet.

Wie waren sie und Gabe hierhergeraten, in diese Bergschlucht, in diese Notlage?

Das Leben war unberechenbar. Der Zufall war eine furchterregende Kraft im Kosmos. Sie glaubte an den freien Willen und freute sich über ihr kleines Stück Verantwortung, über die Möglichkeit, sogar im Quantenuniversum das Steuer packen und den Kurs ändern zu können. Allerdings fühlte sich dieser spezielle Zufall nicht völlig beliebig an. Eher schon wie der Zusammenstoß von zwei gezinkten Würfeln. Wobei sie keine Ahnung hatte, wer sie geworfen haben konnte.

Ein Strich auf der Anzeige. Sie hatte ein Signal. »Ja!«

Vorsichtig wie das Ei eines winzigen Vögelchens hielt sie das Telefon in der Hand. Sie hatte Angst, dass die kleinen Symbole auf dem Display erloschen, wenn sie den Winkel auch nur geringfügig veränderte. Sie wählte 9-1-1.

Verbindungsaufbau fehlgeschlagen.

»Verdammt.«

Sie brauchte ein stärkeres Signal. Hastig verstaute sie das Telefon in der Hintertasche und hetzte vorbei an schroffen Felsen und Baumstämmen mit rissiger Rinde weiter hinauf. Unter ihren Wanderstiefeln knirschten Kiefernzapfen. Die dünne Luft fuhr ihr eisig in die Lunge.

Auf halber Höhe der Schluchtwand kauerte sie sich erneut hinter einen Gesteinsbrocken. Er war kalt, schrundig und fest. Jeder Vogelgesang war verstummt, und sie hörte nur noch das Rauschen des Flusses von unten.

Sie zog ihr Telefon heraus. Im selben Moment machte es *Ping.*

Sie hatte eine SMS.

Gabe stand am Ufer und ließ den Blick über die gegenüberliegende Seite der Schlucht wandern. Jo war verschwunden.

Mit dem Speer in der Hand kam Autumn herüber. »Stimmt was nicht?«

»Kannst du Jo sehen?«

Autumn lief ein Stück flussaufwärts. Nach einer Minute deutete sie. »Hinter dem Fels.«

Gabe entspannte sich, aber nur leicht.

Autumn spähte den Berg hinauf. »Soll ich ihr nachklettern? Damit wir zu zweit sind?«

Überrascht wandte er sich zu ihr um. »Gute Idee. Hauptsache, ihr bleibt zusammen.«

Autumn fand die seichte Stelle und rannte platschend hinüber.

Sie hatte eine Nachricht. Nein, mehrere. Das bedeutete, dass sie ein Signal hatte. Behutsam gab sie erneut 9-1-1 ein.

Verbindungsaufbau fehlgeschlagen.

Das Signal war wieder verschwunden. Sie bewegte das Telefon herum. Nichts. Schließlich lehnte sie den Kopf an den Fels.

Wenn es eine Chance gab, ein stabiles Funksignal zu bekommen, dann oben am Kamm der Schlucht. Sie musste wohl noch weiter hinaufklettern.

Zuerst öffnete sie jedoch die Nachrichten. Die erste war von Kyle Ritter:

Oben angekommen, habe Signal, aber unsicher. Bisher nur SMS, keine Anrufe. Probiere es weiter. Bergab im Westen Lichter.

Sie schrieb zurück: *Auf halber Höhe des Hangs, komme nach.* Sie versuchte, die Nachricht abzuschicken, aber ohne Erfolg, und ließ sie in der Warteschleife.

Die nächste SMS war von Evan.

Evan.

Jo hatte sich nicht nach achtundvierzig Stunden bei ihr gemeldet. Möglicherweise – bitte! – war Evan sauer und versuchte jetzt, sie zu erreichen.

Nummer auf Wylies Telefon zu Besitzer zurückverfolgt. SCHLECHTE NACHRICHT: Exhäftling, gewalttätig. Ruby Ratner. GEFÄHRLICH. BITTE RÜCKRUF.

Jos Herz pochte. Eine Spur. Eine Spur im Mordfall Phelps Wylie. Allerdings half ihr das im Augenblick auch nicht viel. Sie wählte Evans Nummer.

Verbindungsaufbau fehlgeschlagen.

Sie kletterte weiter. War ihr Handy doch beschädigt – konnte es Anrufe nur empfangen, aber nicht machen? Dann piepte es erneut. Eine weitere SMS von Evan. Weit vorgebeugt starrte sie auf das Display. Und blieb wie angewurzelt stehen.

Sie versuchte sich zu beruhigen und sagte sich, dass sie in der Dämmerung Gespenster sah, dass die schockierenden Ereignisse des Tages ihr Auffassungsvermögen beeinträchtigt hatten.

Dann beschleunigte sie ihr Tempo, bis sie den Hang förmlich hinaufrannte. Nein, sie hatte sich nicht getäuscht. Der Zufall mochte eine furchterregende Kraft im Kosmos sein, aber zu viel davon machte sie misstrauisch.

Vorbei an Felsen und Bäumen stürmte sie weiter. Ihre Lunge brannte. Der Wind stemmte sich gegen sie, die ersten

Regentropfen platschten durch die Kiefernzweige und trafen sie im Gesicht. Zweihundert Meter über ihr endete der Berghang.

Kein Signal.

Die Nachricht, die Evan ihr geschickt hatte, war ein Foto. Es war mit Evans Telefon aufgenommen und zeigte Ruby Ratner. Offenbar stammte es aus einer billigen Werbebroschüre.

Red Rattler! Reit- und Lassounterricht von ehemaligem Rodeoprofi.

Heftig nach Luft schnappend, erreichte sie den Höhenkamm. Im Laufschritt wandte sie sich nach Westen, in die Richtung, die Dustin und Kyle eingeschlagen hatten.

Evan hatte ihr ein Foto von einem Mann mit Cowboyhut geschickt. Er hatte einen weißen Ring um die blaue Iris des linken Auges, der wie eine weiße Schlange aussah. Er grinste wie der Schnitter persönlich.

Es war ein Bild vom Bösen Cowboy. Von Kyle Ritter.

25

Die Hände in den Taschen seines Sweatshirts vergraben, stapfte Dustin hinter Kyle her. Der Wind war eisig kalt geworden. Seit dem Unfall fühlte er sich am ganzen Körper zerschlagen, und in seinem Kopf tobte der Kater. »Ich bin sicher, ich hab da drüben Licht gesehen. Im Westen.«

Die Schatten waren verschwunden, weggewischt von der Dämmerung und den tief stehenden Wolken. Regen sprühte ihm ins Gesicht.

Sie liefen in südwestlicher Richtung bergab, ungefähr eineinhalb Kilometer nach dem Kamm der Schlucht. Die Kiefern standen allmählich weniger dicht. Als die ersten fetten Regentropfen auf die Erde klatschten, verstärkte sich der Staubgeruch in der Luft.

Dustin fing an zu traben. »Ja, das muss es sein. Dort ist Westen, oder?«

Kyle marschierte einfach weiter, den Blick auf den Horizont geheftet. Er nahm die Baseballmütze ab. »Da ist die Sonne untergegangen, also ja.«

Bergab wurde Dustin schneller. Er brach aus den Bäumen hervor und kam auf eine offene Wiese. Weiter vorn wartete noch etwas Besseres. Ein Stacheldrahtzaun.

Er rannte darauf zu. »Privateigentum. Da muss jemand leben.«

Kyle rief ihm nach: »Mach langsam. Das könnte die Ponderosa sein. Dann sind es immer noch fünfzehn Kilometer bis zu einem bewohnten Haus.«

»Was für eine Rosa?«

»*Bonanza*, meine Güte.«

Am Zaun duckte sich Dustin und kletterte durch. Sein Sweatshirt fing sich an einem Stachel und riss ein, aber das war ihm egal. Dann rannte er über die Wiese. Er war sich sicher, dass er weiter unten am Berg ein Licht gesehen hatte.

Auf halbem Weg zu einem Pappelwäldchen hörte er Kühe muhen.

»Hey«, entfuhr es ihm, obwohl es natürlich nicht besonders schlau war, Kühe anzubrüllen. Kühe halfen ihm auch nicht weiter. Hinter ihm brach Kyle in Lachen aus wie über einen Trottel.

Aber Kühe blieben nicht die ganze Nacht über draußen, oder? Die mussten doch zurück in den Stall. Und sie hatten auch kein GPS. Irgendjemand musste sie … zusammentreiben, genau.

»Hey«, plärrte er wieder.

Hinter ihm stieß Kyle einen Pfiff aus, als hätte er zwei Finger in den Mund gesteckt. Dustin blickte über die Schulter. Kyle deutete nach Süden.

Ein Mann auf einem Pferd ritt über die Wiese.

Dustins Herz machte einen Satz. »Hierher.« Wild winkend stürmte er auf den Unbekannten zu.

Der Reiter trug einen lohfarbenen Cowboyhut und eine schwarze Daunenweste über einem Denimhemd. Trabend näherte er sich Dustin. Als er noch hundert Meter entfernt war, erkannte Dustin, dass der Mann Rohlederhandschuhe anhatte und finster dreinschaute. Und dass neben seinem Sattel eine Schrotflinte hing.

Dustin hob die Hände. »Mann, wir brauchen Ihre Hilfe.«

Der Reiter zügelte das Pferd und stellte es seitlich zu Dustin. »Ist das so?«

»Wir hatten einen Unfall.«

Der Mann zerrte die Schrotflinte heraus. »Zuerst erklärst du mir, was du auf meinem Land verloren hast.«

Jo schnaufte heftig, als sie den Hügelkamm erreichte. Durch die Kiefern blies der Wind, und der Regen schlug ihr kalt ins Gesicht.

Sie spähte bergab, um vielleicht ein Zeichen von Dustin und Kyle zu entdecken. Doch der Wald war zu dicht. Ihr Telefon meldete, dass es immer noch kein Signal hatte.

Auf einmal merkte sie, dass sie Gänsehaut hatte. Kyle Ritter war zweifellos Ruby Ratner. Und Ratner war der Böse Cowboy. Also hatte Kyle gelogen, was seine Identität betraf.

Evan warnte sie in ihrer SMS, dass er ein gefährlicher Exhäftling war. Und Jo hatte auch keine Mühe, zwischen den Zeilen zu lesen: Er war in den Tod von Phelps Wylie verwickelt. Seine Telefonnummer, die sie zusammen mit seiner SMS auf ihrem Display hatte, entsprach genau der in Phelps Wylies Liste mit den letzten Anrufen.

Stopp, erst mal nachdenken. Warum hatte Kyle ihr eine Nachricht geschickt? Wollte er sie etwa von der Gruppe weglocken? Vielleicht. Auf jeden Fall war Dustin in unmittelbarer Gefahr. Sie musste ihn finden und von Kyle weglotsen.

Und sie musste die anderen warnen, damit sie sich in Sicherheit bringen konnten.

Doch ohne Telefonsignal konnte sie nur SMS in der Warteschleife parken in der Hoffnung, dass sie in nächster Zeit durch eine Zone mit einem Funkmast kam, der sie endlich losschickte.

Mit zitternden Fingern tippte sie auf die Tasten des Telefons.

An Gabe:

GEFAHR Kyle IST Böser Cowboy, VERBINDUNG ZU WYLIE. Müssen Gruppe in Sicherheit bringen.

Sie hatte Gabes Handy zwar vorhin nicht gefunden, aber vielleicht war es inzwischen aufgetaucht.

Sie hatte keine Mobilnummern des Sheriff's Office in Tuolumne County, und per SMS konnte sie keinen 9-1-1-Notruf absetzen. Hektisch kontaktierte sie die beste Polizistin, die sie kannte.

HILFE. Entführt auf Forststraße E92 bei Abzweigung zu verlassener Goldmine. Absturz in Schlucht. Gangster bewaffnet, treffen bald ein. Handy ORTEN.

Sie adressierte die Nachricht an Lieutenant Amy Tang vom San Francisco Police Department.

Nachricht konnte nicht zugestellt werden. Sie wies das Telefon an, es weiter zu versuchen. *Schick das verdammte Ding ab. Schnell, so bald wie möglich.*

Nachdem sie das Handy wieder eingesteckt hatte, jagte sie den Hang hinunter in Richtung der dünner werdenden Bäume.

Schwer atmend stoppte Dustin ab und hob die Hände.

Der Mann saß lässig im Sattel und hielt mit einer Hand die Zügel, damit sich das Pferd nicht drehte. In der anderen Hand lag die Schrotflinte, die auf Dustin zielte. »Was machst du auf meinem Grundstück?«

Verdammt, war er hier in einem alten Western gelandet? »Wir hatten einen Unfall, ungefähr drei Kilometer von hier. Das Auto liegt unten am Fluss. Es hat Verletzte gegeben. Wir brauchen die Polizei und einen Krankenwagen.«

»Wie bist du hier reingekommen? Hast du den Zaun nicht gesehen?«

»Mann, das ist doch der Grund, warum wir überhaupt hier sind: *weil* wir den Zaun gesehen haben. Ein Zeichen von Zivilisation. Tut mir leid, dass ich auf Ihrer Kuhwiese rumtrample, aber ein Freund von mir wurde angeschossen.«

Das Pferd des Ranchers machte einen Schritt zur Seite und warf den Kopf zurück. »Angeschossen?«

Kyle trat nach vorn. »Sir, ich entschuldige mich für Dustin hier. Er hat ein traumatisches Erlebnis hinter sich.« Er deutete auf das Logo von Edge Adventures auf seiner Mütze. »Ich arbeite für eine Firma, die Abenteuerausflüge ins Hinterland veranstaltet. Heute hatte ich eine Gruppe von Studenten dabei, und kurz gesagt, wir wurden entführt. Der Wagen liegt zerschmettert in einer Schlucht im Osten hinter dem Hügel, und mehrere Leute wurden verletzt. Wir brauchen Polizei und Rettungskräfte, und zwar in ausreichender Zahl.« Kyles Augen leuchteten hell und durchdringend. Mit den erhobenen Händen wirkte er wie ein Bittsteller. Dustin nickte zustimmend.

»Wenn Sie wollen, können Sie uns ja mit vorgehaltener Waffe zu Ihrem Telefon bringen. Meinetwegen kann uns Ihr Gaul in den Arsch treten. Verdammt, schicken Sie Edge

Adventures eine Rechnung für Ihren Zeitaufwand. Hauptsache, Sie holen Hilfe, weil sonst heute Nacht ein paar Leute sterben.«

Der Rancher wirkte immer noch argwöhnisch, aber auch ein wenig betroffen. Er war Ende fünfzig mit einem runden, sonnenverbrannten Gesicht und einem ordentlichen Bauch, der von seinem Hang zu guten Steaks zeugte. Sein Blick wanderte von Kyle zu Dustin und wieder zurück.

Schließlich senkte er die Schrotflinte. »Mein Haus steht hinter der Baumgruppe dort am unteren Ende der Wiese. Von dort aus können wir den Sheriff und den Rettungsdienst anrufen.«

Er steckte die Waffe zurück in das Futteral am Sattel. Dann riss er das Pferd herum und gab ihm die Sporen.

Dustin lief ihm nach. Kyle folgte ihm dicht auf den Fersen.

26

»Halt in der zweiten Reihe«, sagte Tina.

Evan fuhr an die Seite. Sie waren am Russian Hill in einer ruhigen Wohngegend voller Mietsgebäude mit Erkerfenstern und viktorianischen Häusern in Ostereierfarben. Monterey-Kiefern leuchteten hellgrün im Sonnenuntergang. Ein CableCar bog um die Ecke und fuhr nach unten Richtung Fisherman's Wharf. In einem kleinen Park spielten junge Männer Basketball und stritten lauthals miteinander.

Tina hüpfte hinaus, schlängelte sich zwischen geparkten Autos hindurch und lief die Vordertreppe eines kleinen lehmziegelroten Hauses mit weißen Giebeln hinauf. Evan stellte die Warnblinker an und folgte ihr.

Das Eingangslicht war an. Tinas Schlüssel klirrte, als sie die Tür aufsperrte. »Jo?«

In der Diele stieß sie mit dem Fuß gegen einen Stapel Post, der durch den Schlitz gefallen war. Sie warf einen Blick ins Wohnzimmer und wandte sich zur Küche. »Jo?«

Das Haus war klein, aber fein. Evan mochte solche von der Straße zurückversetzten Domizile, von wo aus man die Welt betrachten konnte, ohne dass sie zurückstarrte.

Das kompakte Wohnzimmer strahlte etwas Weiträumiges aus. Moderne Möbel, ein Perserteppich auf geschliffenem Parkett, japanische Holztafeldrucke an den Wänden. Vergoldete Orchideen, Dekokissen in Rot, Orange und Weiß, eine Decke in der Farbe eines Glutofens.

Im Gang brannte ein Tischlämpchen. Alles machte den Eindruck, als wäre das Haus abgeschlossen worden, weil seine Besitzerin übers Wochenende verreist war.

Tina kam aus der Küche und lief die Treppe hinauf. Eine halbe Minute später hastete sie wieder herunter. »Sie ist nicht da.«

»Sie ist doch nicht allein weggefahren«, sagte Evan. »Würde ihr Freund …«

»Gabe.«

»Und er …«

»Er kann auf sich aufpassen. Er ist Rettungsspringer bei der Air National Guard. Und Jo kann auch auf sich aufpassen. Aber sie wollten zu dieser verlassenen Mine, und du sagst, du hast eine Verbindung zu einem Exhäftling gefunden …«

Evan stieß die Hände in die Gesäßtaschen. »Könnte sie sich sonst noch mit jemand in Verbindung gesetzt haben?«

»Vielleicht mit dem Nachbarn.« Tina schloss ab, und sie eilten die Stufen hinunter. »Ferd behält immer die Straße im Auge. Hauptsächlich, weil er in Jo verknallt ist und darauf hofft, sie zu treffen.« Sie zog ein Gesicht. »Oder er möchte, dass sie seine neuesten Wehwehchen diagnostiziert. Er ist ein ziemlicher Hypochonder.«

»War das ein Foto von Gabe in Jos Büro? Sah aus wie beim Campen im Yosemite Park.«

Tina trabte voran über den Gehsteig. »Das ist Daniel. Jos Mann.«

Evan musterte sie scharf.

»Ist vor drei Jahren gestorben.«

»Das wusste ich nicht. Tut mir leid.«

»Absturz im Rettungshubschrauber. Er war Notfallarzt. Jo ist mit dem Leben davongekommen.« Tina sah sie an. »Sie ist zäh wie eine Katze. Aber auch Katzen haben nur neun Leben.«

Nebenan ragte an der Straße eine Backsteinvilla auf. Die Pflanzen, die den Weg säumten, wirkten so sorgfältig geschleckt wie nach einem Brasilian Waxing. Die Dachterrasse war mit römischen Götterstatuen geschmückt: fette Cupidos und lüstern grinsende Faune. Tina pochte an die Tür.

Der Mann, der öffnete, wirkte zugleich beflissen und nervös. »Tina?«

»Fred, hast du heute schon was von Jo gehört?«

Er trug ein Compurama-T-Shirt und hatte genug Gel im Haar, um eine Fahrradkette zu ölen. Bei der Erwähnung von Jos Namen richtete er sich unwillkürlich auf und lief puterrot an. »Nein. Stimmt was nicht?«

»Sie ist in die Sierras gefahren, um Nachforschungen in einem Fall anzustellen, und am Nachmittag wollte sie in der Yosemite Lodge absteigen. Aber im Hotel ist sie nicht angekommen.«

Er presste die Hände aneinander und rang sie. »Ich weiß gar nichts davon. Aber du siehst so besorgt aus. Komm rein, komm rein.«

Evan folgte Tina hinein. Der Parkettboden und die bordeauxroten Vorhänge verliehen dem Haus ein Ambiente wie aus dem neunzehnten Jahrhundert. Die gewaltige Treppe erinnerte an *Das Phantom der Oper.* Auf dem Flurtischchen lagen Spielemagazine und ein Lehrbuch über das Verhalten von Affen.

Ferd kratzte sich die Brust, als hätte er einen Ausschlag. »Heute Morgen um zehn hab ich gesehen, wie sie mit ihrem Wagen weggefahren ist. Sie ist überhaupt nicht zu erreichen?«

Evan schaltete sich ein. »Ich glaube, es ist Zeit für ernsthafte Maßnahmen. Jemand muss nach Jo suchen.«

Tina nickte fahrig. »Ich weiß, wen wir anrufen. Sie ist Mordermittlerin. Sie heißt Amy Tang.«

27

Der Wind pfiff durch die Kiefern. Ein zuckender Blitz tauchte die Baumstämme in nacktes Schwarz und Weiß. Jo sah, dass der Wald ein paar Hundert Meter bergab in offenes Feld überging.

Krachender Donner ließ sie zusammenfahren. Dustin und Kyle hatten sich nach Westen orientiert. Sie verlangsamte ihren Schritt. Schließlich wollte sie nicht zufällig über Kyle stolpern. Irgendwie musste sie es schaffen, Dustin von ihm zu trennen. Bloß wenn sie ihn nicht bald fand, blieb ihr nichts anderes übrig, als zum Hummer zurückzukehren.

Dann gelangte sie zum Waldsaum. In der stürmischen Dämmerung lag eine breite Wiese vor ihr. Und ungefähr zweihundert Meter weiter lief ein Stacheldrahtzaun über den Boden.

Das hieß, dass der Grund hier jemandem gehörte. Einem Menschen, der sich vielleicht in der Nähe aufhielt. Sie fasste neuen Mut.

Weit hinten auf dem Feld hörte sie das Blöken von Kühen. Am anderen Ende der Wiese, wo der Wald wieder anfing, hatte sich eine Herde Kurzhornrinder zusammengeschart.

Sie hastete zum Zaun. Unmittelbar davor fiel ihr eine zerknitterte Zigarettenschachtel ins Auge. Die Marke, die Kyle vorhin aus der Tasche gezogen hatte.

Behutsam zwängte sie sich durch den Stacheldraht und rannte über die Wiese.

Dustin und Kyle liefen neben dem kanternden Pferd her. Der Rancher bombardierte sie mit Fragen. Wie viele Leute saßen am Grund der Schlucht fest? Welche Verletzungen hatten sie?

»Wie ist es zu der Entführung gekommen?«

»Lange Geschichte«, japste Dustin. Er konnte kaum Schritt halten.

»Es sind noch ein paar Hundert Meter bis zum Telefon. Ich hab Zeit, um sie zu hören.«

Kyle keuchte, das hohe Tempo in dieser Höhe machte ihm offenbar ebenfalls zu schaffen. »Wir brauchen Ihre Hilfe. Die Entführer haben Komplizen. Und diese Komplizen sind schon auf dem Weg hierher.«

»Worauf wollen Sie raus?«

»Haben Sie noch mehr Waffen zu Hause? Munition, ein Gewehr, irgendwas, womit wir uns verteidigen können? Diese Typen fackeln nämlich nicht lange.«

Dustin begriff genau, worauf Kyle hinauswollte. Warum ritt der Rancher nicht einfach voraus, um die Polizei zu rufen?

»Wir haben nicht vor, bei Ihnen einzubrechen und Ihre Sachen zu klauen«, schnaufte er.

Kyle warf ihm einen gequälten Blick zu. Er rieb sich mit der Hand über die Brust.

»Was ist denn? Was soll ich um den heißen Brei herumreden? Mister, wir sitzen in der Klemme. Galoppieren Sie einfach zum Haus und rufen Sie den Sheriff an.«

Unter seinem Cowboyhut schielte der Rancher auf ihn hinab. Er schien ihn zu taxieren. »Wo genau ist der zerstörte Hummer?«

Dustin hätte ihn am liebsten umarmt. »In der Schlucht neben der Forststraße, ein Stück nachdem der Asphalt in Schotter übergeht. Es …«

»*O Gott.*« Mit einem dumpfen Geräusch sackte Kyle zu Boden.

Dustin drehte sich um. »Was ist?«

Kyle wälzte sich auf den Rücken und drückte die Hand auf die Brust. Sein Gesicht war verzerrt. »Ich kann nicht …«

Der Rancher riss sein Pferd herum. »Fehlt Ihnen was?«

»Kann nicht atmen.«

Dustin sank neben ihm aufs Knie. »Was hast du?«

»Brust. Eng.« Er schnappte nach Luft.

Der Rancher warf das Bein über den Sattel und sprang ab, um sich neben Kyle zu kauern.

Dustin schaute den Rancher an. »Ich glaube, er hat einen Herzinfarkt.«

Der Mann nahm den Hut ab. Mit ernster Stimme wandte er sich an Kyle. »Wo tut es weh?«

»Linker Arm, Brust. O Gott.« Kyle schloss die Augen.

Mehrere lange Sekunden starrte ihn der Rancher an. »Wir sollten lieber einen Krankenwagen holen.«

Er stützte die Hand aufs Knie, um aufzustehen.

Kyle packte ihn am Ärmel. »Lassen Sie mich nicht hier zurück.«

»Setzen Sie ihn auf Ihr Pferd«, forderte Dustin.

»Aber ich muss zum Haus reiten, um den Krankenwagen zu rufen.«

»Bis ein Krankenwagen hier ist, ist es möglicherweise schon zu spät. Haben Sie ein Auto beim Haus? Einen Lieferwagen? Ich fahr ihn zum Krankenhaus.«

Der Rancher zögerte, doch als er Dustins Gesichtsausdruck sah, wurde er schließlich weich. »Junge, auf dieser Seite der Schlucht sind es dreißig Kilometer zur Forststraße. Du hast recht, wir müssen ihn fahren. Hilf mir, ihn in den Sattel zu heben.«

Dustin schlang sich Kyles Arm um die Schulter. »Wir lassen dich nicht hängen, Kumpel. Das kriegen wir schon.«

Der Rancher warf sich Kyles anderen Arm um den Nacken, und sie zogen ihn vorsichtig hoch. »Wie heißt ihr überhaupt?«

»Ich bin Dustin, und das ist Kyle.«

»Ich heiße John Yarrow. Los, heben wir ihn in den Sattel.«

Sie näherten sich dem Pferd. Kyles Füße schleiften über das Gras. Er schnappte nach Luft. »Schnell.«

»Gleich sind wir da«, sagte Dustin.

Kyle starrte auf das Pferd. Er hing praktisch im Griff der beiden anderen.

Yarrow packte ihn fester. »Ich heb Sie hoch.«

Stöhnend vor Schmerz, sackte Kyle nach vorn, und sein Arm rutschte von Yarrows Schulter. Taumelnd löste er sich auch aus Dustins Griff.

Dann war er mit zwei schnellen Schritten beim Pferd und zog die Schrotflinte aus ihrem Futteral am Sattel.

»Kyle?«, rief Dustin.

Ohne ein Wort riss Kyle den Lauf herum.

Yarrow stürzte sich auf die Waffe.

28

In einer Kurve mit ungehindertem Blick auf den südlichen Himmel lenkte Haugen den Volvo von der Straße. Er wählte die Nummer des Satellitentelefons.

Nach einigen Sekunden Verzögerung läutete es. Der Stimmmodulator war bereits angeschlossen. Dieses Telefon lief über eine Zwischenstelle in Großbritannien, damit war eine geografische Ortung ausgeschlossen. Niemand konnte ihn aufspüren.

Peter Reiniger meldete sich in schroffem Ton. »Sie kriegen nicht, was Sie wollen. Mit Erpressern verhandle ich nicht.«

»Aber du verhandelst doch schon mit mir«, antwortete Haugen. »Zum Beispiel führst du dieses Gespräch. Du bist rangegangen, hast nicht aufgelegt und wirst es auch nicht tun. Und wenn du dabei bleibst, wird deiner Tochter kein Haar gekrümmt.«

»Sie wollen nicht, dass ich mit meinem Anwalt und dem Notfallteam der Firma rede, wie soll …«

»Sie müssen nicht eingeschaltet werden. Vielleicht war der Schock vorhin so groß, dass du mich nicht richtig verstanden hast.«

»Dann erklären Sie's mir«, knurrte Reiniger.

»Es geht um Gewinnmaximierung. Um ein angemessenes Preis-Leistungs-Verhältnis.«

»Raus damit.«

»Wenn du deine Tochter zurückhaben willst, musst du mir zwanzig Millionen Dollar zahlen. Du überweist sie auf eine Kontonummer, die ich dir durchgebe.«

Es knisterte in der Leitung. »*Zwanzig Millionen?* Sind Sie übergeschnappt? So viel Geld kann ich unmöglich beschaffen.«

»Schluss mit dem Gejammer. Du klingst wie ein flennender Schuljunge.« Haugen bremste sich. Er musste langsamer reden, um sich nicht durch seine Stimme und seine Wortwahl zu verraten. Niemand durfte ahnen, dass er hinter der Sache steckte. Aber dieser Moment war einfach so köstlich, dass es fast unmöglich war, sein … Gift zu beherrschen.

Reiniger liebte Spiele. Haugen hatte das am eigenen Leib zu spüren bekommen. Der Finanzmogul stellte seine Mitarbeiter gern auf die Probe und drehte sie unter dem Vorwand der Selbsterkenntnis durch die Mangel. Aber jetzt waren die Rollen vertauscht. Haugen stellte Reiniger auf die Probe.

»Ich hab dich nicht gefragt, ob du das Geld beschaffen kannst. Ich hab gesagt, du musst zahlen, wenn du deine Tochter wiederhaben willst. Du hast Zeit bis sechs Uhr. Die Uhr tickt.«

»Warten Sie, nein … Sie können doch nicht …«

»Ich kann, verlass dich drauf.«

Natürlich war Reiniger in der Lage, das Geld aufzubringen. Haugen wusste genau, wie er es anstellen musste. Er hatte nur eine Möglichkeit, sich die Mittel zu beschaffen, und diese Einsicht hatte ihn wohl gerade getroffen wie ein Schlag. Schließlich hatte er seine fünf Sinne beisammen und konnte rechnen.

Und zweifellos war Reiniger auch klar, was passieren würde, wenn er das Geld überwies. Seine Partner bei Reiniger

Capital würden sich garantiert nicht freuen. Ihre Geldgeber würden toben. Um Autumn freizukaufen, musste Peter Reiniger einen hohen Preis bezahlen. Möglicherweise verlor er sogar sein Unternehmen. Oder er musste vor Gericht. Oder Schlimmeres.

Perfekt.

»Das geistige Schlachtfeld, auf dem du agierst, ist falsch konfiguriert«, fuhr Haugen fort. »Du glaubst noch immer, es geht hier um vernünftige Geschäftsentscheidungen. Du glaubst, es geht um die Wahrung deines Rufs als weißer Börsenhai.«

»Scheißkerl, darum geht es mir überhaupt nicht.«

»Die Spielregeln haben sich geändert. Nach diesem Telefonat setzt du dich mit deinen Partnern in Singapur in Verbindung. Sie haben immer Rücklagen für reibungslose Finanztransaktionen.«

Lange blieb Reiniger stumm. »Wann bekomme ich meine Tochter wieder?«

»Wenn ich es sage.«

»Das ist Irrsinn.«

»Irrsinn ist höchstens, dass du weiter den Boss bei Reiniger Capital markierst, während andere für dich über die Klinge springen.« Kaum war ihm die Äußerung entschlüpft, da wurde ihm auch schon klar, dass er zu weit gegangen war. Andererseits war es gut, wenn Reiniger beunruhigt war. Wenn er an Haugens Verstand zweifelte. Sollte er ruhig befürchten, dass seine Tochter in den Fängen eines Verrückten war.

»Ich rufe an«, sagte Reiniger schließlich.

»Gut. Außerdem, warum die Sorge? Reiniger Capital hat doch eine Versicherung gegen Entführungen, oder? Für leitende Angestellte, Ehepartner und Kinder.«

Auch das hatte Haugen genau analysiert. Das Unternehmen versicherte seine Führungsriege mit einem Betrag von zehn Millionen Dollar gegen Kidnapping. Es gab nur ein Problem für Peter Reiniger, das kapitalistische Reptil im Armanianzug.

Haugen hob den Blick zum Himmel. Grau und bedrohlich ballten sich dort oben die Wolken. Das würgende Schweigen auf Reinigers Seite, seine absolute Hilflosigkeit waren ein Labsal.

Die Anspannung kroch in Reinigers Stimme, die jetzt lauter wurde. »Gib mir einfach meine Tochter zurück, du Scheißkerl.«

Haugen lächelte. Einfach herrlich, wie das alles passte. Und das Schönste war, dass ihm Reiniger dabei half, die Schlinge zuzuziehen.

»Und jetzt zum zweiten Teil. Der Jet.«

Der Town Car raste zurück zum Flughafen. Peter Reiniger umklammerte das Handy. Seine Brust fühlte sich an, als würde sie von einem Stahlring zusammengeschnürt. *Entführungsversicherung.*

Der Schweinehund am anderen Ende der Leitung hatte gut recherchiert. Reiniger Capital versicherte seine Führungskräfte und deren Familien tatsächlich gegen Lösegeldforderungen.

Aber bei Kindern betrug die Versicherungssumme nur zwei Millionen. Und dieses Arschloch verlangte zwanzig.

Reiniger bekam kaum Luft. Diese Bestie wollte Autumns Freunde töten, einen nach dem anderen, und am Schluss Autumn selbst. Er *musste* das Geld besorgen.

Und dafür gab es nur eine Möglichkeit: das Plündern der Cashreserven von Reiniger Capital.

Das Unternehmen verwaltete ein Bruttovermögen von knapp über einer Milliarde Dollar. Dieses Geld war im Namen einer ausgewählten Gruppe von Klienten angelegt. In Aktien, Anleihen, Kreditausfall-Swaps und besicherten Schuldverschreibungen. Achtundneunzig Prozent waren angelegt.

Die restlichen zwei Prozent bildeten die Barrücklagen von Reiniger Capital. Zwanzig Millionen.

Reiniger hatte Zugang zu diesem Geld. Sofort, rund um die Uhr.

Er musste es benutzen, um Autumns Freiheit zu erkaufen.

Der Ring um seine Brust wurde noch enger. Dieser Schritt würde ihn teuer zu stehen kommen. Denn das Plündern des Reservekontos zog drastische Konsequenzen für die Vermögensverwaltung und ihre Anleger nach sich. Um den Verlust aufzufangen, waren zusätzliche Ausfallsicherungen nötig. Zur Deckung der Abbuchung musste er bei seinen größten Anlegern Zahlungen abrufen.

Aber das kam erst später. Im Augenblick zählte nur, dass er es *machen* konnte. Die Mittel zur Rettung seiner Tochter standen ihm zur Verfügung.

»Sagen Sie mir, wo ich das Geld hinschicken soll.«

»Schon besser«, erwiderte die Stimme. »Ein guter erster Schritt.« Der Mann nannte ihm eine Kontonummer.

Reiniger kritzelte sie hastig auf einen Zettel. »Und was ist mit dem Jet?«

»Eine Gulfstream G5. Ich will sie um sechs Uhr früh auf der Startbahn am Reno Airport, voll aufgetankt, mit frischer Crew, abflugbereit.«

»In Ordnung.«

»Moment, nicht irgendein Jet – *Ihr* Jet. Und ich will, dass Sie mich dort empfangen.«

Jo rannte über das Feld. Das Gras war niedergetreten, die Erde steinig. Tief im Westen zuckte ein Blitz. Kalter Regen peitschte ihr ins Gesicht und gegen die Schultern.

Es donnerte krachend. Auf der hinteren Seite der Wiese stand ein Tor vor einem Weg, der zwischen die Bäume führte. Sie kletterte hinüber und lief weiter.

Plötzlich zerriss ein tiefer Donner die Luft. Erschrocken fuhr sie zusammen. Kurz darauf folgte ein zweiter Knall.

Die Kühe auf dem Feld muhten. Oben schrien Krähen und flohen in die stürmische Dämmerung. Mit heftig pochendem Herzen tauchte sie in das Wäldchen. Jetzt hörte sie nur noch den Wind und das nervöse Schlurfen der Rinder.

Zwei Schüsse. Sie war sich völlig sicher. Aus einem großen Gewehr. Wie weit weg, wusste sie nicht.

Nachdem sie sich tiefer in die Bäume zurückgezogen hatte, bewegte sie sich langsam und vorsichtig parallel zum Pfad. Sie fühlte sich wie eine verschreckte Katze. Der Regen trommelte jetzt stärker herunter. Ein Blitz in den Wolken warf einen bleichen Schein auf das Terrain vor ihr. Sie erstarrte.

Obwohl sie noch tief in den Bäumen war, konnte sie es erkennen. Gerade so. Der Wind klatschte ihr ins Gesicht. Mit hämmerndem Herzen näherte sie sich dem Weg. Ein weiterer Blitz stanzte das Bild in die Landschaft. Nur einen Moment lang – weiß, bläulich, dunkel.

Auf dem Weg lagen zwei Menschen.

Einer mit dem Gesicht nach oben, die Arme weit ausgebreitet. Ein großer Mann in Daunenweste und Cowboystiefeln. Der zweite lag einen Meter hinter ihm, das Gesicht nach unten, als wäre er mit großer Gewalt zu Boden geschleudert worden. Jo erkannte sein USF-Sweatshirt. Es war Dustin.

Wie Steine in einer Öltonne polterte der Donner über den Berg.

Völlig versteinert stand Jo da und schaute die Männer an. Dann huschte ihr Blick über den Weg und die Bäume. Wo war Kyle?

Im nächsten Moment drosch wieder der Regen auf sie ein. Mit voller Kraft, eiskalt, vom Wind gepeitscht. Sie sah niemanden mehr, keine Bewegung. Gar nichts.

Hastig stürzte sie zwischen den Bäumen hervor, auf die beiden Männer zu.

Wie einen Vorhang trieb ihr der Wind den eisigen Regen ins Gesicht. In der Ferne brüllten die Rinder. Sie erreichte den großen Mann mit den Cowboystiefeln. Sein Gesicht war rötlich und wettergegerbt, seine Augen starrten blicklos nach oben. Ein Schuss hatte ihm ein Loch in die Brust geschlagen.

Mit zitternden Händen schloss sie seine Augen, dann rannte sie zu Dustin.

»Nein.«

Er hatte eine riesige Wunde im Rücken. Sein Sweatshirt war von Schrot zerfetzt und getränkt mit dunklem Blut. Verzweifelt presste sie ihm die Finger an den Hals, um einen Puls zu finden.

Nichts. Wahrscheinlich war der Tod auf der Stelle eingetreten. Doch der Moment der Angst davor war bestimmt grausam gewesen. Der Schuss hatte ihn mit geringer Streuung durchbohrt und das Rückgrat und wohl auch den größten Teil der Lunge und des Herzens zerrissen. Schrotflinte, großes Kaliber. Aus nächster Entfernung. In den Rücken.

Würgen, Schreien, Weinen, den Drang zu helfen – alles schluckte sie hinunter.

Vermutlich hatte die Schrotflinte dem anderen Toten gehört. Irgendwie hatte Kyle sie in seinen Besitz gebracht und den Rancher und Dustin getötet. Aber wohin war er verschwunden?

Der Regen trommelte auf ihren Rücken. Gesicht und Hände waren schon ganz ausgekühlt. Erneut blitzte es.

Die Taschen des Ranchers waren durchwühlt worden. Hatte Kyle seine Schlüssel an sich genommen? Neben der Taille des Mannes lag seine Brieftasche. Sie war offen, alles Geld entfernt. Ein Schnappschuss flatterte im Wind. Eine Frau mit zwei kleinen Kindern.

Zwischen den tiefen Schatten, die der nächste Blitz warf, entdeckte sie Spuren: Stiefel und Hufe.

Sie folgten alten Reifenfurchen.

Kyle war zum Haus des Ranchers aufgebrochen. Vielleicht hatte er es auf dessen Familie abgesehen. Taumelnd rappelte sie sich hoch und jagte ihm nach.

Kyle trat die Tür zu John Yarrows Ranchhaus ein, das aus knorrigem Kiefernholz gebaut war. Die Lichter waren aus. Es war kalt.

Mit erhobener Schrotflinte stürmte er durch ein Zimmer nach dem anderen. Er riss Schranktüren auf und spähte unter Betten. Wer hier vielleicht glaubte, mit Versteckspielen die eigene Haut retten zu können, würde eine böse Überraschung erleben. Aber wenn Yarrow tatsächlich einmal Frau und Kinder gehabt hatte, dann war das lange her. In der Küchenspüle stand nur ein Teller. Nur ein Glas trocknete auf dem Abtropfgestell.

Im Kühlschrank fand er einen Teller mit Huhn und machte sich mit bloßen Händen darüber her. Er trank einen Liter Milch und warf den Karton auf den Boden. Beim Stöbern in Yarrows Schlafzimmer fand er ein T-Shirt und ein schweres

Flannellhemd. Die Sachen hätten ihm früher gut gepasst, als er jung und dick gewesen war. Aber sie waren sicher warm. Im vorderen Schrank entdeckte er eine braune Öljacke. Gut. Ihm stand eine arschkalte Nacht bevor.

Das Polohemd von Edge Adventures schleuderte er von sich. Auch von Kyle Ritter verabschiedete er sich. Welchen Namen er benutzte, spielte keine Rolle mehr. Ruben Kyle Ratner, Kyle Ritter, Red Rattler – ihm war das völlig egal. Sein Führerschein hatte ausgereicht, um die Leumundsprüfung bei Edge Adventures zu bestehen, aber die Angaben auf diesem Dokument stimmten ja auch nicht mit denen im kalifornischen Strafregister überein.

Zuletzt ließ er die farbigen Kontaktlinsen herausschnappen. Im Badspiegel musterte er seine Augen. Der weiße Ring um die blaue Iris des linken Auges stellte in medizinischer Hinsicht einen Defekt dar. Arcus juvenilis. Er beeinträchtigte nicht seine Sehfähigkeit, aber er hatte eine durchschlagende Wirkung auf willensschwache und abergläubische Menschen. Weißes Feuer schlängelte sich um sein blaues Auge. Eine Waffe, die er zu nutzen wusste.

Draußen verwischte ein weißer Blitz die Wolken, und der Donner schepperte. Regen prasselte gegen die Scheiben. Er durchwühlte Schubladen und Schränke, doch die Schrotflinte war anscheinend Yarrows einzige Schusswaffe. In einer Küchenschublade stieß er auf eine Schachtel Patronen, die er in die Taschen der Öljacke leerte.

Dann machte er sich auf die Suche nach dem Telefon.

Sein Handy hatte noch immer kein Signal. Deshalb konnte er nicht erkennen, ob Jo Beckett den Köder in seiner SMS geschluckt hatte und ihm heraus aus der Schlucht gefolgt war. *Komm, Kitty, Kitty. Komm hierher, ganz allein.* Er scrollte durch sein Telefonverzeichnis, bis er die gesuchte Nummer entdeckte.

Dann wählte er auf Yarrows Festnetzanschluss.

Eine Frauenstimme meldete sich. »Ja?«

»Ich habe Autumn Reiniger und ihre Freunde im Visier. Wenn ihr das Geld wollt, müsst ihr mit mir reden.«

29

Sabine ließ das Telefon sinken. »Dane, das musst du dir anhören.«

In der zunehmenden Dämmerung dröhnte der Volvo über die zweispurige Forststraße, die sich durch den Kiefernwald hinauf in die Berge wand. Schmatzend rieben die Scheibenwischer über das Glas. Vom Fahrersitz warf ihr Haugen einen fragenden Blick zu.

Sabines Gesicht wirkte ernst im Schein der Armaturenbeleuchtung. Sie stellte das Handy auf Lautsprecher. »Wiederholen Sie das bitte.«

Undeutlich schälte sich eine Stimme aus dem statischen Knistern. »Jetzt bin ich am Drücker.«

Haugen fuhr herum. »Ratner?«

»Überraschung, Überraschung.«

»Was willst du?« Haugen hatte ein mulmiges Gefühl. »Wo bist du?«

»Spielt keine Rolle, jedenfalls bin ich dir weit voraus. Da, wo ich Autumn Reiniger und ihren Freunden ein Grab schaufeln kann, das du nie finden wirst. Egal was du für eine Nummer abziehst, ab jetzt geht es in eine neue Richtung. In meine.«

Ein Regenschwall verdeckte Haugen die Sicht. Er versuchte, gelassen zu bleiben. »Wovon redest du überhaupt?«

»Damit hast du nicht gerechnet, oder? Ich war dabei bei

Miss Reinigers Geburtstagsausflug. Anscheinend hat sie eine Phobie, also hat ihr Daddy Edge Adventures gebeten, diesen Aspekt in das Szenario einzubauen. Und die Leute von Edge haben sich selbst übertroffen. Sie haben den Typen gefunden, der die Phobie ... wie sagt man ... *ausgelöst* hat. Sie haben den echten Red Rattler für ihr Rollenspielspektakel aufgetrieben.«

Stirnrunzelnd schaute Haugen zu Sabine. Sie zuckte die Achseln und formte Worte mit den Lippen: *Keine Ahnung. Noch nie davon gehört.*

Ein nasaler Quengelton trat in Ratners Stimme. »Hast nie daran gedacht, mich in deine Pläne einzuweihen, oder? Musste es auf die harte Tour rausfinden. Mich von deinen jämmerlichen Handlangern in einer verdammten Riesenlimousine entführen lassen.«

»Was willst du?«, fragte Haugen.

»Dreimal darfst du raten«, antwortete Ratner.

In der Küche des geplünderten Ranchhauses öffnete Kyle Ratner – *Mr. Ruby Kyle Ratner für dich, Partner* – den Kipplaufverschluss, um die Schrotflinte zu laden.

»Na, was meinst du?«, setzte er hinzu.

»Du hast keine Ahnung, in was du dich da einmischst«, erwiderte Haugen.

»Doch, ich hab sogar eine ziemlich genaue Ahnung. Und sie wird von Minute zu Minute deutlicher. Dass du Autumn einfach auf offener Straße gekidnappt hast, war der entscheidende Punkt an der ganzen Sache. Damit willst du an die Kohle rankommen und an diese rothaarige Tussi mit dem runden Arsch, oder?« Er lächelte im schwachen Licht der offenen Kühlschranktür.

»Ich weiß nicht, was du willst, aber ich kann dir nur raten, leg das Telefon weg und verschwinde von der Bildfläche.«

Kyle lachte bellend. »Verschwinden? Dass deine Handlanger auf mich angelegt haben, war ein großer Fehler. Ich war dein bester Mitarbeiter. Aber du hast es versaut. Und jetzt verhandeln wir. Sonst ist das Einzige, was verschwindet, das viele Geld, das du Peter Reiniger abknöpfen willst.«

Über das Telefon hörte Kyle Geräusche aus dem Hintergrund. Anscheinend saßen Haugen und Sabine in einem Auto, das mit hohem Tempo fuhr. Hierher.

»Du planst eine große Sache«, erklärte Kyle. »Und ob du's glaubst oder nicht, ab jetzt bin ich mit von der Partie, Partner.«

»Ich bin nicht dein Partner, ich bin dein Chef.«

»Nein, du *warst* mein Chef. Aber dann hast du mich rausgeschmissen. Ich bin in diesem Hummer zusammen mit einem Haufen kreischender Gören in eine Schlucht runtergerast. Ich schätze, das war eine Art Feldbeförderung. Deswegen stecken wir jetzt beide in dieser Sache drin.«

Haugen zögerte. »Ich weiß gar nicht, warum ich noch länger mit dir reden soll.«

Kyles Grinsen wurde breiter. Er kannte Dane Haugen in- und auswendig. »Natürlich weißt du das. Du hast keine Ahnung, wo die Geburtstagsbande ist. Und ich kann sie jederzeit umlegen. Außerdem kann ich dich hinhängen – als Drahtzieher bei dieser Geschichte und bei vielen anderen Dingen. Hab ich nicht recht?«

»Die Sache ist ein paar Nummern zu groß für dich«, meinte Haugen.

»Nicht zu fassen. Wer hat mich denn ins kalte Wasser geworfen? Du doch wohl. Und jetzt, wo ich mit dem Gesicht nach unten im Schlamm liege, sehe ich auf einmal Licht. Ich sehe, wie viel Kohle du mir verschwiegen hast. Also, wie wär's: fifty-fifty? Finde ich nur fair.«

»Du hast sie nicht mehr alle.«

»Okay. Dann sechzig-vierzig für mich.«

»Halt die Klappe, Ratner. Das hier übersteigt bei Weitem deine Möglichkeiten. Wenn du dich einmischst, versaust du nur alles. Dann kriegst du gar nichts.«

»Aber du auch nicht.« Kyle grinste, bis es wehtat. »Lass es dir lieber noch mal durch den Kopf gehen. Wir können uns weiterunterhalten, wenn du die Unfallstelle gefunden hast. Dann bin ich aber schon verschwunden.«

»Mach keine …«

Nachdem er aufgelegt hatte, riss Kyle das Telefon aus der Wand.

Natürlich würde Haugen es sich überlegen. Während er wie ein Wahnsinniger dahinraste und den Rollkragenpullover und die Kalbslederhandschuhe von Prada durchschwitzte.

Das hatte er jetzt davon, dass er Ruby Kyle Ratner als Botenjungen behandelte. Dass er ihn für blöd hielt. Mit einem heftigen Ruck knallte er die Schrotflinte zu.

In der Garage des Ranchers fand er einen Kanister Benzin. Er goss eine stinkende Spur von der Eingangstür zu dem Haufen schmieriger Lappen, den er auf dem Küchenboden zusammentrug. Zur Sicherheit schleppte er auch noch die Propangasflasche für den Grill ins Haus.

Er hatte sein Feuerzeug behalten, als Mr. Gabe, der Rettungshüpfer, alle aufforderte, ihre Sachen für den Überlebenspool abzuliefern. Zippo. Sauber und zuverlässig entzündete es das Benzin, und kurz darauf tanzten fröhlich die Flammen.

Er rannte hinüber zum Pick-up des Ranchers, während sich im Haus lachend das Feuer ausbreitete.

30

Im scharlachroten Schein der Armaturenbeleuchtung starrte Haugen verblüfft auf das Telefon. Ratner. Was für eine Frechheit. Die Galle kam ihm hoch.

Draußen tobte inzwischen ein heftiges Gewitter. Er nahm alles wie durch einen puslierenden, pissgelben Nebel wahr. *Ratner* war der Mitarbeiter von Edge Adventures, der am Strand von Candlestick Point gewartet hatte – der Neuling, den er nicht deutlich ins Visier bekommen hatte. Ratner. Was für eine dreiste Unverschämtheit.

Sabine und Stringer saßen da wie Crashtest-Dummys, völlig benommen und unsicher, wie sie reagieren sollten.

Haugen schob Sabine das Handy hin. »Ruf Von an. Sag ihm, wir haben einen Freelancer, der die Operation kapern will.«

Sie wählte die Nummer. »Ratner hat einen Vorsprung vor uns.«

»Sag Von, er soll ihn bei der ersten sich bietenden Gelegenheit eliminieren.« Er legte einen höheren Gang ein und drückte das Gaspedal durch. »Und er kann alle außer Autumn liquidieren. Er soll nicht mehr damit warten, bis wir ankommen. Sobald er einen sieht, weg damit. Er muss alles daransetzen, Autumn so schnell wie möglich in seine Gewalt zu bringen.«

Sie drückte sich das Telefon ans Ohr. Haugen trieb den Volvo noch schneller voran.

Erschöpft joggte Jo auf dem Weg dahin. Inzwischen war es schon fast ganz dunkel. Der Wind fuhr durch die Kiefern und schleuderte ihr den Regen in heftigen Stößen entgegen.

Warum hatte Kyle Dustin und den Rancher umgebracht? Wie aus dem Nichts hörte sie wieder die unheimliche Stimme auf Phelps Wylies Handy, die dem Anwalt *Strafe* androhte.

Sie musste davon ausgehen, dass Kyle Wylie getötet und seine Leiche in die verlassene Mine geworfen hatte. Aber wie war Edge Adventures darauf verfallen, ausgerechnet ihn dafür zu engagieren, Autumns Kindheitsbegegnung mit dem Bösen Cowboy nachzuspielen?

Wer war dieser Typ, verdammt noch mal?

Und wenn er jetzt zum Haus des Ranchers marschierte, was wollte er dort? Geld, ein Telefon, ein Fahrzeug? Kyle hatte den Rancher und Dustin skrupellos über den Haufen geschossen. Sie musste an den Schnappschuss in der Brieftasche des Ranchers denken: die Frau, die lachenden Kinder. Bei dem Gedanken wurden ihre Schritte wieder schneller.

Plötzlich schälte sich weiter vorn aus dem Grau ein orangefarbener Schein. Flackernd brandete er in die Höhe und beleuchtete die Kiefernstämme. Ein Feuer, ein großes Feuer.

Durch das Fauchen des Windes und das Prasseln des Regens hörte sie einen Motor und duckte sich sofort hinter die Bäume. Der Motor klang laut und schwer – ein Pick-up. Scheinwerfer zuckten durch den Wald, und schon ratterte der Wagen über den unebenen Viehweg direkt in Jos Richtung.

Rasch wich sie tiefer in die Bäume zurück und drückte sich flach auf den Boden. Die Scheinwerfer rückten immer näher. Schließlich kamen die schiefen Lichter eines uralten Chevys in Sicht. Mit ächzender Aufhängung schaukelte die rostige Karre über die tief eingegrabenen Furchen im Weg. Sie schoss an Jo vorbei und fuhr weiter.

Dann erblühte der Feuerschein blitzartig zu hellem Orange, und der Boden erbebte. Unmittelbar darauf folgte dumpf und hart der Knall der Explosion.

Jo rappelte sich hoch. Im Schutz der Bäume lief sie auf das Feuer zu. Bald erkannte sie ein brennendes Ranchhaus. Ein pechschwarzes Gerüst, aus dem grell gelb und rot die Flammen schlugen und aus dessen Dach schwarzer Rauch quoll.

Jede Hoffnung, hier auf Menschen, ein Telefon oder gar Hilfe zu treffen, war damit zerschlagen. Rufend umrundete sie das brennende Gebäude und betete, dass niemand darin eingeschlossen war. Sie erhielt keine Antwort.

Die brennende Garage war leer. Kein Auto, kein Motorrad, kein Fahrrad. Und die unbefestigte Auffahrt wand sich tief in den Wald – das Haus war weit von der Forststraße entfernt. Das hieß, sie war noch immer von der Zivilisation abgeschnitten.

Nach einer Runde um das Gebäude hielt sie mit bebenden Schultern an, den Tränen nahe. Die Hitze wurde immer mehr zu einer Wand, die gegen ihren Körper drückte. Sie fühlte sich an wie Leben und Tod zugleich. Das Prasseln des Feuers wurde zu einem Brausen, das alles andere übertönte.

Bis sie ein verängstigtes Wiehern hörte.

Sie fand das Pferd des Ranchers in seinem Pferch. Ängstlich wich es vor den Flammen zurück, zu desorientiert, um zum offenen Gatter zu laufen.

Der Wind peitschte den Regen gegen die Seite des Hummer. Lark kam vom Flussufer zurückgehuscht und schob sich durch das zerborstene Fenster hinein. Gabe stapfte zum Wasser. Der Fluss rauschte über die Felsen. Er schimmerte dunkelrot, fast schwarz in der zunehmenden Finsternis.

Nach einem Blick auf die Taucheruhr spähte er die gegenüberliegende Seite der Schlucht hinauf. Er fragte sich, wo Jo so lange blieb.

Es war fünfzehn Jahre her, dass Jo zuletzt geritten war. In der Hierarchie gefährlicher Transportmittel rangierten Pferde wohl unter Motorrädern, was die Stärke anging, aber im Hinblick auf die Unberechenbarkeit sicher deutlich über ihnen. Doch Kyle hatte den Wagen und einen Vorsprung. Vielleicht war das Pferd schnell und trittsicher in bergigem Gelände, das der Pick-up des Ranchers nicht passieren konnte.

Sie hob die Hände. »Ruhig, Junge. Ruhig.«

Das Pferd warf den Kopf hoch und tänzelte vor ihr zurück. Es trug Sattel und Zaumzeug. Die herunterhängenden Zügel schleiften über die Erde. Langsam näherte sie sich und redete ihm leise zu. »Brr, Junge. Brr.«

Das Pferd stoppte und senkte den Kopf. Im Schein des Feuers wirkten seine Augen fast flüssig. Mit zitternder Hand trat sie auf den Hengst zu.

»Gut so. Brr.« Es war das einzige Kommando, das ihr einfiel, doch offensichtlich funktionierte es.

»Brr, Junge. Ganz ruhig.« Sie streichelte die Flanke des Pferdes und spürte die zuckenden Muskeln. Es roch nach Schweiß, Staub und Sattelleder. Entschlossen griff sie nach den Zügeln.

»Ich mach dir einen Vorschlag. Lass mich rauf, und ich bring dich hier weg.«

Vorsichtig setzte sie einen Fuß in den Steigbügel. Sie packte den Sattelknauf, zog sich hoch, hob das Bein hinüber und setzte sich in den knarrenden Sattel.

Dann prüfte sie ihre Balance. Die Steigbügel waren zu lang für sie; sie hatte Mühe, die Füße darin zu halten. Aber jetzt war keine Zeit, sie zu verstellen. So tief wie möglich zwängte sie die Wanderstiefel hinein.

Ihr Blick fiel auf das leere Futteral. Niemand musste ihr lang erklären, dass es für ein großes Gewehr bestimmt war.

Sie nahm die Zügel und verkrallte die Finger der anderen Hand in die Mähne des Pferdes. »Okay, los.« Sie schlug ihm die Hacken in die Rippen.

Wie aus der Steinschleuder katapultiert, preschte es aus dem Pferch.

»Verdammt!«

Jo wurde nach hinten geworfen und klammerte sich verzweifelt an der Mähne fest. Langsam zog sie sich wieder nach vorn. Unter ihr spannte sich das stampfende Tier. In dem böigen Regen konnte sie kaum etwas erkennen.

Sie musste zurück zum Hummer. Wenn Kyle ihr zuvorkam, war mit dem Schlimmsten zu rechnen. Besonders da niemand ahnte, dass er im Anmarsch war.

Zwei Minuten später näherte sie sich der Stelle, wo Dustin und der Rancher auf dem Pfad lagen. Das Pferd lief im Galopp, und sie hielt sich verzweifelt fest – an den Zügeln, an der Mähne, am Sattelknauf, an irgendetwas. Sie hatte sich noch kaum an die Gangart gewöhnt und glaubte erst allmählich daran, dass sie nicht gleich herunterfallen würde, da brach das Tier zur Seite aus.

»Brr«, rief sie.

Sofort bohrte der Hengst die Hinterhufe in den Boden und blieb abrupt stehen. Jo wurde vom eigenen Gewicht nach vorn gerissen. Sie schlitterte den Hals des Pferdes hinauf wie auf einer Rutschbahn. In letzter Sekunde klammerte sie sich fest und wippte ruckend zurück, bis sie wieder halbwegs im Sattel war.

Das Pferd warf den Kopf zurück. Es trat zur Seite und wollte sich drehen.

Jo zog an den Zügeln. »Brr, Junge. Brr.«

Der Hengst scheute vor den Leichen auf dem Weg zurück. Jo zerrte an den Zügeln und bohrte ihm die Hacken in die Seiten, um ihn dazu zu bringen, seitlich an der Stelle vorbeizutänzeln. In diesem Moment fuhr ein Blitz durch die Wolken. Ihre Haut prickelte. Der Rancher hatte seine Position verändert.

Kyle war einfach über ihn hinweggefahren. Von der Wucht des Aufpralls hatte er sich überschlagen. Jetzt lag er auf der Seite neben dem armen Dustin, die Hand über seinen Rücken geschlungen.

Es sah aus, als wollte der Rancher Dustin auf den Rücken klopfen und sagen: *Ein echter Tiefschlag.* Scharf und nah entlud sich der Donner. Dahinter, höher als das Pfeifen des Windes, drang ein anderer Laut durch die Luft. Ein wimmerndes, gebrochenes Schluchzen.

Jo riss die Augen auf und versuchte, das Pferd im Zaum zu halten. Die Nacht war wieder dunkel, und obwohl durch die jagenden Wolken und den strömenden Regen scheckig der Mond schimmerte, war von den Toten nichts mehr zu sehen.

Wiehernd warf das Pferd den Kopf auf und nieder.

Das Wimmern wurde lauter. Dann zog ein Streifen Mondlicht über die Leichen. Die Hände um den Kopf gekrallt, stolperte Autumn zwischen den Bäumen hervor.

31

Der Detective, der vor Jos Haus auftauchte, war eine Asiatin mit lebhaften Augen und hartem Blick, die von Kopf bis Fuß in Schwarz gekleidet war. Sie begrüßte Tina und schüttelte Evan die Hand. »Amy Tang, Morddezernat.«

Tang war ungefähr so groß wie ein Mungo und genauso wehrhaft, wenn es darum ging, Kobras in die Flucht zu schlagen. Sie kannte den Weg in Jos Küche.

»Hallo, Amy«, sagte Tina. »Das ist Evan.«

»Immer noch nichts von ihr gehört«, erklärte Evan. »Ihre Nummer ist außer Betrieb, in der Yosemite Lodge ist sie nicht eingetroffen, und auch beim Sheriff in Sonora ist sie nicht aufgetaucht.«

»Wann hat sie sich zuletzt gemeldet?«

»Die SMS hab ich kurz vor vier Uhr gekriegt. Da war sie auf dem Weg, der von der verlassenen Mine wegführt.«

Evan entfaltete die Landkarte der Gegend auf Jos Küchentisch. »Hier ist die Mine. Und ungefähr dort hat sie die Nachricht abgeschickt.« Sie tippte auf eine Stelle. »Selbst wenn sie langsam zu Fuß ist, hätte sie es maximal in einer Stunde bis zu ihrem Wagen schaffen müssen.«

Tang starrte die Landkarte an. »Sie ist total fit. So eine Strecke ist für sie ein Kinderspiel. War sie allein?«

»Gabe hat sie begleitet.« Tina sollte die Hände zu Fäusten. »Meinst du, es ist was passiert?«

»Ja. Aber keine Panik. Vielleicht hat sie bloß eine Reifenpanne. Quintana ist bei ihr. Da kannst du ganz beruhigt sein.«

Tina nickte, schien aber alles andere als beruhigt. *Wenn Jo etwas zugestoßen ist, obwohl Gabriel Quintana bei ihr ist, dann muss es ganz schlimm sein.*

Evan legte der jungen Frau eine Hand auf die Schulter. »Meinst du, du könntest irgendwo Kaffee auftreiben?«

Sie wollte nicht unverschämt sein, aber sie hatte das Gefühl, dass Tina gleich aus der Haut fahren würde, wenn sie nicht irgendetwas zu tun bekam.

Tina nickte eifrig. »Gute Idee.« Sie trat um den Tisch und setzte eine Kanne auf.

Evan wandte sich an Tang. »Kennst du einen Ruby Kyle Ratner?«

»Was weißt *du* über ihn? Lass hören.«

Evan schilderte, dass Jo Wylies Telefon entdeckt und auf diesem die schwer verständlichen Drohungen eines Mannes gehört hatte, der Wylie offenbar mit dem Auto entführt hatte. Dass sie selbst Bruchstücke von Telefonnummern zusammengesetzt hatte und dabei auf Ragnarok Investments gestoßen war. Und dass sie Mrs. Ruby Ratner kennengelernt hatte, die revolverschwingende Westernhausfrau.

Aus der Tasche holte sie den Prospekt von Mrs. Ratner. »Inzwischen weiß ich, dass Ruben Kyle Ratner im Gefängnis war und wegen mehreren Gewaltdelikten vorbestraft ist. Mit seinem Foto könnte man selbst Insassen von Guantanamo Angst einjagen.«

Auf dem Flyer wirkte Ratner drahtig und zäh. Der weiße Ring um sein Auge sah aus wie ein rasendes Licht, das von innen durch ein Leck nach außen drängte. Sein Blick hatte eine furchterregende Intensität. Evan empfand ihn zugleich als gerissen und als herausfordernd: *Was schaust du mich so an?*

Tang nahm die Broschüre in die Hand. »Was ich jetzt sage, ist alles inoffiziell. Nur Hintergrund.«

»Bin gespannt.«

Tang trug keine Handtasche. Nicht einmal eine Marke. Offenbar hatte sie gerade dienstfrei. Sie zog ihr Telefon heraus und öffnete den Bildordner. Darin waren mehrere Fotos von Ruben Kyle Ratner gespeichert. »Hier eine frühe Aufnahme aus der Kartei.«

Er wirkte äußerlich weicher. Und viel schwerer. Er war Anfang zwanzig und wog bestimmt fünfundzwanzig Kilo mehr als jetzt.

»Das Gefängnis reduziert das Gewicht und macht aus dem Rest Muskeln, oder?«

»Und Gift«, erwiderte Tang.

Der frühe Ruby hatte glatte, eiförmig gerundete Backen und einen buschigen Schnurrbart wie Pancho Villa. Ein langer Pferdeschwanz hing ihm über den Rücken.

Tang sprach weiter. »Nach dem Verschwinden des Anwalts hatten wir schon mal ein Auge auf diesen Typen. Nach deinem Bericht ist er wieder auf unserem Radar.«

»Erzähl.«

»Unter Vorbehalt. Für Phelps Wylies Verschwinden war nicht ich zuständig. Von seinem Fall ist nichts offiziell über meinen Schreibtisch gegangen.«

Tina blickte von der gurgelnden Kaffeemaschine auf. »Hat sich Jo nicht mit dir in Verbindung gesetzt?«

»Natürlich hat sie das. Wollte mich überreden, dass ich ihr Informationen über den Fall gebe. Aber wir hatten keine Hinweise, die wir als hinreichenden Verdacht werten konnten.«

»Was für Hinweise hattet ihr denn?«, fragte Evan.

»Die meisten führten ins Nichts.«

»Du deckst doch jemanden, oder? Komm schon, was für Informationen hat das SFPD?«

»Sie wurden als interessant eingestuft, aber nicht als entscheidend. Bis jetzt.«

»Ihr habt von Ratner gewusst?«

»Ich nicht. Aber …«

»Er ist gefährlich?« Tina trat um die Theke herum auf Tang zu. »Du hast es gewusst und Jo nichts davon gesagt?«

Tang steckte die Hände in die Jackentaschen. Sie wirkte beherrscht und unnahbar. »Die Polizei hatte einen Hinweis auf eine mögliche – ich betone *mögliche*, das heißt spekulative, unsichere – Verbindung zwischen Wylies Auto und Ratner.«

»Der Mercedes?«, rief Evan. »Was für eine Verbindung?«

Als Wylies Wagen in einer Einkaufsmeile von Calexico entdeckt wurde, waren alle ausgeflippt in der Annahme, er könnte die mexikanische Grenze überquert haben, um aus den USA zu fliehen.

»Von San Francisco nach Calexico sind es achthundert Kilometer. So weit kommt kein Mercedes mit einer einzigen Tankfüllung.« Tang rief ein neues Foto auf. »Neun Uhr abends am Tag von Wylies Verschwinden. Fernfahrerraststelle an der I-5 in Bakersfield.«

Es war ein Standbild aus einer Überwachungskamera. Mitten in der Aufnahme mit deutlich sichtbarem Kennzeichen stand Wylies schwarzer Mercedes.

Im Auto war niemand. Doch auf den Minimarkt schritt ein Mann mit Kapuzenparka zu. Er war weiß und hatte eine Sonnenbrille auf. Mehr konnte Evan nicht erkennen.

»Wir glauben, dass das Ratner ist«, ergänzte Tang.

»Hat er mit Kreditkarte gezahlt?«

»Bar.«

»Wieso meint ihr, dass er es ist?«

Tang klickte zum nächsten Foto: der Mann mit dem Parka an der Ladentheke. Beim Bezahlen für Benzin, Zigaretten und eine Packung Hostess Ho Hos.

»Er hat Geld von dem Bankautomaten im Minimarkt abgehoben«, erklärte Tang. »Mit einer Karte, die Mrs. Ruby Ratner gehört.«

Tina brachte die Kanne mit Kaffee. »Ihr habt ihn also eindeutig identifiziert?«

»Nein. Diese Fotos sind kein Beweis. Aber sie haben unseren Verdacht erregt. Vor allem weil Ratner auf Bewährung frei ist und das Verlassen von San Francisco einen Verstoß gegen die Auflagen darstellt.«

»Warum wurde er dann nicht verhaftet?«

»Mrs. Ratner hat am gleichen Morgen ihre Kreditkarte als gestohlen gemeldet. Und sie hat ihm ein Alibi gegeben.«

»Aber ihr habt gewusst, dass dieser Schwerverbrecher der Autodieb ist, und habt nichts unternommen? Und jetzt hat er vielleicht Jo was angetan?«

Tang hob die Hand. »Tina, bis vor fünfundvierzig Minuten hab ich von alldem überhaupt nichts gewusst. Hab es erst nach deinem Anruf nachgeprüft. Auf jeden Fall kann ich jetzt mit viel größerer Sicherheit sagen, dass es aufgrund der Beweise, die Jo und Evan gefunden haben, sehr nach einer Verwicklung von Ruby Ratner in das Verschwinden von Wylie aussieht.«

»Verwicklung? Er ist dafür verantwortlich«, fauchte Tina. »Und er treibt sich dort rum. Ihr müsst Jo finden.«

»Wir haben keine Beweise dafür, dass Ratner Jo auch nur auf hundert Kilometer nahe gekommen ist.«

Evan griff ein. »Aber du machst dir Sorgen, sonst hättest du doch nicht so genaue Nachforschungen über ihn angestellt.«

Tangs Gesicht war angespannt. »Falls er an Wylies Verschwinden beteiligt war, ist das eine ganz schlechte Nachricht. So jemandem sollte man besser nicht begegnen, außer vielleicht bei einem überwachten Verhör. Wenn er Handschellen trägt und an den Boden gefesselt ist.«

Evans Magen zog sich zusammen. »Erzähl schon.«

»Soll ich mit dem Banküberfall anfangen oder mit den Verstümmelungen?«

32

Tina setzte sich an den Küchentisch und rieb sich die Schläfen. Evan schenkte allen Kaffee ein.

»Ruben Kyle Ratner hat die Highschool abgebrochen und sich dem Rodeozirkus angeschlossen«, berichtete Tang. »Wollte mit dem Showreiten von ungezähmten Pferden sein Geld verdienen. Hat es aber nicht weit gebracht. Musste sich mit Kleindiebstählen über Wasser halten. Schließlich Wechsel zum Rodeo-Clown. Allerdings ist ein Rodeo-Clown kein Spaßmacher, sondern eher eine Art Stierkämpfer, der gestürzte Cowboys vor den Bullen schützt. Die Folgen waren schrecklich.«

»Er hat die Stiere nicht von den gestürzten Reitern weggelockt?«, fragte Evan.

»Doch, schon, aber irgendwie hat er immer einen Bogen zurückgeschlagen. Und wenn jemand niedergetrampelt oder aufgespießt wurde, fand er das amüsant.«

»Ein richtiger Spaßmacher eben.«

»Bei mehreren Rodeoveranstaltungen wurde er gefeuert. Nach seinem Abschied wurden zerschlitzte Reifen und andere Zerstörungen entdeckt. Dann irgendwann auch verletzte Pferde.«

»O nein«, entfuhr es Tina.

»Ratner ist ein ausgewachsener Psychopath.«

Tina hielt es nicht mehr aus. Eine Hand an die Lippen gepresst, trat sie zur französischen Tür. Der aufgehende Mond schien durch die Jalousie und malte weiße Streifen über ihr Gesicht.

»Du hast von Verstümmelungen gesprochen«, hakte Evan nach. »Die Pferde?«

»Er hat genau gewusst, wie er sie fesseln muss. Einige mussten anschließend eingeschläfert werden.«

Tinas Hand zitterte. »O mein Gott.«

»Und der Banküberfall?«

»Da war er noch nicht volljährig. Er war der Fahrer, aber beim Warten auf seine Kumpels in der Bank wurde ihm wohl langweilig.«

»Er ist aus dem Fluchtauto gestiegen und in die Bank gestürmt? Der Mann hat anscheinend ein Problem mit Impulsivität und Ungeduld.« Manche Leute sagten das Gleiche über Evan. Sie lehnte es ab, den Vergleich ins Auge zu fassen.

Tang nickte. »Kurz vor dem Eintreffen der Polizei ist er reingelatscht. Gleich darauf haben seine Komplizen den Eingang verbarrikadiert. Er ist inzwischen hinten rausgelaufen und hat sie hingehängt, einfach so.« Sie schnippte mit den Fingern.

»Also nicht gerade ein Teamplayer.«

»Das Gericht hat ihm ein mildes Urteil gegeben, weil er noch so jung war.«

»Dann hat er sich also weiterentwickelt im Hinblick auf seinen kriminellen Ehrgeiz. Sogar sehr deutlich weiterentwickelt.«

»Leider.«

Tina wandte sich von der Tür ab. »Und dieser Typ darf jetzt seine Dienste als Handwerker anbieten? Damit ihn irgendeine Oma zum Streichen ihrer Küche engagiert?«

»Nicht alle Leute prüfen, ob ein Gelegenheitsarbeiter eine kriminelle Vergangenheit hat.«

»Fast niemand, würde ich behaupten«, warf Evan ein.

»Sicherlich richtig.«

»Vor allem nicht, wenn der besagte Handwerker die Jobs von seiner Mutter buchen lässt.« Evan warf Tang einen Blick zu. »Wie ist er schließlich im Gefängnis gelandet?«

»Hat einem Typen eine Klapperschlange in den Briefkasten gesteckt.«

Evan wand sich. »Das war wohl die schwere Körperverletzung.«

Tangs Gesicht war ernst. »Das Opfer war einen Monat auf der Intensivstation und hat eine Hand verloren.«

Einen Moment lang herrschte Schweigen.

Schließlich fragte Evan: »Wie ist Ratners Verbindung zu Phelps Wylie? Er hat ihn sicher nicht zufällig aufs Korn genommen. In der Aufnahme auf Wylies Handy sagt der Entführer: ›Du weißt, was gespielt wird.‹«

»Keine Ahnung, wie diese Verbindung aussieht. Aber ich weiß, was ich jetzt mache.«

Tang telefonierte mit dem Revier und bat um eine Adressprüfung und Informationen über Fahrzeuge, die Ruben Kyle Ratner gehörten.

»Willst du einen Haftbefehl gegen ihn ausstellen lassen?«, fragte Tina.

»Dazu hab ich noch keinen hinreichenden Verdacht. Ich brauche mehr Beweise. Aber ich will ihn festnehmen und ihn verhören lassen.«

»Wie soll das Jo helfen, wenn er ihr dort draußen nachstellt?«

»Ganz ruhig.« Mit größter Behutsamkeit legte Tang ihr die Hand auf die Schulter. »Ich rufe im Sheriff's Office von Tuolumne County an.« Mit dem Kinn wies sie auf die Landkarte. »Zeig mir, auf welcher Straße Jo zu der verlassenen Mine gefahren ist.«

Tina schaute auf die Uhr. Evan konnte fast das Ticken des Sekundenzeigers hören.

Jo umklammerte die Zügel und spähte zurück zu der Lichtung, wo die Toten lagen. Im zerfaserten Mondlicht stand Autumn vor Dustins Leiche. Sie riss die Arme weit auseinander, fiel auf die Knie und schrie.

Mit einer Hand am Sattelknauf stieg Jo unbeholfen ab und führte das Pferd zu ihr. Der Hengst tänzelte im Kreis. Ohne die Zügel loszulassen, kniete sich Jo neben Autumn. »Es tut mir leid.«

Autumns Schultern bebten, ihr Atem ging in abgerissenen Stößen. Die Hände, die sie über Dustin ausgestreckt hielt, zitterten im Mondschein. Wieder stieß sie einen undeutlichen Schrei aus, ein schrilles, durchdringendes Jammern.

»Autumn.« Jo legte ihr die Hand auf die Schulter. »Ruhig.«

Autumn packte Dustins Sweatshirt. Verzweifelt bohrte sie die Finger in den Stoff. Der Wind trug ihr Jammern hinaus in die Nacht. Jo zog Autumn an ihre Schulter, um ihre Schreie zu dämpfen.

»Nein.« Autumn riss sich los. Sie packte Dustin, um ihn zu schütteln. Ein langer Speichelfaden glitt aus ihrem Mund und fiel auf Dustins Rücken.

Jo umklammerte sie. »Du musst leise sein. Der Mörder ist noch in der Gegend.«

Autumn fuhr zusammen, und ihr Schrei brach ab. Erneut zuckte ein Blitz über den Himmel. Etwas jenseits von Furcht und Albtraum zeichnete ihr Gesicht: die Erkenntnis von der Endgültigkeit des Todes.

Jo verstand sie nur allzu gut.

Autumn biss sich auf die Lippen, um ihre Schreie zu ersticken. Ihre Hände vergruben sich in Dustins Sweatshirt, als könnte sie ihn wachrütteln. Jo schossen die Tränen in die Augen.

Auch sie hatte so etwas schon einmal durchgemacht. Genau wie das Mädchen hatte sie sich mit beiden Händen an ihren Liebsten geklammert, hatte ihm ins Gesicht geschaut und gesehen, dass er tot war. Schreiend und um sich schlagend, hatte sie sich gewehrt, als man sie fortzog.

»Wir müssen weg«, flüsterte Jo. »Sofort.«

Von Autumn ging eine Anspannung aus wie elektrischer Strom. »Ich kann ihn nicht so liegen lassen.«

»Wir kommen später zurück und kümmern uns um ihn. Aber jetzt geht es um unser Leben.«

Plötzlich bohrten sich in der Ferne, hinter der Wiese in den Bäumen, weiße Lichter durch die Nacht. Scheinwerfer. Sie fegten über die Landschaft, als der Pick-up des Ranchers einen Kreis beschrieb.

Kyle kam zurück.

»Schnell.« Jo zog Autumn auf die Füße. »Setz dich aufs Pferd.«

Sie warf die Zügel über den Kopf des Hengstes, packte den Sattelknauf und stieg auf. Die Scheinwerfer schwirrten über sie hinweg und drehten sich weiter wie der Strahl eines Leuchtturms.

Dann stoppten sie. Mit einem Windstoß hörte Jo den Motor des Pick-ups. Hörte, wie der Gang gewechselt wurde.

Die Scheinwerfer änderten die Richtung und schossen zurück zur Lichtung.

»Los«, rief sie. »Schnell.«

Mühsam versuchte Autumn, sich in den Sattel zu ziehen. Das Pferd stampfte auf und wollte sich drehen. Mit eisernem Griff hielt Jo die Zügel fest. Autumn warf ein Bein über den Rücken des Hengstes, packte Jo um die Taille und landete hinter dem Sattel.

»Wer hat sie umgebracht?«

»Kyle.«

Autumn erstarrte. »Kyle? *Kyle?* Er gehört zu *ihnen*?«

»Und er sitzt in diesem Wagen. Er wollte den Weg bis zur Schlucht hinauffahren, aber anscheinend hat er es nicht geschafft. Jetzt ist er umgekehrt, um auf andere Weise hier wegzukommen.«

Zuckend wie die Bilder eines alten Stummfilms, fegten die Scheinwerfer über die Bäume. Plötzlich erfassten sie Jo und Autumn und stoppten. Rampenlicht.

»Halt dich fest«, rief Jo.

Sie kickte dem Pferd die Hacken in die Seiten und klatschte ihm die Zügelenden auf die Schultern. Dann hielt sie den Atem an, als sie in östlicher Richtung auf den Wald zujagten.

33

Schwer arbeitend unter dem Gewicht von zwei Reiterinnen auf seinem Rücken, bewegte sich das Pferd über das unebene Gelände und gewann allmählich an Tempo. Jo trieb es mit den Händen an. Autumn schaukelte hin und her und klammerte sich an Jos Taille fest. Von hinten beleuchteten die Scheinwerfer ihren Weg. Einerseits war das eine große Hilfe, andererseits sehr schlecht. Durch den Wind hörte Jo das satte Dröhnen eines alten Verbrennungsmotors.

»Er kommt«, rief Autumn.

Jo umschlang die Flanken des Hengstes und mühte sich, damit die Spitzen ihrer Wanderstiefel nicht aus den Steigbügeln rutschten. »Halt dich fest.«

Sie neigte sich tief über den Hals des Pferdes und schnalzte heftig mit den Zügeln. »*Hah.* Schneller, Junge. Schneller.«

Der Hengst beschleunigte. Über die Wiese galoppierten sie auf die Bäume zu. Sie blieb über den Hals des Pferdes gebeugt, das Gewicht über seinen Schultern. Vielleicht schafften sie es. Allmählich glaubte sie daran. Den Hügel hinauf zum Kamm und auf der anderen Seite hinunter, alles auf dem Pferd, wenn es sein musste. Auf diesem Weg konnte ihnen Kyle mit seinem Wagen nicht folgen.

Dann erkannte sie vierhundert Meter vor sich in der nahezu undurchdringlichen Finsternis, was sie vergessen hatte: den Stacheldrahtzaun.

Im grellen Licht der Scheinwerfer war der Draht kaum mehr als ein mattes Schimmern. Wäre der Regen nicht gewesen, hätte Jo ihn gar nicht wahrgenommen. Sie preschten direkt darauf zu.

»O Gott.«

Sie zerrte am Zügel, um das Pferd nach rechts zu lenken, und spornte es parallel zum Zaun an. Vorn drängten sich die Kühe mit eingezogenen Köpfen zusammen, beunruhigt vom Lärm der sich nähernden Hufe und des Wagens.

»Ich rutsche«, rief Autumn.

Jo spürte, wie das Mädchen hinter ihr ruckartig auf und ab pendelte. »Festhalten.«

»Ich kann nicht.«

Hinter ihnen löste sich der Pick-up aus den Bäumen und schoss mit wild zuckenden Lichtern über das holprige Feld auf sie zu. Der Motor heulte auf.

Plötzlich raste ein Blitz über den Himmel, und das Pferd erschrak. Buckelnd rannte es weiter und schlug mit den Hinterbeinen aus. Mit einem Aufschrei verlor Autumn den Halt und stürzte.

Jo riss an den Zügeln. »Brr. Brr.«

Stöhnend vor Anstrengung, brachte sie den Hengst dazu, stehen zu bleiben und sich zu drehen. Er hatte Angst, und ihr war klar, dass sich ihre eigene Furcht auf ihn übertrug. Vorsichtig drückte sie ihm die Hacken in die Seiten und lenkte ihn vorwärts. Unaufhaltsam kam der Wagen näher.

»Ich häng fest«, schrie Autumn.

Jo konnte sie im wackelnden Licht des Pick-ups erkennen. Autumn war in den Zaun geschleudert worden. Sie war durch die Lücke zwischen zwei Drähten geflogen und hatte sich mit der Schulter am oberen und mit den Beinen am unteren verhakt. Ihr Hintern saß auf der anderen Seite des

Zauns, Kleider und Haare hatten sich in den Stacheln verfangen – ein hilfloses Knäuel.

Blitzschnell schwang sich Jo vom Pferd. Ohne die Zügel loszulassen, hetzte sie hinüber.

»Schnell.« Ein Flehen lag in Autumns Stimme.

Immer heller strahlten die Scheinwerfer des Pick-ups. Hinter ihnen wanderten unruhig muhend die Kühe. Jo zupfte an Autumns Ärmeln. Die Stachel hatten sich in den Stoff des Sweatshirts gebohrt.

»Das Sweatshirt muss runter. Zieh die Arme raus.«

Keuchend wand sich Autumn, und ihre Hände verschwanden in den Ärmeln. Mit einem Ruck zog ihr Jo das Sweatshirt über den Kopf. Das Mädchen hatte blutige Striemen an den Armen, blieb aber ruhig. Jo zerrte, bis die Jeans von den Stacheln befreit war. Autumns polierte Reitstiefel hatten sich nicht verfangen.

»Du bist frei«, rief Jo.

Schwer atmend wälzte sich Autumn auf der anderen Seite des Zauns weg und rappelte sich hoch.

»Lauf.«

Sofort stürmte das Mädchen los, über den kargen Boden zu den Bäumen am Fuß des Hangs zweihundert Meter vor ihr.

Inzwischen hatte der Pick-up Jo beinahe eingeholt. Kurz schoss ihr durch den Sinn, durch den Zaun zu kriechen und Autumn nachzustürzen. Doch dafür war keine Zeit. Ihre einzige Chance war die Schnelligkeit des Pferdes.

Sie packte den Sattelknauf, stieß den linken Fuß in den Steigbügel und trieb den Hengst mit einem wilden Schrei an. Hinter ihr brachen die Kühe in alle Richtungen aus, als der Wagen über die Wiese donnerte.

Die Lichter hinter ihr schwollen an. Ruckartig jagte das Pferd los, während Jo noch an seiner linken Seite hing und mit einem Fuß über den Boden scharrte. Mit gewaltiger Kraft ballte und streckte sich der Hengst und preschte in scharfem Galopp über das Feld. Wenn sie den Sattelknauf losließ, würde sie über den Boden geschleift werden, weil ihr Fuß im Steigbügel festsaß. Ihre Arme taten weh. Die Hände waren nass vom Regen und drohten abzurutschen. Hinter sich hörte sie das Dröhnen des Wagens.

Sie roch Leder und das starke, staubige Aroma des Pferdes. Ozon von den Blitzen. Mit einem entschlossenen Schrei wuchtete sie sich nach oben und warf sich bäuchlings über den Sattel. Sie wurde hin- und hergeschleudert. Der Hengst jagte neben dem Stacheldraht dahin, um dem nahenden Pick-up zu entfliehen.

Kyle hatte Autumn laufen lassen. Er hatte es eindeutig auf Jo abgesehen.

Der Wagen schaukelte fast noch heftiger als das Pferd, als er durch das Feld pflügte. Auf und ab stieß der Kopf des Hengstes, als er über die Wiese galoppierte. Jo zwängte den linken Fuß tiefer in den Steigbügel und verkrallte sich mit zusammengebissenen Zähnen in die Mähne, ohne den Sattelknauf loszulassen. Kurz wurde sie durchgerüttelt, dann gelang es ihr, sich dem Rhythmus anzupassen. Schließlich fand sie ihre Position im Steigbügel und schwang das rechte Bein über den Sattel.

Sie drückte dem Pferd die Knie in die Flanken. Hinter ihr hoben und senkten sich die Scheinwerfer wie bei einem Boot in aufgewühlter See. Die Federung des Wagens knirschte laut.

Links von ihr rasten die Zaunpfosten dahin. Vor ihr verschluckte die Nacht die Sicht. Dann wurde sie erneut von den Scheinwerfern erfasst. Sie schossen hoch und nach unten, bis sie wieder voll auf Jo gerichtet waren.

Ein Stück weiter vorn wandte sich der Zaun im Neunziggradwinkel nach rechts. Ein ordentlicher, rechteckiger Winkel, vermutlich nach einer Landzuteilung in der Goldrausch-Ära. Bei diesem Anblick wurde Jo von der Kopfhaut bis in die Finger und Zehen mit Adrenalin überschwemmt. Das Pferd schnaufte schwer. Sie beugte sich vor, um sich möglichst straff an den Hengst zu drücken. Sie preschten über das Gelände, und die Mähne peitschte ihr ins Gesicht.

Die Scheinwerfer warfen den Schatten des Hengstes vor Jo bis zum Stacheldraht, der ihr regennass entgegenschimmerte.

Dann verlangsamte der Pick-up seine Fahrt, und die Lichter scherten in einem rüttelnden Doppelkegel nach rechts durch die Nacht. Jo stieß einen Schrei der Verzweiflung aus.

Kyle hatte den Zaun bemerkt. Er wusste, dass sie nach rechts musste, und war zuerst abgebogen, um ihr den Weg abzuschneiden.

Durch dieses Manöver konnte er sich mit der Fahrerseite neben sie schieben und erhielt dadurch eine ungehinderte Schusslinie. Er hatte die Schrotflinte des Ranchers. Und von einem alten Jäger hatte sie einmal gehört, dass das Beste an einer großkalibrigen Schrotflinte die Fehlerstreuung war.

Entschlossen schlug sie dem Pferd die Hacken in die Seiten und trieb es mit den Zügeln an. Laut schreiend jagte sie direkt auf den Zaun zu.

34

Im bernsteinfarbenen Licht von Jos Küche gab Tang auf ihrem Telefon Nummern ein. »Verbinden Sie mich bitte mit dem Sheriff's Office in Tuolumne County.«

Tina schlich auf und ab wie eine eingesperrte Katze. Da Evan die junge Frau nicht beruhigen konnte, lief sie neben ihr hin und her.

Tang spähte zum Fenster hinaus, während sie wartete. »Hier spricht Lieutenant Amy Tang vom San Francisco Police Department. Ich möchte mit dem wachhabenden Beamten sprechen.«

Kurz darauf fügte sie hinzu: »Sergeant, ich habe hier einen möglichen Vermisstenfall, den Sie überprüfen müssen.«

Schnell und knapp legte sie die Grundzüge dar. Evan konnte die Fragen des Sergeants in Tuolumne County kaum hören. Doch nach Tangs Gesichtsausdruck zu urteilen, stellte er die richtigen.

»Dr. Beckett ermittelt in einem Mordfall. Seit ihrer Fußwanderung zu der verlassenen Mine wurde sie nicht mehr gesehen.« Sie gab Jos letzte bekannte Koordinaten durch. »Danke. Ich bin unter dieser Nummer erreichbar.«

Sie beendete das Gespräch. »Er hat die Sache aufgenommen.«

Endlich unterbrach Tina ihr rastloses Marschieren. »Was macht er jetzt?«

»Er schickt einen Deputy zu der Stelle, wo Jo wahrscheinlich geparkt hat.«

Tina warf den Kopf zurück. »Warum kann Jo nicht einfach eine ruhige Praxis haben wie jeder normale Seelenklempner? Warum muss sie ständig ihr Leben aufs Spiel setzen?«

»Wir tun alles, was wir können.«

Tina nickte und hielt die Luft an. Dann drückte sie die Hände auf die Augen. »Okay.«

Tang warf Evan einen Blick zu und winkte sie mit einem leisen Nicken ins Wohnzimmer. Die Polizistin bewegte sich mit sparsamer Geschmeidigkeit. Mit den spitzen Ellbogen und dem stachligen Haar erinnerte sie Evan an einen Tarnkappenjäger. Schnell, leise, ohne etwas preiszugeben.

Mit verschränkten Armen stellte sie sich ans Erkerfenster. »Jo zu finden hat natürlich Vorrang. Aber es ist nicht meine einzige Sorge.«

»Die Frage ist nicht nur, wo Jo ist, sondern auch wo Ruby Kyle Ratner ist«, vermutete Evan.

»Genau.« Tang starrte durchs Fenster. In dem schwachen Licht war ihr Spiegelbild ein dunkler, von hinten golden beleuchteter Schemen. »Wir müssen annehmen, dass er beim Tod von Phelps Wylie die Hand im Spiel hatte. Und zwar auf aktive Weise.«

»Du meinst, er hat ihn umgebracht.«

»Und es kann sein, dass auch weiterhin eine Bedrohung von ihm ausgeht.«

Evan musterte sie. »Du meinst, da läuft irgendein Spiel, und er ist ein wesentlicher Akteur.«

»Das befürchte ich.«

»Ich auch. *Strafe.* Das ist der Begriff, den der Entführer benutzt hat. Und es klang nicht wie ein spontaner Einfall.«

»Meinst du, Wylie wurde ermordet, weil er was mit Ratner am Laufen hatte?«, fragte Tang. »Privat oder geschäftlich?«

»Vielleicht. Oder womöglich weil Wylie was … Größeres am Laufen hatte.«

»Es gibt nämlich keine Aufzeichnungen darüber, dass Ratner ein Mandant von Wylie war.«

»Richtig«, bestätigte Evan. »Wylies Kanzlei betreut Großfirmen, Finanzunternehmen, Vermögensverwaltungen und betuchte Einzelpersonen. Das passt überhaupt nicht auf Ratner, außer die Cowyboyfiguren seiner Mutter sind rare Sammlerstücke.«

Tang sann kurz nach. »Wir müssen rausfinden, wo er steckt.« Sie sah Evan herausfordernd an.

»Ja, das hatte ich mir auch schon überlegt. Da wäre wohl noch mal ein Besuch in Ma Ratners Spelunke fällig?«

»Ein *gemeinsamer* Besuch.«

»Verstehe. Du bist bewaffnet. Aber ich soll auf die Klingel drücken.«

Tina spazierte herein. »Mach mal die Truhe auf.«

Sie deutete auf den Überseekoffer, der als Couchtisch diente.

Evan schob einen Stapel Bücher und Zeitschriften beiseite und öffnete den Deckel. Vor Überraschung wäre sie fast in Lachen ausgebrochen. »Danke, aber da springe ich lieber in die Büsche, während Lieutenant Tang Ma Ratner mit ihrer Dienstwaffe in Schach hält.«

»Denk darüber nach«, meinte Tina.

Auf einem blauen Seidentuch in der Schublade ruhte ein japanisches Samuraischwert. Es steckte in einer lackierten schwarzen Scheide, die sehr alt und kostbar aussah.

Tina trat heran. »Aus der Tokugawa-Ära. Unsere Großmutter hat es Jo vererbt.«

»Würde bestimmt seinen Zweck erfüllen.« In Wirklichkeit hätte Evan am liebsten gefragt: *Wer ist sie?* Wer war diese Jo Beckett, die neben ihren *Outside*-Zeitschriften Bücher über psychoanalytische Diagnose auf dem Couchtisch liegen hatte? Und ein Katana griffbereit in der Truhe? Irgendwie hatte sie das Gefühl, dass Tinas Worte eine doppelte Bedeutung hatten: *Denk darüber nach. Denk nach über Jo. Denk an Ehre und Kämpfen bis zum Ende.*

Auf dem Kaminsims standen gerahmte Familienfotos. Eins zeigte Jo und Tina mit einem jungen Mann, der ihr Bruder sein musste. Ein anderes ein Paar Ende fünfzig, wahrscheinlich die Eltern. Sie präsentierten kalifornische Sonnenbräune und trugen Flipflops und Alohahemden. Die Mutter wirkte ein wenig asiatischer als ihre Kinder. Der Vater ein wenig mediterraner. Auf einem weiteren Bild saß Jo entspannt und von der Sonne beschienen auf einer Picknickbank. Neben ihr ein Mann Anfang dreißig mit markanten Gesichtszügen und einem Lächeln, das zugleich liebevoll und wachsam wirkte. Er machte einen außerordentlich durchtrainierten Eindruck. Entspannt, doch zugleich auf der Hut. Wie aus poliertem Stein gemeißelt. Sein Blick auf Jo war nicht besitzergreifend, aber es konnte kein Zweifel daran bestehen, dass sie zusammen waren. Die Schultern eines Schwimmers. Voller Selbstvertrauen. Und noch irgendetwas anderes unter diesem Alles-ist-cool-Lächeln.

»Ist das Jos Liebster? Der gerade bei ihr ist?«

»Gabe Quintana«, bestätigte Tina.

Tangs Rauchglasblick, der alles beobachtete, aber nichts durchließ, brach plötzlich auf. Starke Emotionen malten sich in ihrem Gesicht. »Er ist Rettungsspringer beim 129th Rescue Wing der Air National Guard. Niemand weiß mehr als er über das Überleben in der Wildnis.«

Tina wirkte betroffen. »Meinst du, sie befinden sich in so einer extremen Situation?«

Blitzschnell glitt Tangs Visier wieder nach unten. »Wenn es tatsächlich so ist, kann Jo sich keinen besseren Begleiter wünschen.«

Evan blieb lieber still. Die Stärke der Gefühle im Zimmer hätte wahrscheinlich auf einem Geigerzähler angeschlagen.

Sie konnte sich gut in Tina hineinversetzen. Evan hatte ihre kleine Schwester Georgie. Und ihren Bruder Brian, einen Marineflieger. Sie liebte sie beide und hätte alles für sie getan.

Tina stand die nackte Angst im Gesicht. Und die Hilflosigkeit. Nicht zu wissen, was los war, das war unerträglich. Auch diese Gefühle verstand Evan nur allzu gut.

Entschieden schloss sie den Deckel des Überseekoffers. »Wer ein altes Schwert so liebevoll aufbewahrt, der hat meine Sympathie. Pass gut drauf auf, Tina. Lieutenant Tang und ich versuchen jetzt, mehr über das Ganze rauszufinden.«

Draußen trabten sie nebeneinander die Eingangstreppe hinunter.

»Meinst du wirklich, dass es Gabe und Jo gut geht?«, fragte Evan.

»Wenn nicht, weide ich Ruby Kyle Ratner persönlich aus wie einen verfaulten Fisch.«

Evan starrte sie an.

»Lange Geschichte. Aber ich stehe in ihrer Schuld. Vor allem in seiner. Komplizierte Sache.«

»Nein«, erwiderte Evan. »Das ist Freundschaft, ganz einfach.«

Sie konnte nur hoffen, dass es nicht um Leben und Tod ging.

35

In scharfem Galopp preschte der Hengst über die Wiese – eine halbe Tonne Muskeln, die direkt auf den Stacheldrahtzaun zuraste.

Die Scheinwerfer des Pick-ups durchzuckten die Dunkelheit vor ihr. Hinter ihr heulte der Motor auf, und die Aufhängung des Wagens kreischte von der polternden Fahrt. Kühe sprengten in alle Richtungen. Ein flackernder weißer Lichtstrahl der Hoffnung und des Schreckens erstreckte sich vor ihr. Immer näher rückte der Zaun.

Als Kind war sie zweimal mit einem Pferd gesprungen – über umgefallene Baumstämme. Dabei kam es vor allem auf das Gleichgewicht an. Man musste sich zentral über dem Pferd halten. Sie konnte das. Wenn nicht, war es vorbei mit ihr. Für den Pick-up war es kein Problem, durch den Zaun zu brechen und sie zu überrollen.

Mit den Händen an seinem Hals trieb sie das Pferd vorwärts. »Los!«

Ohne aus dem Tritt zu kommen, spannte sich der Hengst an und sprang. Scheinbar mühelos und kraftvoll durch die Luft schnellend, widersetzte er sich einen schockierenden und befreienden Moment lang der Schwerkraft.

Bleib nicht an den Stacheln hängen. Fall nicht hin. Sie sah, wie der Draht unter ihr vorbeiwischte.

Unwillkürlich lehnte sich Jo zurück, als das Pferd nach

dem Hindernis mit vorgestreckten Beinen zur Landung ansetzte. Sie hörte, wie der Pick-up hinter ihr den Gang wechselte. Er fuhr langsamer.

Dann setzte der Hengst auf. Hart und mit ruckendem Kopf.

Jo hielt die Zügel fest umklammert. Zu fest. Als der Kopf des Pferdes nach unten schwang, riss er ihre Hände mit. Wie von einer Steinschleuder wurde sie nach vorn katapultiert. Der Hengst erlangte sein Gleichgewicht wieder und richtete sich auf, um seinen rasenden Lauf fortzusetzen. Jo jedoch prallte auf seinen Hals und ließ die Mähne fahren. Ihre Füße glitten aus den Steigbügeln.

Das Pferd galoppierte weiter, und Jo spürte, wie sie seitlich abrutschte.

Sie zwang sich, sich an die Zügel zu krallen. Wenn der Hengst wegrannte, war sie verloren. Adiós.

»Au …« Mit einem dumpfen Schlag krachte sie kurz auf die feuchte Erde. Sie sah Funken und bekam keine Luft mehr.

Aber sie ließ die Zügel nicht los. Über Kiefernzapfen und Steine schlitternd, brachte sie endlich heraus: »Brr!«

Der Hengst blieb stehen.

Hinten auf der Wiese, auf der anderen Seite des Zauns, bremste der Pick-up.

Jo war am Rand einer Senke zum Liegen gekommen. Diese war entstanden, als bei einem Sturm die Wurzeln fünfzehn Meter hoher Kiefern freigespült worden waren, und von Steinen und Wasser in einen drei Meter tiefen Graben verwandelt worden. Das Pferd wirbelte herum, kopfscheu und unbeherrschbar.

Wenn sie nicht gestürzt wäre, wären sie mit vollem Tempo in die Rinne gestürmt.

Die Scheinwerfer schwenkten jetzt zur Seite und erfassten sie kaum noch. Sie begriff, dass Kyle den Wagen schräg zu ihr postiert hatte.

Und dafür konnte es nur einen Grund geben. Er wollte einen ungehinderten Blick. Über den Lauf seiner Schrotflinte.

Hektisch raffte sie sich auf und rannte mit den Zügeln in der Hand los. Hinkend. Sie war schlammverschmiert und voller Prellungen.

Sie blickte zurück. Ein Fehler. Sie sah den Lauf eines langen Gewehrs, der sich durch das Fenster des Pick-ups schob. Sie und das Pferd gaben eine riesige Zielscheibe ab. Groß wie eine Scheunenwand.

Ihr erster Impuls war, die Zügel loszulassen und dem Pferd auf den Hintern zu klatschen. Der zweite, beschämende, sich hinter den Hengst zu kauern und ihn als Schutzschild zu benutzen.

Doch genauso machte sie es und lief in der Deckung auf die Bäume zu.

Kyle schoss.

Der Knall der Schrotflinte war furchterregend. Der Schock drang ihr bis in die Knochen und schrie ihr eine eindeutige Botschaft zu: *Bloß weg, hier spricht der Tod.*

Er verfehlte sie und das Pferd, dafür traf er die Bäume. Äste flogen, Rindensplitter spritzten durch die Luft. Der Hengst wieherte in panischer Angst und riss den Kopf herum, dass das Zaumzeug klirrte. Sie strebte tiefer in die Bäume und achtete darauf, dass das Tier zwischen ihr und dem Wagen blieb. Dann hörte sie, wie das Getriebe des Pick-ups knirschte. Der Motor kollerte in einem anderen, langsamen Rhythmus. Die Scheinwerfer tanzten, und die Lichtkegel wurden kleiner. Der Wagen setzte zurück.

Kyle wollte ein längeres Stück bis zum Zaun vor sich haben, um ihn in hohem Tempo durchbrechen zu können.

Sie zog am Zügel, damit das Pferd endlich stehen blieb. Dann ergriff sie den Steigbügel, um den Fuß hineinzustecken. Sie brachte ihn kaum nach oben. Schließlich schaffte sie es, sich in den Sattel zu ziehen.

Eine Sekunde hielt sie inne und ließ sich von den Scheinwerfern anstrahlen. *Genau. Hier bin ich. Schau nur her.*

Der Motor heulte auf.

Mit zitternden Händen wendete sie das Pferd. »Wirf mich bloß nicht ab, Junge.«

Dann gab sie ihm die Hacken in Richtung Berge.

Dröhnend raste der Pick-up heran und krachte durch den Zaun. Sie hörte das scharfe Bersten des Stacheldrahts, hörte, wie die Pfosten aus dem Boden gerissen wurden und die Stacheln über die Motorhaube scharrten. Mit brüllendem Getriebe jagte der Wagen ihr nach.

Sie trieb das Pferd den Hang hinauf und schrie: »Schneller!«

Der Hengst grub die Hufe in die weiche Erde und stürmte bergauf. Der Motor drehte noch höher, und die Scheinwerfer schaukelten wild hin und her, als der Wagen nach dem Durchbrechen des Zauns vom Boden abprallte. *Ja, weiter so!* Ratner drückte auf die Tube.

Und knallte direkt in die Rinne.

Die Scheinwerfer sackten einfach nach unten weg. Das Kühlergitter prallte auf die gegenüberliegende Wand des Grabens. Das Heck wurde von der Schwerkraft nach oben gerissen und kippte wieder nach unten. Immer noch brüllte der Motor.

Der Hengst lief weiter den Hügel hinauf, und Jo klammerte sich fest. Kalt und von Regentropfen glitzernd, fegten ihr Äste über Gesicht und Schultern. Sie zerkratzten ihr den

Hals und hinterließen das scharfe Aroma von Kiefernharz in ihrem Haar.

Verzweifelt trieb sie das Pferd weiter, immer gefasst auf den Knall der Schrotflinte. Schließlich warf sie einen vorsichtigen Blick zurück. Bergab trübten wirbelnder Staub und Dampf aus dem zerborstenen Kühler das Scheinwerferlicht zu einem blassen Braun.

Gerade schwang knarrend die Wagentür auf.

Danach sah sie sich nicht mehr um.

36

Das Pferd schnaufte schwer und hatte bereits Schaum vor dem Mund. Endlich gelangte Jo zu dem Grat, den sie vor einer Stunde überquert hatte. Durch den Wind und den anhaltenden Regen konnte sie von unten das Rauschen des Flusses hören. Tief über den Hals des Hengstes gebeugt, lenkte sie ihn durch die Bäume. Sie wusste, dass sie Kyle hinter sich gelassen hatte, dass sie außer Reichweite der Schrotflinte war – allerdings nur fürs Erste. Sicher hatte er die Verfolgung aufgenommen.

Donner krachte aus dem Nachthimmel, und dann setzte der Regen erneut mit voller Wucht ein. Er prasselte durch die Äste und durchweichte sie. Das Haar klebte ihr in Streifen am Kopf.

Der Hang wurde steiler. Sie trieb das Pferd an.

Trotz seiner Erschöpfung gehorchte es treu. Sie tätschelte ihm den Hals. Nach all den Ereignissen konnte sie es nicht einfach weiter *Pferd* nennen.

»Faithful«, sagte sie. »Genau das bist du. Treu.«

Der Stein kam aus der Dunkelheit. Mit aller Kraft geschleudert, tauchte er wie aus dem Nichts auf und traf sie direkt an der Stirn.

Um ihr Gesichtsfeld explodierten Feuerwerkskörper, hellrot und gelb zuckten sie durch die Nacht. Dumpf und schockierend waberte der Schmerz durch ihren Kopf.

Sie registrierte kaum, dass jemand vor ihr auf den Weg gesprungen war. Eine schrille Stimme schrie: »Halt. Halt, Pferd.«

Der Hengst bohrte die Hinterhufe in die weiche Erde und bäumte sich auf. Jo wollte nach der Mähne greifen, doch schon spürte sie, wie sie abrutschte. Sie landete mit dem Hintern im Dreck.

»Verdammt.« Eine Frauenstimme.

Vor Jos Augen pulsierten farbige Blitze, als sie aufblickte. Dann erkannte sie Autumns Reitstiefel, die im Regen schimmerten. Sie versuchte, aufs Pferd zu steigen. Es war ein zappeliger Tanz. Autumn hüpfte auf einem Fuß dem Hengst nach, der sich immer wieder von ihr abwandte.

Jo konnte es nicht fassen. »Willst du mir etwa das Pferd stehlen?«

»Nein, ich hab Mist gebaut.« Endlich brachte Autumn einen Fuß in den Steigbügel und umklammerte den Sattelknauf. Der Hengst kreiste weiter. »Komm.«

Mit wummerndem Schädel rappelte sich Jo hoch. »Lass mich bloß nicht hier sitzen.«

Als sie einigermaßen sicher stand, zeigte Jo dem Pferd beschwichtigend die erhobenen Hände. »Brr.«

Wie von Zauberhand hörte der Hengst auf, sich zu drehen. Er warf den Kopf zurück und blähte die Nüstern, dann wurde er still.

Jo nahm die Zügel. Sie schaffte es nicht, ihre Empörung zu unterdrücken. »Warum wirfst du mit Steinen nach mir?«

»Ich dachte doch, *er* ist es.« Autumn ächzte und zog sich ungeschickt in den Sattel. »Komm schnell.«

Jo schob Autumns Fuß aus dem Steigbügel und zwängte unter Schmerzen ihren Stiefel hinein. Dann wuchtete sie sich mühsam hinter dem Mädchen auf den Sattel.

»Sei froh, dass er es nicht war.« Sie schlang beide Arme um Autumn. »Aber er wird kommen. Wir müssen zurück zum Hummer und mit den anderen von dort abhauen.«

Autumn atmete schwer. Anscheinend forderten die Höhe und das Laufen im Wald ihren Tribut. Mit einem Schnalzlaut setzte Jo Faithful in Bewegung.

»Wenn ich gewusst hätte, dass du es bist, hätte ich den Stein nicht geworfen«, erklärte Autumn.

Jo brummte der Schädel. »Okay.«

»Ich dachte, entweder er oder ich. Vorsicht ist besser als Nachsicht.« Autumns Stimme klang, als hätte sie einen feinen, aber bleibenden Riss abbekommen. Sie drehte sich und spähte nach hinten. In der Dunkelheit war nichts zu sehen. »Wo ist er?«

»Unterwegs.«

Mit einem Schenkeldruck trieb Jo das Pferd an. Faithful wechselte vom Schritt in den Trab.

»Ich wollte dich wirklich nicht treffen mit dem Stein. Es … Ich hab gelernt …«

»Was hast du gelernt?«

»Nie zu zögern. Mich zu schützen.«

»Durch Angriff?«

»Jeder ist sich selbst der Nächste. Die Welt ist schlecht und so. Das hat mir Dad immer eingepaukt. Du weißt schon, auf der Straße nie ausweichen, wenn plötzlich ein Tier auftaucht. Weil man sonst einen Unfall bauen und sterben könnte.«

»Das hat mir mein Dad auch beigebracht, als ich Fahren lernte. Aber das heißt noch lange nicht, dass man Leuten mit einem Stein den Schädel einschlägt.«

Autumn wirkte so angespannt wie ein Tuch in einer Mangel. »Dad hat es absolut ernst gemeint. Hundert Prozent. Als wäre die Welt eine Straße, wo einen alles zum Ausweichen bringen will. Es ist ihr nicht nur egal, ob du lebst, sondern sie reißt das Leben förmlich an sich. Man muss die Chancen ergreifen, wo sie sich bieten, ohne Reue und Bedenken.«

Jo wartete, bis der Wind die Worte verweht hatte. »Harte Einstellung.«

»Das hat er mir eingehämmert. Selbstschutz. Und manchmal erfordert Selbstschutz proaktives Handeln.«

Das Wort *proaktiv* war Jo an sich schon verhasst. Jetzt hatte sie noch einen weiteren Grund dafür. »Vorbeugender Krieg. Wenn du was siehst, nimm's dir. Ziemlich krasse Weltanschauung.«

»Nutze den Tag. Ohne Zögern und Furcht.« Autumn wurde still. »Na schön, ich hab mich getäuscht.«

Jo duckte sich, als der Wind einen Ast nach unten peitschte. »Ist das eine Entschuldigung?«

»Dad hat auch gesagt, dass man sich nie entschuldigen soll. Es ist ein Zeichen von Schwäche.«

»Ich entschuldige mich auch nicht gern. Es geht einem einfach gegen den Strich.« Jos Ton ließ Autumn genügend Raum, um ein *Aber* zu hören.

»Es war Panik. Passiert bestimmt nicht wieder. Alles in Ordnung?«

Eine Entschuldigung also. Zumindest eine Art.

Jo gab sich damit zufrieden. »Ja, alles in Ordnung. Und du bist auch in Ordnung, auch wenn du einem ganz schön auf den Wecker gehen kannst.«

»Ich hab das Gefühl, meine Nerven stehen in Flammen.« Autumns Stimme stockte. »Inzwischen muss Dads Maschine gelandet sein. Meinst du, er weiß schon, was passiert ist?«

»Vielleicht.«

Sie ritten weiter. Jo überlegte krampfhaft, wie sie das Thema anschneiden sollte, über das sie unbedingt mit Autumn reden musste. Ohne sie in Panik zu versetzen. Das Mädchen war nur einen Funken entfernt von einer Explosion.

»Erzähl mir vom Bösen Cowboy.«

Autumn erstarrte. »Warum interessiert dich das?«

Es, nicht er.

»Das Wochenende sollte dir Gelegenheit geben, ihn zu überwinden. Edge Adventures und dein Dad haben dafür gesorgt, dass du die Mittel dazu hast.« Jo sprach in der Vergangenheit, um die Unterhaltung in die Ferne zu rücken. Sie wollte ihn nicht in die Gegenwart holen und Autumn damit Angst einjagen. Noch nicht. »Es wurde in den Ablauf des Rollenspiels eingebaut. Das könnte von Bedeutung sein.«

Autumn zog die Schultern hoch. Wie kleine Stummelflügel zeichneten sich ihre Schulterblätter unter dem dünnen Pullover ab. Jo konnte förmlich spüren, wie in ihr gegensätzliche Wünsche miteinander rangen: weinen, schreien, alles unterdrücken. Und dabei ging es nicht um die oberste Schicht der Angelegenheit. Sondern um den Schutt. Den Müll, den sie schon vor Jahren in ihrem Keller vergraben hatte.

»Dad hat mir nie geglaubt, dass der Typ böse war.«

»Ist dein Dad diesem Mann je begegnet?«

»Er sagt, er kann sich nicht an ihn erinnern. Aber ich bin mir sicher, dass das nicht stimmt.«

Beruhigend hielt Jo die Arme um Autumns Rippen geschlungen, während Faithful durch die Bäume trabte. »Das Ganze ist bei einer Geburtstagsparty passiert?«

»Nein, das war so eine Riesenveranstaltung bei jemand anders. Vierter Juli, Wochenende. Cocktails und Krocket auf einem riesigen Rasen. Die Kinder durften Pony reiten. Keith Urban hat für die Erwachsenen ein Privatkonzert gegeben.«

Bei Autumns Partys zum Vierten Juli war es offenbar deutlich spektakulärer zugegangen als bei Jo. Als sie klein war, fuhr ihre Familie zur Bodega Bay und schmuggelte jedes Mal ein paar Wunderkerzen ein. Jo, Tina und ihr Bruder Rafe liefen barfuß über den Sand, jagten Wellen nach und schwenkten ihre glühenden Wunderkerzen in den Sonnenuntergang. Danach gab es Hotdogs.

»Und dieser Red Rattler hat dort gearbeitet?«

»Hat die Autos der Gäste eingeparkt. Alle Angestellten waren verkleidet. Er trug einen Cowboyhut und ein Hemd wie das in der Sporttasche. O Gott, mich würgt es. Ich kann es noch immer riechen.«

»Was ist passiert?«

»Ein paar Kinder haben Verstecken gespielt. Ich wollte alle überlisten. Bin durch eine Hecke gekrochen und rüber auf ein Feld gelaufen, wo die Autos geparkt waren. Dort hab ich mich in Dads Wagen versteckt. Hab mich ganz klein gemacht auf der Rückbank und durchs Fenter rausgespäht. Da hab ich ihn gesehen.«

»Den Red Rattler.«

»Wie er von einem Auto zum nächsten gegangen ist und sie durchwühlt hat.«

»Er hat gestohlen?«

Ihre vogelartigen Schulterblätter spannten sich noch mehr an. »Vielleicht. Wahrscheinlich sogar. Er hat systematisch jeden Wagen durchsucht. Und er ist immer näher gekommen. Ich hab Angst gekriegt und hab mich ganz tief nach unten gekauert. Mir war klar, dass da was nicht stimmt, aber ich war wie erstarrt. Ich dachte, wenn ich rausklettere, sieht er mich sofort.« Sie stockte. »Und dann kam er zu Dads Auto.«

»O Autumn.«

»Ich hab mich hinten auf den Boden gelegt, aber er hat die Tür aufgemacht und mich gleich entdeckt. Hat gepfiffen, als er mich gesehen hat. Und wie er mich angeschaut hat. Es …«

Sie verstummte. »Sein Blick hat richtig *gebrannt.* Als wären seine Augen Flammenwerfer und als wollte er mir Löcher in den Kopf sengen.«

»Das ist ja schrecklich. Wie hat er ausgesehen?«

»Er steckte in diesen Kleidern. Nur war er viel massiger. Er war dick.«

»Wie dick?«

»Ein richtiges Walross. Hat gekeucht beim Reden und geschwitzt. Und er hatte langes Haar, wie ein Hippie oder ein Indianer …«

»Pferdeschwanz?«

»Genau. Er war vielleicht Anfang zwanzig. Hatte einen Schnurrbart wie Pancho Villa. Aber das war nicht das Entscheidende. Das wirklich Schlimme war das unheimliche Auge mit dem weißen Ring darum. Und er hat mich angefaucht: ›Was treibst du da?‹ Er war so wütend. Dann hat er mich gepackt und …«

Erst nach einem zittrigen Atemzug konnte Autumn weiterreden. »Hat mich hochgezogen und mich angestarrt. Als wollte er mich mit seinem Blick verhexen. Dann hat er gesagt: ›Du hast mir nachspioniert, oder? Spionieren ist eine ganz schlechte Angewohnheit.‹«

Jo lief ein Schauer über den Rücken.

»Er hat gelächelt, aber nicht mit den Augen. Seine Augen haben mich taxiert. Als würde er mich mit einem Stock anstupsen. Oder … mit seinen Fingern begrapschen.«

»Hat er dich sonst noch berührt?«

»Nein. Hat mich nur angegafft und geredet. ›Weißt du, wer spioniert? Schmutzige Würmer. Die kriechen durch den Dreck, damit sie niemand sieht. Weißt du, wie man Würmer nennt, die anderen Leuten nachspionieren und dann petzen? Man nennt sie Spitzel.‹«

»Das klingt furchtbar, Autumn. Waren denn keine Erwachsenen in der Nähe?«

Sie schüttelte den Kopf. »Er hat gesagt: ›Spitzel nehmen ein schlechtes Ende.‹ Dann hat er sich ganz weit vorgebeugt, bis sein Gesicht direkt vor meinem war, und auf das gruslige Auge gedeutet. ›Das ist die weiße Schlange. Sie sieht alles. Wenn du petzt, sieht sie es. Dann schickt sie andere Schlangen los, um dich zu beißen.‹«

»O mein Gott.« Jo spürte einen dicken Kloß im Hals – Autumns Verwirrung und Furcht von damals waren förmlich mit Händen zu greifen. »Aber du hast nicht den Mund gehalten, sondern deinem Dad davon erzählt.«

»Nicht auf der Party. Später.« Autumns Stimme klang erstickt. »Erst nach mehreren Tagen hab ich den Mut dazu aufgebracht. Mir war ganz schwindlig vor Angst.«

»Warum?«

»Es war mir peinlich. Ich hatte so einen Bammel vor dem Bösen Cowboy. Irgendwie hab ich mich furchtbar *geschämt*. Und ich hatte Angst, dass Dad explodiert. Er kann so erdrückend sein. Wie ein schwarzer Tornado. Aber er …« Sie stockte. »Er fand bloß, dass ich das alles maßlos übertreibe.«

»Dein Dad, der sagt, dass jeder sich selbst der Nächste ist? Dass man zuerst zuschlagen muss, bevor einen die Welt erwischt?«

»Ich weiß«, seufzte Autumn.

Aber Jo verstand es nicht. »Das musst du mir genauer erklären.«

»Das war kurz nach der Scheidung meiner Eltern. Angeblich hatte ich Anpassungsschwierigkeiten.«

»Dein Vater dachte, dass du dir den Vorfall *ausgedacht* hast?«

»Ausgeschmückt zumindest. Übertrieben. Missverstanden. Dass ich hysterisch bin.«

»Das muss sehr verwirrend für dich gewesen sein … wenn dir jemand, dem du vertraust, erklärt, dass dein Erlebnis nicht real war.«

Autumns Schultern verkrampften sich noch mehr. Sie schien um Luft zu ringen.

»Du warst damals noch ein Kind, Autumn. Und der Red Rattler war erwachsen. Er hat dich komplett eingeschüchtert. Es war …«

»Gehirnwäsche.«

»Ja.«

»Und Dad hat mir nicht geglaubt. Er dachte, dass ich ihn manipulieren will. Dass ich rumjammere, um irgendwas von ihm zu kriegen.«

Jo fragte sich, was als Nächstes an den Tag kommen würde.

»Scheiß auf Dad. Warum hat er mir bloß nicht geglaubt?« Ihre Schulter bebten, und sie brach in Tränen aus. »Dustin …«

Jo schlang die Arme fester um Autumns Taille.

Sie dachte an andere Dinge, die Autumn mit der Zeit ebenfalls klar werden mussten: dass sich die Macht des Bösen Cowboys nicht nur aus der Furcht speiste, die sie empfunden hatte, als er sie bedrohte, sondern aus der Wut auf ihren Vater, der ihr nicht geglaubt hatte – denn danach fühlte sie sich nicht nur verängstigt, sondern auch noch alleingelassen mit ihrer Angst. Genau das war wahrscheinlich der Grund, weshalb der Böse Cowboy sich so stark in ihrem Unbewussten festgesetzt hatte. Er stand für ihre tiefste Furcht vor der Ohnmacht und Schutzlosigkeit in einer Welt, die nach den Aussagen ihres Vaters grausam und rücksichtslos war. Selbst das Wort *Wurm* war irgendwie bezeichnend. Autumn hatte den Eindruck, dass etwas in sie eingedrungen war. Der Böse Cowboy *und* das Gefühl, nicht wahrgenommen zu werden. Es saß tief unter ihrer Haut und war zu einem Geschwür geworden. Und dieses Geschwür benutzte sie, um ihrem Vater zu zeigen, was sie von ihm brauchte.

Statt allerdings auf Autumn zu hören und ihre Angst zu erkennen, versteifte sich ihr Vater darauf, dass sie eine Phobie entwickelt hatte. Doch der Böse Cowboy war keine Illusion. Kein harmloser Clown. Emotional war er wie ein Gespenst, das ihr im Nacken saß.

Unglücklicherweise war er in Wirklichkeit noch viel schlimmer.

Plötzlich hörte Jo von hinten ein Geräusch.

Autumn drehte sich im Sattel um. »Was war das?«

Ein Stück weiter unten am Hang durch die Baumstämme, die wie Zahnstocher aufragten, sah Jo etwas. Aber was? Vielleicht eine Gestalt, die sich undeutlich in der Dunkelheit bewegte. Vielleicht nichts anderes als ihre eigenen Ängste.

»Wir müssen uns beeilen.« Sie trieb dem Pferd die Fersen in die Seiten.

Faithful wechselte in einen leichten Galopp.

Autumn spähte angestrengt über die Schulter. »Ich hab Angst.«

Da bist du nicht die Einzige. »Sehen wir zu, dass wir zum Hummer kommen und die anderen von dort wegholen. Halt dich fest.«

Eine Minute später erreichten sie den Hügelkamm. Jo zog an den Zügeln, und Faithful warf den Kopf zurück.

»Bist du schon mal auf einem Pferd bergab geritten?«, fragte Autumn.

»Nein. Aber wenn wir wegrutschen oder wenn du das Gefühl hast, dass du gleich runterfällst … dann spring.«

Mit sanftem Schenkeldruck lenkte sie Faithful vorwärts. Vorsichtig grub er die Hufe in die Böschung. Der Wind veränderte sich. Die Bäume oben fingen ihn auf und warfen ihn mit einem bedrohlichen Wispern zurück.

Unten teilten sich einen Moment lang die Wolken, und Jo erkannte das Wasser, das weiß schäumend über die Felsen strömte. Der Regen hämmerte auf sie ein, und der Fluss war seit ihrem Aufbruch vorhin schon deutlich angestiegen.

»Also los«, sagte sie.

Gerade als sie den Hang zur Hälfte hinter sich hatten, rutschte plötzlich die Erde unter ihnen weg, und der Hengst verlor den Halt.

37

Von kauerte sich hinter den Stamm einer Kiefer gleich unter der Forststraße, um sich vor dem Wind zu schützen. Die Rinde war schorfig und klebrig vom Harz. Der Regen hatte kurz nachgelassen. Durch die geteilten Wolken schimmerte schwach der Mond. Aber die Temperatur war gesunken, als hätte jemand den Gefrierschrank aufgemacht. Er steckte sich die Hände unter die Achseln und kämpfte gegen das Zittern an.

Noch immer hatte er keinen günstigen Blickwinkel auf die zerquetschte Limousine gefunden, außerdem hatte er keine Nachtsichtbrille. Die war bei Haugen, Sabine und Stringer in dem Volvo-Geländewagen mit Sitzheizung, Klimaanlage und Getränkehaltern.

Er musste sich hier in der saukalten Bergluft den Arsch abfrieren. Der letzte Mohikaner, der die Stellung hielt gegen die kleinen Scheißer von der Geburtstagsparty, die schuld daran waren, dass der Zug entgleist war. Sozusagen.

Und er hatte Schmerzen. Konnte sich kaum bewegen vor Prellungen. Er brauchte einen Drink, verdammt. Schon ein Schluck Wild Turkey aus seinem Flachmann würde ihn wärmen. O ja. Aber der Flachmann war mit dem Hummer hinunter in die Schlucht gerattert.

Vorsichtig spähte er um den Baumstamm. Obwohl der Mond durch die unruhigen Wolken schien, konnte er nur die

Umrisse der Schlucht erkennen. Die Seiten waren mit Bäumen bewachsen. Von ganz unten hörte er das Brausen des Flusses. Aber von der Partybrut war nichts zu erkennen. Bestimmt hatten sie es schön warm da unten im Hummer.

Dann prasselte wieder Regen durch die Bäume und stach ihn ins Gesicht. »Ich fass es nicht.«

Das Geräusch sprang ihm nicht aus der lärmenden Nacht entgegen, aber es fiel ihm auf, weil es irgendwie *anders* war als Wind und Regen. Als würde es durch die Luft schneiden und ihn umkreisen. Er schaute sich um. Die Schotterstraße war leer.

Erneut drückte er sich an den Baumstamm und spähte angestrengt hinab in die schlitzartige Schlucht. Nur Felsen, Dunkelheit, Bäume.

Wieder dieser seltsame Laut. Er fuhr herum und zog die Waffe, den Arm vorgestreckt. Was war das bloß, verdammt?

Es gab ein Pfeifen in der Luft, ein Klatschen, dann zuckte seine Waffenhand. Ein Rupfen am Handgelenk.

Etwas hatte ihn gepackt. Etwas … als hätte es ihn gebissen, aber es war glatt, eine Schlange, eine Falle oder …

Mit einem Ruck fuhr sein Arm senkrecht nach oben. Das Etwas zerrte erneut an ihm, mit großer Kraft. Er hörte ein Scharren.

»Hey!«

Dann riss etwas an seiner Schulter, und er verlor den Halt unter den Füßen. Seine Hand hing in einer Schlinge. Das Seil war um einen Ast der Kiefer geschlungen und zog ihn nach oben wie eine Jalousie.

»Scheiße!«

Der Strick war aus Hanf, dünn, rau und unglaublich fest. Vons Schulter streckte sich im Gelenk.

Wie eine Säge surrte das Seil über dem Ast. Schon kreiselte

Von in der Luft. Eine Handbreit über dem Boden kickten seine Zehen ins Leere.

Verzweifelt schlug er mit der linken Hand nach dem Seil. Aber er hing schief, und die rechte Schulter war so straff in die Höhe gezerrt, dass er den Strick nicht erreichen konnte.

Doch mit der rechten Hand umklammerte er weiterhin die Waffe. Vielleicht konnte er das Seil durchschießen. Mit einer Grimasse versuchte er abzudrücken. Doch es ging nicht. Die Schlinge drückte so fest auf die Bänder in seinem Handgelenk, dass er kaum die Finger bewegen konnte.

Baumelnd rotierte er. Jemand hatte ihn hereingelegt.

Mit einem verdammten Lasso.

»Wie ein Fuchs, der mit der Pfote in der Keksdose erwischt worden ist. Was für ein Anblick.«

Von kickte und wand sich krampfhaft, um zu erkennen, woher die Stimme kam.

»Hast dir einen guten Baum zum Verstecken ausgesucht.«

»Lass mich runter«, knurrte Von.

Er trat nach dem Baum. Wenn er die Zehen streckte, konnte er sich vielleicht vom Baum abstoßen. Nach außen und dann nach innen schwingen, um sich mit dem freien Arm am Stamm festzuhalten und irgendwie raufzuklettern, damit der Druck nachließ.

Dann konnte er auch die Waffe wieder benutzen.

»Weißt du, warum der Baum so gut für dich zum Baumeln ist?«

Von kannte diese Stimme. Hatte sie erst kürzlich gehört. Ein hoher Tenor. Und dieser Sprechrhythmus. Die harte Betonung und die gedehnten Vokale. Als wollte er einen mit seiner schleppend langsamen Aussprache verhexen. Mit einem spielen.

»Das ist der perfekte Baum, weil er alt und groß ist. Die sechs oder sieben Meter hohen Äste halten locker das Gewicht eines Mannes aus, auch zwei Meter vom Stamm entfernt, wo das Seil hängt.«

»Lass mich runter.«

»Na los, zappel ruhig weiter. Das Seil ist nass. Der Regen hat es schon gut durchweicht. Je mehr du rumhampelst, desto straffer spannt sich das Seil und gräbt sich in deine Hand.«

Dann folgte das schmatzende Geräusch von Stiefeln im Morast. Der Mann schlenderte aus dem Schatten.

»Kyle?«

Der Neuling von Edge Adventures nickte. Bloß dass er nicht mehr aussah wie ein Laufbursche von Edge. Statt seiner geschniegelten Windjacke trug er eine Öljacke und einen abgewetzten Cowboyhut. Kyle tippte sich an die Krempe.

»Lass mich runter«, bat Von. »Der Arm reißt gleich ab.«

»Wenn ich dich runterlasse, schießt du auf mich«, meinte Kyle.

»Nein, bestimmt nicht.«

Kyle lachte. Seine Augen waren unter dem Cowboyhut verborgen. Aber seine Zähne blitzten im matten Schein der Nacht.

Dann hob Kyle das Kinn. Seine Augen fingen den weißen Schimmer des Mondes auf, bevor sich die nächste Wolke davorschieben konnte. Unaufhörlich klatschte Von der Regen ins Gesicht. Der Ausdruck in Kyles Augen gefiel ihm nicht. Überhaupt nicht. Eine Iris schien weiß zu glänzen.

»Wo ist Dane?«, erkundigte sich Kyle.

Wie heiße Nadelstiche spürte Von die Tropfen auf der Haut. *Friedrich, dieser Arsch.* Warum hatte er in der Limousine Haugens Namen erwähnen müssen? »Wer?«

»Hmm.« Kyle schaute zu Boden und schüttelte den Kopf, als wäre er bitter enttäuscht.

»Lass mich runter. Ich tu dir nichts.«

»Da, wo du jetzt bist, kannst du mir auch nichts tun. Hängst da oben und windest dich wie eine Käferlarve – nein, du tust mir bestimmt nichts.« Kyle nahm das AK-47, das am Baum lehnte, und schleuderte es hinunter in die Dunkelheit.

Trotz des eisigen Regens hatte Von das Gefühl zu dampfen. »Mein Arm bringt mich um.«

Vons rechte Hand pulsierte heftig, gefangen in dem furchtbar straffen Knoten des nassen Lassos. Sie fühlte sich an wie eine Cartoonhand, geschwollen und pochend. Er holte mit dem linken Arm aus, um nach der Pistole zu greifen. Versuchte, den rechten Ellbogen zu beugen und sich mit einem Einarmklimmzug nach oben zu wuchten, aber er schaffte es nicht.

»Spar dir die Mühe«, meinte Kyle. »Davon werden bloß die Schmerzen schlimmer.«

»Leck mich, du Scheißkerl.«

Kyle spuckte auf den Boden. »Also, weißt du …« Er redete, als müsste er sich durch Sirup kämpfen. »Solche Beleidigungen mag ich gar nicht.«

»Schneid mich runter, oder ich schieß auf dich.«

»Okay.« Kyle streckte den Finger aus und stieß ihn Von in den Magen.

Von trat heftig nach ihm, und das Seil zog sich noch enger um sein klopfendes Handgelenk.

Kyle legte die ganze Hand auf Vons Bauch und schob. Fester diesmal. Von begann zu pendeln.

»Wo ist Haugen?«

»Keine Ahnung. Lass mich runter.«

»Wer ist bei ihm?«

»Niemand. Keine Ahnung. Eine Armee von Arschlöchern, die dich an diesem Baum aufknüpfen, wenn du mich nicht sofort runterholst.« Vons Arm war kurz vor dem Zerreißen. »Ich bring dich um.«

Was wollte Kyle eigentlich? War er sauer wegen des Unfalls? »Du solltest dir lieber die kleinen Scheißer von der Geburtstagsparty vornehmen«, knirschte Von. »Die sind doch schuld an dieser Schweinerei.«

Kyle schob ihn erneut an, aber immer so, dass er nicht zum Baumstamm hin baumelte, sondern parallel dazu. Oben knarrte der Ast.

Dann dämmerte Von, was der Kerl wollte. »Ich geb dir Geld. Lass mich runter, und du kriegst einen Anteil.«

»Neunzig Prozent«, entgegnete Kyle.

»Was? Nein.«

Wieder stieß ihn Kyle nach hinten. Das Seil schwang in großem Bogen. »Dann eben fünfundneunzig.«

»Bist du blöd?«

Von umklammerte die Pistole, obwohl seine Cartoonhand inzwischen wahrscheinlich pulsierte wie ein Polizeilicht, rot und riesig. Diesem Saukerl würde er das Gehirn rausblasen.

»Wann kommt Haugen hierher? Und wer ist außer Sabine bei ihm?«

»Du kriegst fünfundzwanzig Prozent von meinem Anteil«, ächzte Von. »Komm schon, Mann.«

»Wir sind immer noch bei fünfundneunzig. Haugen, Sabine, du, Friedrich – der leider wie ein zerquetschtes Sandwich neben dem Hummer liegt. Das reicht nicht, um sechs Collegestudenten in Schach zu halten. Wen hat Haugen noch dabei?«

»Niemand … Komm schon, Mann.« Von baumelte und spürte, wie die Zentrifugalkraft seine Füße nach außen zog. »Also gut, fünfunddreißig Prozent.«

»Das reicht jetzt.« Kyle packte Von um die Taille und unterbrach die Pendelbewegung. »Weißt du, wie viel Kraft man braucht, um jemandem die Schulter auszukugeln? So, dass das Gelenk ganz aus der Pfanne springt?«

»Was soll …«

»Weniger, als du denkst.«

Von keilte mit den Beinen und der linken Hand um sich. Aber Kyle steckte die Schläge einfach ein und schlang die Arme um Vons Schultern wie ein Filmstarlet, das sich für einen Kuss des Hauptdarstellers vorbeugt. Dann nahm er die Füße vom Boden. Sein Grinsen glitzerte im Mondschein wie die Grimasse eines Halloweenkürbisses.

Unten im Hummer hatten sie sich zusammengedrängt, um ihre Körperwärme zu teilen. Lark und Peyton unterhielten sich flüsternd, Noah atmete flach.

Plötzlich erstarrte Gabe. »Schsch.«

Die Mädchen blickten auf. »Was ist?«

Gabe hörte es. Weit weg, undeutlich, vom Wind übertönt. Trotzdem erkannte er das Geräusch, und ihm stellten sich die Nackenhaare auf.

»Da schreit jemand.«

38

Der Hengst schlitterte den Hang hinunter und wurde immer schneller. Jo tauchte im Sattel nach vorn, Autumn glitt den schweißnassen Hals des Pferdes hinauf.

»Ich rutsche ab«, rief sie.

Aus der Nähe hörte Jo das laute Rauschen des Flusses. Der Hengst riss die Vorderläufe hoch, um einem Baumstamm auszuweichen.

Jo verlor das Gleichgewicht. »O nein. Spring ab!«

Das Pferd katapultierte sich auch mit den Hinterbeinen über das Hindernis, und Jo und Autumn wurden abgeworfen.

Schon beim ersten Sturz hatte sie sich blaue Flecken eingehandelt, und diesmal ging es ihr nicht anders. *Kopf einziehen und abrollen.*

Feuchte Kiefernnadeln und weiche Erde bewahrten sie vor Schlimmerem. Sie knallte auf den Hang, dass es ihr den Atem verschlug, so als wäre sie gegen eine Tür gerannt, dann schlitterte sie, ohne abzuprallen oder sich zu drehen, die Schräge hinunter.

Sie hörte, wie Autumn neben ihr in der Dunkelheit hinunterpolterte. Irgendwann wandte sie das Gesicht nach unten und krallte die Finger in die Erde, als wären sie Eispickel, um nicht weiter abzurutschen.

Dann krachte sie mit dem Rücken gegen einen Baumstamm und wurde ruckartig abgestoppt.

Auch Autumn prallte dumpf auf ein Hindernis. Aus der Finsternis kam ihre Stimme. »Mist.«

»Alles in Ordnung?«

Nach einer kurzen Pause raffte sich Autumn auf. »Und diesen Gaul nennst du Faithful?«

»Nicht, wenn er jetzt ausbüchst.« Ächzend schob sich Jo auf ein Knie. »Verdammt.«

Sie war voller Dreck und zitterte. Wenn sie schon einen Steilhang hinunterrutschen musste, dann lieber auf einem Snowboard. Wankend kletterte sie über den Baumstamm und entdeckte das Pferd, das drei Meter entfernt stand und aus einer Stelle am Fluss trank, wo sich das Wasser gesammelt hatte. Sein Schwanz peitschte träge nach unten.

Jo hinkte hinüber und packte die Zügel. Eisige Regennadeln zogen über ihr Gesicht. Plötzlich hörte sie spritzende Schritte, die den Fluss durchquerten, und riss den Kopf hoch.

In diesem Augenblick teilten sich die Wolken vor dem Mond. Ein Stück flussaufwärts rannte Gabe direkt auf sie zu. Er hatte ein Stück Metallrohr in der Hand, das er tief hielt wie ein Katana.

Als er sie sah, öffneten sich seine Lippen. Seine Augen leuchteten fiebrig.

Jo humpelte zu ihm. »Wir müssen alle weg hier. Ein neues Problem.«

Er erreichte das Flussufer. »Wo ist Autumn?« Seine Stimme klang scharf, als stünde er unter Strom.

»Hier.« Mit wehendem Haar trat Autumn zwischen den Bäumen hervor.

Jo packte Gabe an den Armen. »Dustin ist tot. Kyle hat ihn umgebracht.«

»O Gott.«

»Er ist mit einer Schrotflinte bewaffnet. Wir müssen abhauen. Sofort.«

Er schlang ihr den Arm fest um die Schulter. Der Wind fegte über den Fluss. Sie hielt die Zügel fest und winkte Autumn wieder in den Sattel. Als sie sich selbst hinaufzog, spürte sie einen scharfen Schmerz im hinteren Oberschenkel. Anscheinend hatte sie sich bei dem Abwurf tief im Muskel etwas gezerrt. Sie schwang das Bein auf die andere Seite und ließ sich nieder. Erst jetzt erkannte sie, was Gabe in der Hand hatte: kein Rohr, sondern eine Lenkradsperre. Nicht schlecht.

Er versetzte dem Pferd einen Klaps auf den Hintern. »Los. Ich laufe zu Fuß rüber, wo es seicht ist.«

Jo schnalzte und trieb den Hengst mit den Hacken ins Wasser. Die feuchte Luft um sie herum schien gesättigt mit Kälte. Als sie spürte, wie das Flussbett sich nach unten neigte, ließ sie das Pferd mit vorsichtigem, gleichmäßigem Tempo dahinschreiten und von links nach rechts wippen, um Schwankungen auszugleichen. Große, gleichmäßige Schritte mit rollenden Hüften. Das Rauschen des Wassers wurde lauter.

»Heb die Füße hoch, Autumn, damit sie trocken bleiben.«

Autumn zog die Knie hoch und drückte sie an Faithfuls Hals.

»Wenn wir beim Wagen sind, sag Peyton und Lark, dass wir sofort alle Überlebensvorräte zusammenpacken müssen. Und schaut euch nach was um, womit wir Noah transportieren können. Ein Mantel, eine Plastikplane, irgendwas.«

Vielleicht konnten sie eine Stangenschleife bauen. »Ansonsten müssen wir ihn aufs Pferd setzen.«

Inzwischen wirbelte das Wasser um den Bauch des Hengstes. Jo zog die Füße aus den Steigbügeln. Die Hufe klackerten gegen Steine auf dem Grund. Behutsam lenkte sie ihn voran, bis es wieder aufwärts ging und sie das felsige Ufer erreichten.

Jo sprang ab. Ihr Körper schien nur noch aus Schmerz und Kälte zu bestehen.

Autumns Stimme klang wie zerstoßenes Eis. »Er ist der Böse Cowboy, oder?«

»Ja.«

Gabe hatte die flache Stelle flussaufwärts inzwischen überquert und holte sie ein. Das dunkle Haar klebte ihm am Kopf. Sein Mund war nur ein dünner Strich in seinem Gesicht.

Er deutete auf einen umgestürzten Baumstamm, von dem zerbrochene Äste abstanden. »Mach das Pferd fest. Mit einem Halbschlag.«

»Aber dann kann es doch davonlaufen«, wandte Jo ein.

Er hatte sich schon abgewandt und blieb stehen. »Du bist durchgefroren. Du bist total nass. Du …« Er unterbrach sich, als müsste er sich zum Schweigen zwingen. »Wer weiß, was du in der Hektik vergisst.«

Gekränkt fuhr sie hoch. »Was hab ich denn getan?«

Kopfschüttelnd hob er die Hand und steuerte auf die Limousine zu. »Vergiss es. Wir müssen hier weg.«

Ein Windbö wirbelte ihr Regen in die Augen. Ratlos, weil sie seinen schwelenden Zorn spürte, schluckte sie ihre Fragen hinunter und band die Zügel des Hengstes an den Baumstamm. Dann lief sie Gabe nach.

Oder versuchte es. Der Schmerz im hinteren rechten Oberschenkel schoss bis hinauf zu den Rippen und packte sie wie ein kaltes Eisen. Zischend die Luft einsaugend, hinkte sie zum Wagen und ließ sich durch das Fenster gleiten. Ihr Rücken rebellierte, als hätte man ihr eine Nadel hineingejagt.

Im Hummer war es dunkel, aber trocken. Es fing bereits an, nach Schweiß und Angst zu riechen. Jo hörte gedämpftes Weinen. Autumn drückte sich zitternd an Lark.

Peyton hatte sich in eine Ecke gekauert und die Hände um die Knie geschlungen. Sie war nur eine undeutliche, vom Mondschein umrahmte Silhouette. Blondes Haar und riesige, schimmernde Augen. »Ich will nicht da rausgehen.«

Autumn blickte auf. »Wir müssen.«

»Bitte zwingt mich nicht«, wimmerte Peyton.

Gabe krabbelte hinüber zu Noah, um seine Schussverletzung und das gebrochene Bein zu prüfen. »Jo? Erklär die Situation.« Der Kommandoton seiner Stimme war unverkennbar.

Jo war überrascht. Nicht dass er sonst zum Zaudern neigte – er konnte aufreizend reserviert sein, aber wenn es sein musste, packte er zu. Doch nun klang es, als hätte er ihr einen Befehl erteilt.

Sie schob einen Deckel über ihre Gefühle und machte es kurz. »Dustin und ein Mann aus der Gegend sind erschossen worden.«

Autumns Schultern zuckten. Sie vergrub das Gesicht an Larks Schulter, um ihr Schluchzen zu unterdrücken.

»Kyle hat beide getötet. Er ist mit einer Schrotflinte bewaffnet.

Peyton schrak zurück. »Kyle? Das kann doch nicht sein.«

Grimmig hob Autumn den Kopf. »Er ist der Böse Cowboy. Er hat die zwei erschossen und ein Gewehr und einen Wagen gestohlen. Er ist unterwegs, um uns anzugreifen.«

»Woher willst du das wissen? Wird er nicht eher versuchen, von hier abzuhauen?«

Das war einen Gedanken wert, doch Jo stellte ihn fürs Erste zurück. »Er hat in einem Pick-up Jagd auf mich gemacht. Als er ihn zu Schrott gefahren hat, ist er ausgestiegen. Wir müssen davon ausgehen, dass er hierherkommt.«

»Nein, müssen wir nicht.« Peyton spähte durchs Fenster. »An seiner Stelle würde doch jeder Idiot zur Straße laufen, um zu verschwinden.«

»Peyton, er *ist* nicht jeder Idiot. Und wir haben keine Zeit für lange Diskussionen. Er weiß, wo wir sind. Er hat Dustin und einen unschuldigen Beobachter getötet. Wenn er das getan hätte, nur um den Pick-up des Ranchers zu stehlen, hätte er mich nicht verfolgt. Wir müssen hier weg.«

Lark räusperte sich. »Ihr habt doch gesagt, es ist gefährlich, nach einem Unfall in der Wildnis einen sicheren Ort zu verlassen.«

»Außer das Bleiben ist noch gefährlicher. Und das ist jetzt der Fall.«

In ernstem Ton griff Gabe ein. »Wir müssen die Stellung räumen. Kyle treibt sich dort draußen rum, und er ist nicht zu Spielchen aufgelegt. Ich habe Schreie gehört.«

Lastende Stille breitete sich im Wagen aus. Draußen hämmerte der windgepeitschte Regen auf den Hummer.

Plötzlich spürte Jo ein Prickeln auf der Haut. Wie aufgeladen. Etwas Seltsames schwang durch die Luft.

Auch die anderen spürten es. Verblüfft sahen sie sich um. Dann bemerkte Jo, dass sich Peytons blondes Haar von den Schultern hob wie Löwenzahnsamen.

Statische Elektrizität.

»Ein Blitz«, fauchte Gabe.

»Runter«, rief Jo.

Sie rollte sich zusammen und hörte, dass die anderen ihrem Beispiel folgten. Mit lautem Krach flammte das Innere des Hummers blauweiß auf. Holz splitterte wie von einer Kanonenkugel getroffen. Sie drehte den Kopf. Drei Meter neben dem Wagen hatte es in eine Kiefer eingeschlagen. Zerborsten und rauchend stand sie im Regen.

Es schüttete stärker denn je. Wie Trommelschläge prasselte der Regen auf den Hummer. Draußen verschwamm alles zu undurchdringlichem Schwarzgrau. Der Lärm war unglaublich. Wieder schnitt ein Blitz durch die Luft.

Jo wandte sich zu Gabe. Sie saßen fest.

39

Auf der Forststraße im Stanislaus National Forest fuhr Deputy D.V. Gilbert vom Sheriff's Office von Tuolumne County mit gedrosseltem Tempo in eine Kurve. Das Wetter war hundsgemein. Um seinen Streifenwagen herum hämmerte der Regen so brutal auf die Straße, dass er nach dem Aufprall durch den Strahl der Scheinwerfer wieder nach oben schwirrte. Von den zahlreichen Drehkiefern an den Seitenstreifen war praktisch nichts zu sehen. Der Streifenwagen ließ sich mühelos durch das Gewitter lenken, aber die Scheibenwischer waren so gut wie nutzlos.

Sein Funkgerät krächzte. Der diensthabende Beamte fragte nach dem neuesten Stand. Nach dem Anruf von der Polizei in San Francisco war Gilbert nun seit vierzig Minuten unterwegs.

Eine Beraterin des SFPD und ein Rettungsspringer vom 129th Rescue Wing hatten Nachforschungen zum Tod dieses Anwalts aus der Stadt angestellt und wurden nun vermisst. Er schielte auf die Uhr. Sie hatten sich seit acht Stunden nicht mehr gemeldet. Eigentlich nichts Besonderes, nicht bei einem Rettungsspringer. Aber bei diesem Sturm dennoch beunruhigend.

Gilbert nahm das Sprechgerät aus der Halterung unter dem Armaturenbrett. »Bin auf der Forststraße E92, nicht mehr weit zur Abzweigung«, sagte er, als er die vorbeiziehende Markierung bemerkte. »Auf den letzten zwanzig Kilometern kein Verkehr. Niemand ist unterwegs. Es regnet wie am Ende der Welt.«

»Bitte melden, sobald du bei der Abzweigung bist.«

»Verstanden.« Gilbert grinste. Natürlich würde er sich melden. Der diensthabende Offizier musste sich aber auch immer Sorgen machen.

Er stellte das Funkgerät zurück in die Halterung und konzentrierte sich wieder auf die Sintflut draußen. Gilberts Vorname war Ron, aber niemand nannte ihn so, nicht einmal seine Mutter. Sie nannten ihn D.V., weil seine tiefe, polternde Stimme alle an Darth Vader erinnerte.

Im Rückspiegel glaubte er weit entfernt hinter mehreren Hügeln Scheinwerfer zu erkennen. Nur ein verwaschener weißer Fleck, der über das regennasse Rückfenster wischte. Wenn ja, war es das einzige Fahrzeug in einem Umkreis von dreißig Kilometern.

Dann kam er ans Ende der Kurve und merkte, dass er sich getäuscht hatte. Auf einer Lichtung stand ein dunkelblauer Toyota Tacoma.

Er fuhr von der Straße, bremste und drückte auf die Lichthupe.

Oh-oh.

Ihm war klar, dass das kein angemessener Gedanke für einen Deputy war, trotzdem war es immer das Erste, was ihm in solchen Situationen durch den Kopf schoss. Und hier ganz besonders.

Er überprüfte die Kennzeichen des Tacoma. Sie stimmten mit denen am Pick-up der Psychologin überein. Er griff nach dem Funkgerät.

»Bin jetzt an der Lichtung. Der Tacoma ist dort geparkt.«

»Verstanden«, antwortete der wachhabende Beamte. »Irgendein Zeichen von den zwei Personen, nach denen das SFPD sucht?«

»Negativ. Aber da stimmt was nicht.«

Aus dem Auspuff des Pick-ups drangen dünne Abgaswolken. Die Scheinwerfer waren abgestellt, die Fahrertür stand offen. Niemand war in Sicht.

»Der Pick-up parkt hier mit laufendem Motor. Aber anscheinend sitzt niemand drin.« Er starrte den Wagen an, dessen Auspuffgase um die Hinterreifen waberten wie ein wogender weißer Rock. »Ich seh mal nach.«

Er nahm die Taschenlampe aus dem Handschuhfach und öffnete sein Halfter. Sein Blick streifte kurz die mit einem Schloss gesicherte Schrotflinte, die aufrecht neben der Mittelkonsole stand, doch er hatte keinen Grund, sie herauszuziehen. Nur dieses nagende Gefühl, dass hier etwas Schlimmes vorgefallen war.

Nachdem er seine Winterjacke bis oben zugezogen und sich den Hut tief in die Stirn gedrückt hatte, kletterte er hinaus. Der Regen traf ihn wie eine Eisdusche.

Vorsichtig näherte er sich dem Pick-up. Obwohl ihn die Scheinwerfer in grelles Licht tauchten, hob er die Taschenlampe an die Schulter und ließ den Strahl über die Reifen, die Tür und das Innere des Tacoma gleiten. Dann über den Boden.

Der Wolkenbruch wühlte die Erde in der Lichtung auf. Schon hatten sich kleine Bäche gebildet, die zur Straße liefen. Trotzdem konnte er die vielen Reifen- und Fußspuren erkennen. Nicht mehr lang, dann hatte der Regen sie weggeschwemmt.

Vielleicht war das alles ohne Bedeutung. Vielleicht waren das einfach Abdrücke von Bergsteigern, die in der letzten Woche hier durchgekommen waren. Aber er bezweifelte es.

Schließlich trat er zur offenen Fahrertür des Tacoma. Als er ins Innere leuchtete, hielt er die Luft an. Eine schlechte Angewohnheit, auf die ihn schon sein Footballtrainer und der Sheriff hingewiesen hatten. Er atmete aus.

Niemand im Wagen. Aber auf der Beifahrerseite lag ein Rucksack.

Er machte eine Runde um den Pick-up. Dabei entdeckte er weitere Reifenspuren, eine lange parallele Kurve wie ein doppeltes Lächeln. Oder wie von einem Fahrzeug, das mit hoher Geschwindigkeit und rutschenden Hinterreifen aus der unbefestigten Lichtung geschossen war.

Dann ließ er den Lichtkegel über die Erde hinter dem Pick-up und in Richtung der hoch aufragenden Bäume am Berghang gleiten. Dampfend wand sich sein Atem durch den beißenden Regen.

Wieder bemerkte er auf der Forststraße das diamantene Flackern von sich nähernden Scheinwerfern. Dann hörte er den Motor.

Bei diesem Wetter waren das sicher keine Camper. Um diese Jahreszeit konnten es auch keine Spieler auf dem Weg nach Reno sein, denn die Straße über den Gipfel war bereits geschlossen. Zu so später Stunde war es am ehesten einer der wenigen Rancher, die hier oben lebten. Vielleicht war er schon früh am Tag aufgebrochen, um in Modesto oder Sonora Vorräte einzukaufen und zu essen, und war jetzt auf dem Heimweg. Möglicherweise war er also heute schon einmal an dieser Stelle vorbeigekommen. Falls ja, war ihm vielleicht was Wichtiges aufgefallen.

Gilbert steuerte auf die Straße zu.

Die Scheinwerfer schwenkten um die Kurve und tauchten die Bäume in einen weißen Bogen aus Licht. Der Motor klang ruhig und ausgeglichen. Und stark. Gilbert postierte sich am

Straßenrand und winkte mit der Taschenlampe, um das Auto anzuhalten.

Ein schwarzer Volvo-Geländewagen, der im Regen glitzerte, schob sich hinter seinem Streifenwagen auf die Lichtung.

40

Sanft bremste Haugen den Volvo. Im Scheinwerferlicht sah er, wie sich ein junger Deputy Sheriff in seinen Streifenwagen beugte und kurz in sein Funkgerät sprach. Dann legte er schützend die Hände über die Augen und stapfte durch den Wolkenbruch heran.

Sabine war wie eine gespannte Feder. »Was will der von uns?«

»Informationen, schätze ich. Dieser Pick-up gehört wahrscheinlich den Bergwanderern, die uns heute bei der Operation dazwischengekommen sind.«

Von hinten meldete sich Stringer. »Ich wette jeden Betrag, dass du recht hast. Warum sollte sonst der Motor laufen?«

Eine überflüssige Bemerkung. Nicht zum ersten Mal bemerkte Haugen, wie schwer es war, Stringer davon abzuhalten, im falschen Moment mit irgendwelchen Dingen herauszuplatzen. Der Mann war mutig und zäh, aber leider auch dumm.

Er sah Stringer im Rückspiegel an. »Du hältst den Mund. Du bist Sabines Bruder. Wir sind unterwegs zu unserem Wochenende in einer Blockhütte in den Sierras. Ich führe das Gespräch.«

Amy Tang lenkte ihr Auto – einen sportlichen Honda Civic mit Niederquerschnittsreifen und Chromfelgen, der offenbar ihr Privatwagen war – an den Randstein vor Ma Ratners Haus. Einen Augenblick schien Tang unschlüssig, ob sie das Fahrzeug unbewacht stehen lassen konnte. Sie schaltete die Stereoanlage aus, und Beyoncé schwieg.

Gemeinsam starrten sie auf das Haus, den Maschendrahtzaun mit den verlotterten Plastikwindrädern, den geborstenen Gehsteig, die schiefen Betonstufen vor der Tür und das trübe Eingangslicht.

»Du kannst sitzen bleiben«, meinte Tang.

»Damit dir Mrs. Ratners Köter nicht gegen die blitzblanken Radkappen pinkelt? Vergiss es.«

Als sie ausstiegen, wurden sie von schneidendem Wind empfangen. Solches Wetter und solche Stadtteile versteckte San Francisco, wenn es um die Gestaltung von Touristenprospekten ging.

Die Windräder knatterten ihnen entgegen. Das Tor öffnete sich quietschend. Durch die halb geschlossenen Vorhänge erkannte Evan blaues Fernsehlicht. Tang drückte auf die Klingel, und drinnen brach Gebell aus.

»Pawlows Ratte«, bemerkte Evan.

Tang hatte ihre Marke in der Hand. Das war das Erste, was Mrs. Ratner nach dem Öffnen erblickte.

Die Augen hinter der Cateye-Brille hatten die Farbe von trüben Murmeln und waren genauso kalt. »Und ich hatte mir schon was weniger Giftiges erhofft. Klärgas zum Beispiel.«

Hinter ihr hüpfte und kläffte der Hund. Pepito trug ein winziges Halstuch und eine Westernweste, dazu einen Sheriffhut samt Stern. Mrs. Ratners Karohauskleid füllte die Tür.

Sie funkelte Evan an. »Wo ist Ihr Stern, Starsky?«

»Ich bin nur eine besorgte Bürgerin. Aber die Anwesenheit von Lieutenant Tang sollte für uns beide reichen.«

Tang steckte ihre Marke weg. »Wir möchten mit Ihrem Sohn Ruben sprechen.«

»Ist nicht da.«

Pepito hüpfte weiter um Ma Ratners Füße. Höher und immer aufgeregter.

»Können Sie uns sagen, wo er ist?«

»Nein.«

»Dürfen wir reinkommen?«

»Sobald Pferde Sekt pissen.«

Aus dem Wohnzimmer drang ein Gesang wie von einer anderen Welt. Ein bebender hoher Ton. Cowboyjodeln, eine alte Aufnahme von Slim Whitman. Evan hatte das Gefühl, dass sich ihre Zähne davon lockerten. Pepito kläffte, *jipp jipp jipp*, und tanzte auf klackernden Pfoten Pogo in der Unterwelt der Fallschirmfalten von Ma Ratners Hauskleid. Plötzlich brach das Bellen ab, und der Hund fiel auf den Boden. Dann trabte er mit eingezogenem Schwanz davon.

Ma Ratner starrte immer noch Evan an. »Sie haben mir vorhin vorgelogen, dass Sie Ruby junior für eine Party engagieren wollen. Los, verschwinden Sie.«

»Ich war hier, weil ich dringend mit Ruby junior reden muss. Wir haben einen gemeinsamen Bekannten.« Das stimmte zumindest annähernd. »Aber Sie haben mich mit einem Revolver verjagt. Und jetzt würde Ihnen Lieutenant Tang gern ein paar Fragen stellen.«

Tang war höchstens halb so groß wie Ma Ratner, aber nicht im Mindesten eingeschüchtert. »Aus Ihrem Prospekt geht hervor, dass er nicht nur als Müllschlepper seine Dienste anbietet, sondern auch als Barkeeper und Partyveranstalter. Was sind das für Veranstaltungen? Kindergeburtstagspartys? Weiß sein Bewährungshelfer davon?«

»Verschwinden Sie von meinem Grundstück!«

»Und wenn ich das richtig verstehe, sind Sie seine Geschäftsführerin. Haben sich Interessenten für Ihr Angebot gemeldet? Ich könnte mir nämlich gut vorstellen, dass die Leute hier in den Vororten schon gern wissen würden, ob dieser Typ im Druckknopfhemd vielleicht ein gefährlicher Gewaltverbrecher ist.«

Leise und schnell murmelte Ma Ratner etwas vor sich hin.

»Wie bitte?«, fragte Tang.

»Ach, nur ein Kosewort aus dem Wilden Westen«, warf Evan ein. »*Schmierige Lesben* ist doch ein Kosewort, oder?«

»Ah.« Tangs Kopf machte einen Ruck zur Seite, schnell wie ein Peitschenhieb. »Ich kann natürlich jederzeit Rubens Bewährungshelfer anrufen. Er würde sich bestimmt brennend für diese Sachen interessieren. Vor allem dafür, dass Ruben San Francisco verlassen haben könnte, ohne ihn zu informieren.«

»Das habe ich nicht gesagt. Sie drehen mir ja das Wort im Mund um.« Mrs. Ratner verlagerte das Gewicht. Eine fast tektonische Bewegung. »Er ist nicht bei einer Kinderparty. Alles ist total legal. Machen Sie ihm bloß keinen Ärger mit seiner Bewährung.«

»Wo arbeitet er gerade, Mrs. Ratner?«

»Auf einer Party zum einundzwanzigsten Geburtstag. Bei einer großen Firma.«

»Wie heißt das Unternehmen?«

»Edge Adventures.«

Tang notierte den Namen. »Was ist das für eine Firma?«

»Veranstalten Gruselwochenenden für reiche Leute. Damit sie merken, dass sie noch leben.«

»Haben Sie die Telefonnummer von Edge Adventures?«

»Nein. Aber Sie sind doch ein schlauer Glückskeks, Sie finden das bestimmt raus.«

Tang kritzelte in ihr Notizbuch und zog einen heftigen Strich darunter. »Na schön.«

Plötzlich hörte Evan ein Klacken auf dem gesprungenen Betonweg hinter sich. So wie von Pepitos kleinen Krallen, nur viel schwerer. Und ein Schnaufen. Nein, ein Schnauben. Und das Klirren einer Kette.

Tang und sie drehten sich gemeinsam um.

Hinter ihnen auf dem Gehsteig stand im Dunkeln ein Hund. Vielleicht ein Hund. So groß, dass er Tang bis an die Schulter reichte.

»Das ist Calamity«, stellte Ma Ratner vor. »Verschwinden Sie jetzt lieber.«

»Rufen Sie sie weg.«

»Hab sie nicht herzitiert. Sie hat ihren eigenen Kopf.«

»Ziemliches Biest«, bemerkte Evan.

»Sie müssen es ja wissen«, konterte Ma Ratner.

Die Zähne der Hündin glitzerten im Eingangslicht. Das Vieh sah aus wie eine Kreuzung zwischen Rhodesian Ridgeback und Wildschwein.

Es knurrte. Tief und inbrünstig.

Evan wandte sich zu Tang. »Sollen wir uns zurückziehen?«

»Ja, dann können wir uns überlegen, ob wir uns einen Durchsuchungsbefehl ausstellen lassen und die Hundespezialisten rufen. Hängt davon ab, was in den nächsten zehn Sekunden passiert.« Tangs Blick wanderte zu Ma Ratner.

Mrs. Ratner kratzte sich unter ihrem mächtigen Hängebusen. Dann klatschte sie in die Hände. »Sitz!«

Keuchend und sabbernd parkte Calamity ihren Hintern

auf dem Beton. Vorsichtig tappten Evan und Tang die Stufen hinunter und machten einen großen Bogen um die Hündin. Tang öffnete das Gartentor.

Mrs. Ratner rief ihnen nach: »Lasst bloß meinen Jungen in Ruhe. Und wenn ihr hier wieder auftaucht, braucht ihr mehr als einen Durchsuchungsbefehl, um reinzukommen.«

»Danke«, antwortete Evan. »War mir ein Vergnügen.«

Das Knarren des Gartentors wirkte wie ein Startsignal. Plötzlich stürmte Pepito aus dem Haus, direkt auf sie zu.

»Verdammt.« Tang hetzte zum Auto und sprang hinein.

Evan folgte unmittelbar darauf und knallte die Tür zu. Sie starrte auf Calamity. »Was ist das bloß für ein Monster? Ein Bär?«

Vor ihrem Fenster tanzte Pepito wild kläffend und in bester Pogolaune auf und ab. *Jipp jipp.* Rauf. Runter. *Jipp.*

Tang startete den Wagen. »Edge Adventures.«

»Bin schon dran.« Evan fand die Nummer und wählte.

Tang legte den Gang ein. Plötzlich rannte Pepito auf die Straße und hüpfte vor dem Kühlergitter herum. *Jipp.* Tang bremste.

Evan knirschte mit den Zähnen. Wenn sie den Hund überfuhren, würde Ma Ratner garantiert so laut zetern, dass ihre sämtlichen Gesinnungsgenossen aus den Weiten der Prärie mit Mistgabeln und Brandeisen angelaufen kamen.

Am Telefon meldete sich eine weibliche Stimme, jung und atemlos. »Terry?«

»Spreche ich mit Edge Adventures?«

»Sozusagen … wer sind Sie?«

Sozusagen? »Mein Name ist Evan Delaney. Ich bin in Begleitung von Lieutenant Tang vom SFPD. Ich muss mit einem Verantwortlichen bei Edge Adventures reden.«

Jähes, schockiertes Schweigen. »Polizei?«

»Könnten Sie mich jetzt bitte mit jemandem von Edge verbinden?«

Bebend stoppte der Wagen. Pepito landete auf der Motorhaube.

In der Haustür stieß Ma Ratner einen Schrei des Entsetzens aus. »Pepito! Ihr habt Pepito gerammt.« Mit wehendem Hauskleid stürmte sie die Treppe herunter.

Tang stierte auf die Motorhaube. »Hol das Vieh von meinem Auto.«

»Ich steig bestimmt nicht aus«, antwortete Evan.

Pepito bellte das Glas an. Dann bohrte er mit seinen winzigen fauchenden Lefzen die Zähne in den Scheibenwischer.

»Das muss ein schlechter Traum sein«, schimpfte Tang.

»Fahr«, drängte Evan. »Ma Ratner kommt.«

»Sag ihr, sie soll den Hund von meinem Auto schaffen.«

Evan lehnte sich zu Tang hinüber und drückte auf den Schalter für die Scheibenwischer. Ruckartig setzten sie sich in Bewegung. Mit einem hohen Winselton flog Pepito von der Motorhaube.

Sofort trat Tang aufs Gas.

Evan spähte durchs Heckfenster. Mit schräg verrutschtem Sheriffhut lag Pepito im Rinnstein und strampelte wild.

Freitagabend in der Stadt. Wer brauchte da noch Disneyland?

Sie wandte sich wieder dem Telefon zu. »Entschuldigen Sie die Unterbrechung, Miss. Sind Sie noch dran?«

Die Stimme der jungen Frau war zum Zerreißen gespannt. »Geht es um Terry? Ist alles in Ordnung bei ihm?«

»Ich stell mal auf Lautsprecher.« Evan drückte die entsprechende Taste. »Wer ist Terry?«

»Terry Coates, mein Freund. Er ist der Besitzer von Edge Adventures. Geht es ihm gut?«

»Warum fragen Sie?«

»Weil er heute Morgen mit einem Schnellboot aus dem Jachthafen rausgefahren und seitdem verschwunden ist.«

41

Gut sichtbar ließ Haugen die Hände auf dem Lenkrad. Der junge Deputy Sheriff näherte sich, eine Hand schützend über den Augen. Haugen spürte Sabines Anspannung. »Wir sind alle brave Bürger.«

Er ließ das Fenster nach unten. »Kann ich helfen, Officer?«

Der Deputy zog die Schultern in seiner schweren Winterjacke hoch. Sein Gesicht war rund und rötlich. Er sah aus wie ein x-beliebiger Junge aus einer Kleinstadt, der im Footballteam der Highschool gespielt hatte und sich dann eine Marke ans Hemd steckte, um seine Autoritätsstellung zu bewahren. Eifrig und leicht zu überlisten.

Sabine hatte sich auf dem Beifahrersitz zusammengerollt. Haugen spürte ihre gezügelte, sprungbereite Kraft.

Der Deputy kam heran. »Guten Abend, Sir.«

»Was ist los?«

»Ich wollte nur fragen, ob Sie heute hier zum ersten Mal durchkommen oder ob Sie vielleicht vor ein paar Stunden in die andere Richtung gefahren sind.«

»Wir kommen aus Los Angeles. Sind seit heute Morgen unterwegs. Gibt es ein Problem?«

»Zwei Leute werden vermisst. Das ist ihr Auto.«

Pflichtbewusst starrten Haugen, Sabine und Stringer den blauen Toyota an.

Haugen setzte eine Miene besorgter Verwunderung auf. »Was ist denn passiert?«

»Keine Ahnung. Ich hatte gehofft, dass Sie mir vielleicht Informationen geben können.«

»Tut mir leid, ich weiß nichts darüber.«

»Wo fahren Sie denn hin?«, erkundigte sich der Deputy.

»Wir haben noch ein gutes Stück vor uns.«

»Ich frage, weil es möglich ist, dass die Vermissten sich im Wald verlaufen haben. Vielleicht haben sie die falsche Richtung eingeschlagen. Ungefähr elf Kilometer den Berg rauf stößt ein Wanderweg auf die Straße. Der Anfang ist deutlich markiert.«

»Verstanden. Wir halten Ausschau nach ihnen.«

»Sehr freundlich von Ihnen.«

Der Deputy verzichtete darauf, mit seiner großen Taschenlampe ins Fenster zu leuchten, vermutlich weil diese provozierende Handlungsweise Misstrauen zum Ausdruck gebracht hätte. Doch sein Blick wanderte über Haugens Gesicht. Dieser Bauerntrampel taxierte ihn.

Er musste genau die richtige Nuance finden. Nicht uninteressiert, und auf keinen Fall zappelig und darauf aus, schnell wegzukommen.

Haugen deutete mit dem Kinn auf den ziemlich heruntergekommenen Toyota. »Was sind das für Leute?«

»Eine Psychologin und ein Nationalgardist aus San Francisco.«

Sabine wandte sich ihm zu. »Was haben die denn hier gemacht?«

Der Deputy zögerte. Haugen gefiel nicht, wie er Sabine beäugte. »Sie ist Polizeiberaterin. Arbeitet gerade an einer Untersuchung. Wahrscheinlich haben sie den Wanderweg da genommen.« Er richtete die Taschenlampe auf die Lichtung. Der Strahl schwenkte zu den Bäumen und beleuchtete die glitzernden weißen Regentropfen. Und etwas anderes.

Angestrengt starrend hob der Deputy die Hand. »Würden Sie bitte kurz warten, Sir?«

Er stapfte über die Lichtung, vorbei an dem blauen Pick-up, und zielte mit dem Strahl auf eine Stelle am Boden. Dann stoppte er.

»Das gefällt mir nicht«, zischte Sabine.

»Mir auch nicht.« Haugen fragte sich, was der junge Sheriff da zu gaffen hatte.

»Fahr«, flüsterte Sabine.

»Nein.«

»Mach die Scheinwerfer aus und steig aufs Gas. Verschwinden wir lieber, bevor er noch misstrauischer wird.«

»Bist du blöd? Er hat doch schon unser Kennzeichen.«

»Er hat nichts aufgeschrieben.«

»Aber er hat das Revier angefunkt. Und schau auf seine Armatur. Er hat uns gefilmt.«

Erst jetzt bemerkte Sabine die Minikamera des Streifenwagens, die auf den Volvo gerichtet war. »Scheiße.«

Der Deputy kauerte sich nieder und hob etwas vom Boden auf. Einen kleinen Gegenstand, fünf Zentimeter lang. Er blinkte messingfarben im Licht der Taschenlampe.

Die Hülse einer Gewehrpatrone.

Evan versuchte, die Ruhe zu bewahren. »Sie können Mr. Coates nicht erreichen?«

»Heute war ein Rollenspiel geplant. Er geht nicht ran und antwortet auch nicht auf meine Nachrichten. Sein Bruder auch nicht. Ich bin in seiner Wohnung. Die Anrufe für Edge

Adventures werden hierher weitergeleitet. Deswegen bin ich am Apparat.«

Tang beugte sich zum Telefon. Ihr Gesicht wirkte ernst im schlierigen Licht der Straßenlaternen. »Hier spricht Lieutenant Amy Tang vom SFPD.«

»Ich mach mir solche Sorgen um ihn«, antwortete die junge Frau.

»Ist es ungewöhnlich, dass man ihn bei so einem Rollenspiel nicht kontaktieren kann?«

»Ist schon vorgekommen, aber ich kann auch seinen Bruder nicht erreichen. Und das ist komisch.«

»Was können Sie mir über die heutigen Pläne erzählen? Wer ist der Kunde?«

»Keine Ahnung. Aber es ist eine Party zum einundzwanzigsten Geburtstag.«

»Können Sie es rausfinden?«

»Suchen Sie nach Terry?«

Evan griff ein. »Wie ist seine Handynummer?«

Tang reichte ihr kleines Notizbuch herüber, und Evan schrieb die Nummer auf.

»Prüfen Sie nach, wer der Kunde ist«, sagte Tang. »Wir melden uns wieder.«

»Bitte beeilen Sie sich.«

Evan beendete das Gespräch und wählte Coates' Nummer. Tang raste die Auffahrt zur 280 Richtung Innenstadt hinauf.

Evan hörte es klingeln, niemand meldete sich.

Auch Tang telefonierte. Sie stellte sich vor und gab ihre Markennummer durch. »Ich brauche eine Ortung für ein Handy.« Sie rasselte Coates' Nummer herunter. »Bitte so schnell wie möglich.«

Ohne nach hinten zu schauen, wechselte sie die Spur.

»Wenn der Akku in Coates' Telefon funktioniert, können wir den Standort bestimmen.«

In Evans Ohr läutete es noch immer.

Sabine beugte sich vor und spähte durch das Gleißen der Scheinwerfer auf den Deputy. Die Regentropfen hüpften wie Erbsen von seinem Hut und seiner Jacke. »Er hat die Patronenhülse von Vons AK-47 gefunden.«

Verdutzt starrte der Sheriff die Messingummantelung an. Dann fuhr sein Kopf nach oben, und der Strahl der Taschenlampe strich über den Boden.

Verstreut auf der Erde lag eine ganze Ansammlung blinkender Hülsen.

»Wir müssen abhauen, Chef«, drängte Stringer. »Hier wird es bald brandheiß. Der Junge holt garantiert die Kavallerie.«

Haugen legte die Hand auf den Ganghebel. Mit grimmigem Gesicht drehte Sabine den Kopf.

Den Blick auf die Patronenhülsen gesenkt, stakste der Deputy auf der Lichtung herum. Dann richtete er die Taschenlampe auf die Bäume.

»Dane.«

»Ich seh es«, erwiderte Haugen.

Er konnte nicht zulassen, dass der Deputy das meldete. Sofort legte er den Gang ein und trat das Gaspedal durch.

Erschrocken schaute der Deputy auf. Ihm blieb nur ein Sekundenbruchteil, um zusammenzuzucken, dann traf ihn der Volvo in der Körpermitte wie eine Abrissbirne.

Der Mann knickte zusammen, sein Kopf schlug auf die Motorhaube, und er blieb liegen.

Haugen beschleunigte immer noch. Mit einem Zischen lehnte sich Sabine in den Sitz zurück, um sich festzuhalten.

Mit eisernem Griff hielt Haugen das Steuer fest und raste über die Lichtung. Im letzten Moment bremste er. Dennoch bewegte sich der schwere Geländewagen noch mit großer Geschwindigkeit, als er gegen die nächste Kiefer stieß.

Die Bremse verhinderte, dass der Airbag ausgelöst wurde, und mit einem Ruck kamen sie zum Stehen.

Der Deputy gab keinen Laut von sich. Festgeklemmt hing er zwischen dem Baum und dem Kühlergrill des Volvo. Als Haugen den Rückwärtsgang einlegte, war Sabine schon hinausgesprungen.

Er setzte zurück. Der Sheriff sackte von der Motorhaube nach unten. Sabine rannte zu der Stelle, wo er von innen nicht sichtbar vor dem Auto auf dem Boden lag. Haugen stoppte. Sie beugte sich vor und riss die Dienstwaffe des Deputys aus dem Halfter.

Dann zielte sie und gab in schneller Folge zwei Schüsse ab.

Haugen sah in den Rückspiegel. »Stringer, steck ihn in den Kofferraum des Streifenwagens. Dann holst du die andere Leiche, die zwischen den Bäumen liegt, und wirfst sie mit rein. Und sammel die Hülsen ein.«

Stringer glotzte ihn an, als käme er vom Mond.

»Der Deputy hat gemeldet, wo er angehalten hat. Wenn das Revier ihn nicht erreichen kann, schicken sie einen weiteren Deputy los, um nachzuforschen. Deswegen müssen wir alle Spuren hier beseitigen.«

Das Blut machte ihm nicht die geringsten Sorgen. Der Regen hatte es schon jetzt fast weggewaschen.

Stringer kletterte hinaus. Nass und eisig fuhr der Wind durch den Volvo.

Haugen hätte schon längst in der Blockhütte sein müssen, um Marktbewegungen und Finanztransfers zu verfolgen. Er musste sich beeilen.

Stringer stemmte sich gegen den Wolkenbruch und rannte zu Sabine. Gemeinsam schleiften sie den Toten zum Streifenwagen. Auf halbem Weg blieb Sabine stehen. Den Blick auf Haugen gerichtet, griff sie in die Tasche und zog ihr Telefon heraus.

Korrektur. *Ein* Telefon.

»Wieder für Coates«, rief sie.

Er schüttelte den Kopf. *Nicht hingehen.*

Nachdem sie die Leichen verstaut hatten, blickte Sabine vielsagend zum Streifenwagen und dann zu dem blauen Tacoma, dessen Motor noch immer lief.

Haugen ließ das Fenster nach unten gleiten. »Ich fahr den Streifenwagen. Sabine, du nimmst den Volvo. Stringer, du setzt dich in den Pick-up.«

»Den müssen wir loswerden«, meinte Stringer.

»Später. Ein nützliches Fahrzeug sollten wir nicht einfach wegwerfen.« Vor allem nachdem Von und Friedrich heute schon eins zu Schrott gefahren hatten.

Stringer warf sich in den Pick-up und legte den Gang ein. Die Scheinwerfer leuchteten auf. Haugen stieg aus dem Volvo und trabte zum Streifenwagen.

Sabine fasste die Lage zusammen. »Der nächste Wagen, den der Sheriff bestimmt gleich losschickt, braucht vielleicht eine Stunde, bis er hier ist. Wenn wir Glück haben, etwas länger. Wenn wir Pech haben, erklären sie ihren Kollegen als vermisst und starten eine Suchaktion.«

»Aber dann sind wir schon weit weg und so tief in der Schlucht, dass sie uns im Dunkeln nie finden werden. Los.«

Sabine setzte sich ans Steuer des Volvos. Haugen legte eine Hand auf die Tür. »Wer hat Coates angerufen – Peter Reiniger?«

»Nein. Es war keine San Franciscoer Nummer. Ich schau nach, sobald wir hier weg sind.«

Haugen stieg in den Streifenwagen des Deputys. Neben der Mittelkonsole stand eine mit einem Schloss gesicherte Schrotflinte. Der Schlüssel dazu hing am Ring an der Zündung. Ausgezeichnet.

Er steuerte den Wagen auf die Forststraße und höher hinauf in die Berge. Der Regen fiel in ganzen Bahnen, die vom Wind gegen die Fenster geschleudert wurden. Er prasselte so heftig herunter, dass Haugen kaum die Rücklichter des Volvos zwanzig Meter weiter vorn erkennen konnte. Mit acht Stundenkilometern krochen sie dahin.

Dann krächzte das Funkgerät. Eine Männerstimme. »D.V.?«

Der Beamte klang besorgt.

»D.V., bist du da? Deputy Gilbert?«

Haugen starrte das Funkgerät an. Vielleicht hatten sie doch nicht so viel Zeit wie gehofft.

Dann gelangten sie zur Schlucht, und Haugen sah etwas, das ihn zugleich erschreckte und begeisterte. Der Fluss toste gegen die Fundamente der Brücke.

42

Das Gewitter tobte stundenlang. Im Hummer drängten sich alle zusammen, um sich zu wärmen. Jo drückte sich an Gabe. Sie hatte ihr pitschnasses Shirt ausgezogen und ließ nur das dünne, aber trockene Fleecehemd an. Niemand redete. Über ihren Köpfen peitschte der Sturm den Regen auf das Fahrgestell der Limousine.

Gabe behielt die Fenster im Auge und das Jagdmesser in der Hand. Er war ganz steif, und Jo ahnte, dass es nicht nur an der Anspannung und den Schmerzen lag. Zwar hatte er den Arm um ihre Schulter gelegt, aber er wirkte distanziert. Flüsternd versuchte sie, ihn am Gespräch zu beteiligen, aber er blieb einsilbig.

Als Jo gegen vier durchgefroren, durstig und mit ziehenden Gliedern aufwachte, war ihr nicht einmal bewusst, dass sie eingeschlafen war.

Gabe war nicht mehr an ihrer Seite. Sie riss die Augen auf. Irgendetwas hatte sie hochschrecken lassen.

Die Geräusche. Sie hatten sich verändert.

Der Regen hatte nachgelassen, auch der Wind war abgeflaut. Das beunruhigende Dauerkrachen des Donners war nicht mehr zu hören. Aber etwas anderes.

Gabe kauerte am Fenster und spähte hinaus. Weiß und kalt glänzte das Mondlicht auf seinem Gesicht.

Er starrte zum Fluss.

Das neue, raue Geräusch kam vom Wasser, das durch die Schlucht schoss. Doch vor allem war es das Geräusch des Flusses, der an den Rahmen des Hummer plätscherte, das sie mit Sorge erfüllte.

Gabe bewegte sich. »Wir müssen weg. Sofort.«

Er glitt durch den engen Innenraum der Limousine. Jetzt hatte Jo im hellen Mondschein einen ungehinderten Blick nach draußen.

Es blitzte nicht mehr. Sie konnten ohne Gefahr aufbrechen. Auch der Regen hatte aufgehört. Die meisten Wolken hatten sich verzogen, und das hieß, dass ihre Gegner leichter gegen sie vorrücken konnten. Aber das war nicht der Grund ihrer Angst.

Es war der Fluss, der durch die Schlucht brandete.

»Alle aufstehen«, rief Gabe. »Beeilt euch, das ist ein Notfall.«

Sturzflut.

Der Hummer war vielleicht vier Meter vor dem Ufer zum Stehen gekommen, höchstens einen Meter über dem Wasserspiegel. Doch der sintflutartige Wolkenbruch hatte alles überschwemmt.

Die Wände und der Boden waren aus Granit, sodass das Wasser nicht versickern konnte. Es konnte nur abfließen. Jo erkannte wilde Wellen, aufgewühlt, gefährlich, rasch anschwellend. Die flache Stelle weiter oben, wo sie den Fluss überquert hatte, stand bereits tief unter Wasser. Schlammige Strömungen nagten an der Seite des Wagens.

Sie fuhr hoch. »Schnell. Sammelt die Vorräte zusammen. Helft uns, Noah rauszutragen.«

In der Nähe wieherte das Pferd und stampfte mit den Hufen. Autumn und Lark krochen durchs Fenster hinaus und breiteten eine dicke Jacke über den Fensterrahmen. Jo und Gabe knieten sich zu beiden Seiten neben Noah.

»Bereit?«, fragte Gabe.

Noah nickte halbherzig. »Surfin' USA. Los.«

Sie schoben ihn über knirschenden Schutt und zerborstenes Sicherheitsglas zum Fenster. Jo krabbelte hinaus und signalisierte Autumn, dass sie helfen sollte. Gemeinsam griffen sie in den Hummer und fassten Noah an den Schultern.

»Das wird wehtun«, flüsterte Jo.

»Macht schon.«

Sie warf Gabe einen Blick zu. Während sie und Autumn zogen, hob Gabe gleichzeitig Noahs Beine an. Noah war bleich wie ein Vampir, aber er gab keinen Laut von sich. Mit einem harten Ruck zerrten Jo und Autumn ihn hinaus auf den felsigen Boden.

»Scheiße«, ächzte er.

»Wir setzen dich jetzt aufs Pferd«, erklärte Gabe. »Dann marschieren wir los, um hier wegzukommen.«

Peyton kauerte noch immer ganz hinten im Hummer. Ihre Stimme drang durch das Brausen des Flusses. »Bitte zwingt mich nicht. Die sind irgendwo da draußen.«

»Und bald sind sie hier. Wir müssen abhauen.« Jo deutete auf den Fluss. »Schau.«

»Aber wo sollen wir denn hin?«

Verzweifelt wandte sich Jo zum Fluss. Allein in den wenigen Minuten, die sie gebraucht hatten, um aus dem Hummer zu kommen, war er weiter angeschwollen. Sie hatten keine Chance mehr, ihn zu überqueren und durch die andere Schluchtseite hinaufzuklettern zu der abgebrannten Ranch, von der aus eine Ausfahrt zu einer Straße führte. Sie saßen auf dieser Seite des Flusses fest. Und die föhrenbewachsene Felsenschlucht verwandelte sich von Minute zu Minute mehr in eine Wildwasserschleuse voller Stromschnellen und Geröll. Äste und Schlamm zogen an ihnen vorbei. Der Fluss war nur noch eine rohe Naturgewalt, die alles in den Tod riss, was sich ihr entgegenstellte.

Er stieg immer schneller. Schon klatschte er gegen die zerbrochenen Scheinwerfer der Limousine.

»Wir müssen höher rauf«, rief Jo. »Schnell.«

Ein Gedanke schoss ihr durch den müden Kopf, irgendetwas wegen der geografischen Lage der Schlucht, der Forststraße oben und dieses Waldabschnitts, aber sie brachte ihn nicht zusammen. Nicht, solange das Brüllen des Flusses immer lauter wurde.

Dennoch hatte sie eine Ahnung, ein Bauchgefühl, an dem sie sich orientierte. »Flussaufwärts. Wir müssen durch die Schlucht und weiter hinauf.«

Lark schüttelte den Kopf. »Tiefer in den Wald? Nein, dahin wollten sie uns doch bringen. Wir müssen zurück in die Zivilisation, und das ist flussabwärts!«

»Flussabwärts ist die Richtung, aus der die Gangster kommen. Wir müssen sie hinter uns lassen. Glaub mir.« Der verschwommene Gedanke nagte an ihr, aber noch immer bekam sie ihn nicht zu fassen. »Los.«

Mit zitternden Beinen und kältestarren Fingern band sie das Pferd los. Autumn und Lark hakten die Arme ineinander, um eine Stütze zu bilden.

Gabe wandte sich an Noah. »Schaffst du das?«

»Los«, antwortete Noah.

»Bloß nicht schreien, Kumpel.«

Jo und Gabe hoben Noah in die Arme der beiden jungen Frauen. Ächzend standen sie auf. Mit wackeligen Schritten trugen sie Noah zu Faithful. Noah keuchte durch zusammengebissene Zähne, um nicht vor Schmerz zu schreien. Der flackernde Mondschein, der durch die spärlichen Wolken fiel, tauchte sein Gesicht in gespenstisches Weiß.

Jo setzte Noahs unverletztes Bein in den Steigbügel, und Gabe schob ihn hoch. Noah richtete sich auf und fiel fast über den Sattel. Vorsichtig zog Gabe das gebrochene Bein auf die andere Seite. Mit letzter Kraft umklammerte Noah den Sattelknauf. Er war kurz davor, ohnmächtig zu werden.

Schließlich saß er im Sattel. »Bin so weit.«

Das war eine Übertreibung. Aber immerhin war er nicht abgerutscht.

Gabe schaute Autumn und Lark an. »Eine von euch muss hinter ihm aufsteigen und ihn festhalten.«

»Ich war noch nie auf einem Pferd«, sagte Lark.

Autumn legte Lark die Hand auf den Arm. »Du reitest. Ich kann Faithful führen.«

Lark sträubte sich nicht. Unbeholfen stieg sie auf und schwang sich hinter den Sattel auf die Kruppe des Pferdes. Autumn nahm die Zügel. »Wohin?«

Jo spürte alle Blicke auf sich. »Wir gehen flussaufwärts, bis wir eine Stelle finden, von der aus wir sicher hinaufklettern können. Wenn wir die Schlucht hinter uns haben, überqueren wir die Forststraße und steigen auf der anderen Seite hinunter.«

Gabe hatte die Notvorräte in Kyles schwarze Sporttasche gestopft und hängte sie sich nun wie einen Rucksack über die Schultern, vorsichtig, um seine Risswunde über den Rippen zu schonen. Das Jagdmesser und die Lenkradsperre hatte er ebenfalls dabei. Die anderen schnappten sich jeweils einen geschnitzten Speer. Dann zogen sie am felsigen Ufer los, gegen die Richtung des rauschenden Wassers.

Jo beugte sich zu Autumns Ohr. »Wie gut sieht Lark ohne ihre Brille?«

»Schlecht. Sie hat Makuladegeneration.«

Jo schnürte es die Brust zusammen. Das war eine schlimme Nachricht. »Sieht sie zentral überhaupt noch was?«

»Nur verschwommen. Und in der Nacht praktisch gar nichts.« Autumn spähte unter ihrer Marines-Mütze hervor. »Sag lieber nichts. Sie will keine Hilfe. Und Mitleid erst recht nicht.«

Jo nickte. »Du bist eine gute Freundin.«

Autumn sah sie seltsam an. Sie wirkte verwirrt.

»Alles okay?«, fragte Jo.

»Es … meinst du wirklich?«

Gabes Blick glitt über den Fluss und den Berghang. Wortlos winkte er sie voran. Über rutschig nassen Stein und schlammige Erde begannen sie ihren Marsch.

Zäh knirschend scharrte der Baumstamm über den feuchten Splitt. Mit abgeschalteten Scheinwerfern und funkelnden Heckleuchten mühte sich der Toyota, die umgestürzte Kiefer von der Forststraße zu ziehen. Das um die Anhängerkupplung gebundene Seil streckte sich mit hörbarem Ächzen.

Auf der anderen Seite drückte Haugen mit der vorderen Stoßstange des Streifenwagens dagegen, um den schweren Baumstamm anzuschieben. Zentimeter für Zentimeter scheuerte das Holz über die Straße.

Haugen winkte Stringer zu. »Weiter. Gleich hast du's geschafft.«

Schließlich rutschte der Baum knarrend zur Seite. Haugen gab das Okay-Zeichen und sprang aus dem Streifenwagen.

Der Regen hatte endlich aufgehört. Doch noch immer war es stockfinstere Nacht. Er hörte den Fluss unten durch die Schlucht tosen. Das Gewitter hatte eine Sturzflut ausgelöst. Der Fluss war ein einziger Mahlstrom.

Schnell lief er zum Pick-up und half Stringer, das Seil loszumachen.

Die Forststraße war inzwischen fast unpassierbar. Durch die Gewalt des Regens waren Steine vom Hang gerutscht. Ganze Wasserfälle aus Schlamm hatten die Straße überschwemmt. Als sie keine Handbreit weit mehr sehen konnten, mussten er, Sabine und Stringer anhalten und warten, bis der Regenguss nachließ. Danach hatten sie wertvolle Zeit damit verschwendet, Schutt wegzuräumen und sich vorsichtig an unterspülten Straßenabschnitten vorbeizuschieben. Die umgestürzte Kiefer war der dritte Baum, den sie wegzerren mussten. Aber wenigstens konnten sie sich nun dem Ort nähern, wo der Hummer in die Schlucht gestürzt war.

Schlimm war, dass Von sich nicht mehr auf seinem Handy meldete. Aber nicht alles war schlecht. Die Brücke war fort. Haugen hatte mit eigenen Augen beobachtet, wie das geröllführende Wasser über das Geländer fegte und die Brücke entzweiriss.

Mit kalten Fingern fummelte er an den Knoten im Seil herum.

Sabine trabte herüber. »Dane, wie willst du ohne die Brücke aus diesem Dreckloch kommen?«

Er schaffte es nicht, die Knoten zu lösen. Stringer zog ein Schnappmesser, um sie durchzuschneiden.

Haugen wandte sich zu Sabine um. »Dass die Brücke weggespült worden ist, ist gut für uns.«

»Wie kommst du darauf?«

Plötzlich ertönte ein Knall, dann schlängelte sich eine dünne Gestalt um seine Wade. Mit einem Aufschrei hüpfte er zurück und schlug mit dem Bein aus, um das Ding loszuwerden.

»Wo ist es? Wo?«

Stringer hob das Seil auf, das er gerade durchtrennt hatte. »Tut mir leid.«

Haugen bekam schlagartig Sodbrennen und konnte kaum noch sehen vor Zorn. »Mach das nie wieder. Das hätte eine Lyraschlange oder eine Klapperschlange sein können. Ich hätte darauf schießen können. Und auf dich.«

Sabine verschränkte die Arme. »Dane? Warum ist es gut?«

Haugen strich sich die Haare glatt und marschierte mit pulsierenden Schläfen zum Streifenwagen. »Die Polizei schafft es in den nächsten Stunden nicht hierher durch. Wir haben die Wildnis für uns.«

Ohne die Brücke konnte niemand zu ihnen vordringen. Kein Suchaufgebot vom Sheriff's Office, keine Highway Patrol, niemand, der versuchen konnte, Autumn Reiniger zu befreien. Damit hatte Haugen freie Hand. Er stieg in den Streifenwagen und führte den aus drei Fahrzeugen bestehenden Konvoi weiter hinauf zur Schlucht.

43

Mit vorsichtigen Schritten tastete sich Jo an der schrägen Bergwand entlang. Der Fluss unten machte einen ohrenbetäubenden Krach, trotzdem konnte sie Peytons Wimmern hören. Autumn führte das Pferd mit sicherer Hand, Lark und Noah schaukelten im Sattel. Jo hatte Mühe, Gabes Fußstapfen auf dem Weg zu folgen.

Eigentlich gab es gar keinen Weg.

Nur Steine, Kiefern, Hartriegelsträucher und den stechend kalten Wind auf der Haut. Die Wolken hatten sich verzogen. Wie weißes Eis blinkten die Sterne am Himmel.

Hinter ihnen in der Tiefe der Nacht waren die Schreie verhallt. Aber sie hingen in der Luft wie Elektrizität, wie Geister, die über ihrer Schulter schwebten und sich jederzeit herabstürzen konnten. Irgendetwas lauerte da draußen. Und sie hatte das Gefühl, dass es näher kam.

»Gabe, wir sollten vielleicht riskieren, mit der Taschenlampe zu leuchten.«

»Noch nicht.« Selbst flüsternd klang seine Stimme angespannt. »Die Bäume hier sind nicht dicht genug, um das Licht zu verbergen. Warte, bis wir auf dichteres Laub stoßen. Dann kann ich vorauslaufen und einen Weg für uns finden.«

Sie sah nur seine Silhouette, die sich vorsichtig über das unebene Gelände bewegte. Sie schaute zurück. Der Hummer lag höchstens einen halben Kilometer hinter ihnen.

»Lark? Noah? Wie geht es euch?«

»Geht schon«, antwortete Lark.

Noah hob matt den Daumen. Im schwachen Schein der Sterne glänzten seine Augen vor Schmerz.

Seine Schussverletzung blutete nicht mehr, und seine Vitalzeichen waren erstaunlich gut. Das gebrochene Bein musste ihm Qualen bereiten, aber er machte keinen Mucks. Noch hielt er durch, weil er jung und stark war, aber egal, wie viel Mumm er hatte, irgendwann war sein Akku leer.

»Es ist so kalt«, hauchte Peyton.

»Damit musst du klarkommen«, entgegnete Autumn.

Wieder rieb sich Peyton über das Handgelenk.

Jo verlangsamte ihr Tempo, bis Autumn sie eingeholt hatte. »Kannst du mir mal was erklären? Was war eigentlich der Sinn von diesem Gangsterspiel?«

»Abenteuer. Mein Dad meint, an solchen Wochenenden macht man Erfahrungen wie sonst nie.« Ihr Blick strich durch den Wald. »Und er hat recht.«

»Warum nicht so was wie Outward Bound? Wieso eine Gangsterspritztour?«

»Dad hat das Ganze für mich geplant. Er dachte, ich wachse da irgendwie hinein.«

Jo schluckte das Wort *Wahnsinn* hinunter, das ihr auf der Zunge lag. »Und du hast dich für die Rolle der Syndikatskönigin entschieden?«

»Es war ja meine Party.«

Jo zog eine Augenbraue hoch. »Verbrecherboss war also die naheliegende Wahl für dich?«

Autumn zögerte. »Du meinst, warum ich nicht FBI-Agentin spielen wollte?«

»Fühlst du dich wie eine Gesetzlose?«

»Überhaupt nicht. Ich …« Stirnrunzelnd suchte sie nach

den richtigen Worten. Oder vielleicht nach den richtigen Gefühlen. »Ich bin die perfekte Tochter, weißt du. Die Ballerina, die sich in der Spieldose dreht.« Sie machte eine Pause. »Und auf meinem Rücken steht dick und fett: *verwöhnt*.«

»Was war deine Aufgabe bei dem Wochenende?«

»Aus dem Gefängnis ausbrechen und fliehen.«

Das Pferd warf den Kopf zurück und machte einen torkelnden Schritt, ehe es zwischen den Steinen wieder Halt fand. Autumn strich ihm beschwichtigend über die Nüstern und ging weiter.

Jo überlegte, dass man die Worte des Mädchens auch ganz anders deuten konnte. »Und was sollte am Ende passieren?«

»Ich kriege alles. Am Schluss bin ich in Haft, aber die FBI-Agenten laufen zu mir über, weil ich sie besteche. Dann feiern wir gemeinsam.« Sie schaute auf den Boden. »Ziemlich doof, was?«

Jo wollte gar nicht damit anfangen, Autumns Grenzprobleme zu katalogisieren. Ihr innerer Zwiespalt war fast mit Händen zu greifen: das Bedürfnis, an die Hand genommen zu werden und feste Leitlinien vorgesetzt zu bekommen – nur um sich endlich zu befreien. Eigentlich wollte Autumn vor allem ihren Dad in ihrem Team.

Der Hengst stockte auf dem Hang und peitschte mit dem Schwanz. Jo spähte über die Schulter, um sich zu vergewissern, dass Peyton dem Pferd nicht zu nahe gekommen war.

Sie sah nur Bäume und Dunkelheit. »Wo ist Peyton?«

Lark drehte sich im Sattel.

Auch Autumn blickte zurück. »Gerade war sie doch noch hier.«

Im Bühnenflüsterton zischte Lark: »Peyton?«

Keine Antwort.

Jo versuchte, in der brodelnden Finsternis etwas zu erkennen. Nichts. Autumn hielt Faithfuls Zügel fest. Lark neigte den Kopf und lauschte angestrengt, um vielleicht ein Geräusch aufzuschnappen, das nicht vom Nachtwind verursacht wurde.

Autumns Stimme klang resigniert. »Sie will zurück zum Hummer.«

Lark nickte. »Ja.«

Jo ließ die Schultern sinken. »Verdammt.« Das Tosen des Flusses war wie ein Sumpf, der jedes Geräusch verschlang. »Ich laufe ihr nach.«

Gabe wandte sich um. »Wir gehen beide.« Seine Stimme war hart. Er winkte Autumn zu. »Führ das Pferd hierher.«

Sie marschierten noch ungefähr fünfzig Meter am Ufer entlang, bis sie hinter einem Felsbrocken Schutz fanden. Autumn schlotterte vor Kälte. Lark und Noah weniger – der Hengst war das wärmste Lebewesen im Wald.

»Bleibt hier«, sagte Gabe. »Und haltet euch ruhig. Wir sind bald wieder da.«

Voller Anspannung schlugen er und Jo den Rückweg ein. Jos Hände schmerzten vor Kälte. Gabe bewegte sich mit gewandten Schritten durch die Nacht und trat behutsam auf, um nicht zu stürzen, wenn er gegen einen Stein oder eine Wurzel stieß.

»Sie kann noch nicht so weit sein«, meinte Jo.

»Nein. Aber es ist trotzdem schlecht, dass wir so viel Zeit verlieren.«

Peyton hatte die Arme um den Oberkörper geschlungen. Der Wind peitschte ihr das Haar um den Kopf. Sie stolperte den Weg zurück, den sie gekommen waren, den Blick auf den Boden gerichtet. Irgendwo musste es sein.

Sie hatte ihr Armband verloren. Es war einfach weg. Irgendwann nach dem Aufbruch von der Unfallstelle war es ihr vom Handgelenk gerutscht. Sie ballte die durchfrorenen Hände zu Fäusten. Sie musste es unbedingt wiederhaben.

Durch die Bäume sickerte Mondlicht auf den Boden. Bestimmt würde es sich in dem Armband widerspiegeln. Sie konnte es finden. Sie musste.

Kurz schaute sie sich um, ob ihr auch wirklich niemand nachkam. Keiner von ihnen würde es verstehen. Sie hätten sie zurückgehalten. Sie behandelten sie sowieso schon wie eine Idiotin, dabei hatten sie keine Ahnung. Sie unterdrückte ein Schluchzen. Nein, sie begriffen es nicht.

Sie musste es finden. Es war ein Geschenk ihrer Großmutter. Und Griers Ring mit dem lächelnden Schädel hing daran. Mehr war ihr nicht geblieben von ihm. Es war alles, und sie konnte nicht darauf verzichten.

Stolpernd und mit wehenden Haaren suchte sie den Boden ab. Neben ihr brüllte der Fluss. Sobald sie das Armband entdeckt hatte, konnte sie zurücklaufen und die anderen einholen. Sie würden gar nichts von ihrer Abwesenheit mitbekommen.

Aber sie musste das Armband finden, bevor sie wieder zu weinen anfing und vor lauter Tränen nichts mehr sehen konnte. Mit torkelnden Schritten schlurfte sie durch Büsche und über Steine. Voller Hoffnung.

Immer wieder mussten Gabe und Jo die Köpfe einziehen, um Kiefernästen auszuweichen, die im Dunkel kaum zu erahnen waren. Die Sorge nagte an Jo. Vielleicht war Peyton ausgerutscht und in den Fluss gestürzt. Im Donnern des Wassers hätten sie das Platschen nicht gehört.

»Das gefällt mir nicht«, sagte sie.

»Was du nicht sagst.«

Obwohl er flüsterte, empfand sie seinen Ton als kränkend. Sie hatte die Nase voll. »Warum bist du sauer auf mich?«

Mit einem unwilligen Kopfschütteln setzte er seinen Weg unter den Kiefern fort.

»Hey«, wisperte sie. »Gib mir wenigstens einen Hinweis. Wir sind hier in einer brenzligen Situation. Also, was ist los?«

Er bückte sich und hob die Hand. Jo erstarrte. Sie hatte es ebenfalls gehört.

Kurz darauf zischte ein gespenstischer Schemen an ihnen vorbei. Flügel schnitten durch die Luft. Ächzend duckte sie sich.

»Eule«, sagte Gabe.

Am ganzen Körper verkrampft, blieb Jo stehen.

Auch Gabe verharrte reglos. Mit weit offenen Augen und Ohren ließ er die von allen Seiten heranbrandende nächtliche Szenerie auf sich einwirken. *Höchstes Situationsbewusstsein.*

Sie starrte ihn an, bis er sich ihr zuwandte.

Schließlich fand er Worte für seinen Unmut. »Du bist Dustin und Kyle nachgejagt, ohne uns zu verständigen.«

»Es war keine Zeit. Und ich konnte dich nicht anrufen.«

»Du bist einfach verschwunden. Das darf man nicht, wenn man in der Wildnis ums Überleben kämpft. Das weißt du genau, Jo.«

Trotz des eiskalten Winds wurde ihr heiß. »Es war ein *Notfall.*« Sie spürte ein Würgen im Hals. »Ich musste versuchen, Dustin zu erreichen.«

»Du bist nur ein zusätzliches Risiko eingegangen.«

Sie spürte, was er eigentlich meinte: *Und ich war krank vor Sorge.*

Mondlicht spülte über sein Gesicht. »Deine Entscheidung war impulsiv. Du hast dir nicht überlegt, in welche Gefahr du dich bringst.«

Ihr dröhnte der Kopf. Am liebsten hätte sie ihn gepackt und mit ihm gestritten. Aber dann fiel ihr auf, wie widersprüchlich es war, dass sie ihre Handlungsweise rechtfertigen wollte, während sie nach Peyton suchten. Peyton, die ebenfalls verschwunden war, ohne Bescheid zu sagen. Es war eine schmerzliche Erkenntnis. Sie schluckte ihren Stolz hinunter und schwieg.

Er klang gequält. »Du wolltest ihn retten. Das war unglaublich mutig von dir. Aber du hättest genauso enden können …«

»Bitte nicht.«

Er hielt ihren Blick. Die Intensität in seinen Augen war schier unerträglich. Und die Furcht.

»Nächstes Mal denke ich vorher nach«, sagte sie.

Einen Moment lang blieb er stumm. Dann packte er sie an den Schultern und legte den Mund an ihr Ohr. »Ich will nicht der sein, der es deinen Verwandten erzählen muss. Es dir zu sagen war schrecklich genug.«

Jo konnte sich nicht bewegen. Sie wollte ihn schlagen und wegrennen, in Tränen ausbrechen und das Gesicht an seiner Brust vergraben, alles gleichzeitig.

Gabe war als Sanitäter an den Unfallort geeilt, als ihr Mann Daniel beim Absturz eines Rettungshubschraubers ums Leben kam. Er hatte ihr die schlechte Nachricht überbracht.

Sie nickte. »Verstanden.«

Er drückte sie an sich. »Das hoffe ich.«

Dann wandte er sich ab und lief entschlossen bergab. Sie folgte ihm, gejagt vom Wind.

44

Schwarz und struppig lag der auf beiden Seiten der Forststraße immer näher rückende Wald im Scheinwerferlicht des Sheriffwagens von Tuolumne County. Haugen rollte mit acht Stundenkilometern dahin. Der Motor brummte, die Heizung arbeitete. Die Wolken am Himmel waren verweht, und die Temperatur sank weiter in den Keller. Der Wind schüttelte das Auto und fegte Splitt über die Fahrbahn. Kilometer für Kilometer trostlose Leere. Kalifornien war der bevölkerungsreichste Staat der USA, trotzdem waren weite Gebiete unglaublich dünn besiedelt.

Dann machte die Straße eine Kurve. Links war der Abhang zu der Schlucht, in die der Hummer gestürzt war.

Er drosselte das Tempo noch weiter, um nach Von Ausschau zu halten. Und nach Reifenspuren im Schotter, die ihm zeigen würden, wo die Limousine von der Straße abgekommen war.

Schließlich stoppte er.

Krächzend sprang das Funkgerät des Streifenwagens an. »D.V., bitte melden. Ron, bist du da?«

Haugen antwortete nicht. Er starrte nur geradeaus auf die hoch aufragende Gelbkiefer am Straßenrand.

Der Baum war riesig. Weit über dreißig Meter hoch. Vielleicht sogar an die fünfzig. Der Stamm war dick, die Rinde zäh und rissig vom Alter. Erstaunlich, dass er nicht schon längst gefällt worden war.

An einem Ast des Baums baumelte Von.

Hinter dem Streifenwagen bremste Sabine den Volvo. Stringer manövrierte den blauen Tacoma langsam vorbei. Als er das Fernlicht aufblitzen ließ, schälten sich der breite Rücken, der runde Kopf und die vom Regenwasser glitzernde schwarze Jacke Vons aus der Dunkelheit.

Er war nicht aufgehängt worden, nicht am Hals. Das war das Überraschendste für Haugen. Er hing an einem ausgekugelten Arm, die Hand gefangen in der Schlinge eines Seils, das über einen hohen Ast führte. Die Haut an seiner Hand hatte den bläulichen Ton von Tiefkühlfisch.

Auf dem Beifahrersitz knisterte Haugens Walkie-Talkie. »Howdy, Partner«, krähte Ruby Kyle Ratner.

Von drehte sich am Seil, und seine Jacke kräuselte sich im Wind. Haugen griff nach dem Walkie-Talkie.

Ratner fuhr in seinem Singsang fort. »Du kannst doch bruchrechnen, oder? Je kleiner der Nenner, desto größer die Kuchenstücke. Ich liebe Kuchen. Und wie.«

»Arbeiten wir zusammen, dann teilen wir«, antwortete Haugen.

Ratner lachte. Ein kreischendes Kichern. »Du bist ein Scherzkeks, weißt du das eigentlich? Ein echter Scherzkeks.« Sein Lachen brach ab. »Ein Witzbold.«

Haugen ließ das Fenster herunter und winkte den anderen zu. *Kommt her.*

Stringer und Sabine stiegen aus und trabten herüber. Haugen nahm den Daumen vom Übertragungsknopf des Walkie-Talkies, damit Ratner ihn nicht hören konnte.

Er deutete auf die Gelbkiefer. »Das war Ratner. Er hat Vons Walkie-Talkie, also hat er wohl auch seine Pistole.«

Stringer blinzelte gegen den Wind an. »Und?«

»Schnapp ihn dir.«

Stringers Blick ruhte auf Von. »Wir sollen ihn runterschneiden?«

Haugen kam die Galle hoch. »Du sollst dir *Ratner* schnappen.«

»Aber …«

»Wenn Autumn und ihre Freunde es rauf bis zur Straße schaffen, wird dieser Anblick sie erschrecken und ihren Willen schwächen. Hör mir gut zu. Ratner weiß, was gespielt wird. Hat es sich zusammengereimt. Wenn er uns erwischt, wird er direkt Kontakt zu Reiniger aufnehmen. Deswegen müssen wir ihn erledigen.« Er schnippte mit den Fingern. »Los.«

Sabine beugte sich zu Stringer vor. Sie war fünfzehn Zentimeter größer als er. »Sei nicht so ein Weichei.«

Stringer holte seine Waffe aus der Jacke. Er zog den Schlitten zurück und lief voraus in den Lichtkegel der Scheinwerfer. Als er an Von vorbeikam, wich er reflexhaft zur Seite aus.

Haugen schaute Sabine nicht an. »Deine Beleidigung war übertrieben.«

»Auf Feinheiten reagiert Stringer nicht. Manchmal braucht er die sanfte Peitsche.«

»Ratner spielt mit uns. Dieser Quatsch mit dem Lasso. Sein blöder Cowboyslang. Er ist ein Idiot.«

Trotz der Kälte nahm sie sich Zeit, um ihn ausgiebig zu mustern. »Nein, ein Idiot ist er nicht. Er ist ein Psychopath.«

»Er ist dumm.«

»Weil er sich nicht in der Hochfinanz rumtreibt wie du? Er ist nicht dumm, sondern berechnend. Außerdem ist er am Drücker. Treibt sich irgendwo da draußen rum, und wir wissen nicht, wo.«

»Er ist ein primitiver Strolch.«

»Eine tickende Zeitbombe. Krank und gestört. Das hat er schon früher bewiesen. Und jetzt noch einmal. Du darfst ihn nicht unterschätzen.« Sie ging zurück zum Volvo. »Ich fahr die Straße hoch. Unsere Autos sollten ein Stück weit auseinanderstehen. Dann können wir jedem den Weg abschneiden, der aus der Schlucht hochklettert.« Sie blickte zurück. »Und wir müssen endlich das Heft in die Hand nehmen. Tu was, Dane. Du sitzt doch in einem verdammten Polizeiwagen. Also benutz ihn auch.«

Sie sprang in den Volvo und schoss die Straße hinauf, dass der Splitt nur so spritzte.

Peyton suchte den Boden nach dem Armband ab, aber da waren überall nur blöde Kiefernzapfen, Steine und Wurzeln. Ihre Zähne klapperten. Die Kälte machte sie wütend. Ihr brummte der Schädel, und ihr Mund war ganz ausgetrocknet. Blöde Berge. Blöder Dustin, der den Champagner geöffnet und ihr in der Limousine die Flasche aufgedrängt hatte.

Ihre Brust hob und senkte sich. Tränenerstickt atmete sie aus.

Dustin war tot. Grier war tot. Noah war verletzt. Dieser Rettungsspringer Gabe Quintana war ein roher Kerl. Das mit dem Armband hätte er nie verstanden. Wenn sie ihn gebeten hätte, hätte er ihr bestimmt verboten zurückzulaufen. Ihr war gar nichts anderes übriggeblieben, als sich heimlich davonzustehlen, allein.

Oben am Himmel zuckte ein Licht auf, so kurz, dass sie es zuerst für einen Blitz hielt. Aber es folgte kein Donner. Dann kam erneut das Licht. Blau, weiß, rot fegte es über die Bergwand. Mit einem scharfen Atemzug wechselte sie die Richtung und kämpfte sich die Steigung hinauf, auf das Licht zu.

Ein Streifenwagen. Ihr Herz hämmerte wie wild. Ihr Mund war jetzt so trocken, dass sie nicht einmal mehr schlucken konnte. Da oben war die Polizei. Endlich war es vorbei mit diesem Albtraum, sie musste es nur noch irgendwie hinauf zur Straße schaffen. Mit Klauen und Zähnen. Sie rutschte auf einem glitschigen Stück Moos aus und fiel auf die Knie. Taumelnd rappelte sie sich hoch und wischte sich die Hände an ihrem Shirt ab.

»Hilfe«, krächzte sie.

Das Polizeiauto war wirklich da, direkt über ihr. Wie Engelsflügel fegten die Lichtstrahlen durch die Baumstämme.

»Helft mir.«

Ihr Ruf war nur ein schwaches Piepsen. Ächzend torkelte sie den Hang hinauf. Das Licht wurde heller. Sie glaubte, das Rauschen eines Funkgeräts zu hören.

»Hey, *Hilfe!*«

Sie stürmte durch eine Lücke zwischen den Bäumen. Einen Moment lang hatte sie einen völlig ungehinderten Blick bis zur Straße weit über ihr. Am Rand des Abhangs parkte mit rotierenden Engelslichtern ein schwarz-weißer Streifenwagen.

»Helft mir.«

Flügelschlagend jagte ein Vogel an ihr vorbei. Sie zuckte zusammen. »Scheiße.«

Mit eingezogenem Kopf drehte sie sich um und erhaschte noch einen Blick auf die Eule, die durch die Bäume glitt.

Hektisch fuhr sie sich mit der Hand durchs Haar, um sich zu vergewissern, dass ihr das dreckige Vieh nicht auf den Kopf gekackt hatte. Ihre Finger brannten vor Kälte. Das Haar war ganz feucht und verklebt vom Regen. Ihre Nase lief. Nachdem sie sie kurz abgewischt hatte, wandte sie sich wieder zurück.

Plötzlich stand ein Mann vor ihr.

Ein kleiner Mann in Schwarz mit einer Windjacke von Edge Adventures. Im Dunkel war sein Gesicht nicht zu erkennen.

Aus ihrer Kehle stieg ein Wimmern. Seine Hand schoss nach vorn. *Klatsch*, ihr Gesicht brannte, und ihr Kopf ruckte zur Seite.

Dann packte er sie am Sweatshirt, drückte ihr eine Waffe unters Kinn und riss sie an sich. »Wenn du einen Mucks machst, knall ich dich ab.«

Die Pistole bohrte sich kalt in ihre Haut. Das Gesicht des Mannes war direkt vor ihrem. Er hatte schmale Augen und roch nach Schweiß. Das war einer der Entführer, sie erkannte ihn vom Candlestick Point wieder, obwohl er dort eine Maske getragen hatte.

Aus dem Walkie-Talkie, das er ans Ohr hob, drang ein Krächzen, und ihr wurde klar, dass es das Geräusch von vorhin war, das sie für ein Polizeifunkgerät gehalten hatte.

Er drückte auf einen Knopf. »Hab eine.«

Kurz darauf kam die Rückfrage. »Wen?«

»Peyton Mackie.«

Aus dem Walkie-Talkie: »Wo sind die anderen?«

Der Mann mit der Pistole beugte sich noch näher. »Wo sind die anderen?«

Sie wimmerte.

»Du selbst bist nicht wertvoll«, zischte er. »Wertvoll bist du nur, wenn du mir Informationen zu bieten hast. Und je länger du mich warten lässt, desto mehr schrumpft dein Wert auf null.«

Hektisch atmete sie die kalte Luft ein und blinzelte sich brennende Tränen aus den Augen. Sie musste sich zusammenreißen, um sich nicht in die Hose zu machen.

Mit klappernden Zähnen sagte sie: »Sie sind über den Fluss und drüben aus der Schlucht gestiegen. Nach Westen. Da ist eine Ranch.«

»Wie weit weg?«

»Ich weiß nicht.«

»Dein Wert rutscht schon wieder in den Keller.«

»Ein Kilometer vielleicht.« Sie deutete über den Fluss, im Neunziggradwinkel zu der Richtung, die sie tatsächlich eingeschlagen hatten. »Und sie sind langsam. Sie können sie noch einholen.«

Verdammt, warum hatte sie das gesagt? Weshalb hatte sie ihm zu verstehen gegeben, dass er die Gruppe allein stellen konnte? Sie hätte … »Ich kann Sie führen.«

Plötzlich grinste er breit. »Vom Verhandeln verstehst du nicht viel, oder? Du verstehst nur was vom Aufgeben. Zu spät, dumme Kuh.«

Ihre Beine knickten ein. »Nein, bitte. Ich …«

Der Schuss war nicht laut. Nur schockierend nah. Der Schlag fühlte sich erstaunlich schwach an. Peyton sackte zusammen und stürzte unter dem kleinen Mann auf die kalte Erde. Sie spürte warmes Blut. Sehr viel Blut.

Der Schmerz in ihrem Schlüsselbein war furchtbar. Sie war auf dem Rücken gelandet, und er lag auf ihr. Sein Atem streifte sie als langer, kranker Luftzug. *O Gott.*

Sein Blut strömte über sie.

Mit Händen und Füßen strampelnd, schob sie ihn von sich. Er rutschte in den Dreck, und seine schwarze Windjacke glänzte dunkel und nass. In der Luft hing ein scharfer, beißender Geruch.

Die Kugel hatte nicht sie getroffen, sondern ihn. Sie trat nach dem Mann und stieß ihn weg, bis sie sich zappelnd von ihm lösen konnte.

Verzweifelt blickte sie sich um. »Wer ist da?«

Ein anderer Mann löste sich aus dem Schatten. Die Pistole in seiner Hand schimmerte im Mondschein.

»Steh auf«, sagte Kyle.

Peyton glotzte ihn an. »Du hast ihn erschossen.«

»Und ob. Er wollte dich umbringen.«

»Tu mir nichts.«

In seinen Augen blitzte ein wahnsinniges Funkeln auf. »Warum sollte ich dir was tun?«

»Bitte nicht. Ich geb dir alles, was du willst.«

Trotz des eisigen Windes blinzelte er nicht. Irgendwas an seinen Augen war anders.

Bedächtig steckte er die Waffe in die Tasche. »Du musst mir nichts geben. Verrat mir einfach, warum du solche Angst hast.«

Ihr Blick huschte zu dem Toten. Angeekelt schloss sie die Augen. *Kyle hat mich gerettet.* »Wo warst du denn?«

»Ich hab nach einem Fluchtweg gesucht. Wo ist Dustin? Ist er zurückgekommen?«

Sie erstarrte. »Was soll das heißen?«

»Wir wurden getrennt. Er ist losgestürmt, weil er dachte, er sieht Lichter hinter dem Wald.« Kyle streckte die Hand aus. »Komm, ich helf dir auf. Wir müssen hier verschwinden.«

»Kyle, Dustin ist tot.«

»Was?«

»Jo sagt, dass Dustin erschossen wurde.«

»O mein Gott.« Er drückte die Hand an die Schläfe. »Das kann doch nicht sein. War es Von?«

Sie zögerte. Wusste nicht mehr, was sie glauben sollte. Wieder schielte sie zu der Leiche.

Vorsichtig nahm sie Kyles Hand.

Er zog sie hoch. »Du zitterst ja.«

»Jo dachte, dass du …«

»Was?« Seine Stimme klang sanft.

»Sie hat gesagt, dass du ihn erschossen hast.«

Er fuhr zurück. »Ich?«

Peyton nickte. Ihr Atem dampfte in der Luft.

Kyle riss die Hände hoch. »Das ist doch total verrückt. Dustin? Ich soll Dustin erschossen haben? Warum denn, um alles in der Welt?«

»Sie hat es gesagt.«

Diesmal legte er beide Hände an die Schläfen, als hätte er Mühe, die Anschuldigung zu verdauen. »Jo behauptet, sie hat gesehen, wie ich ihn erschossen habe?«

»Nein, sie hat gesagt …« Was hatte Jo eigentlich gesagt? »Sie hat seine Leiche entdeckt. Und die von einem Rancher.«

»Du hast also nur ihr Wort dafür, dass das alles tatsächlich passiert ist. Niemand hat es mit eigenen Augen gesehen. Vielleicht ist Dustin verletzt und irrt irgendwo herum. Oder er versucht zu fliehen.«

»Warum sollte Jo …« Das war doch völlig sinnlos. Sie fror und hatte Angst. Und sie war total verwirrt.

Aber Kyle blieb ganz ruhig. »Was weißt du eigentlich über Jo?«

»Sie ist Ärztin.«

»Sagt sie. Hast du Beweise dafür?«

»Sie …« Peyton überlegte angestrengt. »Sie hat Noahs Bein eingerichtet.«

»Wirklich?«

Peyton wurde auf einmal flau. »Eigentlich war es Gabe.«

Wachsam blickte Kyle um sich. Er nahm sie am Ellbogen und führte sie tiefer in die Bäume, heraus aus dem Mondlicht. »Woher willst du wissen, dass sie die ist, als die sie sich ausgibt?«

»Wer sollte sie denn sonst sein?«

»Sie ist auf der Lichtung aufgetaucht, wo die Bande mit dem Hummer angehalten hat. Lässig wie nur was kam sie aus dem Wald rausspaziert. Wie wahrscheinlich ist so was?«

»Willst du damit sagen, dass sie aus einem anderen Grund dort war?«

»So was wie Zufall gibt es nicht. Meinst du, jemand fährt einfach so ohne besonderen Grund diese Forststraße rauf? Vergiss es.«

»Moment, meinst du, sie hat dort gelauert?«

»Warum ist sie denn überhaupt hier rausgefahren, mitten in die Pampa? Hat sie euch das erzählt?«

Peytons Magen zog sich zu einem Knoten zusammen. »Nein, sie hat nichts erzählt.«

»Eben.« Er wirkte beunruhigt. »Das ist ganz schlecht.«

»Was denkst du?«

Er rieb sich über den Hals. »Erst möchte ich wissen, ob du mir vertraust.«

»Glaubst du, Jo arbeitet mit den Leuten zusammen, die uns entführt haben?«

»Warum sollten sonst zwei Gruppen an diesem abgelegenen Ort aufeinanderstoßen?«

Sie fühlte sich, als hätte man sie durch eine Mangel gedreht. »O mein Gott.«

»Wo sind Autumn und die anderen?« Er lächelte. »Ich meine, wo sind sie in Wirklichkeit hin?«

Sie spürte, wie sie rot anlief. »Du hast gehört, was ich dem Entführer erzählt habe?«

»Wirklich schlau von dir.« Das Lächeln wurde breiter. »Ziemlich schlagfertig, dass du ihm diesen Quatsch aufgetischt hast. Und mutig.«

Er hatte wirklich ein strahlendes Lächeln. Peyton fühlte sich so davon ermutigt, dass sie es erwiderte. »Sie sind flussaufwärts gegangen. Sie haben ein Pferd und wollen einen Weg hoch zur Straße finden. Du weißt schon, damit sie Handyempfang haben und die Polizei anrufen können.«

»Das hat euch Jo zumindest weisgemacht.«

»O Gott. Was machen wir jetzt?«

»Wir müssen deine Freunde warnen. Komm.«

Er winkte sie an der Leiche vorbei. Im Vorbeigehen nahm er die Waffe des Mannes an sich und schleuderte sie weit hinaus, ins Wasser. Dann liefen sie am Hang entlang durch die Bäume, parallel zum tobenden Fluss.

Auf einmal war ihr ganz warm. »Danke, dass du mir geholfen hast.«

»Das würde doch jeder Mann machen.« Wieder blitzte sein Lächeln auf. »Für eine hübsche Lady.«

»Dieser Typ – der Tote – was wollte der eigentlich?«

»Gute Frage. Autumns Familie hat Kohle, das weiß ich, aber was ist mit euch anderen?«

»Dustins Leute haben auch Geld.«

Er schaute sie an. »Und was ist mit dir, hübsche Lady?«

»Mein Dad ist Börsenmakler.«

»Superreich?«

»Eher nicht.« Sie stolperte. Vom Laufen war sie völlig außer Atem.

Kyle ergriff sie am Handgelenk und stützte sie, bis sie wieder das Gleichgewicht fand. Seine Augen hingen an ihrem Gesicht. Sie kannte diesen Blick. Er war von ihr bezaubert.

»Wie weit flussaufwärts sind die anderen?«, wollte er wissen.

»Wir sind eine Weile gelaufen – ich weiß auch nicht, vielleicht zwanzig Minuten.«

Mit brodelnden Schaumkronen rauschten unter ihnen die Stromschnellen vorbei. Vor ihnen hing ein tiefer Ast herunter. Kyle drückte ihn mit der rechten Hand zur Seite. Die Pistole schimmerte im Mondschein.

Sie dachte: *Zum Glück hatte er die Waffe.* Und dann dachte sie: *Wo hat er sie gefunden?*

45

Langsam schoben sich Gabe und Jo am Flussufer entlang. Wie weiße Wolken schwebte ihr Atem durch die Luft. Der Himmel war klar und unglaublich nah, die Sterne glitzerten überwältigend wie eine Kaskade aus Funken. Doch die Temperatur sank immer weiter. Der Wind fuhr ihr bis in die Knochen.

Gabe hob die Hand. *Stopp.*

Behutsam trat sie vor. Vorn am Ufer des reißenden Stroms, in den sich der Fluss verwandelt hatte, erblickte sie, was Gabes Aufmerksamkeit geweckt hatte.

Gabe kauerte sich hin, das Jagdmesser tief an der Seite. Jo schob sich dicht hinter ihn. Nach einem ausgiebigen Blick auf den Klumpen am Hang war sie sich sicher: Dort lag die Leiche eines Mannes.

Eine unendlich lange halbe Minute lang blieb Gabe völlig reglos. Er und Jo konnten das Hemd des Mannes erkennen, das dunkel und nass glänzte. Sonst hörten und sahen sie nichts. Schließlich richtete sich Gabe auf und lief hinüber.

Er kniete sich hin und legte dem Mann zwei Finger auf den Hals. »Tot. Erschossen.«

Jo sah genauer hin. Der Mann hatte am Rücken eine Eintrittswunde. Nirgends eine Austrittsstelle. Nur dieses Loch. »Wurde nicht mit einer großkalibrigen Schrotflinte getötet, das steht fest. Das war eine Faustfeuerwaffe.«

Langsam ließ Gabe den Blick in alle Richtungen schweifen. »Kyle.«

»Wo hat er die Waffe her? Und wer ist das?« Kaum hatte sie die Worte ausgesprochen, als es ihr klar wurde. Ein Kribbeln zog über ihre Haut. »Sie sind da.«

Sie spähten den Hang hinauf.

»Wie weit ist es noch zum Hummer?«, fragte sie.

»Zweihundert Meter.« Wie mit Röntgenaugen starrte er nach vorn. »Peyton muss diesem Typen über den Weg gelaufen sein.«

Nach kurzer Überlegung sah sie ein, dass er recht hatte. Eine andere plausible Erklärung gab es nicht. »Ich wette, er war bewaffnet. Und sie hat ihn bestimmt nicht entwaffnet.«

Ihre Blicke trafen sich. »Ich glaube, wir sind mitten in einem Kampf«, meinte Gabe.

»Zwischen den Entführern und dem Bösen Cowboy?«

»Ich habe nicht behauptet, dass ich den Grund dafür kenne.«

Verzweifelt schaute sich Jo um. Wo war Peyton?

Unter Peytons Füßen knirschte die Erde. »Warte.«

Sie war vollkommen außer Atem. In diesen Bergen gab es einfach keine Luft.

Kyle, der neben ihr durch die dichten Bäume am Hang marschierte, drehte sich mit spitzem Gesicht zu ihr um. »Was ist los?«

»Ich bin so müde. Mein Schlüsselbein tut furchtbar weh. Ich muss mich ausruhen.«

Einen Moment lang schien er völlig verblüfft. Dann musterte er sie von oben bis unten, als müsste er sie in eine Schublade einordnen. Seine Züge und seine hellen, intensiven Augen wurden weich. »Okay. Machen wir eine Minute Pause.« Er deutete auf einen Fels.

Sie ließ sich nieder. Der Stein war kalt und nass. Einfach grauenvoll.

Kyle legte ihr die Hand auf die Schulter. »Setz dich hin, da kannst du ein bisschen verschnaufen.«

Sie nickte und strich sich eine feuchte, klebrige Locke hinters Ohr. Ihr Atem wurde weiß in der eisigen Luft.

Kyle trat beiseite. Kurz darauf zog er ein Walkie-Talkie aus der Tasche und drückte auf einen Knopf. »Howdy Doody.«

Er ließ den Knopf los, und aus dem Gerät drang statisches Knistern.

»Was ist das?«, fragte Peyton.

Dann kam eine knisternde Männerstimme aus dem Walkie-Talkie. »Du verschwendest bloß die Batterie. Ich rede nicht mit dir.«

Kyle betätigte wieder den Knopf. »Man soll nie nie sagen, Dane.«

Peyton stand auf. »Mit wem redest du da?«

Kyle winkte sie heran. Verschwörerisch legte er den Finger vor die Lippen.

Sie beugte sich vor und flüsterte: »Was ist los?« Als er ihr den Arm um die Hüfte legte, war sie nicht überrascht. Sie hatte damit gerechnet. Sie wusste genau, wie sie mit solchen Typen umgehen musste. Außerdem war er bestimmt nicht das Schlimmste, was ihr auf diesem Katastrophenausflug hätte passieren können.

Er führte das Walkie-Talkie an die Lippen. »Du meinst, ich habe geblufft. Das ist ein großer Irrtum.«

Na ja, abgesehen von seiner komischen Redeweise vielleicht.

»Du willst die Bande von der Geburtstagsparty. Aber du weißt nicht, wo sie sind.«

Das Walkie-Talkie krächzte undeutlich. »Du kannst labern, so viel du willst. Du bist allein da draußen in der Wildnis. Hau lieber ab, sonst erfrierst du noch. Oder wirst von einem Bären aufgefressen.«

»Ach, wegen Bären mach ich mir keine Gedanken. Mir schweben da eher ein paar andere Tierchen vor.« Er drückte Peyton an sich. Ein richtiger Aufreißer.

»Weißt du, wenn ich unter Schlaflosigkeit leiden würde, könnte ich mir dein Gefasel die ganze Nacht anhören. Aber ich hab keine Zeit. Also, ich mache jetzt Schluss.«

»Noch nicht.« Kyle ließ den Sprechknopf los und wandte sich an Peyton. »Mach mal meinen Rucksack auf.« Er ließ ihn von der Schulter gleiten.

Sie zog den Reißverschluss auf.

»Gib mir den Sack.«

»Welchen Sack?«

Der Rucksack war schwer und vollgestopft mit Seilen, Wasserflaschen und mehreren von diesen Kordelzugbeuteln aus Filz, wie sie zum Verpacken von Whiskey verwendet wurden. Oder von teuren Schuhen.

»Den großen.«

Vermutlich Lederstiefel, schätzte Peyton. Sie zog ihn heraus. Er war erstaunlich schwer. Und ausgebeult. Gefüllt mit etwas Formlosem.

Kyle kauerte sich nieder und machte einen Knoten am Ende des Sacks auf. Dann griff er wieder nach dem Walkie-Talkie. »Dane? Vermisst du zufällig einen Mitarbeiter? Falls ja, rechne lieber nicht damit, dass er so bald wieder auftaucht.«

Aus dem Walkie-Talkie drang nur Schweigen.

Kyle fuhr fort. »Und, bist du schon auf Von gestoßen?«

Peyton sah ihn an.

»Wenn du so schweigst, bedeutet das wohl Ja.«

Sie packte ihn am Ärmel. »Von? Dieses Arschloch im Hummer?«

Kyle zog den Arm weg und machte *Pst*!

Aber sie ließ sich nicht abschütteln. »Hast du Von gesehen?«

»Keine Angst. Von kann dir nichts tun.«

Sie riss den Mund auf. »Hast du ihn auch erwischt?«

»Ich wollte ihn zwingen, dass er mir verrät, was mit Jo Beckett los ist. Aber er hat geschwiegen.«

Deswegen also. »Daher hast du die Pistole?«

Er schien einen Moment zu zögern. »Ja, von Von.«

»Was ist mit ihm passiert?«

Kyles Augen blitzten auf. Er schob das Walkie-Talkie vors Gesicht und drückte auf den Knopf. »Hast du ihn dir genauer angesehen?«

Keine Antwort, aber Kyle lächelte.

Peyton spürte ein Prickeln der Beunruhigung. Wovon redete Kyle da?

Er hob den großen Filzsack an. In der Dunkelheit flackerten ständig Schatten über den Berg, deshalb war nichts Genaues zu erkennen. Aber Peyton glaubte zu erahnen, wie sich der Beutel dehnte.

Dann nahm sie es erneut wahr. Und es war definitiv keine optische Täuschung. Es waren nicht die zuckenden Schatten. Es war der Sack. Ihr Magen ballte sich zusammen.

»Crotalus scutulatus«, bemerkte Kyle.

Aus dem Walkie-Talkie kam nur Rauschen. Der Mann am anderen Ende schwieg. Dennoch musste Peyton auf einmal an die Stimme dieses Mannes denken. Sie kam ihr bekannt vor.

Ja, natürlich, sie gehörte dem Mann, der das Schnellboot gelenkt hatte. Der Oberboss der Entführer. Und Kyle machte ihn gerade zur Schnecke.

Trotzdem wurde sie das dumpfe Gefühl nicht los, dass etwas nicht stimmte.

»Na, kannst du das übersetzen?«, fragte Kyle. »Nein? Mister Big Brain hat also keine Ahnung?«

Peyton flüsterte: »Mach den Typen nicht wütend, Kyle.«

Sein Kopf fuhr herum. »Ich weiß genau, was ich tue.«

Dann hing er wieder am Walkie-Talkie. »Ihr kennt mich alle als den Red Rattler. Aber was ich hier habe, ist ein bisschen frischer.« Mit leuchtenden Augen fixierte er den Sack. »Was Grünes. Crotalus scutulatus. Auch Mojave genannt.«

Wovon redete er?

»Du meinst, das ist alles nur Quatsch mit Soße? Dann hör mal gut zu.«

Er stellte das Walkie-Talkie ab. Dann hielt er sich den Sack an die Brust und rieb darüber. Er schaute Peyton an. »Das wird dich umhauen.«

Sie zog die Hände zurück. »Ich weiß nicht.« Plötzlich packte sie der Drang zurückzuweichen. Sie stand auf und machte einen Schritt.

Schneller als eine Peitsche fuhr Kyle den Arm aus und packte sie am Fußgelenk. Bevor sie reagieren konnte, zerrte er daran, und sie verlor das Gleichgewicht. Um nicht den steilen Hang hinunterzustürzen, riss sie die Arme hoch und sackte nach hinten.

Sie fiel auf Steine und schlug sich den Kopf an. Durch ihr gebrochenes Schlüsselbein schoss ein scharfes Stechen. Sie schnappte nach Luft, aber der Schmerz war zu stark. Sie sah Sterne, fliegende Sterne, die sich mit denen am Himmel vermischten.

Im nächsten Moment hatte sich Kyle nach vorn geworfen, setzte sich rittlings auf sie und klemmte ihre Arme unter den Schenkeln fest. Dann drückte er ihr eine Hand auf den Mund. Ihre Augen wurden groß.

Mit der freien Hand zupfte er sanft am Kordelzug des Beutels. Schließlich nahm er ihn und schob ihn Peyton auf die Brust.

O Gott. Er war schwer. Als würde ein dicker, langer Muskel auf ihr liegen. Ein sich windender, *zielstrebiger* Muskel.

In dem Sack war eine Schlange.

Sie keilte mit den Beinen aus und bohrte die Fersen in die weiche Erde und die Kiefernnadeln, um Kyle abzuschütteln. Er war zwar schlank und leicht, aber stärker als ein Stahlkabel. Wie ein Eisenring schloss er die Beine um ihre Schenkel und presste ihr die Hand noch fester auf den Mund. Seine Augen bohrten sich in ihre. Verzweifelt versuchte sie zu schreien, aber seine heiße Hand erstickte jeden Laut.

Die Schlange schob die Nase durch die Öffnung des Sacks. Ganz langsam kam ihr Kopf zum Vorschein. Groß und grau schimmerte sie im aschbleichen Mondschein. Die Zunge zuckte aus dem Maul.

Peyton bäumte sich auf, um zu entkommen. Die Kälte der Erde, der Schmerz des gebrochenen Schlüsselbeins – alles schlug in nackte Angst um.

»Im Moment kann man die Farbe nicht erkennen«, erklärte Kyle. »Aber sie ist grün. Eine Mojave-Klapperschlange. Absolut tödlich.«

Hilflos strampelte Peyton und kreischte hinter seiner Hand. Mit letzter Kraft versuchte sie, ihn abzuwerfen. Dabei verfing sich ihr Sweatshirt an einem Kiefernzapfen unter ihr und rutschte ihr von der Schulter.

»Du machst sie nur böse«, sagte Kyle.

Allmählich glitt die Schlange aus dem Sack, fünfzehn Zentimter weit, dann dreißig. Wieder zuckte ihre Zunge heraus. Mit geübtem Griff packte Kyle sie direkt hinter dem Kopf am Hals.

»Bei dem vielen Wind kann man die Rassel gar nicht hören. Schade.«

Erneut schoss die Zunge aus dem Maul. Die Schlange wollte offenbar fliehen.

»Uh, jetzt ist sie aber stinkwütend.« Er grinste auf die Schlange hinab, schüttelte sie und gab ein lautes Zischen von sich. Dann ließ er sie auf Peytons Gesicht fallen.

Die Schlange wand sich und schlitterte herum. Schneller als ein Stromschlag stieß sie zu und bohrte Peyton die Zähne in den Arm.

Mit dem Schock durchfuhr sie ein neuer Schmerz.

Kyle zog die Hand von ihrem Mund, schnappte sich die Schlange und stopfte sie zurück in den Beutel. Dann griff er nach dem Walkie-Talkie und drückte den Sprechknopf.

Ohne ein Wort hielt er ihr das Walkie-Talkie vor den Mund, während ihre Schreie durch die Nacht hallten.

46

Die Schreie kamen von oben aus der Dunkelheit. Jo fuhr herum. Sofort trat Gabe vor sie. In der linken Hand hielt er den Knüppel, in der rechten das Jagdmesser.

»Peyton«, flüsterte Jo.

Es war ein hemmungsloses Kreischen, das sich nicht darum scherte, ob es Feinde anlockte. Jenseits von Verzweiflung.

Und es bewegte sich.

»Sie läuft.«

Die Schreie strebten in die Richtung, wo Jo und Gabe die Gruppe um Autumn zurückgelassen hatten.

»Komm.« Gabe wandte sich um und hetzte zurück.

Jo zögerte, den Blick auf den Toten gerichtet. Sie bemerkte das Walkie-Talkie, das aus seiner Jackentasche lugte. Einem Impuls folgend, nahm sie es an sich, dann folgte sie Gabe, der dem Kreischen nachjagte, in der Hoffnung, Peyton abzufangen. Sicher dachte Gabe das Gleiche wie sie: Wenn Peyton so laut schrie, zog sie bestimmt alle Leute hier auf dem Berg an.

Und dummerweise waren das keine Rettungskräfte hier auf dem Berg.

Als Autumn die Schreie hörte, fuhr sie mit dem geschnitzten Speer in der Hand herum.

Der Hengst hob den Kopf ins Mondlicht. Sein Zaumzeug klickte. Das Kreischen wurde lauter.

»Das ist Peyton«, sagte Noah.

Sie hörten Keuchen, Ächzen, Hände, die Äste beiseitestießen.

Plötzlich brach sie aus den Bäumen hervor und taumelte in Autumns Arme. »Hilfe.«

Ihr Blick war panisch. Dann riss sie den Kopf zurück und sackte zusammen.

Autumn warf sich neben ihr zu Boden. »Was hast du?«

Wie aus dem Nichts stand Kyle vor ihnen. »Nichts Besonderes.«

Jo kämpfte sich den Berg hinauf. »Wir müssen uns beeilen.«

Gabe rannte, ließ sie aber nicht hinter sich. Voller Sorge erkannte sie, wie abgehackt sein Atem klang.

Sie drängten durchs Unterholz und erreichten schließlich die Lichtung über dem Flussufer, wo sie die anderen zurückgelassen hatten. Keine Spur von Autumn, dem Pferd, Lark und Noah.

Aber Jo bemerkte eine Gestalt in einer schmutzigen himbeerfarbenen Trainingshose. Wie eine Betende kniete Peyton mitten auf der Lichtung, abwechselnd kreischend und schluchzend.

Sie hob den Kopf. »Hilfe.«

Sie liefen zu ihr. Gabe warf Jo den Knüppel zu und schaltete die Taschenlampe ein. Peytons Brust hob und senkte sich. In ihren Augen war ein irres Flackern. Das Sweatshirt war ihr heruntergerissen worden. Aus zwei punktartigen Wunden am Bizeps lief ihr Blut über den rechten Arm.

Jo versuchte, sie festzuhalten. »Nicht bewegen.«

»Sie hat mich gebissen«, schrie sie.

»Eine Schlange? Eine Klapperschlange?«

Peyton nickte hektisch.

»Setz dich hin«, forderte Gabe. »Ganz ruhig.«

»Helft mir«, wimmerte Peyton. »Ich will nicht sterben.«

»Das will niemand. Also sei ruhig und halt still.«

Jo drückte ihr die Schultern. »Schau mich an, Peyton.«

»Hat mich gebissen.« Peyton schloss die Augen, lehnte sich zurück und schrie den Himmel an.

Jo schüttelte sie. »Hör auf damit. Sofort.«

Peyton schluchzte weiter. Gabes Gesicht war angespannt vor Frustration.

Jo zog Peyton fest an sich und drückte den Kopf des Mädchens an ihre Brust. Mit ruhiger Stimme sprach sie ihr ins Ohr. »Je mehr du schreist, desto heftiger pumpt dein Herz und desto schlimmer ist die Wirkung des Gifts. Also sei still.«

Es funktionierte wie eine Ohrfeige. Peytons Kopf ruckte nach oben.

Gabe deutete auf den Boden. »Setz dich hin. Mach schon, schnell.«

Wacklig ließ sich Peyton nieder. »Er …« Schniefend unterdrückte sie ein Schluchzen. »Er hat mich festgehalten. Und sie aus dem Sack gelassen.«

»Kyle hat das getan?« Jo schaute Gabe an und las in seinen Augen.

Zu spät. Peytons Schreie hatten die Gangster alarmiert. Sie war wie ein Leuchtturm im Dunkeln.

»Sie werden kommen«, sagte er. »Bald.«

»Nein«, erwiderte Peyton. »Sie sind schon weg. Kyle hat die anderen weggebracht.«

Am Berg, fünfzig, sechzig Meter über der panisch kreischenden Schlampe, kauerte sich Kyle auf einen Felsbrocken und wartete.

Der Sack war wieder zu, die Schlange sicher verstaut. Er hatte ihn in die Jacke gesteckt, damit es die Schlange warm hatte. Er mochte das Gefühl von so viel Macht, die sich gegen seinen Körper spannte.

Von unten durch den Wald drang noch immer das Jammern der Blondine herauf. Der Wind rauschte durch die Kiefern und trug die Schreie den Hang hinauf. Er spähte hinüber zur Forststraße.

Haugen musste sie hören. Er würde das Geräusch orten und sich darauf zubewegen.

Und er musste hier vorbeikommen. Die Brücke war weggespült worden. Auf dem Rückweg von der Ranch hatte Kyle die Straße ausgekundschaftet und es gesehen: nichts als ein Trümmerhaufen im Mondlicht.

Kyle lächelte. Er hatte drei Studenten und ein Pferd – und eine Schrotflinte, mit der er auf sie zielte. Die hauten bestimmt nicht ab. Keinen Mucks machten sie. Noah sowieso nicht. Lark lief nicht weg, weil sie genau wusste, dass er sofort auf Noah schießen würde. Liebe – was für ein netter kleiner Knoten, mit dem sich die Leute aneinanderfesselten.

Und Autumn, sein Haupttreffer – sie war einfach loyal. Wollte ihren Freunden unbedingt die Treue halten. Sie konnte nicht ertragen, was mit ihnen passieren würde, wenn sie floh.

Schön blöd.

Er starrte sie an. Mit dem guten alten bösen Blick. Sie wich davor zurück, war aber außerstande, sich von ihm abzuwenden. Die weiße Schlange musste die Leute nicht berühren, um sie zu vergiften.

Geduldig wartete er, während Peyton sich allmählich beruhigte. Entweder sank sie gerade in Ohnmacht, oder die hilfsbereite Ärztin und ihr Lover hatten sie entdeckt. So oder so, eine Zeit lang waren sie sicher beschäftigt.

»Gehen wir.« Mit dem Lauf seiner Schrotflinte gab er der Gruppe zu verstehen, dass er keinen Widerspruch duldete.

Gern wäre er noch hier geblieben, um Peyton beim Sterben zuzusehen. Aber inzwischen drangen andere Geräusche aus dem Wald. Haugen und seine fröhliche Runde. Er musste los.

Er hatte das Walkie-Talkie. Er hatte die Geiseln. Haugen musste zu ihm kommen.

Peyton schlug um sich. »Es tut weh. O Gott, es brennt.«

Jo hielt den Arm des Mädchens fest, damit sie ihn nicht anhob. »Die Bissstelle muss unter dem Herzen bleiben, damit weniger Gift durch deinen Körper gespült wird.«

Doch wahrscheinlich war es schon zu spät für die Anwendung dieser Standardregel. Peyton war mit heftig pochendem Herzen eine lange Strecke durch den Wald gerannt. Vermutlich war das Gift schon überallhin vorgedrungen.

Noch immer zuckten ihre Augen wild herum. »Saugt das Gift raus. Schneidet ein X in meinen Arm, dann könnt ihr es raussaugen.«

Gabe schüttelte den Kopf. »Keine gute Idee.«

»Du hast doch das Messer.« Sie packte ihn am Hemd. »Komm, mach es.«

Er nahm ihre Hände. »So hat man das früher gehandhabt. Aber heute nicht mehr.«

»Hast du Angst, dass du das Gift schluckst? Gib mir das Messer, ich mach es selbst.«

Jo war es ein Rätsel, wie er es schaffte, äußerlich gelassen zu bleiben. Er umklammerte ihre Hände. »Das Gift aussaugen funktioniert nicht. Das Einzige, was hilft, ist ruhig bleiben.«

Allerdings nur fürs Erste. Peyton musste dringend in die Notaufnahme eines Krankenhauses, damit man ihr gegebenenfalls ein Gegengift verabreichen konnte.

»Erste-Hilfe-Kasten?«, fragte Jo.

Gabe ließ die Sporttasche von den Schultern gleiten. Jo kramte Verbandszeug und Desinfiziermittel heraus. Das Säubern des Bisses war kaum mehr als eine beruhigende Geste, aber Ruhe war das, was Peyton vor allem benötigte.

Ihre Augen glänzten feucht. »Was ist mit Abbinden?«

Gabe sprach in beschwichtigendem Ton. »Nein. Das macht die Sache unter Umständen noch schlimmer. Was dir wirklich hilft, ist Ruhe. Es gibt nämlich eine gute Nachricht: Die meisten Bisse von Klapperschlangen sind nicht tödlich.«

Peyton liefen die Tränen übers Gesicht. Ihre Augen waren verquollen. »Er hat gesagt, sie ist grün.«

Jo zuckte unwillkürlich zusammen wie von einem elektrischen Schlag. »Die Schlange?«

»Eine Mojave?« Gabe blieb beherrscht.

Peyton nickte. »Er hat in das Walkie-Talkie gesprochen. Absolut tödlich, hat er gemeint.«

»Peyton.« Jo beugte sich über sie. »Hör mir zu. Er ist ein Lügner. Ein Psychopath.«

»Wie hat die Schlange ausgesehen?«, fragte Gabe.

»Wie eine gottverdammte Klapperschlange eben. Mit Reißzähnen. Er hat gesagt, es ist eine Mojave.«

Jo schielte zu Gabe. Ihre Zuversicht schwand.

Haugen ließ das Fenster des Streifenwagens nach unten rollen. Er hörte das kalte Ächzen des Windes. Die Schreie des Mädchens waren inzwischen verklungen. Kein Laut drang mehr aus dem Walkie-Talkie.

Mit den Scheinwerfern blitzte er Sabine an, die ein Stück weiter vorn im Volvo saß. Sie blitzte zurück. Auch sie hatte also die nette Übertragung von Ruby Kyle Ratner gehört.

Er öffnete die Tür. Er musste Ratner aus dem Verkehr ziehen, bevor dieser Wahnsinnige Autumn umbrachte.

In diesem Augenblick erwachte das Funkgerät knisternd zum Leben. »Wagen vier, bitte melden.«

Haugen wartete ab. Von den jämmerlichen Versuchen des diensthabenden Beamten, den toten Deputy D.V. Gilbert zu erreichen, wusste er, dass dieses Fahrzeug Wagen zwei war. Das hieß, das Kommando galt jemand anderem.

Verstärkung.

»Staatliche Forststraße E92 kurz vor Abzweigung zur Goldmine.«

Eine ferne, rauschende Stimme antwortete: »Verstanden. Bin unterwegs. Sechzig Kilometer entfernt. Wo ist die Highway Patrol?«

»Die nächste Streife ist in Oakdale, fährt aber in Richtung Zielort.«

»Sollen wir eine Straßensperre aufbauen?«, fragte Wagen vier.

Haugen erstarrte. Eine Straßensperre war tödlich für seine Pläne. Eine Straßensperre würde ihn hier in der Wildnis mit all seinen Spielsachen abfangen. Einen anderen Weg aus diesem trostlosen Wald als bergab auf dieser Straße gab es nicht.

Er knallte die flache Hand aufs Lenkrad. Verdammt. Das *konnte* doch einfach nicht wahr sein.

Aber die Deputys von Tuolumne County waren sechzig Kilometer entfernt. Und die Highway Patrol noch weiter. Er hatte genug Zeit.

Und wenn nicht?

Plötzlich krächzte das Walkie-Talkie. »Dane, ach Dane …« Wieder Ratners höhnisch wispernder Singsang. »Beeil dich lieber, Partner. Sonst wird mein Stück Kuchen immer größer.«

Ratner lachte. Ein schrilles, schlüpfriges Kichern.

Haugen spürte einen Kloß im Hals. Er stieg aus dem Auto. »Ich schlage vor, du latschst rauf zur Straße und verschwindest. Weil du nämlich keinen Cent kriegst. Und wenn du hier weiter rumhängst, beißt du ins Gras.«

»Das ist aber eine äußerst unhöfliche Bemerkung.«

»Du kannst mich nicht erpressen.«

»Und ob ich kann. Bin Experte dafür.«

Du bist höchstens ein Schwachkopf, dachte Haugen. »Nein, du kennst bloß keine Grenzen.«

»Bingo.« Erneut gackerte Ratner los.

Haugen stapfte die Straße hinauf. Ruben Kyle Ratner war nur ein Hindernis wie jedes andere auch. Er durfte nicht zulassen, dass dieser Idiot seinen ausgeklügelten Plan zum Entgleisen brachte.

»Na gut«, sagte Haugen. »Wir sind im Geschäft.«

»Einfach so?«

»Einfach so. Ich weiß, wann es Zeit ist, den Markt aufzuteilen. Aber das gilt natürlich nur unter der Voraussetzung, dass eine Gegenleistung kommt.«

»Ich war in dem Hummer, als ihn deine Blödmänner in die Schlucht befördert haben. Wie wär's mit einer Gegenleistung für meine Schmerzen? Aua. Ich glaube, ich hab ein leichtes Schleudertrauma.« Abermals das wiehernde Lachen.

Unter Haugens Stiefeln knirschte der Splitt. Er lauschte angestrengt. Der Wind wehte böig, aber er wusste, dass Ratner in der Nähe war. Es konnte gar nicht anders sein, sonst hätte das Walkie-Talkie mit seiner kurzen Reichweite gar nicht funktioniert. Er verlangsamte sein Tempo, um zu hören, ob Ratners Stimme aus seinem Versteck drang.

Der Baum, an dem Vons Leiche hing, rückte näher. Stöhnend riss der Wind an Vons flatternder Jacke. Haugen stoppte. Das Stöhnen wurde lauter.

Haugen fuhr herum und starrte Von an.

Von starrte zurück. »Hilfe, Boss.«

Jo streichelte Peyton den Rücken, um sie zu beruhigen.

»Ich will nicht sterben«, krächzte das Mädchen.

»Du wirst nicht sterben. Kapiert? Du wirst überleben – wie fast alle anderen. Entscheidend ist, dass deine Herzfrequenz sinkt.«

Aber die Nachricht, dass Peyton von einer Mojave-Klapperschlange gebissen worden war, machte Jo Angst. Mojaves waren aggressiver als alle anderen Klapperschlangen. Ihr Gift wirkte auf die Nerven. Bei einer sehr hohen Dosis konnte die Atmung eines Menschen aussetzen. Sie waren zu Recht berüchtigt als die tödlichsten Vertreterinnen ihrer Gattung.

»Macht doch was«, wimmerte Peyton. »Kühlen – schüttet Wasser drauf.«

»Das geht leider nicht«, erklärte Gabe. »Durch Kälte bleibt das Gift konzentriert an der Bissstelle.«

»Und das ist nicht gut?«

»Nein. Die Konzentration kann zu starken Gewebeschäden führen.«

Nekrose. Absterben von Gewebe. Muskeln und Knochen konnten sich buchstäblich auflösen. Das hatte Jo in der Notaufnahme erlebt. Und Peytons Zustand war ohnehin schon bedrohlich. Die Bisswunde war rot und blau verfärbt und bereits stark geschwollen. Und sie schnaufte angestrengt.

»Es brennt so furchtbar.« Sie kratzte sich am Bauch und an den Beinen. »Und überall juckt es.«

Rasselnd rang sie nach Atem. Im Schein der Taschenlampe bemerkte Jo, dass sie rot angelaufen war.

»Muss …« Plötzlich konnte sie kaum noch flüstern. »Aufstehen.«

Ihre Augen wurden groß. Sie riss den Mund auf und schnappte nach Luft. Nur ein Kratzen war zu hören. Und länger dauerte es nicht. Sie krallte nach ihrem Hals. Ihre Augen verdrehten sich nach hinten, und sie sackte auf den Boden.

»Sie bekommt keine Luft«, stellte Jo fest.

»Flach hinlegen«, sagte Gabe. »Atemwege frei.«

Kaum war sie auf dem Boden ausgestreckt, hob er ihr Kinn und schob das Gesicht ganz nah an ihre Lippen, um zu prüfen, ob sie atmete. In Jo brandete Panik hoch. Sie verstand nicht, was passiert war.

Sie hatte Peyton versprochen, dass sie überleben würde. Und so war es tatsächlich bei den meisten Menschen, die von einer Klapperschlange gebissen wurden. Aber jetzt lag Peyton bewusstlos da, schlaff, die Brust reglos.

Sie verstand es nicht, aber es war passiert. Peyton atmete nicht mehr.

47

Tang steuerte ihren kessen Honda Civic in die Parkgarage des Polizeipräsidiums, und Evan folgte in ihrem Mustang. Das ausladende Gebäude nahm einen ganzen Straßenblock ein. Es war groß wie ein Ozeandampfer und blitzte weiß im Licht der Straßenlampen.

Das Morddezernat war wie ausgestorben, nur eine Rumpfmannschaft war zum Nachtdienst eingeteilt. Neonlicht tauchte das Büro in kalten Glanz. Tang griff nach ihrem Tischtelefon und rief das Sheriff's Office von Tuolumne County an.

Aus dem Lautsprecher drang die gequälte Stimme des Sheriffs. »Hallo, Lieutenant. Ja, wir haben Deputy Gilbert losgeschickt, um der Sache nachzugehen. Er hat den Tacoma Pick-up gefunden.«

Evan machte unwillkürlich einen Schritt auf den Schreibtisch zu.

»Und Dr. Beckett? Mr. Quintana?«, fragte Tang nach.

»Keine Spur von ihnen.«

Tangs Gesicht spannte sich an. Blind starrte sie durch das Telefon. Dann hatte sie sich wieder im Griff. »Können Sie mich mit Deputy Gilbert verbinden?«

Der Sheriff zögerte. »Er meldet sich nicht über Funk. Ich kann ihn nicht erreichen.«

Tang sank auf ihren Stuhl. »Sie haben den Kontakt verloren?«

»Ein anderer Streifenwagen ist unterwegs zu Rons letztem bekannten Standort, aber er ist noch sechzig Kilometer entfernt, und es herrschen schlechte Wetterbedingungen.«

Tang überlegte kurz. »Wie hat Deputy Gilbert den Ort beschrieben, wo er den Tacoma entdeckt hat?«

»Der Pick-up war beim Ausgangspunkt des Fußwegs zur Mine abgestellt. Mit offener Fahrertür und laufendem Motor.«

Nervös rieb sich Evan über die Stirn. Das konnte einfach nichts Gutes bedeuten.

Sie beugte sich vor. »Hier Evan Delaney. Ich bin diejenige, die Deputy Gilbert die Informationen über den Standort gegeben hat. Hat er das Gelände erforscht? Den Fußweg zur Mine?«

In diesem Moment klingelte Tangs Handy. Sie trat beiseite und meldete sich.

Der Sheriff antwortete: »Wenn Ron den Fußweg hochgestiegen ist, dann hat er das zumindest nicht erwähnt. Ich kann mir aber nicht vorstellen, dass er so viel Zeit hatte.«

Evan spürte ein leises Ziehen im Magen. »Zeit?«

»Ein Auto ist die Forststraße raufgefahren. Er hat es angehalten, um rauszufinden, ob die Leute was gesehen hatten. Per Funk hat er gemeldet, dass es ein neuerer Volvo-Geländewagen ist.«

Tang beendete ihr Gespräch, doch unmittelbar darauf klingelte das Handy erneut. Sie meldete sich und ging nach kurzer Unterredung wieder aus der Leitung. Als sie sich wieder an den Sheriff wandte, war ihre Stimme erfüllt von Sorge. »Hat der Deputy das Nummernschild des Volvos notiert?«

»Die Armaturenkamera hat es gefilmt und weitergeschickt.« Der Sheriff las das Kennzeichen vor. »Ist auf ein Unternehmen zugelassen. Ragnarok.«

Am liebsten hätte Evan den Sheriff durchs Telefon gezogen und ihn geküsst.

Sichtlich angespannt beugte sich Tang vor. »Hören Sie. Gerade hab ich mit den Leuten vom Bayview-Revier geredet. Sie haben gestern Nachmittag einen Anruf von einer Frau bekommen, die am Candlestick Point einen Spaziergang gemacht hat. Sie wollte einen ›zwielichtigen Vorfall‹ am Strand melden.«

Evan drehte sich zu ihr um. »Was heißt das?«

»Sie hat es so beschrieben. Eine Gruppe schicker junger Leute kommt in einer Limousine angerollt und trinkt Champagner. Ein paar Minuten später taucht ein Schnellboot auf, und sie werden von Bewaffneten mit Skimasken zusammengetrieben.«

»Was?«, entfuhr es dem Sheriff.

»Aber dann hat eine der jungen Frauen der Zeugin erklärt, dass alles nur ein Spiel ist. Eine Party. Und eine Bewaffnete hat ihr sogar eine Visitenkarte gegeben.«

»Lass mich raten.« Evan tippte sich auf die Nase. »Edge Adventures.«

Tang zielte mit dem Finger auf sie wie mit einer Pistole. »Volltreffer.«

»Und was weiter?«

»Die Bewaffnete konnte die Zeugin nicht ganz besänftigen. Als ein Teil der jungen Leute mit dem Schnellboot weggedüst ist, hat sie schnell die Kennzeichen von zwei Autos aufgeschrieben: von einer großen Stretchlimousine und von einem schwarzen Volvo-Geländewagen, die gleich danach weggefahren sind. Dann hat sie die Polizei angerufen, um den Vorfall zu melden. Sie fand das Ganze einfach verdächtig.«

»War es derselbe Volvo?«, fragte der Sheriff.

»Ja.«

»Verdammt.«

Evan hielt sich zurück.

Tang war zugleich voller Energie und blass vor Sorge. »Aber jetzt kommt der Clou. Die Leute vom Bayview-Revier haben der Anruferin versichert, dass alles in Ordnung ist. Edge Adventures hat die Polizei vor zwei Tagen informiert, dass ein ›Reality-Spiel‹ geplant ist.«

Evan mischte sich ein. »Soll das jetzt heißen, dass alles paletti ist? Der Volvo, das Rollenspiel – alles sauber?«

»Nein. Die Firma Edge Adventures besitzt keinen Volvo.« Tang zögerte kurz. »Und der zweite Anruf gerade war von Terry Coates' Freundin. Sie hat mir die Liste von Spielleitern für dieses Wochenende durchgegeben. Keine einzige Frau dabei.«

Bei Evan schrillten alle Alarmglocken. *Das Ganze ist doch oberfaul.* »Noch was anderes, Sheriff. Ragnarok, das Unternehmen, dem der Volvo gehört – die Nummer der Firma stand in dem Handy, das Jo in der Nähe der verlassenen Mine gefunden hat.«

Nach einer Weile brach der Sheriff das dröhnende Schweigen. »Wir müssen unbedingt diesen Geländewagen aufspüren.«

»Sie müssen eine Straßensperre aufbauen«, forderte Tang.

»Das sehe ich genauso, Lieutenant.«

»Halten Sie mich auf dem Laufenden.«

Evan öffnete den Mund, dann zögerte sie. »Ich hoffe, Deputy Gilbert taucht wohlbehalten wieder auf.«

»Da schließe ich mich an«, ergänzte Tang. »Viel Glück.«

Sie legte auf und sprach erst nach einer längeren Pause wieder. »Coates' Freundin hatte noch eine weitere Information. Die Kundin von Edge Adventures an diesem Wochenende ist eine junge Frau namens Autumn Reiniger.«

»Die, die ihren einundzwanzigsten Geburtstag feiert?« In Evans Gehirn tickten die Rädchen. »Ausgezeichnet. Das passt perfekt.«

Tang telefonierte mit einem Polizeibeamten im Dienst. Sie bat ihn, so viel wie nur möglich über Autumn Reiniger herauszufinden. Nach dem Ende des Gesprächs schloss sie die Augen und kniff sich in den Nasenrücken.

»Du wirkst nicht besonders aufgeregt«, sagte Evan. »Was ist denn?«

»Der Deputy von Tuolumne County. Schlimme Sache. Sieht nicht nach einem glücklichen Ende aus.«

»Warum bist du da so pessimistisch?«

»Deputy Gilbert hat Jos Pick-up gefunden, verlassen, mit offener Fahrertür und laufendem Motor. Und unmittelbar nachdem dieser rätselhafte Volvo auf der Szene auftaucht, verschwindet er spurlos. Bestimmt kein Grund für Jubelarien.«

»Dem Sheriff hast du doch Mut zugesprochen, und bei dir solltest du es genauso machen.«

Tangs Augenbrauen zuckten nach oben. »Soll das ein Witz sein? Weißt du, wer das am Telefon war? Sheriff Walt Gilbert. Der Vater von Deputy Ron Gilbert.«

48

Hingestreckt lag Peyton auf der kalten Erde, die Augen halb geöffnet, das Gesicht schlaff. Ihre Brust bewegte sich nicht. Gabe kniete sich neben sie. Wie Flammen zuckten Gefühle über sein Gesicht. Er wischte sich mit dem Handrücken über die Stirn.

Jo bekam selbst kaum noch Luft vor Wut und Fassungslosigkeit. Es tat weh, wenn ein Patient starb. Und wenn er jung war, konnte die Erfahrung wirklich niederschmetternd sein. Ärzte, Sanitäter, Feuerwehrleute, Rettungskräfte – sie alle mussten mit solchen Erlebnissen zurande kommen. Und wenn es geschah, fühlte es sich nicht an wie ein Schlag, sondern wie ein Abgrund, der alles verschlang und nur Leere hinterließ.

Jo konnte den Fluss hören. Schäumend wand er sich um Felsen und stürzte kalt zu Tal. Sie konnte es nicht begreifen, es wollte ihr nicht in den Kopf. Bisse von Klapperschlangen führten einfach nicht so schnell zum Tod. Nicht einmal bei einer Mojave.

Noch einmal beugte sie sich über Peyton und ließ den Strahl der Taschenlampe über ihre Augen ziehen. Die Pupillen zogen sich zusammen.

Sie war noch am Leben.

»Reanimation«, sagte Gabe.

Er lehnte sich vor und fing an, Peyton Luft in die Lunge

zu blasen. Ihre Brust regte sich nicht. Immer noch keine Atmung. Kein Geräusch, kein Zeichen, dass Peyton Sauerstoff aufnahm. Sie blieb schlaff.

»Atemwege total blockiert. Der Hals ist zugeschwollen«, stellte er fest.

Jo versank in einer schwarzen Wolke. Peyton trieb hinüber auf die andere Seite, war vielleicht schon dort. Jo hörte es wie ein Echo im Kopf. *Wir müssen gehen. Er ist tot. Es tut mir leid.*

Nein. Sie konzentrierte sich. Ihr Blick fand zu Gabe. »Wir werden es ihren Eltern nicht erzählen müssen.«

Er betrachtete Peyton. »Auf keinen Fall.«

Die Vehemenz seiner flüsternden Stimme drückte wie ein Keil gegen Jos Brust.

»Luftröhrenschnitt?«, fragte er.

Es war eine verzweifelte Idee, aber Peytons Zustand war kritisch.

Er zog sein Jagdmesser und tastete über ihren Hals. »Pass auf, ob jemand kommt.«

Jo behielt den dunklen Hang im Auge. Sie erkannte nur wabernde Schatten im Mondlicht. Dann nahm sie Peytons Handgelenk und fühlte ihren Puls. Er war da, fest und stark. *Was ist die Ursache für diesen Zusammenbruch?*

»Vielleicht hat sie eine besonders große Ladung Gift abbekommen?«

Das Ganze war einfach falsch, falsch – aber zugleich real, hier vor ihrer Nase. Plötzlich fiel Jo eine Äußerung von Peyton ein. *Als ich klein war …*

Sie erstarrte. *O mein Gott.* »Anaphylaktischer Schock?«

Das Gift einer Mojave-Klapperschlange konnte die Atmung des Opfers lähmen. Aber dass dabei der Hals zuschwoll, war undenkbar.

Anders bei einer starken allergischen Reaktion. Einem anaphylaktischen Schock.

Gabe wirkte überrascht und skeptisch. »Eine allergische Reaktion auf einen Schlangenbiss?«

Tatsächlich war ein anaphylaktischer Schock bei einem Schlangenbiss eine äußerst seltene Komplikation, zu der es nur kommen konnte, wenn das Opfer dem Gift nicht zum ersten Mal ausgesetzt war.

Jetzt erinnerte sich Jo wieder genau, was Peyton gesagt hatte: »›Als ich klein war, wäre ich bei einem Campingausflug mit meiner Familie fast von einer Klapperschlange vergiftet worden.‹ Ich dachte, da hätte sich eine Schlange ins Zelt geschlichen. Aber …«

»Du meinst, sie wurde damals tatsächlich von einer Schlange *gebissen*?«

Schnell griff Jo nach dem Erste-Hilfe-Kasten. Gleich darauf hatte sie die Adrenalinspritze gefunden.

Gabe schnitt ein Loch in Peytons Velourshose und riss den Stoff auf, um ihren Schenkel freizulegen. Jo ließ den Deckel von der Spritze schnappen und bohrte ihr die Spritze in den Quadrizeps, um das Adrenalin direkt in den Muskel zu injizieren.

Sie drückte und zählte langsam bis zehn. Es dauerte schier ewig. Dann zog sie die Nadel heraus und massierte den Einstich.

Anschließend konnten sie nur warten. Jo überwachte Peytons Puls. Das Jagdmesser hing dicht über ihrem Hals in Gabes Hand und glänzte im Strahl der Taschenlampe.

Plötzlich atmete Peyton wieder.

Sie keuchte. Ihre Brust hob sich.

»Komm schon, Schätzchen«, flüsterte Jo. »Komm schon.«

Ächzend sog die junge Frau die Luft ein.

»Stabile Seitenlage«, sagte Gabe.

Sie rollten sie in die Notfallposition. Ihre Lunge arbeitete wieder. Die Atemwege waren frei. Sie öffnete den Mund, dann die Augen.

»So ist es gut«, sagte Jo. »Weiter so, Peyton.«

Gabe ließ sich auf die Fersen fallen. Trotz der Kälte schwitzte er.

Peyton fixierte Jo. »Was ist passiert?«

»Allergische Reaktion. Wir haben dir Adrenalin gespritzt.«

Sie schloss die Augen. »Danke.«

Vorsichtig schob Jo dem Mädchen mit den Fingerspitzen verklebte Haarsträhnen aus dem Gesicht. »Als du klein warst, hat dich die Klapperschlange da gebissen?«

»Trockener Biss.«

Jo runzelte die Stirn.

»Hab sie abgeschüttelt, bevor sie mir die Zähne reingebohrt hat. Aber diesmal …«

Jo und Gabe tauschten Blicke aus. Bei dem Kindheitsbiss musste ein wenig Gift in ihr Blut gelangt sein.

Die Augen immer noch geschlossen, flüsterte Peyton: »Es tut mir leid.« Ihre Lippen zitterten. »Mein Armband. Grandma hat es mir geschenkt. Ich wollte … tut mir so leid.«

»Spar dir die Entschuldigungen für später auf, wenn wir wieder zu Hause sind. Dann kannst du mich zu einem Bier einladen.«

»Eine ganze Kiste.« Sie holte tief Luft. »Wenn ich einundzwanzig werde.«

Jo strich ihr das Haar hinters Ohr. »Abgemacht.«

Eine Viertelstunde ließen sie Peyton in der Seitenlage. Die Rötung und der Juckreiz vergingen. Ihr Gesicht war zwar immer noch schmerzverzerrt, aber nicht mehr verquollen. Der Puls blieb weiterhin stabil, und die Atmung wurde regelmäßig.

Gabe stand auf und winkte Jo zu sich, wo das Mädchen sie nicht hören konnte. »Wir müssen eine Entscheidung treffen.«

Peyton wälzte sich herum. »Ich will nicht hierbleiben.«

»Ruh dich einfach aus. Wir überlegen uns was.«

»Nein, lasst mich nicht hier.« Mühsam setzte sie sich auf. »Ich kann gehen.«

Mit zweifelnder Miene musterten sie sie.

»Wirklich.« Sie streckte die linke Hand aus. »Helft mir auf.«

Jo überlegte. Mit einem Klapperschlangenbiss herumzulaufen war alles andere als ideal. Noch schlimmer war es, wenn man gerade einen anaphylaktischen Schock überstanden hatte. Aber wichtiger als Ruhe war für Peyton, dass sie ins Krankenhaus kam. Je schneller das gelang, desto besser standen die Chancen, dass sie überlebte und sich wieder erholte.

Unbeholfen stemmte sich Peyton auf die Füße. »Ich kann gehen. Bitte. Wir müssen zusammenbleiben. Ich tue alles, was ihr sagt. Versprochen.«

Natürlich war ruhiges Liegen an einem Ort, wo man sie gut wegtransportieren konnte, das Beste für Peyton, aber man durfte sie nicht allein lassen. Jo konnte bei ihr ausharren, aber Gabes Miene brachte unzweideutig zum Ausdruck, dass er das nicht dulden würde. Entweder sie blieben alle, oder sie gingen alle. Bloß sich hier gemeinsam zu verstecken, wo Kyle sie entdecken konnte, kam nicht infrage.

Gabe spähte hinauf in den Wald am Hang.

Auf einmal merkte Jo, wie ihre Zuversicht zurückkehrte. Sie würden die anderen finden. »Gehen wir.«

49

Evan spürte einen stupsenden Finger an der Schulter und roch verbrannten Kaffee. Sie fuhr aus dem Plastikstuhl neben Tangs Schreibtisch hoch. In den Fenstern spiegelte sich das summende Neonlicht. Der Himmel draußen war schwarz. Tang drückte ihr einen Becher Kaffee in die Hand.

Sie nahm einen heißen Schluck. »Styropor. Danke.«

Tang war bestimmt müde, aber das merkte man nur an den Augenringen. Sie hatte sich eine Brille mit schwarzem Rand aufgesetzt und sah aus wie Buddy Holly. Sie reichte Evan ein zwanzig mal fünfundzwanzig Zentimeter großes Foto: eine grobkörnige Aufnahme, die die Armaturenkamera in Deputy Gilberts Streifenwagen gemacht hatte. Sie hatte nach hinten fotografiert, durch das Trenngitter und die Heckscheibe. Die Nachtsichtbeleuchtung war grün und unheimlich wie in einem Horrorfilm.

Hinter dem Streifenwagen stand mit grell weißen Scheinwerfern der Volvo-Geländewagen.

Plötzlich war Evan hellwach. »Zwei Insassen. Nein, drei – auf der Rückbank sitzt auch jemand.«

Der Fahrer war weiß und männlich. Auf dem Beifahrerplatz saß eine weiße Frau.

Trotz ihrer Erschöpfung machte Tang einen aufgedrehten Eindruck. »Ragnarok Investments ist eine Fassade, hinter der sich ein Rattennest von weiteren Briefkastenfirmen verbirgt.«

»Und du hast was rausgefunden.«

Tang gab ihr einen Ausdruck. »Sabine Jurgens. Sie ist als Minderheitseigentümerin eines Unternehmens vier Ebenen unter Ragnarok eingetragen.«

»Wer ist sie? Die Frau, mit der ich am Nachmittag telefoniert habe?« Evan hob das Kamerafoto hoch. »Die da?«

Tang setzte sich neben sie an den Schreibtisch und tippte mit flüssigen Bewegungen auf ihrer Tastatur. Kurz darauf erschien auf dem Monitor Sabine Jurgens' kalifornischer Führerschein. Sie hatte kurzes rotes Haar und einen Blick, der alles auseinandernahm – Firmen, Männer, ein Maschinengewehr –, bis nur noch Krümel übrig waren.

»Sie hat die deutsche und die US-amerikanische Staatsbürgerschaft. Auf den ersten Blick sauber, aber tief in ihrer Biografie vergraben gibt es so eine schwammige Geschichte. Hab's noch nicht geknackt. Auf jeden Fall ist Interpol mit im Spiel.«

»Klingt nicht gut.« Evan verglich das Führerscheinfoto mit der unscharf grünen Gestalt auf der Kameraaufnahme. Sie konnte nicht erkennen, ob es dieselbe Frau war.

Tang zog weitere Blätter heraus. »Ich hab auch den Namen des Mehrheitseigners.« Sie drückte auf eine Taste, und auf dem Bildschirm erschien ein Foto.

Anfang vierzig, attraktiv wie ein Kinostar. Ein nordischer Schurke aus einem James-Bond-Film. Schwerlidrige Augen, schmale Lippen, Adlerblick. Das Haar wie Gordon Gekko nach unruhigem Schlaf, dazu all die Arroganz des Börsenhais, aber ohne seinen Charme und surrealen Humor. Der Eismann kommt.

»Hält große Stücke auf sich, oder?«

Tang neigte den Kopf. »Lässt im Büro bestimmt Wagner laufen.«

Evan nahm das Kamerafoto. »Derselbe. Wer ist das?«

Tang öffnete den Mund zum Sprechen, doch dann warf sie ihr durch die Buddy-Holly-Brille einen langen Seitenblick zu. »Die Bemerkung über Wagner kommt aber nicht in deine Story.«

»Schon gut. Erzähl mir von ihm.«

Das Telefon auf dem Schreibtisch schrillte. Evan schrak zusammen. Sie waren die einzigen Leute in einem Büro voller leerer Schreibtische.

Tang hob ab. »Ja?« Sie machte ein verblüfftes Gesicht. Nachdem sie aufgelegt hatte, steuerte sie auf den Empfang zu und forderte Evan mit einer Geste auf, ihr zu folgen. »Ferd Bismuth ist hier.«

Als sie vorn ankamen, reichte der Schalterbeamte Jos Nachbarn gerade eine Besucherplakette.

Evan flüsterte: »Sieht aus, als wär gerade sein Hündchen in den Brunnen gefallen.«

Ferd hatte eine 49er-Mütze auf und wirkte äußerst mitgenommen. In einem Babytuch vor der Brust trug er einen Kapuzineraffen. Das Tier wirkte wie ein kleiner Alien-Pilot in der Kanzel, der Ferd vielleicht sogar steuerte.

Ferd flitzte um den Schalter herum. »Tina ist in Jos Haus. Ich konnte nicht schlafen. Ich mach mir solche Sorgen.« Er streckte ihnen eine Dose Cupcakes hin. »Für euch beide.«

»Danke.« Tang nahm die Dose und winkte ihn zu einem Sofa im Pausenraum. »Dort kannst du kurz warten.«

Evan hatte sich inzwischen einen Cupcake genommen. Tang wollte ebenfalls zugreifen, doch nach einem Blick auf den Affen, der Schokostreusel im Gesicht hatte, zog sie die Hand wieder zurück. Evan aß weiter. Sie war so hungrig und müde, dass es ihr nichts mehr ausmachte. Der Affe gaffte sie an, mit einer pompösen Miene wie ein visionärer Schamane, der ihr Unheil zu prophezeien hatte.

Ferd wippte von einem Fuß zum anderen und wollte nicht gehen. Tang deutete mit dem Finger hinüber. »Bin gleich da. Ab mit dir.«

Widerstrebend stapfte er in den Pausenraum.

Tang und Evan setzten sich wieder an den Computer mit dem Foto des Mannes am Steuer des Volvos.

»Also, wer ist das?«, fragte Evan.

»Dane Haugen.«

»Aha.«

»Ein Finanzspezialist. Hat einen Abschluss in Mathematik und ein Talent für Finanzbranchen, die weitgehend unreguliert sind. Hypothekenschuldverschreibungen, Derivate. Geht immer so vor, dass er sich mitten in einer spekulativen Blase platziert und Papiere verkauft, von denen er genau weiß, dass sie Schrott sind. Sammelt Geld von den Anlegern ein – oft von Durchschnittsleuten über ihre Pensionsfonds – und räumt dabei selber Honorare in Millionenhöhe ab.«

»Sprichst du jetzt von Aktienbetrug oder von ganz normalen Wall-Street-Manövern?«

»Von Taschenspielertricks, allerdings in großem Maßstab. Der Kerl schiebt das Geld so schnell hin und her, dass niemand mitkommt, streicht bei jedem Abschluss Gebühren ein, wettet gegen seine eigenen Kunden – alles, womit er sich die Taschen füllen kann.«

Evan fixierte das Foto. »Ein Krimineller also.«

»Und eiskalt. Weißt du, was mir meine Quelle über ihn erzählt hat? Er war auf so einer Himalajaexpedition, wo Anfänger zum Gipfel raufgeschleift werden. Hat ein Schweinegeld hingelegt, um den Annapurna zu besteigen. Dabei ist er ohne Bedenken oder ein freundliches Wort an zwei sterbenden Kletterern vorbeigestiefelt. Später hat er der BBC ein

Interview gegeben. ›Sie kannten das Risiko und die Konsequenzen. Zu erwarten, dass unser Team den Gipfelanstieg aufgibt, um Leute zu retten, die ihre Kräfte falsch eingeschätzt haben, ist unverschämt.‹«

»Netter Typ.«

»Er ist der Drahtzieher. Er hat die Leute von Edge Adventures ausgeschaltet.«

»Hat er auch die jungen Leute bei ihrer Geburtstagsparty am Strand entführt? Warum? Und was hat Ragnarok damit zu tun?«

»Gute Frage.«

»Ich ahne fast, dass du die Antwort kennst.«

Ferd erschien in der Tür des Pausenraums. »Amy?«

Tang wandte sich kurz um. »Noch eine Minute.«

»Ich habe gehört, wie du Ragnarok erwähnt hast.«

Tang spannte die Schultern an. »Ach?«

»Welche Verbindung besteht zwischen Jos Verschwinden und der nordischen Mythologie?«

»Auf so eine Verbindung bin ich nicht gestoßen.«

Evan schaltete sich ein. »Worauf willst du raus, Ferd?«

»Ragnarok. Das Ende der Götter. Schicksal, Untergang. So was wie Götterdämmerung.«

»Woher weißt du das?«

»Onlinespiele. Mythologische Themen sind da ganz wichtig.«

Evan schielte kurz zu Tang. »Meinst du, diese Typen haben einen Sinn für Ironie – oder für das Schicksal?«

Ferd wandte sich halb nach hinten. »Ich muss ein paar Sachen nachprüfen.«

»Erzähl uns, was du rausfindest«, rief ihm Evan nach.

Er kehrte in den Pausenraum zurück.

Tang senkte die Stimme. »Ich glaube, wenn Jo was passiert, dann bringt er die Verantwortlichen in einem Klingonenritual zur Strecke.«

Evan deutete auf Dane Haugens Bild. »Sonst noch was über ihn?«

Tang verschränkte die Arme. »Hat für eine große Hedgefondsfirma hier in der Stadt gearbeitet. Hat zig Millionen verdient. Aber er ist in Ungnade gefallen und wurde gefeuert. Die Sache wurde vertuscht, weil es ein Privatunternehmen ist. Gerüchten zufolge musste er sich ziemlich winden, um nicht vor Gericht zu landen.«

»Hat ihn das seine zig Millionen gekostet?«

»Haugen musste seine Positionen bei der Firma auflösen – alle Anlagen, die er auf eigene Rechnung verwaltet hat. Hat seine Stellung als Gesellschafter, seinen Anteil und den Anspruch auf Gewinnbeteiligung verloren. Musste alles verkaufen, was er besaß. Sein Haus, sein anderes Haus, sein drittes Haus, seine Pferde, seine Boote, seine Geliebten. Am Schluss hat er seine Zahlungsunfähigkeit erklärt. In einer Branche, die so was eigentlich nicht kennt, war er der Schande ziemlich nah.«

»Und dann?«

»Ist er von der Bildfläche verschwunden. Vielleicht um seine Wunden zu lecken. Vielleicht um bei McDonald's zu bedienen.« Tang sprudelte geradezu vor Energie.

»Und die Pointe?«

»Die Firma, für die Haugen gearbeitet hat, ist Reiniger Capital.«

Auf einmal schien der ganze Raum zu vibrieren. »Dann ist das also keine normale Entführung, bei der ein Lösegeld erpresst werden soll.«

»Nein«, bestätigte Tang.

Evan klappte ihr Notebook auf. Sie brauchte fünf Minuten

für die Recherche. »Peter Reiniger. Gründer und Vorstandsvorsitzender von Reiniger Capital. Und zufriedener Kunde von Edge Adventures.«

Auf seiner Website listete Edge seine Unternehmenskunden auf und zeigte einen Werbefilm: Actionszenen aus Spielen, die die Firma betreut hatte. Zwischen Bildern von Rechtsanwälten und Börsenmaklern, die sich in Sportwagen halsbrecherische Verfolgungsrennen durch San Francisco lieferten, lächelten müde Manager in die Kamera und sagten: »Das war großartig. Danke, Edge.«

Dann meldete sich ein besonders imposanter Mann mit kantigem Gesicht: »Ich bin Peter Reiniger. Wenn es darum geht, den Sinn meiner Mitarbeiter für die Unerbittlichkeit des Lebens zu schärfen, kann ich mich immer auf Edge verlassen.«

»Was für eine Empfehlung.« Tang tippte bereits in ihr Telefon. Zu einem Beamten am anderen Ende sagte sie: »Ich brauche Nummern. Handy, Festnetz, Büro, Sekretärin, Hund, wenn es sein muss. Der Mann heißt Peter Reiniger.«

»Was für ein Spiel treibt Haugen?«, fragte Evan.

Sie konnte sich nicht vorstellen, dass ein früherer Multimillionär einfach die Tochter seines Exchefs entführte, um ein Lösegeld zu bekommen. Warum sollte er eines der aussichtslosesten Verbrechen der USA begehen, wo er doch einfach nur in die Finanzwelt zurückkehren musste, um mit legalen Tricks mühelos Kohle zu scheffeln? Nein, das ergab keinen Sinn. »Worum geht es da?«

»Rache.«

»Und mehr. Dieser Typ verlegt sich nicht zum Spaß auf Gewaltverbrechen. Er hat was Großes vor.«

50

Haugen kroch nach vorn zur Kante eines überstehenden Felsens. Ein Hauch von Zwielicht im Osten ermöglichte ihm einen Blick in die Schlucht und auf den tosenden Fluss. Auf dem Bauch liegend, hob er das Fernglas an die Augen.

Lautlos glitt Sabine neben ihn. »Irgendein Zeichen von ihnen?«

»Noch nicht, aber sie haben keinen anderen Fluchtweg aus der Schlucht. Halt die Augen auf.«

Langsam ließ er den Blick über den waldbewachsenen Berghang wandern. Es war nur noch eine Frage der Zeit, bis er sie entdeckte. Sie waren erschöpft und verängstigt, außerdem hatten sie keine Wildniserfahrung. Bald waren sie bestimmt so sichtbar und hörbar wie durch die Bäume stolpernde Büffel.

»Wie geht's Von?«, fragte er.

»Bereit, den ersten von den ›kleinen Scheißern‹ abzumurksen, der ihm über den Weg läuft.«

Fünfzig Meter hinter ihnen parkte der Volvo abseits von der Straße unter den Kiefern. Im grauen Dämmerlicht kauerte Von mit einer Tasse Kaffee auf dem Fahrersitz.

»Kann er denn mit seiner Schulterverletzung überhaupt eine Waffe halten?«

»Er muss eben mit der linken Hand schießen«, antwortete Sabine.

»Was hat Ratner da auf dem Walkie-Talkie von einer Klapperschlange gefaselt? Hat er vielleicht …«

»Er hat sich über dich lustig gemacht, Dane. Der Typ ist doch selbst eine Klapperschlange.«

Haugen lief ein Schauer über den Rücken. Schlangen bedeuteten nichts Gutes. Sie führten direkt in den Untergang.

Er senkte das Fernglas und rollte sich auf den Rücken, um einen Ruger aus seinem Schulterhalfter zu ziehen. Er klappte die Trommel heraus, um sich zu vergewissern, dass der Revolver voll geladen war, dann ließ er sie mit einem satten Klack wieder einrasten.

»Wenn es hell wird, kriegen wir hier Gesellschaft«, meinte Sabine.

»Gefahr ist auch eine Chance.«

Sie setzte sich auf. Der Wind hatte ihre Wangen gerötet. Das kurze Haar steckte unter der Skimaske, die sie hochgeschoben hatte wie eine Rollmütze. Sie machte ein böses Gesicht. »Die Polizei wird die Straßen absperren. Wenn wir Autumn nicht vorher erwischen, wie sollen wir dann aus der Schlucht rauskommen?«

Schnell verwarf er den Impuls, zu antworten, dass sie sich tief in den Bergen verstecken konnten, bis die Tölpel in Uniform aufgaben. Auch der zweite Impuls, sie zu ohrfeigen, weil sie es wagte, an ihm zu zweifeln, verflog gleich wieder. Immerhin war sie bewaffnet.

Nach dem ursprünglichen Plan hätte er sechzig Stunden gehabt, um Peter Reiniger zwanzig Millionen Dollar herauszuleiern. Die dämlichen Teilnehmer an Autumns Geburtstagsausflug wären erst spät am Sonntagabend vermisst worden, wenn sie nicht nach San Francisco zurückkehrten. Er hatte vorgehabt, sie in eine Blockhütte fünfzig Kilometer weiter oben an der Forststraße zu sperren. Aber dieser Plan war hinüber. Von und Friedrich hatten ihn vermasselt mit ihrem Geballere auf der Lichtung, genauso wie Deputy D.V. Gilbert, als er die Messinghülsen entdeckte, die wie Vogelfutter auf dem Boden verstreut waren. Und auch Stringer hatte es anscheinend erwischt.

»Dane?« Sabines Stimme war scharf wie ein Stilett. »Wenn das Wetter klar bleibt, schicken sie Rettungshubschrauber.«

»Sie wissen doch gar nicht, dass die Kids hier sind.«

»Sie schicken welche, um nach dem Deputy zu suchen.«

Er wälzte sich wieder auf den Bauch und setzte das Fernglas an die Augen.

»*Dane.* Sobald es hell ist, schicken sie die Highway Patrol mit Suchhunden los. Wahrscheinlich sogar die verdammte Nationalgarde.«

»Zu dem Zeitpunkt müssen wir schon über alle Berge sein.«

Sorgfältig suchte er die Schlucht ab. Dann stoppte er und schwenkte zurück. Durch die Bäume bewegte sich ein großes Tier. »Sie haben ein Pferd.«

Haugen stellte den Entfernungsmesser am Fernglas ein. »Neunhundert Meter, südwestlich. Vielleicht hundert Meter vom Fluss weg.« Hastig sprang er auf. »Hol Von. Wir müssen los.«

Gabe wartete. Der steile Berghang war dicht mit Gelbkiefern bewachsen. Kurz darauf stießen Jo und Peyton zu ihm. Sie kletterten langsam und mit großer Vorsicht, damit Peytons Herzschlag nicht zu schnell wurde. Das Mädchen war bleich und zusammengesunken vor Schmerz. Und stumm. Jo wusste nicht, ob ihr die Klagen oder die Luft ausgegangen waren, doch wie auch immer, sie kämpfte sich tapfer voran. Der Mond war verschwunden. Der Himmel im Osten war bereits mit violetten und indigoblauen Tönen durchsetzt, und die Sterne waren verblasst. Die Morgendämmerung brach an.

Gabe stolperte über einen Stein und konnte nur knapp einen Sturz vermeiden. Jo riss den Arm vor wie ein Schülerlotse, der ein Kind daran hindert, auf die Straße zu laufen. Ihre Augen brannten, der Schädel brummte. Ohren, Gesicht und Hände waren taub vor Kälte, und sie konnte kaum noch die Finger beugen. Ihre Müdigkeit war in eine Erschöpfung umgeschlagen, wo der Verstand nachließ und von Unbeholfenheit verdrängt wurde. Der Schlafmangel und die daraus resultierende Gereiztheit wurden zu einem konstanten, alles beherrschenden Pochen. Bei jedem Schritt und jedem Atemzug schrie ihr Körper nach Ruhe.

Aber sie hatten nichts zu essen. Keinen Kaffee, nichts Heißes, um sich zu wärmen. Sie nahm einen Schluck aus einer Wasserflasche und reichte sie weiter. Im Grunde blieb ihnen gar nichts anderes übrig, als weiterzumarschieren.

Wohin waren Autumn, Lark und Noah von Ratner verschleppt worden? Hatte er vor weiterzulaufen, oder wollte er sie irgendwo verstecken? Und würde er alle drei am Leben lassen?

Vor ihrem inneren Auge sah sie Dustin, der mit einem schartigen Loch im Rücken auf der Wiese lag.

Schluss damit. Sie musste sich auf ihre Umgebung konzentrieren, musste auf Peyton aufpassen, musste weitergehen.

Als sich die Bäume lichteten und ein hellerer Dämmerschein zu ihr vordrang, registrierte sie es zunächst gar nicht. Doch es war tatsächlich so: Sie traten hinaus auf die Forststraße.

Nach der Nacht in der Schlucht war es, als wären sie auf den gelben Backsteinweg gestoßen. Vollkommen überwältigt hielt Jo an.

»Höchste Zeit«, ächzte Peyton. »Das ist ein gutes Zeichen, oder?«

»Wunderbar. Der erste Schritt auf dem Weg nach Hause.«

Der Morgenhimmel war fast völlig klar, und es herrschte eine geradezu gespenstische Stille. Mit äußerster Wachsamkeit schauten sie sich nach allen Seiten um und lauschten auf Geräusche aus dem Wald. Langsam folgten sie der Straße bergab, bis sie einen Aussichtspunkt zur Schlucht fanden. Ihr Atem dampfte in der Luft. Tief unten wütete der Fluss. Wolken zogen vorbei und verfingen sich an Höhenzügen und Kieferngruppen.

Die Überschwemmung ließ bereits nach. Graubraun und unruhig kehrte der Fluss im aschgrauen Zwielicht in sein Bett zurück. Überall an den Ufern, wo die Schlucht eng zusammenlief, waren Baumstämme und Felsbrocken verstreut.

Wie angewurzelt blieb Jo stehen. »O nein.« Es war, als würde ihr die letzte Kraft aus dem Körper gesaugt. In ihrem Hals bildete sich ein Kloß.

Aus der Brücke war ein großes Stück herausgerissen worden.

»Sie ist unpassierbar.« Auf ihre Schultern drückte plötzlich eine tonnenschwere Last. Sie wankte und hörte ein lautes Summen in den Ohren. Waren sie nach so vielen Mühen und Qualen nun doch am Ende? »Verdammt.«

Gabe spähte in alle Richtungen. »Es muss einen anderen Weg geben.«

Jo hatte das Gefühl, dass sich die Kälte durch ihre nassen Kleider fraß. »Nur noch eine Frage der Zeit, bis sie uns haben. Wir sind abgeschnitten.«

»Sie sind schon seit gestern Abend hinter uns her, und bisher haben sie uns nicht gekriegt.« Seine Stimme klang frostig. »Und daran wird sich auch nichts ändern. Irgendwie kommen wir hier schon weg.« Er war mindestens genauso erledigt wie sie, aber er wollte sich nicht geschlagen geben.

Sie presste sich Daumen und Zeigefinger in die Augenwinkel. Obwohl er gerade gesprochen hatte, spürte sie sein Schweigen jetzt wie einen Schlag in die Magengrube.

»Hab ich dich je im Stich gelassen?«, fragte er schließlich.

Sie atmete tief durch. »Nie.«

»Wir kommen hier lebend raus.« Er warf Peyton einen kurzen Blick zu. »Wir alle.«

Mit einem Nicken nahm Jo seine Hand und drückte sie. Sie war so schwach, dass sie fast das Vibrieren in ihrer Tasche nicht gespürt hätte. »O mein Gott.«

Hastig zog sie ihr Handy heraus. »Ich hab ein Signal.«

Soeben hatte sie eine SMS bekommen. Grob wischte sie sich über die Augen und wählte 9-1-1. *Verbindungsaufbau fehlgeschlagen.*

»Nein.«

Sie rannte die Straße zurück, um wieder ein Signal zu bekommen. Ohne Erfolg. Während sie sich in alle Richtungen drehte und die Himmelsgötter anrief, ihr Gebet zu erhören, öffnete sie die SMS.

Sie kam von Evan Delaney. Die erste Zeile war ein Name.

DANE HAUGEN.

Schnell scrollte sie sich durch die Nachricht.

GEFAHR. Ragnarok Nummer auf Wylies Handy. Verbindung zu Haugen & Sabine Jurgens. Vermuten, dass sie Partygruppe entführt haben. Vielleicht haben sie auch Deputy angegriffen. DRINGEND MELDEN, 911 ANRUFEN.

Jo ging das Herz auf. Sie war aufgeregt, verwundert, dankbar. Sie hatte keine Ahnung, wie Evan diese Dinge herausgefunden hatte, aber es war eine Rettungsleine, ein dünner Faden der Hoffnung. Außerdem machte es ihr eine Wahnsinnsangst.

Als Gabe sich näherte, streckte sie ihm das Telefon hin. Er las die SMS, und sein Gesicht wurde hart.

Was hatten diese Informationen zu bedeuten? Jo versuchte, die Dumpfheit in ihrem Kopf zu vertreiben, um die Mosaiksteinchen zusammenzusetzen.

Haugen. Sabine. Ragnarok.

Die Telefonnummer von Ragnarok war im Verbindungsspeicher von Phelps Wylies Handy verzeichnet. Ebenso wie die von Ruby Kyle Ratner. Ratner hatte Wylie entführt und ihn hierhergebracht. Auf dieser Straße.

»Ruby Kyle Ratner – Kyle Ritter – hat Phelps Wylie ermordet«, erklärte sie.

Gabe wischte sich kalten Schweiß von der Stirn. »Ich möchte nicht skeptisch klingen. Aber wie kommst du darauf?«

»Die Stimme auf der Handyaufnahme ist seine. Das heißt, er war dabei. Ratner hat Wylie umgebracht und ihn in die verlassene Goldmine geworfen. Und Ratner hat für Edge Adventures gearbeitet. Vermutlich eine einmalige Sache – sie haben ihn engagiert, um den Bösen Cowboy zu spielen, damit sich Autumn ihren Ängsten stellen kann. Bestimmt hatten sie keine Ahnung, wie gefährlich er ist.«

Sie gingen zurück zu Peyton. Im Osten, über schneegesprenkelten, zum Himmel ragenden Gipfeln, dämmerte es bereits.

»Diese anderen Leute sind die Entführer. Dane und Sabine – diese Namen hat Friedrich vor dem Absturz des Hummer erwähnt. Ich weiß noch, dass ich dachte, wir werden von der Trapp-Familie gekidnappt.« Jo schüttelte den Kopf. »Das ist alles kein Zufall. Dass wir auf den Hummer gestoßen sind, war schlechtes Timing, aber kein Zufall.«

»Hat Ratner was mit der Entführung zu tun?«, fragte Gabe.

»Ich weiß nicht. Auf jeden Fall wurde sie von langer Hand vorbereitet. Und meine Untersuchung ist irgendwie damit kollidiert.«

»Wer steckt hinter dem Kidnapping – dieser Dane Haugen?«

Peyton drehte sich um. »Haugen?«

Jo hob das Telefon. »Der Name des Mannes, der möglicherweise hinter der Entführung steckt.«

»Wie hast du von ihm erfahren?«

»Wie meinst du das?«

»Dane Haugen – das war doch der Gastgeber der Party, bei der der Böse Cowboy gearbeitet hat.«

»Moment mal.« Jo stockte. »Dieses Fest zum Vierten Juli hat Haugen veranstaltet?«

»Haugen hat für Autumns Dad gearbeitet. Vor zwei Jahren wurde er rausgeschmissen. Stand in den Börsenzeitungen. Autumn hat sich diebisch gefreut. ›Der Blödmann, der den Bösen Cowboy eingestellt hat, wurde gefeuert‹, hat sie gesagt. Als wäre es das Mindeste, was ihr Dad für sie tun kann.«

Wie vom Donner gerührt stand Jo da.

Plötzlich meldete sich knisternd das Walkie-Talkie in ihrer Tasche. »Haugen? Juchu, bist du da?«

Sabine prüfte ihre Ausrüstung. »Es wird nicht einfach werden, den Red Rattler zu beseitigen.«

»Der Mann heißt Ratner.«

Fast hätte sie ihn ausgelacht. Selbst in der Dämmerung war ihre Verachtung kaum zu übersehen. Außerdem atmete sie tief ein, und das Schlangentattoo auf ihrer Brust schwoll an. Provocateuse.

Sie schlang sich den Rucksack über die Schulter. »Mr. Ratner ist gerissen.«

Genau wie du, Süße.

»Du hättest ihn schon längst aus dem Verkehr ziehen sollen«, ergänzte sie.

»Diese Wendung der Ereignisse war unvorhersehbar.«

»Natürlich war sie vorhersehbar«, zischte sie. »Du hättest sie bei der Ausarbeitung deiner Modelle praktisch als feste Komponente einplanen müssen.«

Haugen rappelte sich hoch. »Woher sollte ich wissen, dass Edge Adventures Ratner für dieses Szenario einstellt? Wie hätte ich das erfahren sollen? Schließlich arbeitet er nicht mehr für mich.«

»Bist du blöd? Der hat *nie* für dich gearbeitet. Er war dein Vollstrecker, mag sein. Der Mann fürs Grobe. Aber er ist ein Kojote. Ein einsames Raubtier.«

Da konnte ihr Haugen nicht widersprechen. »Vermutlich hat Peter Reiniger um eine Anpassung von Autumns Rollenspiel gebeten, damit sie sich ihren Cowboyängsten stellt. Hab da damals so was läuten gehört. Aber dass die Leute von Edge Ratner persönlich dazuholen, war nicht abzusehen.«

»Aber du hast ihn doch damals für diese Party engagiert.«

»Ich hab erst hinterher gemerkt, dass er mehr draufhat, als Autos einparken.«

Haugen wusste nicht, auf welche Weise Ratner Autumn Angst eingejagt hatte. Jedenfalls war die Wirkung durchschlagend gewesen. Aber durch den Gewichtsverlust und den Gefängnishaarschnitt sah Ruby Kyle Ratner heute völlig anders aus als an dem Tag, als Autumn ihm begegnet war. Inzwischen war Ratner zwölf Jahre älter, hatte sich den Zapataschnauzer und den Pferdeschwanz abrasiert und war fünfundzwanzig Kilo leichter.

Zu dieser positiven Veränderung hatte Haugen nicht wenig beigetragen. Er hatte Ratner die Chance gegeben, seine … natürlichen Neigungen auf fruchtbare Weise einzusetzen. Mehrere Jahre lang hatte sich Ratner als überaus nützlich erwiesen. Bis er irgendwann die Grenzen überschritt.

Die Arme in die Hüften gestemmt, verstellte ihm Sabine den Weg. »Und wenn sich Autumn daran erinnert, wo sie ihm zum ersten Mal begegnet ist? Nämlich bei der Party eines Managers aus der Firma ihres Vaters? Im prächtigen ehemaligen Haus des in Ungnade gefallenen Finanzgenies Dane Haugen?«

Weiß wehte sein Atem durch die Morgendämmerung. »Das spielt jetzt wohl kaum mehr eine Rolle.«

»Doch, eine große sogar.«

Ihm missfiel, wie sie ihn provozierte. *In Ungnade gefallen?* Nein, verraten. Haugen war von Peter Reiniger verraten und aus nichtigen Gründen aus der Firma entfernt worden. Man hatte ihm unterstellt, mit der Frau eines Großinvestors geschlafen zu haben.

Sicher, völlig aus der Luft gegriffen waren diese Vorwürfe nicht. Solche speziellen Insidergeschäfte liefen schließlich überall. Aber Reiniger hatte das nur als Vorwand benutzt, um ihn zum Teufel zu jagen. Haugen und alle anderen Mitarbeiter von Reiniger Capital kannten den wirklichen Grund für seinen Abschied: der Vorfall bei diesem Wochenende mit Edge Adventures.

Die Erinnerung an die Königsnatter, die sich unter dem Fahrersitz des Autos hervorwand und ihm über das Bein hinauf in den Schoß kroch, ließ ihn würgen. Nur mit Mühe konnte er sich zur Ruhe zwingen. Er wusste noch, wie er geschrien hatte. Hörte noch, wie der Motor aufheulte, und sah vor sich, wie das Ganze geendet hatte: Verstört kreischend war er mit einem Wagen voller Kollegen über einen Rasen und in die Drehtür des Urlaubshotels gerast, in dem das Spiel stattfand. Danach saß er gefangen im Auto und schlug heulend mit den Fäusten gegen die Fenster, während sich ein eineinhalb Meter langer Muskel mit zuckender Zunge um seine Hüften wand.

Peter Reiniger hatte die Schlange eigens angefordert, um Haugens Reaktion auf Angstreize zu testen. Und Coates, Mr. Edge Adventures, hatte sie unter den Sitz geschmuggelt. Coates, dieser Schweinehund, der jetzt sterbend oder tot in einem Lastwagenanhänger lag. Dieses Bild beruhigte ihn.

»Alles lässt sich steuern«, erklärte Haugen. »Es hätte nie passieren dürfen, aber wir werden uns behaupten.«

»Wirklich? Du hast doch das alles in Gang gesetzt. Es war total vorhersehbar. Spätestens seit du dem Red Rattler – entschuldige, Ratner – befohlen hast, deinem Anwalt einen Denkzettel zu verpassen.«

»Phelps Wylie war ein Hanswurst. Ich habe ihm die Chance des Jahrhunderts geboten, und er hat es vermasselt.«

Wylie hätte mühelos alles arrangieren können, was Haugen verlangte, ohne sich die Hände schmutzig zu machen. Zumindest hätte er großzügig über Haugens Absichten hinwegsehen können. Schließlich war es die Pflicht eines Anwalts, die Interessen seines Mandanten zu vertreten. Es war nicht seine Aufgabe zu fragen, weshalb dieser Mandant so viele Briefkastenfirmen und miteinander verbundene, den Regulierungsbehörden unbekannte Auslandskonten wünschte.

Wylie, dieser Pedant. Bekam kalte Füße – ein schlechtes Gewissen, wie er es nannte – und hatte die Stirn, Haugen mitzuteilen, dass er nicht mehr als sein Anwalt tätig sein wollte. Besaß die Frechheit, ihm zu erklären, dass er Haugens Geschäfte für illegal hielt. Machte sich Sorgen wegen Geldwäsche. Um den Ruf seiner Kanzlei. Dass sein Ruf *besudelt* werden könnte, so hatte es der kleine Widerling wortwörtlich formuliert. Händeringend hatte er in seinem Büro gestanden.

So etwas konnte sich Haugen nicht bieten lassen.

»Wylie hätte geredet. Er war am Rand eines Nervenzusammenbruchs. Hatte nicht genug Mumm für Finanzdeals mit hohem Einsatz.«

»Aber es war unklug, Ratner zu sagen, er soll ihn das Fürchten lehren. Dane, gib doch endlich zu, dass du Ratner mit dieser Formulierung viel zu viel Spielraum gelassen hast.«

Haugen hatte Wylie Angst einjagen wollen, damit er den Mund hielt. Ratner verstand etwas von solchen Dingen. Aber wie Sabine freundlicherweise betont hatte, Ratner war ein Psychopath. Statt Wylie auf einer kleinen Spazierfahrt ordentlich die Hölle heißzumachen, hatte er ihn umgebracht.

Und als Ratner anrief und ihm von seinem kleinen Malheur berichtete, war Haugen nichts anderes übriggeblieben, als Wylies Verschwinden zu veranlassen. Die Mine hatte er bereits bei den Vorbereitungen zu Autumn Reinigers Beförderung zur Hohepriesterin der Entführten ausgekundschaftet. So hatte er Ratner instruiert, die Leiche zu entsorgen.

Aber nun hatte Ratner Autumn und ihre Freunde in seiner Gewalt. Und wenn Haugen ihn nicht zur Strecke brachte, ging die ganze Sache den Bach hinunter.

Haugen zog seine Jacke zu. »Jetzt ist Schluss mit Spielraum.«

Das Walkie-Talkie krächzte. »Haugen? Juchu, bist du da?«

51

Langsam schob sich der Streifenwagen des Sheriff's Office von Tuolumne County die Forststraße hinauf. Im trüben Licht der einsetzenden Dämmerung reichte der Blick von Sheriff Walt Gilbert nur so weit wie seine Scheinwerfer. Vor seinem Auge entfaltete sich ein Bild der Verwüstungen, die das Gewitter angerichtet hatte: über die Straße geschleuderte Gesteinsbrocken und Schlamm, umgeknickte Bäume, eine Seite der Fahrbahn unterspült von riesigen Wassermengen, die nach dem Wolkenbruch abgeflossen waren. Behutsam kroch er voran, um nicht im Geröll stecken zu bleiben.

Dann gelangte er zur Lichtung. Sie war leer.

Nachdem er den Wagen abgestellt hatte, setzte er sich den Hut auf und stieg aus, um den ganzen Umkreis des Platzes abzuschreiten. Alles war ein einziges Sumpfloch. Mit tief einsinkenden Absätzen stapfte er zweihundert Meter weit den Wanderweg hinauf und wieder zurück. Schließlich setzte er sich wieder in seinen Wagen und nahm Funkkontakt zur Zentrale auf.

»Keine Spur von Ron und dem Pick-up der beiden Kletterer?«, fragte der diensthabende Beamte.

»Nichts.« Er spähte nach vorn zur Schlucht, wo sich die Forststraße hinauf in dichten Wald und steileres, gebirgigeres Gelände wand. »Ich fahre noch ein Stück die Straße hoch, vielleicht kann ich sie dort finden.«

Dann lenkte er den Wagen zurück auf die Forststraße. In seinem Herzen brodelte schwarze Finsternis.

Zehn Minuten später ließ er den Streifenwagen bergab zur Brücke rollen. Er musste anhalten, weil sie auseinandergebrochen war. Wild und braun vor Schlamm rauschte der Fluss vorüber.

Jo drehte die Lautstärke des Walkie-Talkies höher. Gabe und Peyton drängten sich heran.

»Kitty-Kitty …« Ein unheimlicher Singsang in einer Tonlage zwischen Tenor und Alt.

»Hallo, Dane, hallo, Sabine. Hier bin ich. Wollt ihr eure Mäuse?«

»Das ist Ratner«, flüsterte Jo.

Schließlich meldete sich eine andere Stimme. Männlich, tief, gewählt – schauspielerhaft. »Ich möchte die Sache auf professionelle Weise beenden. Wenn du mitmachen willst, müssen wir uns treffen. Dann können wir zusammenarbeiten.«

»Haugen«, mutmaßte Jo.

»Schau dir diese Mäuse an«, antwortete Ratner. »Wie sie sich winden. Sie haben Hunger. Weißt du, was mit Mäusen in der Wildnis passiert? Sie werden zu Futter.«

Rauschen. »Es reicht. Drück dich deutlich aus.«

Die Singsangstimme ließ sich nicht erweichen. »Du zweifelst immer noch an mir. Ich bin am Boden zerstört. Hier, hör selber.« Leises Schluchzen. »Mach den Mund auf. Sag's ihm.«

Kurz darauf war eine Frauenstimme zu hören, klar und deutlich. »Wir sind bei Kyle. Ich, Noah und Lark.«

Mit heftig pochendem Herzen blickte Jo zu Gabe. Sie waren am Leben.

»Ich will jeden Einzelnen hören«, sagte Haugen.

Knistern, dann sprach Lark: »Ich bin hier.« Zuletzt Noah: »Holloway.«

»Ist das nicht zum Totlachen?« Ratner.

Gedehntes Schweigen. »Also gut. Wir müssen uns einigen.«

»Hihi«, machte Ratner. »Ganz einfach. Fifty-fifty, sonst kriegt Daddy Reiniger kein Lebenszeichen. Wird nur sein kleines Mädchen und ihre Kumpels abgekratzt im Dreck finden.«

Jo fuhr sich mit der Hand über die Stirn.

»Na schön«, ließ sich Haugen vernehmen. »Dann treffen wir uns.«

»Fifty-fifty?«

»Ja, ich bin Realist.«

»Freut mich. Bleib, wo du bist. Zum Wann und Wo gleich mehr. Over.«

Das Walkie-Talkie verstummte.

»Er wird sie garantiert nicht lebend übergeben.« Gabes Stimme klang gequält. »Nicht alle drei. Vielleicht lässt er Autumn leben, bis sie mit ihrem Vater telefoniert hat. Aber die anderen …«

Jos Magen zog sich zusammen. Sie konnten hier verschwinden. Solange Haugen und Ratner im Wald herumturnten wie Figuren auf einem Schachfeld, hatten sie und Gabe die Möglichkeit, sich ihrem Zugriff zu entziehen und zu verschwinden.

Vielleicht.

Aber eine echte Chance hatten sie nur zu zweit. Peyton war am Ende ihrer Kräfte, während sie und Gabe sich mit ihrer verbliebenen Ausdauer und Frische immer noch schnell auf unwegigem Gelände fortbewegen konnten. Sie konnten entkommen, aber nur wenn sie die anderen zurückließen.

Jo schnürte es die Kehle zusammen. »Ich weiß, wo sie sind.«

Gabes Augen wurden ernst. Er setzte sein Pokergesicht auf. »Die Mine.«

Sie nickte. »Wir haben keine Zeit, um zu fliehen und die Polizei zu holen.« Ihr Blick fiel auf das Walkie-Talkie. Es verfügte über keine Frequenz für die Polizei oder den Notruf. »Ratner oder Haugen, einer von beiden wird sie umbringen.«

Erschöpft meldete sich Peyton zu Wort. »Unternehmt was. Ich bin hilflos, aber ich kann mich da drüben zwischen den Felsen verstecken. Ihr wisst, wo ich bin, und die anderen können mich nicht sehen.«

Gabes Blick wurde nicht weicher, aber offener und tiefer. Als würde sich eine Tür zu seinem Innersten auftun. Auch ohne Worte wusste Jo genau, was in sein Gewissen, sein Muskelgedächtnis und sein ganzes Dasein gemeißelt war. Es war der Eid, den er als Rettungsspringer geschworen hatte: *Damit andere überleben.*

Jos Nicken galt ihm, Peyton und ihr selbst. Sie durften Autumn und ihre Freunde nicht im Stich lassen.

Und dann fügte sich auch die Ahnung, die sie nicht zu fassen bekommen hatte, zu einem klaren Bild zusammen. Mit einem Schlag war ihr klar, was da an ihrem Unterbewusstsein genagt hatte.

»Jetzt weiß ich auch, wo *wir* sind.«

Schnell holte sie eine Landkarte aus der Sporttasche, die Gabe als Rucksack benutzte. Ihre Finger waren so steif vor Kälte, dass sie sie kaum auseinanderfalten konnte.

»In Luftlinie sind wir nicht weit weg von der Mine«, erklärte sie. »Wir waren die ganze Zeit damit beschäftigt, zu fliehen, uns zu verstecken und zurück zur Straße zu kommen. Deswegen haben wir völlig den Überblick über die Geografie verloren.«

Gabe beugte sich vor, um sich auf der Karte zu orientieren. »Du hast recht.«

Die Forststraße erstreckte sich von Westen nach Osten hinauf in die Sierra Madre. Doch wegen des zerklüfteten Geländes machte sie dabei zahllose Kurven.

Mit einer kalten Fingerspitze tippte Jo auf die Karte. »Hier ist die Lichtung, wo wir gestern geparkt haben und wo der Hummer angehalten hat.«

Sie fuhr den Fußweg nach, auf dem sie und Gabe zur Mine gewandert waren. Er lief vor und zurück, bergauf und bergab, voller Serpentinen und steiler Höhenwechsel.

»Wir haben den zweiten Kamm überquert, sind im Zickzack ganz nach unten gelaufen und über die Rinne, dann – parallel zur Forststraße – nach Osten bis zu dem Hang, der zur Mine hinaufführt. Insgesamt waren das bestimmt fast fünf Kilometer. Aber schau mal …«

Die Forststraße folgte dem Flussverlauf. Von der Lichtung aus kletterte sie hoch hinauf. Jo erinnerte sich noch gut an die Serpentinen, die die Limousine vor dem Absturz durchfahren hatte. An das wechselnde Licht, das über den Hummer gezogen war, als sie durch Haarnadelkurven immer höher hinaufgelangten.

Sie folgte der Straße auf der Karte. »Sie überquert den Fluss und dann noch mal – zwei Brücken also. Und drei Kilometer nach der Lichtung hat die Straße eine breite Schleife um hundertachtzig Grad gemacht, immer weiter rauf.«

Auch das zeichnete sie nach.

Gabe sah sofort, was sie meinte. »Die Straße geht über beide Brücken hoch und führt dann wieder zurück.«

»Jetzt sind wir praktisch auf der anderen Seite der Mine.«

Sie stand auf und deutete nach Norden. »Sie liegt direkt in dieser Richtung. Auf der Straße wären es mindestens zehn Kilometer. Aber wenn wir einfach die Berge überqueren, sind es höchstens eineinhalb Kilometer. Vielleicht sogar weniger.«

Eine Abkürzung.

Jo legte Peyton die Hand auf den Arm. »Bist du dir sicher, dass du es allein in deinem Versteck aushältst?«

Peyton nickte schnell und angespannt.

»In Ordnung.« Jo tippte auf die Karte. »Diese zwei Höhenkämme hier. Da sind die Strommasten. Sie sind mit einem schmalen Steg verbunden.«

Gabe musterte sie. »Raus damit, was hast du vor?«

»Wenn wir die Abkürzung zur Mine nehmen und die anderen rausholen, können wir auf dem Steg die Schlucht überqueren, um nach unten zu der Lichtung zu gelangen, wo ich gestern geparkt habe. Die Lichtung liegt unterhalb der zerstörten Brücke. Das heißt, die Gangster kommen da nicht mit dem Auto hin. Aber die Polizei von der anderen Seite.«

Er sah aus, als wollte er sich eine naheliegende Bemerkung verkneifen.

Also sagte sie es selbst. »Ich weiß, es ist ein Risiko. Aber das müssen wir eingehen. Den anderen bleibt nicht mehr viel Zeit.« Sie zögerte. »Uns übrigens auch nicht.«

An seiner Schläfe schlug der Puls, als er sich noch einmal in die Karte vertiefte.

»Wir können es schaffen«, sagte sie.

Gabe zog sein Messer heraus. »Holen wir sie raus.«

52

Die Gulfstream G5 flog über die Rollbahnschwelle und landete mit kreischenden Reifen. Im einsetzenden Dämmerschein der Hochwüste liefen rötliche Streifen über den östlichen Himmel. Peter Reiniger hielt sich fest, als der Jet mit donnernder Schubumkehr bremste. Die Luft wirkte kalt und klar. Die Lichter von Reno schimmerten bleich.

Er löste den Sitzgurt und steuerte auf das Cockpit zu. Ohne anzuklopfen, öffnete er die Tür. »Abstellen und auftanken. Bleiben Sie an Ihren Plätzen.«

Beide Piloten runzelten die Stirn. Schließlich antwortete der Kapitän: »Ja, Mr. Reiniger.«

Als das Flugzeug ausrollte, wählte er die Nummer, die ihm die Entführer seiner Tochter gegeben hatten.

Nach mehreren klickenden oder summenden Verzögerungen – aus denen er schloss, dass der Anruf mehrfach weitergeleitet wurde, um eine Rückverfolgung zu erschweren – läutete es. Ein nasaler Doppelton wie bei einem europäischen Telefon.

Die durch den Stimmmodulator koboldhaft entstellte Stimme meldete sich. »Ja?«

»Ich bin gerade in Reno gelandet.«

»Und das Geld?«

»Nachdem ich mit Autumn gesprochen habe.«

Zögern. »Du sprichst mit Autumn, sobald du mir Beweise geschickt hast, dass die Überweisung mit einem Tastendruck getätigt werden kann.«

Reinigers Magen zog sich zusammen. Der Flieger ratterte über Unebenheiten auf dem Rollfeld. »Solange ich kein Lebenszeichen habe, geht gar nichts.«

»Ruf wieder an, wenn du meine Anweisungen ausgeführt hast. Dann reden wir darüber, wann du mit deiner Tochter telefonierst.«

Das Gespräch wurde abgeschnitten.

Zitternd und so krank vor Wut, dass er sich kaum auf die Tastatur konzentrieren konnte, sank Reiniger in einen Polstersessel und rief in New York an.

Sabine schüttelte den Kopf. »Was für ein Scheißkerl. *Lebenszeichen.* Wer spricht denn so über sein eigenes Kind?«

Haugen legte das Satellitentelefon beiseite. »Mr. Reiniger ist eben einzigartig.«

Sein Sodbrennen flammte wieder auf. Lebenszeichen war exakt der springende Punkt. Das Geld floss erst, wenn Autumn ihrem Daddy etwas über das Walkie-Talkie vorflennte. Eine andere Möglichkeit gab es nicht. Dafür war Reiniger einfach zu abgebrüht.

Er und Sabine zogen Handschuhe und die letzten Schichten Kleidung an. Er nahm noch einen Schluck lauwarmen Kaffee aus der Thermoskanne. Dann griff er nach dem Walkie-Talkie.

Zweimal drückte er den Übertragungsknopf.

Kurz darauf klickte Von zurück. *Verstanden.* Er war in Stellung, um Ratner zu Leibe zu rücken, sobald sie ihn aus seinem Versteck gelockt hatten.

Sabine prüfte ihre SIG Sauer. Die Waffe schimmerte matt im Dämmerlicht. Schließlich schob sie sie hinten in den Hosenbund. »Wie willst du eigentlich zum Flughafen von Reno kommen?«

»Weißt du das wirklich nicht?«

»Die Brücke ist doch kaputt. Und selbst wenn es nicht so wäre, würden uns die Horden von Cops aufhalten, die nach dem Deputy suchen.«

Er lächelte. »Weißt du, wie weit es Luftlinie nach Reno ist?«

»Bestimmt hundert Kilometer. Was hast du vor?«

»Lufttransport. Wir müssen es nur richtig timen.« Er streifte sich einen Rucksack über die Schultern. »Also los.«

Die Berge ragten als stumme, tiefschwarze Schatten vor dem grau polierten Himmel auf. Vorsichtig schlichen sich Jo und Gabe durch die morgendlich kalten Bäume, hinauf zum Kamm über der verlassenen Goldmine. Peyton hatten sie gut versteckt in einem Feld von Felsbrocken und mit einem Speer in der Hand zurückgelassen.

Schließlich sanken sie auf Hände und Füße, um voranzukriechen. Vorsichtig spähten sie über den Berggrat hinunter in die Schlucht.

Sie war übersät mit Felsen, auf denen der Tau glänzte. Wie mit Klauen hatte der nächtliche Regen neue Furchen in die Wand gerissen, durch die sich das Wasser Bahn brach.

Ungefähr hundert Meter unter ihnen lag der Eingang zur Mine.

Schließlich ließ sich Gabe zurücksinken. »Einen direkten Blick auf den Eingang kriegen wir nicht.«

»Wir müssen rausfinden, wo Ratner ist.«

Mit dem Kinn deutete er auf das Walkie-Talkie. »Dreh die Lautstärke runter, sonst merken sie vielleicht, dass wir sie belauschen.« Angespannt blickte er sich um. »Hoffentlich sind wir hoch genug, um alles zu beobachten. Außerdem könnte es gut sein, dass die Berge den Funkempfang stören.«

Flach auf dem Bauch liegend, behielten sie das Gelände unten im Auge. Vogelzwitschern drang durch die Kälte. Im Osten färbte sich der Himmel hell und tauchte die Gipfel in goldenes Licht.

Anders als am Vortag hatten sie sich der Mine heute von hinten genähert. Jo hoffte, dass Ratner und Haugen mit seiner Bande von vorn aus der Schlucht auf den Eingang zusteuern würden, ohne sich die genaue geografische Lage klarzumachen.

Der Boden war kühl und feucht, und die Kälte sickerte durch Jos Kleider in ihren ohnehin schon durchgefrorenen Körper. Sie kroch neben Gabe. Als er sie an sich zog und ihr den Arm über den Rücken legte, löste sich etwas in Jo wie eine überspannte Feder, und einen Moment lang reichte das. Nähe, Trost, die richtige Art von Wärme.

Das Walkie-Talkie krächzte. Zwei Klicktöne. Dann ein weiterer.

Gabes Blick wanderte über den Berg. »Sie gehen in Position.« Keine Bewegung. Kein Rascheln. Kein Metall- oder Glasgegenstand, in dem sich Licht spiegelte.

»Vielleicht sind sie noch einen Kilometer weit weg«, flüsterte Jo.

Im nächsten Moment zog Gabe den Kopf ein.

Vor der Mine erschien Ratner mit dem Pferd am Zügel.

Er hatte ihm Sattel und Satteldecke abgenommen und

strich ihm mit der flachen Hand sanft über den Rücken und die Flanken. Dann lehnte er die Schrotflinte an die Außenwand der Mine.

Trotz der Kälte hatte er das Hemd ausgezogen. Seine Brust war nackt, ebenso wie die Arme, die mit Tätowierungen bedeckt waren. Selbst aus der Entfernung konnte Jo die Umrisse erkennen. Schlangen.

Über seiner Schulter hing ein aufgewickeltes Seil. Er kraulte dem Pferd den Hals und drehte sich um. In den Taschen seiner hängenden Jeans steckten ein Walkie-Talkie und eine Pistole. Über seinen Rücken erstreckte sich ein leuchtend blaues Tattoo, in dem Jo ein typisches Motiv aus dem Staatsgefängnis erkannte: ein Eisenkreuz, von dem eine Schlinge hing.

Gabe blieb völlig reglos, und auch Jo hielt den Atem an. Sie befanden sich an einer schattigen Stelle unter den Bäumen, trotzdem mussten sie alles tun, um sich nicht zu verraten.

»Wenn wir was unternehmen wollen, dann möglichst bald«, flüsterte Gabe. »Sobald Haugen mit seinen Komplizen eintrifft, ist es zu spät.«

Aber was? Jo überlegte fieberhaft. Ratner hatte eine halbautomatische Pistole, eine großkalibrige Schrotflinte und anscheinend die Schlangenbeschwörerkraft eines gehenkten Christus. Sie und Gabe hatten ein Messer und einen geschnitzten Stock.

Plötzlich dämmerte ihr etwas. »Er lässt Haugen nicht herkommen. Gegen diese Übermacht hat er keine Chance. Und er will bestimmt nicht, dass sie erfahren, wo er Autumn und die anderen verstaut hat.«

Unten streichelte Ratner die weichen Nüstern des Pferdes. Er nahm einen Müsliriegel aus der Tasche, wickelte ihn aus und fütterte den Hengst damit. Ein Ausbund an Zärtlichkeit und Zufriedenheit.

»Anscheinend hat er die Kids in der Mine bewegungsunfähig gemacht. Sie halten nicht nur aus Angst still. Er ist zu locker. Er muss sie gefesselt haben.«

Jo sah ihn an. »Das heißt, er wird sie ohne Weiteres zurücklassen, um sich mit Haugen zu treffen.«

»*Falls* er sich mit Haugen trifft. Er will bestimmt Geld. Aber Haugen hat keins. Niemand war hier oben und hat Lösegeld bezahlt.«

»Er wird verhandeln, um was zu kriegen. Bargeld oder eine Überweisung auf sein Konto.«

»Cash. Würdest du an Ratners Stelle glauben, dass dir Haugen irgendwann Geld überweist, wenn du keine Möglichkeit hast, ihm dabei auf die Finger zu schauen? Außerdem ist er der Bargeldtyp.«

»Haugen wird ein Treffen verlangen. Er wird sich garantiert nicht mit Anrufen oder Fotos von Autumn abspeisen lassen. Ratner wird ihm irgendwas bringen, um zu beweisen, dass Autumn lebt. Aber er wird alle drei in der Mine zurücklassen.«

»Wenn Ratner in ein Treffen einwilligt, muss er sie versteckt halten. Alles andere wäre Selbstmord für ihn.«

Natürlich hatten sie keine Gewähr dafür. Sie konnten nur hoffen.

Schließlich zog Ratner die Jeans hoch.

»Wir haben keine Ahnung, wie viel Zeit uns bleibt, bis er zurückkommt«, flüsterte sie. »Und wir wissen auch nicht, ob Haugen mit offenen Karten spielt oder irgendjemanden losgeschickt hat, um Ratners Versteck aufzuspüren.«

»Geh lieber davon aus.« Wieder schaute ihr Gabe in die Augen. »Ja oder nein?«

»Ja. Aber wir müssen schnell sein.«

Mit pochendem Herzen legte sie das Kinn auf den Boden und fixierte Ratner.

Die Erschöpfung schwappte über Jo hinweg wie eine Woge, und in ihren Ohren summte die Schläfrigkeit. Nur einen Moment lang schloss sie die Augen. Nur einen glücklichen Moment lang.

Plötzlich zeterte das Walkie-Talkie. Mit einem Schlag hellwach, hob sie den Kopf.

»Ratner, bitte melden«, sagte Haugen.

Vor der Mine zog Ratner das Walkie-Talkie aus der Gesäßtasche.

Jo und Gabe sahen, wie er das Gerät ans Gesicht hob, und hörten seine Singsangstimme über Funk.

»Wunderschöner Morgen, nicht? Wollen wir tanzen?«

»Wir treffen uns. Du bringst Autumn, dann arrangieren wir, wie das Geld aufgeteilt wird.«

»Nein, nein. Wir treffen uns, und du gibst mir eine *Sicherheit.* Damit ich weiß, dass du dein Zahlungsversprechen auch einlöst. Und ich bring dir dafür … eine Locke der kleinen Prinzessin mit.«

Langes Schweigen. »Unten in der Schlucht.«

»Bin schon unterwegs.«

»Bis gleich.«

»Bis gleich, *was?*«, krähte Ratner.

Das Zögern auf Haugens Seite schien das Walkie-Talkie fast zum Kochen zu bringen. »Bis gleich, *Partner.*«

Glucksend schaltete Ratner ab. Er streifte ein Hemd über und nahm die Schrotflinte an sich. Dann trat er in die Mine.

Jo und Gabe hielten den Atem an. Eine Minute später kam Ratner wieder heraus und steckte sich etwas in die Tasche. Er packte die Zügel und eine Handvoll Mähne und schwang sich aufs Pferd. Endlich trieb er ihm die Hacken in die Seiten und ritt durch die Schlucht davon.

Jo und Gabe warteten, bis er außer Sichtweite war. Dann standen sie auf und rannten den Hang hinunter.

53

Am Eingang der Mine verharrte Gabe. Die Klinge des Jagdmessers, das er fest in der Hand hielt, schimmerte matt im zunehmenden Licht. Er drückte sich an die felsige Wand und spähte in das Dunkel des Bergwerks.

Er legte den Finger an die Lippen und bedeutete Jo mit Gesten, dass sie den Eingang bewachen sollte.

Dann tauchte er vorsichtig hinein. Jos Herz hämmerte, als wollte es ihr aus der Brust springen. Ein kalter Luftzug strömte an ihr vorbei ins Innere. Gabes Stiefel scharrten leise über die Erde, als er in die Mine vordrang. Sie beobachtete die Hänge und die schattigen Furchen der Schlucht. Der morgendliche Himmel war ruhig, doch die Bäume schwankten hin und her, Eichhörnchen hüpften herum, Vögel flogen auf. Ihr Mund war so trocken, dass sie nicht hätte spucken können.

Drinnen schaltete Gabe die Taschenlampe ein. Dann hörte sie gedämpftes Weinen. Eine Frau, die wahrscheinlich einen Knebel vor dem Mund hatte.

»Schnell, Jo«, zischte Gabe.

Ohne zu zögern, lief sie hinein. Gleich hinter der Biegung hatte sich Gabe gut sichtbar postiert und streckte die Hand aus, um sie zu warnen. Die Taschenlampe beleuchtete den nackten Querträger an der abbröckelnden Decke des Stollens.

Jo erschrak. »O Gott.«

Mit nach oben gefesselten Händen hing Lark von dem Balken herab.

Ihre Augen glitzerten. Sie war mit einem Stoffstreifen geknebelt. Die nach oben gestreckten Arme schienen zum Zerreißen gespannt. Bestimmt hatte sie unerträgliche Schmerzen. Hinter ihr auf der Erde lehnte Noah zusammengesunken an der Wand. Seine Hände waren an die Füße gefesselt. Jo wollte zu ihm eilen.

Doch in diesem Moment schrie Lark hinter ihrem Knebel und schüttelte wild zappelnd den Kopf.

Gabe packte Jo am Arm. »Vorsicht, schau.«

Unter Lark war eine Plane über ein Loch im Boden gebreitet und mit einer Schicht Erde bedeckt worden. Gabe zog die Folie beiseite. Lark hing nicht fünf Zentimeter über der Erde, sondern über einer Grube. Der Notabfluss, der Jo schon gestern aufgefallen war.

Vorsichtig neigten sich Jo und Gabe nach vorn.

Er leuchtete mit der Taschenlampe nach unten. »Ratner hat die Speere wiederverwendet. Hat sie als Spieße aufgestellt.«

Aus dem Boden der Ablaufgrube ragten vier spitze Speere gerade nach oben. Jeder, der sich Lark genähert hätte, um sie aus ihrem Martyrium zu befreien, wäre in die fünf Meter tiefe Grube gestürzt und aufgespießt worden.

Nun begriff sie auch, warum Gabe sie von ihrem Posten am Eingang weggerufen hatte. Sie mussten zu zweit sein, um Lark aus ihrer Zwangslage zu befreien und Noah hinauszutransportieren.

»Halt noch ein bisschen aus, wir binden dich gleich los«, sagte er.

Halb erleichtert und halb verängstigt nickte Lark. Trotz des Knebels war ihr Ausruf deutlich zu verstehen. *Schnell.*

Gabe blickte sich um. »Ratner muss auf irgendwas gestiegen sein, um das Seil dort oben festzuknoten.«

Kurz darauf fanden sie es: eine uralte Holzkiste. Darunter lag eine Spitzhacke. Gabe reichte Jo sein Messer und stellte die Kiste an die Wand. Dann sprang er über die Grube und zog Lark am Gürtel zu sich hinüber. »Schneid das Seil durch.«

Jo kletterte auf die Kiste und durchtrennte den Strick. Lark fiel nach unten, und Gabe riss sie nach hinten. Zusammen stürzten sie auf den Boden.

Als er ihr den Knebel weggezogen hatte, umarmte sie ihn weinend. »Danke. O Gott, helft Noah.«

Mit einem Satz war Jo auf der anderen Seite der Grube und schnitt die Fesseln des Jungen durch. Seine Haut war eiskalt. Sie tastete nach seinem Puls: langsam und regelmäßig, aber viel schwächer als zuvor. Dann schlug sie ihm fest mit der Hand auf die Wange, einmal, zweimal. Flatternd öffneten sich seine Augen. Als er sie bemerkte, nickte er. »Ja.«

Jo wandte sich zu Lark um. »Wo ist Autumn?«

»Er hat sie tiefer in die Mine reingeschleppt. Anscheinend gibt es mehrere Abzweigungen. Wo genau sie ist, weiß ich nicht.«

»Jetzt bringen wir erst mal euch zwei raus«, sagte Gabe.

Er lud sich Noah über die Schulter, was bestimmt für beide eine Höllenqual war. Jo nahm die Spitzhacke und lief zusammen mit Lark hinaus, um zu sehen, ob die Luft rein war. Dann winkte sie Gabe.

Er schleppte Noah ans Tageslicht. »Lark, kann einer allein zu Autumn vordringen?«

»Ich glaube schon. Soweit ich weiß, fehlt ihr nichts.«

»Zieht schon mal los. Ich hole sie und komme möglichst schnell nach.«

Gabe zögerte. »Gib Lark die Spitzhacke.«

Jo behielt das Jagdmesser. Gabe und Lark mühten sich den Hang hinauf und verschwanden dann zwischen den Bäumen.

Jo eilte zurück in die Mine. Tief geduckt rannte sie durch den Stollen. Die kalte Feuchtigkeit schien wie mit Fingern nach ihr zu greifen.

»Autumn?«

Die einzige Antwort war Finsternis.

Vielen Dank, Sheriff Gilbert.«

Tang knallte den Hörer auf die Gabel. Dann packte sie Evan am Ellbogen und zog sie aus dem Plastikstuhl hoch. »Komm. Ich muss mal an die frische Luft.«

Ungelenk kam Evan auf die Füße und folgte ihr. »Was ist passiert?«

Tang drückte auf den Knopf für den Aufzug, doch dann wandte sie sich nervös zur Treppe. Sie hatte eine Schachtel Zigaretten in der Hand. »Jos Pick-up steht nicht mehr neben der Straße, wo der Deputy ihn entdeckt hat. Ist einfach verschwunden.«

Wie Evan aus Tangs unübersehbarer Anspannung entnahm, bedeutete das nicht, dass Jo weitergefahren war, um in einem gemütlichen Motel zu übernachten.

»Bald wird es hell«, fuhr Tang fort. »Und die Wolken verziehen sich. Mit etwas Glück kann ein Hubschrauber starten und nach ihnen suchen.«

»Mit etwas Glück?«

»Die Straßen sind unterspült. Andere Camper sind gestrandet, und mehrere Autos wurden bei der Sturzflut von der Straße geschwemmt. Ein einziges Chaos. Polizei und Rettungskräfte sind total überfordert.«

Sie trabten die Treppe hinunter bis zum Erdgeschoss. Tang stapfte weiter durch die Tür, hinaus in die unangenehm klamme Dämmerung. Auf dem Gehsteig stoppte sie, wölbte die Hand und zündete sich eine Zigarette an.

»Ist der Deputy immer noch nicht aufgetaucht?«, fragte Evan.

»Keine Spur von ihm und dem Streifenwagen.« Tang steckte das Feuerzeug ein und inhalierte mit zusammengekniffenen Augen.

Sieht nicht nach einem glücklichen Ende aus. Die Straße wirkte bedrückend und leer. Zu den Attraktionen gehörten Kautionsvermittlungen und eine Autowerkstatt.

Tang starrte die einsam leuchtenden Ampeln an, die bis hinunter zur Bucht keinen Verkehr zu regeln hatten. »Wie passt das deiner Meinung nach alles zusammen?«

»Dane Haugen hat Autumn Reinigers Gruppe auf ihrem Abenteuerwochenende gekapert.«

»Und der Rest?«

»Ruben Kyle Ratner arbeitet für Edge Adventures. Außerdem hat er Phelps Wylie ermordet. Er hat ihn hier in der Stadt entführt und ihn gezwungen, in die Sierras zu fahren. Dort hat er ihn umgebracht und die Leiche in die Mine geworfen.«

»Und Jo ist da einfach so reingestolpert?«

»Ja und nein. Sie war zur falschen Zeit am falschen Ort. Aber es war kein Zufall.«

Trotzdem passte es noch nicht zusammen. Nicht ganz.

Plötzlich knallte hinter ihnen die Tür, und Ferd kam keuchend herausgerannt. Er trug ein Headset und hatte die Augen weit aufgerissen. »Ich hab's! Ragnarok. Die nächste Ebene bei dieser Mythologiegeschichte.«

Tang machte den Eindruck, als wollte sie ihm eine Ohrfeige verpassen. Andererseits schien sie ohnehin am liebsten die Faust gegen eine Ziegelwand rammen zu wollen.

Evan hob beschwichtigend die Hände. »Was ist los, Ferd?«

Aufgeregt tänzelte er auf den Zehen herum. »Wie gesagt, Ragnarok bedeutet in der nordischen Mythologie das Ende der Welt und den Untergang der Götter. ›Schicksal der Götter‹, wörtlich übersetzt. Ich weiß, du hast US-Datenbanken nach Informationen zu dem Begriff durchsucht. Ich habe parallele Nachforschungen angestellt.«

Tang ruckte mit dem Kopf. *Schneller.*

»Ich mache viele Online-Spiele und …«

»Ferd, *bitte*«, zischte Tang.

Beschämt, fast niedergeschmettert brach er ab. Mr. Peebles starrte funkelnd aus seiner Babyschlinge. Mit einer schnellen, beruhigenden Geste strich Ferd dem Affen über den Rücken.

Tang schloss die Augen. »Also?«

»Einer meiner Online-Freunde sitzt in Oslo. Ich hab ihn kontaktiert wegen der nordischen Mythologie. Hab ihn nach Themen im Zusammenhang mit Ragnarok gefragt. Und er konnte mir einiges nennen.«

Evan blieb skeptisch. »Ich habe Zusammenfassungen der altnordischen Mythen in Online-Enzyklopädien nachgeschlagen. Hat nicht viel gebracht.«

»Du verstehst nicht. Er kennt dieses Zeug in- und auswendig. Er hat online nach Unternehmen mit verwandten Namen gesucht. Nach *norwegischen* Unternehmen. Ihr habt doch gesagt, dass es eine internationale Kette von Briefkastenfirmen ist, oder? Und ich hab gehört, dass ihr Interpol erwähnt habt.«

Hatte der Kerl Fledermausohren?

»Ja«, bestätigte Tang.

»Ihr habt amerikanische Suchmaschinen und staatliche Datenbanken überprüft. Aber mein Freund hat norwegische Datenbanken nach Unternehmen ohne Com-Adresse durchforstet. Und er spricht Norwegisch. Er muss nicht auf Online-Übersetzungen zurückgreifen.«

»Und?«

»Asgard.« Ferd ballte die Hände zu Fäusten. »Asgard ist so eine Art Hauptquartier der nordischen Götter. Und um da überhaupt reinzukommen, muss man tot sein. Aber es ist auch eine Briefkastenfirma mit norwegischen Wurzeln, eine ohne Com-Adresse. Ich hab ihre Verbindungen zu Ragnarok überprüft. Sie sind nicht besonders intensiv, aber es gibt sie.«

»Ich weiß nicht, Ferd. Wirklich toll, dass du diese Informationen gefunden hast …« Tang ließ den Satz unvollendet: *Aber du interpretierst da ein bisschen viel hinein.*

Evan dagegen spürte plötzlich etwas wie ein elektrisches Schwirren in den Adern. »Ja, aber dieser Haugen ist doch so unglaublich von sich eingenommen. Ein Typ, der auf große Gesten steht und der Meinung ist, dass er den anderen immer einen Schritt voraus ist.«

Ferd hüpfte jetzt fast auf der Stelle. »Das war noch nicht alles.« Er hob sein Telefon hoch. »Die Firma Asgard hat keine Niederlassung in San Francisco, aber sie hat einen großen Sattelschlepper gemietet. Und dieser Sattelschlepper parkt hier in der Stadt.«

Tang starrte das Handy an. Das Display zeigte eine Liste von Unternehmen und Vertragsinformationen über einen Parkplatz für Lastwagen.

»Wie um alles in der Welt …«

»Bitte frag mich nicht.« Er lief so rot an wie die Ampeln an der Straße. »Ich kann nur so viel verraten, dass Google nicht die einzigen leistungsstarken Suchalgorithmen für die Bay Area besitzt.«

Und bestimmt verwendete Google auch keine Software zur Entschlüsselung von Passwörtern, um Suchergebnisse zu bekommen. Zumindest nicht offiziell.

»Warum hat Asgard einen Sattelschlepper gemietet?«, fragte Ferd. »Und ihn in der Nähe von Candlestick Point abgestellt?«

Evan hatte bereits den Autoschlüssel herausgezogen und rannte zur Garage.

Über der Bucht wurde der Himmel heller, die Sterne waren verblasst. Die Dämmerung war kühl und feucht. Vor dem Mustang zeigte Tang am Eingang des Lastwagenparkplatzes ihre Marke. Der Wachmann, der aus dem Bett geholt worden war, schloss das Tor auf und rollte es zur Seite.

Ferd füllte den Beifahrersitz des Mustangs. Weniger physisch als emotional. Seine Unruhe trieb die Luft im Auto praktisch zum Siedepunkt. Hinter ihm auf der Kopfstütze hielt Mr. Peebles Wache.

»Meinst du, Jo ist da drinnen?« Ferd rutschte hin und her.

»Gleich wissen wir mehr.«

Tang fuhr durch das Tor.

Evan warf den Mustang an und holperte ihr nach. »Du magst Jo wohl sehr.«

»Wir sind alte Ermittlungspartner.« Er kreuzte die Finger, um die Enge ihrer Zusammenarbeit zu veranschaulichen. »Wir haben eine intuitive Verbindung. Wahrscheinlich, weil Mr. Peebles sie so liebt.«

Evan schielte kurz zu dem Affen. Irgendwie hatte sie den Eindruck, dass er die Augen verdrehte.

»Er ist sehr sensibel«, meinte Ferd. »Anscheinend mag er dich. Du stehst auf Tiere, stimmt's?«

»Nicht für viel Geld würde ich mir ein Haustier anschaffen. Aber ich könnte mir Mr. Peebles als Butler vorstellen. Mixt er auch Cocktails?«

Vorn stoppten Tang und der Wachmann hinter einem parkenden Sattelauflieger mit einer Länge von mindestens zwölf Metern. Er war weiß und ansonsten unmarkiert. Tang stieg aus und wies Evan und Ferd mit Gesten an, sitzen zu bleiben.

Doch bevor Tang finster dreinschauen konnte, waren sie schon aus dem Wagen gesprungen.

Tang leuchtete mit der Taschenlampe auf den Anhänger. Mit zwei Schritten war sie bei der Doppeltür hinten, die verriegelt war. »Blut. Schnell, machen Sie auf.«

Mit Brechstange und Bolzenschneider machte sich der Wachmann an die Arbeit. Als das Schloss geknackt war, ließ er die Türen aufschwingen.

Evan stürmte vor, ohne darauf zu achten, dass sie damit vielleicht einen Tatort verunreinigte oder dass sie das Ganze für ihren Artikel dokumentieren sollte. Im Anhänger starrten vier Männer in Edge-Adventures-Uniform mit zusammengekniffenen Augen in den Lichtkegel von Tangs Taschenlampe. Sie waren aneinandergefesselt, und ihre Füße waren an einen Ring am Boden gekettet.

Evan hob Tang hoch und hievte sich selbst hinauf. Gemeinsam stürzten sie zu einem Mann gleich bei der Tür, der kaum noch bei Bewusstsein war. Auf seiner Kleidung schimmerten dunkle, eingetrocknete Blutflecken. Tang entfernte den Knebel und rollte ihn auf den Rücken.

»Gott sei Dank«, krächzte er.

»Terry Coates?«

»Ja. Hätte nicht gedacht, dass ihr kommt. Zum Glück hat das SFPD anscheinend alles ignoriert, was ich gemeldet habe.«

54

Die Sanitäter trafen soeben letzte Vorbereitungen, um Terry Coates zum Transport ins San Francisco General Hospital in den Krankenwagen zu laden. Er war auf eine Trage geschnallt worden und hing am Tropf. Ein Schuss hatte seinen Oberschenkelknochen zertrümmert.

Tang versuchte, vor der Abfahrt des Rettungswagens so viele Informationen wie nur möglich von ihm zu bekommen. »Sagt Ihnen der Name Dane Haugen etwas?«

Obwohl er schon lag, schien Coates zusammenzusacken. »Das Wochenende von Reiniger Capital.«

»Sie kennen ihn also?«

»Ja. Er ist berüchtigt.«

Evan näherte sich der Trage. »Warum?«

In Coates' feuchten Augen glänzte der Schmerz. »Ist bei einem Szenario völlig ausgeflippt. Hatte einen Panikanfall, als er in seinem Auto auf eine Schlange gestoßen ist. Danach hat ihn Peter Reiniger rausgeschmissen.«

»Wegen einer Schlange?« Tang zog die Braue hoch.

»Er hat eine Phobie. Ist Amok gelaufen. Richtig Amok. Ich hätte es besser wissen müssen. Das war das letzte Mal, dass ich bei einem Rollenspiel Schlangen eingesetzt habe.« Seine Stimme war trocken. »Haugen steckt also hinter dieser Sache?«

»Wahrscheinlich.«

»Dann geht es um mehr als nur um Geld.«

Nun luden ihn die Sanitäter in den Krankenwagen.

Nach einem kurzen Blickwechsel mit Tang nahm Evan ihr Handy heraus und schrieb eine SMS an Jo. Sie hatte keine Ahnung, ob sie etwas damit bewirken konnte oder ob sie sich völlig umsonst bemühte.

»Meinst du, das bringt was?«, fragte Tang.

»Man darf die Hoffnung nicht aufgeben.«

Zumindest musste man so tun. Man musste es versuchen, auch wenn nichts darauf hindeutete, dass die Nachricht ankam. Vielleicht wurde es sogar wahr, wenn man es mit genügend Überzeugung machte. Die Hoffnung starb schließlich zuletzt.

Auf einem freien, sonnenbeschienenen Fleck am Berghang warteten Haugen und Sabine auf den tätowierten Widerling Ruben Kyle Ratner. Die Luft war noch immer kalt, doch es wurde zunehmend heller. Am Rand der Lichtung war ein Stück Fels von der nächtlichen Flut weggerissen worden. Sieben Meter tief und steil abfallend klaffte eine Lücke in der Wand wie eine offene Wunde. Haugen erkannte darin ein passendes Symbol für den Wandel. Er vollzog sich gewaltsam und schmerzvoll.

Echte Veränderung war eine Qual. Das hatte Peter Reiniger noch nicht begriffen. Deswegen hielt er Edge Adventures für eine Heldenfabrik. In Wirklichkeit bot Edge nur infantile Zerstreuung. Die dort angestrebten Augenblicke der Erleuchtung waren reine Illusion. Dagegen war dieser Moment auf dem Berg real – Leben und Tod, unvorstellbarer Reichtum. Alles oder nichts. Genau das verstand Reiniger nicht. Und auch Terry Coates nicht, der Lakai, der nach Reinigers Pfeife tanzte und die Leute zur Konfrontation mit ihren schlimmsten Ängsten zwang.

Den eigenen Dämonen die Stirn bieten. Im Grunde war das nur eine blumige Umschreibung dafür, dass Peter Reinigers Mitarbeiter dazu gebracht wurden, sich in die Hose zu pissen.

Edge war bloß Schwindel. Haugen dagegen hatte mit Autumns Entführung Fakten geschaffen. Und ihr Vater würde bald die wahre Bedeutung von *alles oder nichts* erkennen.

Mit einem rotbraunen Pferd am Zügel trat Ratner aus dem Wald. Sein o-beiniger Gang war von einer geradezu dreisten Großspurigkeit. Er trug ein ärmelloses Schlägershirt und stellte schamlos die Schlangentattoos zur Schau, die sich über seine Arme wanden. Billige Gefängnistätowierungen, die von seiner Mittelmäßigkeit zeugten. Jahrelang war Ratner der Mann der Wahl gewesen, wenn Haugen jemanden einschüchtern wollte. Doch erst jetzt durchschaute ihn Haugen voll: verlogen, unberechenbar, unbeherrschbar. Hätte er den Loser nur gefeuert, bevor er Phelps Wylie tötete!

Haugen und Sabine traten in die Mitte der Lichtung.

»Zwei zu eins«, meinte Ratner. »Trotzdem ist es fair, wenn ich fünfzig Prozent kriege. Schließlich hab ich die ganze Arbeit gemacht. Hab die Hühner eingefangen, die aus dem Stall ausgebüxt sind.«

Haugen blieb gelassen. »Lebenszeichen. Sofort.«

Ratner hielt Haugen ein Handyfoto von sich mit Autumn hin. An einem dunklen, engen Ort. Dann warf er ein Büschel von Autumns langen braunen Locken in einem Gummiband auf den Boden. »Die anderen zwei können wir wohl beiseitelassen – fürs Erste oder überhaupt. Ich möchte wissen, wie du von hier abhauen willst. Ich will nämlich mit. Also, wie kommen wir aus diesem beschissenen Rattenloch raus?«

»Alles zu seiner Zeit«, antwortete Haugen.

»Jetzt wäre doch eine gute Zeit. Es gibt nämlich einen Fußweg, der unterhalb der zerstörten Brücke auf die Straße stößt. Führt direkt zu der Lichtung, wo Von und Friedrich den kleinen Grier abgeknallt haben. Wenn du glaubst, dass es hier nicht bald von Cops wimmelt, dann träumst du.«

»Ich habe einen Plan.«

»Und den möchte ich hören«, entgegnete Ratner, »bevor wir weitermachen.«

»Na schön.« Haugen legte eine kleine Pause ein. »Aber ein Handyfoto und eine Haarlocke sind kein Beweis. Ich muss mit Autumn reden.«

Das war der Moment, in dem sich alles zusammenfügen musste. Wenn Autumn lebte, würde er sie in seine Gewalt bringen. Und dann floss das Geld aus Peter Reinigers Händen auf sein Konto. Einige Minuten lang würde es auf den Bermudas liegen, bevor es, in kleinere Transaktionen aufgeteilt, um die ganze Welt von Konto zu Konto flog: Dubai, Singapur, Guernsey, Honduras. Es würde sich in Gold und Platin und dann wieder in Bares verwandeln. Und mit jeder Etappe würde sich seine Spur verdunkeln, bis sie sich schließlich ganz verlor.

Peter Reiniger stand dabei eine große Überraschung bevor. Denn die zwanzig Millionen waren bloß der Anfang.

Das Lösegeld war gerade mal die erste Phase des Zahltags, denn Haugen wusste genau, dass Peter Reiniger bloß eine einzige Möglichkeit hatte, in dieser kurzen Zeit so eine Summe zu beschaffen. Er musste das Rücklagenkonto von Reiniger Capital plündern.

Reinigers Hedgefonds-Imperium mit einem Gesamtvermögen in Milliardenhöhe war zum größten Teil kreditfinanziert.

Reiniger Capital verfügte nur über eine geringe Liquiditätsreserve in Form von jederzeit zugänglichen Geldmarktkonten, die lediglich zwei Prozent des verwalteten Gesamtvermögens ausmachten. Diese Rücklagen beliefen sich auf etwas mehr als zwanzig Millionen. Und auf diese musste Reiniger zurückgreifen, um Autumn freizukaufen.

Kreditfinanzierung. Dieses Instrument sollte Haugens Vernichtungswaffe werden.

Reiniger Capital war so strukturiert, dass ein Absinken der Reserven unter zwei Prozent sofort eine Nachschussforderung auslöste. Reiniger musste also zusätzliches Geld aufbringen – das er nicht hatte. Daher war die einzige Möglichkeit, die Rücklagen wieder aufzufüllen, dass Reinigers Anleger einsprangen. Und zwar umgehend.

Das Dumme war nur, dass auch alle Anleger von Reiniger Capital mit Kreditfinanzierung arbeiteten. Daher mussten sie ihre Banken und deren institutionelle Anleger auffordern, die nötigen Mittel bereitzustellen. Das hieß, sie waren rund um die Welt zu Notverkäufen gezwungen.

Haugen wusste das genau, weil er viele dieser Anleger selbst dazu gebracht hatte, ihr Geld bei Reiniger Capital zu investieren. Und nicht nur das, er hatte auch die dazugehörigen Verträge geschrieben.

Natürlich waren diese von Anwälten gelesen worden. Aber sie waren kleingedruckt und fünfundsechzig Seiten lang. Und Haugen hatte problemlos in letzter Sekunde eine kurze Formulierung über wechselseitige Haftung einschmuggeln können. Klang nach Geschwafel und Standardklausel, doch in Wirklichkeit bedeutete es, dass bei einem Absinken der Rücklagen von Reiniger Capital jeder Anleger zur sofortigen Bereitstellung zusätzlicher Mittel verpflichtet war.

Und das war noch nicht der Clou an der Sache. Der Clou war, dass die Verträge dank Haugens Umformulierung *jeden* Investor dazu zwangen, den Fehlbetrag auszugleichen.

Jeder von Reinigers Anlegern musste die vollen zwanzig Millionen berappen.

Also mussten sich alle gewaltig auf die Hinterbeine stellen, um das Geld aufzutreiben.

Und davon würde Haugen profitieren.

Die Anleger von Reiniger Capital waren Multimillionäre und Vermögensberater, hinter denen zahlungskräftige Institutionen standen. Wenn diese Investoren in panischer Eile langjährige Positionen abstießen, würde sich Haugen eine goldene Nase verdienen. Um diese zwanzig Millionen so schnell zusammenzukratzen, mussten sich die Anleger wiederum an *ihre* Geldgeber wenden – institutionelle Investoren, Banken in Übersee, die zum Teil recht nachtragend waren – und dafür unverschämte Zinsen bezahlen. Und weil das ganze Gebilde bis nach unten hin kreditfinanziert war, mussten auch diese Geldgeber Positionen zu Schleuderpreisen verkaufen. Das reinste Schlachtfest.

Und Haugen hatte mit seiner Strategie voll gegen diese großen Geldgeber spekuliert.

Die zwanzig Millionen Lösegeld waren daher gar nichts. Haugen durfte sich auf einen gewaltigen Bonus freuen. Sobald Peter Reiniger das Lösegeld zahlte, würde das riesige Beträge in Bewegung setzen. Er schätzte, dass er in den nächsten achtundvierzig Stunden bis zu zweihundert Millionen Dollar abräumen würde.

Und Reiniger würde in der Hölle schmoren.

Ein ganzes Jahr hatte er gebraucht, um den Plan auszutüfteln. Die ersten Grundzüge waren ihm eingefallen, als ihm klarwurde, wie sehr er Peter Reiniger hasste. Zunächst hatte er sogar mit dem Gedanken gespielt, Peter Reiniger selbst zu entführen. Doch mit Autumn hatte er ein noch besseres Faustpfand in der Hand.

Er musste Reiniger Capital nur so weit treiben, dass es keine Umkehr mehr gab. Danach würde das ganze Kartenhaus unweigerlich einstürzen.

Und nach seiner Ankunft in Brasilien hatte er Jahrzehnte vor sich, in denen er diesen Triumph auskosten konnte.

Entscheidend war jetzt, dass er Autumn ein Funkgerät vor den Mund hielt, damit sie schluchzend um Hilfe flehen und das Herz ihres Daddys erweichen konnte.

Ratner verlagerte das Gewicht. »Noch mal, wie kommen wir hier vor den Cops raus?«

Haugen zog das tragbare Polizeifunkgerät heraus, das Sabine dem toten Deputy D.V. Gilbert abgenommen hatte. Nach kurzer Überlegung reichte er es Sabine. »Bei einer Frau klingt es dramatischer.«

Sie schaltete das Gerät an. Räusperte sich und drückte auf den Knopf. »Hallo?« Sie hörte sich an, als würde sie vor Kälte zittern. »Ist da jemand?«

Sie ließ den Schalter los. Nach kurzem Warten sprach sie erneut. »Hallo?«

Statisches Rauschen. Weit weg meldete sich eine offiziell klingende Stimme. »Bitte kommen. Wer ist da?«

»O mein Gott. Gott sei Dank, ich sitze in den Bergen fest. Wir hatten einen Unfall. Ich brauche Hilfe.«

Haugen lächelte. Sabine traf genau den richtigen Ton.

»Wir haben uns im Gewitter verirrt, aber Deputy Gilbert hat uns gefunden. Wir waren auf dem Schotterabschnitt der Forststraße unterwegs nach Sonora, da hat uns ein Steinschlag erwischt.« Ihre Stimme brach. »Der Streifenwagen ist den Hang runtergestürzt. Und jetzt ist die Straße … die Brücke … weggerissen. Ich weiß nicht, wie lang wir noch durchhalten.«

»Wie viele Personen sind Sie?«

»Drei. Ich, mein Freund und der Deputy. Er hat eine schwere Verletzung. Können Sie einen Hubschrauber schicken?«

»Halten Sie durch. Die Hilfe kommt so schnell wie möglich.«

»Er braucht einen Rettungstransport. Er ist ganz schwach … Bitte helfen Sie uns. Bitte.«

»Nur Mut, Ma'am. Wir lassen einen Vogel hochsteigen, sobald wir können. Wo sind Sie?«

Sabine sah Haugen an. Er deutete auf den Höhenkamm hinter den Strommast, wo sich die Bäume lichteten.

»Warten Sie … meine Karte ist nass … es … wir sind ungefähr fünf Kilometer südwestlich der staatlichen Forststraße, hoch oben in den Bergen. Über uns auf einem Gipfel ist eine Lichtung mit Strommasten. Wir steigen rauf und stellen ein Signal auf.«

»Kann ich mit Deputy Gilbert sprechen?«

»Er ist bewusstlos. O Gott, er ist ganz kalt. Er hat so viel Blut verloren.«

»Verstanden. Halten Sie durch.«

»Bitte beeilen Sie sich.« Wieder brach ihre Stimme.

Dann ließ sie den Knopf los.

Haugen zog einen imaginären Hut. »Brava.«

Ratner setzte ein schiefes Grinsen auf. »Meine Hochachtung. Aber wohin fliegen wir in diesem Rettungshubschrauber – zum Landeplatz vor dem Sheriff's Office?«

»Nach Reno«, erwiderte Haugen. »Am Flughafen wartet Peter Reiniger mit einem voll aufgetankten Privatjet, der uns überallhin fliegen kann.«

»Also los«, sagte Sabine.

Ratner hob die Hand. »Nicht so schnell. Ich brauche eine Garantie, dass ich meine fünfzig Prozent kriege.«

»Hast du deine Kontonummer dabei?«, fragte Haugen.

Ratner lachte verächtlich. »Ich will es in bar.«

Haugen nickte, ohne zu zögern. Was für ein Blödmann. Die Sache war viel einfacher, als er befürchtet hatte. »Schön. Und als Garantie für deine Sicherheit laufe ich auf dem ganzen Weg zum Helikopter vor dir her. Das ist auch die Garantie für meine Sicherheit. Denn damit du das Geld bekommst, muss ich am Leben sein, um meiner Bank den Zugangscode und die Überweisungsdaten durchzugeben. Sabine kennt diese Informationen nicht, nur ich. Ich muss bei Bewusstsein sein und reden können. Außerdem wird das alles sowieso erst über die Bühne gehen, wenn wir Peter Reiniger vor uns haben.«

Ratner überlegte offenbar angestrengt. Der brennende Blick seiner aus eingesunkenen Höhlen starrenden Augen war voller Verschlagenheit. Die weiße Schlange um seine Iris verriet mehr, als er wusste. Er rechnete überall mit Nattern, weil er selbst eine war. Doch er konnte keinen Makel in Haugens Argumentation entdecken.

»Hättest mich von Anfang an mitmachen lassen sollen bei der Sache«, knurrte er. »Dann wär das alles nicht passiert. Wir würden schon längst irgendwo gemütlich auf einer Jacht sitzen und eine Zigarre paffen.«

»Beim nächsten Mal weiß ich es besser«, erwiderte Haugen. *Hohlkopf.* Sobald er Autumn hatte, konnte er Ratner beseitigen. Der Idiot hatte zwar Stringer erledigt, aber er wusste nicht, dass Von noch lebte.

»Und jetzt will ich ein echtes Lebenszeichen. Lass mich mit Autumn reden.«

Ratner deutete auf das Walkie-Talkie in Haugens Hand. »Dreh die Lautstärke hoch und hör gut zu. Sie ist auf Sendung. Daddys kleine Prinzessin spielt nonstop ihre Top Forty.«

55

Jo drang tiefer in die Mine vor. In der linken Hand hatte sie die Taschenlampe, in der rechten das Jagdmesser. Mit größter Aufmerksamkeit behielt sie den Weg im Auge und zählte ihre Schritte. Ihr war jedes Mittel recht, um sich auf die Suche nach Autumn zu konzentrieren und sich von dem Gefühl abzulenken, dass ihr in der Dunkelheit die Kehle zugeschnürt wurde. Kurz schielte sie zurück zu dem schon so fernen Rechteck aus Sonnenlicht im Eingang. Lauernd schlich sich die Klaustrophobie an. *Nein. Das darf ich nicht an mich heranlassen.*

Sie schwenkte die Taschenlampe über den Boden. Wie gern hätte sie jetzt Klettergurt und Seile dabeigehabt. Eilig passierte sie den Seitenschacht, in den Wylies Leiche geworfen worden war. Als sie zu der Flutgrube mit den Spießen kam, machte sie kürzere Schritte.

Nach einem tiefen Atemzug sprang sie hinüber. Landete rutschend im Staub und rannte weiter.

»Autumn?«

Plötzlich vibrierte ihr Telefon. Erschrocken steckte sie die Taschenlampe unter den Arm und zog das Handy heraus. Evan hatte ihr eine SMS geschickt, die sie mit großem Staunen las.

Dann hörte sie einen erstickten Schrei.

»Autumn?«

Schnell verstaute sie das Telefon und hastete um die Kurve. Hinter ihr verschwand der Eingang.

Im Strahl der Taschenlampe erkannte sie fünfzig Meter weiter vorn die Gabelung im Stollen.

Das erstickte Rufen kam von links. Sie legte die Hand an die Wand. Kalter Stein, aber fest. Mühsam zwang sie sich zum Weitergehen. Sie konnte nur den schmalen Lichtkegel der Lampe erkennen, der über Fels und weiche Erde auf dem Boden huschte. Das Licht fiel auf ein Rattenauge, winzig und glühend. Das Tier machte kehrt und floh.

»Autumn, wo bist du?«

In der lockeren Erde waren Fußspuren in beide Richtungen zu erkennen. Wieder hörte sie einen gedämpften Schrei.

Allmählich senkte sich die Decke des Stollens herab. Geduckt schlich sie um die nächste Biegung.

Glitzernde Augen.

Sichtlich verschreckt starrte Autumn in den Lichtstrahl. Ihr goldenfarbener Pullover wirkte fehl am Platz in seiner Heiterkeit. Geknebelt und gefesselt lag sie am Ende des Stollens. Mit dem Gesicht nach unten, die Hände hinter den Rücken gebunden, der Rücken durchgedrückt, die Füße hochgezurrt.

Auf der Erde neben ihrem Gesicht war ein Walkie-Talkie mit festgeklebter Sprechtaste.

Ratner war ein gerissener Dreckskerl. Auf diese Weise wollte er Haugen beweisen, dass Autumn lebte, ohne ihr Versteck zu verraten. In einem Stollen voller Ratten würde sie zwangsläufig irgendwelche Laute ausstoßen, die man dann über Funk hören konnte. Falls das Walkie-Talkie so tief in der Mine überhaupt funktionierte.

Jo packte es und entfernte das Klebeband. Wenn das Gerät tatsächlich lief, wollte sie nicht ihre Gegenwart verraten.

Der Strick, mit dem Autumns Füße hinter ihren Rücken gebunden waren, endete in einer Schlinge um ihren Hals. Es war eine Folterfesselung: Damit das Seil schlaff blieb, musste das Opfer den Rücken durchdrücken, den Kopf nach hinten schieben und die Beine gebeugt halten. Wenn es diese Stellung nur um wenige Zentimeter lockerte, spannte sich das Seil, und die Schlinge strangulierte das Opfer.

Jo beugte sich über sie. »Gleich bist du frei.«

Sie legte die Taschenlampe weg und hob das Jagdmesser, um den Strick zu durchtrennen. Doch Autumn schrie durch den Knebel. Verstört funkelnd flehten ihre Augen: *nicht.*

Jo hielt inne. Ratner hatte die Flutgrube als Falle präpariert, bevor er Lark an den Balken band. Hatte er sich bei Autumn eine ähnliche Gemeinheit einfallen lassen?

Erst jetzt bemerkte Jo, dass das Seil nicht in einer einfachen Schlinge um Autumns Hals gewunden war. Der Strick war nur einen Zentimeter dick und sah aus wie eine Zündschnur. Er lief zweimal um den Hals und dann über ihren Rücken in den Pullover.

In Autumns Augen leuchteten helle Tränen. Sie bemühte sich nach Kräften, stillzuhalten, konnte aber ihr Zittern nicht beherrschen.

»Kann ich den Knebel durchtrennen?«, fragte Jo.

Autumn zwinkerte. *Ja.* Behutsam schob Jo die Klinge des Jagdmessers unter den dreckigen Stofffetzen und schnitt ihn durch. Zuletzt zog sie Autumn ein zusammengeknäueltes Stück Hemd aus dem Mund.

»Nicht an dem Strick ziehen.« Hektisch schnappte Autumn nach Luft und kämpfte gegen das Weinen an. »Er hat …«

Wie versteinert starrte Jo auf Autumns Pullover. Der Stoff hing locker über dem durchgedrückten Rücken.

Unter dem Pullover war etwas. Es bewegte sich.

Jo atmete scharf ein. »Eine Schlange?«

»Schlangen.«

Jo bekam schlagartig Gänsehaut vom Kopf bis zu den Füßen.

»Junge Klapperschlangen. In einem Leinensack. Er hat ihn mit dem Strick um meinen Hals zugebunden. Einfacher Laufknoten. Wenn ich die Beine strecke, löst er sich.«

Und die Schlangen kamen aus dem Sack. Wach und gewärmt, aufgeregt von der Gefangenschaft in der Nähe eines verängstigten Menschen.

Jo leuchtete mit der Taschenlampe über Autumns Rücken. Sie zuckte zusammen. »Oh.«

Der Sack beulte sich.

Junge Klapperschlangen besaßen ein starkes Gift und keine Erfahrung beim Angriff auf ein Opfer. Oft schütteten sie bei einem Biss ihr gesamtes Gift aus.

Jo widerstand dem inneren Drang, die Hände einzuziehen und auf dem Hintern davonzurutschen. Wenn sich Autumn zusammenriss, konnte sie das auch.

»Dann schneide ich zuerst das Seil um deine Füße durch.«

»Genau.«

»Zieh die Beine noch ein bisschen fester an.«

Autumn schaffte es, noch zwei Zentimeter zu gewinnen. Behutsam griff Jo nach dem Strick über Autumns Knöcheln, stützte den Arm am Knie ab und durchtrennte die Fessel. Wimmernd vor Erleichterung, streckte Autumn die Beine aus.

Dann schnitt Jo auch den Knoten um ihre Hände durch. Langsam legte sich Autumn flach auf den Bauch. Erschauernd unterdrückte sie ihre Tränen. Noch immer schlang sich das Seil um ihren Hals und lief unter den Pullover.

»Jetzt müssen wir nur noch den Sack wegziehen«, flüsterte Jo.

»Ja. Das Ganze dient nicht nur dazu, dass ich ruhig bleibe. Es ist eine Falle.«

»Was?«

»Kyle meint, das bringt den Obermacker zum Ausrasten. *Bumm.*«

»Haugen, ich weiß.«

Autumns Blick huschte zu Jo. »Dane Haugen?«

»Er steckt hinter der Entführung.«

»Aber … er ist der, der damals die Party gegeben hat. Wo der Böse Cowboy …«

»Peyton hat es mir erzählt.«

Autumn erstarrte. »Ist sie …«

»Es geht ihr gut.«

In Autumns Gesicht spiegelte sich Erleichterung. Dann Verwirrung und Furcht. »Es geht also um Rache? Haugen hat uns gekidnappt, um es meinem Dad heimzuzahlen, weil er ihn gefeuert hat?«

Als sie zu schlucken versuchte, zog sich die Schlinge enger um ihren Hals. Verzweifelt schloss sie die Augen. »Bitte sag mir, du kannst den Sack da rausholen.«

»Ich arbeite noch dran.« Jo musste an Haugen denken. *Das bringt den Obermacker zum Ausrasten. Bumm.*

Evans SMS hatte ihr genau erklärt, was dieses *Bumm* bedeutete. *Haugen hat Schlangenphobie. Panik. Läuft Amok.*

Im grellen Lichtkegel der Taschenlampe schien Autumns Pullover förmlich zu fließen. Muskulöse Gestalten wanden sich übereinander. Aus dem Sack drang ein unverkennbares trockenes Klappern. Jo sah nur eine Möglichkeit, ihn zu entfernen, ohne Autumn – und sich selbst – vielfachen Angriffen auszusetzen. Sobald sie den Sack herausgezogen hatte, musste sie ihn in irgendein anderes Behältnis stecken. Hektisch leuchtete sie in alle Richtungen. Da. Zwei Meter entfernt hatte Kyle einen Rucksack abgestellt. Genau das Richtige.

»Schnell«, zischte Autumn. »Kyle wird zurückkommen.«

Jo wappnete sich innerlich und griff unter Autumns Pullover. Dann packte sie das Ende, um das die Schnur geschlungen war. Mit leisem Würgen zwang sie sich zur Ruhe. »Los.«

Entschlossen zog sie den Sack heraus.

Autumn sackte mit dem Gesicht nach unten. Dann presste sie sich die Hand vor den Mund, um nicht laut loszuheulen.

Wie einen Beutel Nitroglyzerin trug Jo das bewegte Knäuel zum Rucksack. Sie ließ es hineingleiten und zog sorgfältig den Reißverschluss zu.

»Wo hat er bloß diese jungen Klapperschlangen her?« Jo keuchte. »Aus einem Nest?«

Autumn rappelte sich hoch und wischte sich grob über die Augen. »Er hatte sie dabei. In seinem Rucksack. Hatte die ganze Zeit die Absicht, mich damit zu foltern. Edge Adventures hat bestimmt nichts davon gewusst. Und mein Dad hoffentlich auch nicht.«

Eigentlich rechnete Jo damit, dass sie gleich in Tränen ausbrechen würde, aber stattdessen war ihr Gesicht hart geworden.

Jo holte aus, um den Rucksack möglichst weit von sich zu schleudern, doch dann hielt sie inne. *Panik. Läuft Amok.*

Sie kannte dieses Gefühl und wusste genau, wie sehr es einen Phobiker lähmte. Wenn man den Panikschalter auslöste, war das, als würde man den Betreffenden mit einem Taser niederstrecken.

Bestimmt hatte Evan Haugens Phobie nicht nur beiläufig als farbiges Detail erwähnt.

Schließlich nahm sie ein Stück Schnur und fädelte es durch die Reißverschlussgriffe, um sie mit einem Knoten zu sichern. Tief Luft holend, streifte sie sich den Rucksack über die Schulter.

»Was machst du da? Bist du Tierschutzaktivistin?« Autumn schaute sie verblüfft an.

»Eine Waffe sollte man nicht einfach liegen lassen, vor allem wenn sie so wirksam ist.«

»Aber das ist doch gefährlich.«

»Darum geht es ja gerade. Solange wir nicht auf Haugen stoßen, muss ich sie auch nicht verwenden.« Sie leuchtete mit der Taschenlampe in den Stollen. »Los, verschwinden wir hier.«

Gabe schleppte Noah hundert Meter weit den Hang hinauf, bis sie vom Mineneingang aus nicht mehr zu entdecken waren. Beine und Lunge brannten. Rippen und Schultern kreischten. Trotzdem stapfte er weiter, bis er endlich die Strommasten über sich aufragen sah. Beim Sockel des südlichen Turms ließ er Noah zu Boden gleiten.

Lark kauerte sich neben ihn. »Es geht ihm schlecht.«

Gabe rieb Noahs Arme, um ihn zu wärmen. Flackernd öffneten sich Noahs Augen.

»Halt durch, Kumpel«, sagte Gabe. »Bald bringen wir dich hier weg.«

Nachdem Gabe ein wenig verschnauft hatte, versprach er Lark, gleich zurückzukommen, und kletterte zu dem Aussichtspunkt über der Mine. Dort sank er erschöpft auf die

Knie. Er wusste nicht, ob er noch genug Kraft hatte, um wieder aufzustehen.

Beeil dich, Jo.

Plötzlich stockte ihm der Atem. Von der anderen Seite der Schlucht schlich jemand auf die Mine zu. Von.

56

Jo und Autumn hasteten durch den Stollen. Mit jedem Schritt schleuderten sie lockere Erde hoch. Die Biegung zum Hauptgang war nur noch zwanzig Meter entfernt. Jo hielt die Taschenlampe vor sich auf den Boden gerichtet, um den Ratten oder irgendwelchen Fallen auszuweichen, die Ruby Kyle Ratner vielleicht hinterlassen hatte.

Schließlich erreichten sie die Flutgrube, die mit den Spießen präpariert war. »Spring einfach rüber«, sagte Jo. »Aus dem Lauf. Du schaffst es.«

Autumn beschleunigte und flog mit einem Satz über das Loch. Jo folgte ihr auf entkräfteten Beinen und legte eine etwas wacklige Landung hin.

Sie rannten weiter durch die lang gezogene Kurve des Stollens. Jo streckte die Hand aus und berührte mit den Fingern die Wand, um Halt zu finden. Dann kam sie an dem tiefen Spalt vorbei, in dem Phelps Wylies Leiche entdeckt worden war. Sie wurde nur noch von einem Gedanken getrieben: *Noch ein paar Meter, und wir sehen den Ausgang. Noch ein paar Meter, und wir sehen die Sonne.*

Ein Krächzen in ihrer Tasche ließ sie erstarren. Sofort nahm sie das Walkie-Talkie heraus und drehte die Lautstärke zurück. Ihr Mund war kalktrocken.

Die Stimme eines Mannes meldete sich. »Bin jetzt dort.«

Es war Von. Schlimmer noch, sie hörten ihn nicht nur über das Walkie-Talkie, sondern auch vom anderen Ende des Stollens. Er war am Eingang zur Mine.

Haugen hörte Von über das Walkie-Talkie. Auch Ratner hörte ihn. Überrascht huschten seine glühenden Augen nach oben zur Mine, voller Feindseligkeit und in dem Bewusstsein, dass er überlistet worden war. Dass Von noch lebte.

Allein durch den Blick zur Mine hatte Ratner sich verraten. Haugen hatte keinen Zweifel mehr, wo Ratner Autumn versteckt hatte.

Ratner fuhr zu ihm herum. Aber nicht schnell genug.

Jo lief es heiß und kalt über den Rücken. Einen Moment lang hatte sie nur Leere im Kopf, ein zischendes Vakuum, von der Verzweiflung in ihr Gehirn gefräst.

»Komm.« Sie griff nach Autumns Hand und zog sie zurück in die Mine.

»Nein, er wird uns finden.«

Jo ließ nicht los. »Hierher.«

Sie kamen zu dem Schacht, in den Wylie gestürzt war. Er hatte einen Durchmesser von einem knappen Meter. Dämmriges Licht von oben deutete an, dass er bis ganz hinauf zur Oberfläche führte. Aber dorthin wollten sie nicht.

»Da rein. Wir halten uns fest wie beim Kaminklettern.«

Jo machte es vor: Rücken an einer Wand, die Füße an der anderen, eingespreizt wie eine Feder.

»Wir müssen uns höchstens eine Minute verstecken. Sobald er vorbei ist, rennen wir zum Eingang.«

Sie schoben sich in den Schacht. Hier war es noch kälter

als im Hauptgang. Wie mit Fingern strich der Wind über sie. Jo schaltete die Taschenlampe aus.

Einige Sekunden später vernahm sie schlurfende Schritte. Geduckt und schwer schnaufend schlich eine dunkle Gestalt an ihnen vorbei und drang tiefer in die Mine vor.

Autumn presste die Zähne aufeinander. Jo lauschte angestrengt, wie Von im Stollen verschwand. Sie mussten warten, bis er um die Ecke gebogen war. Doch zu ihrem Entsetzen stockte er plötzlich, dann machte er kehrt und kam zurück. Sie hielt die Luft an. Autumns Beine zitterten. Von stapfte so nah an ihnen vorbei, dass sie ihn riechen konnten.

Er gibt auf und verschwindet.

In diesem Augenblick kroch eine Ratte aus einem Riss im Fels über Autumns Kopf. Ihr Schwanz peitschte durch die Luft und traf sie im Gesicht. Autumn stieß ein leises Quieken aus.

Jo hörte, wie Von erneut umkehrte.

Jetzt blieb nur noch eins. »Lauf.«

Schnell sprang sie aus dem Schacht in den Hauptgang. Wimmernd folgte ihr Autumn auf den Fersen.

Als bedrohlich schwarze Gestalt mit Kürbiskopf versperrte ihnen Von den Weg nach draußen. Jo zerrte Autumn zurück in die Mine. Atemlos stürmten sie über die weiche Erde. Von hinten hörten sie Vons stampfende Schritte.

Und er brüllte in sein Walkie-Talkie. »Boss, Autumn ist hier. Sie will weglaufen.«

Gabe war bereits aufgesprungen und rutschte den Hang hinunter zur Mine, als er in der Ferne eine Art trockenes Bellen hörte. Hallende Schüsse peitschten durch die Morgenluft. Aus den Bäumen flatterten Krähen auf. Die Schießerei fand weiter vorn in der Schlucht statt, in der Richtung, in die Ratner geritten war.

Gabe rannte weiter.

Falls sie an der Biegung vorbeikamen, konnten sie es schaffen. Jo torkelte voran und glaubte schon Vons heißen Atem im Nacken zu spüren. Sie spurteten um die Ecke.

Nur den Bruchteil einer Sekunde lang ließ Jo die Taschenlampe aufblitzen. »Siehst du es?«

»Ja.«

Sofort schaltete Jo die Lampe wieder aus. »Fünf, vier, drei, zwei …«

Mit einem verzweifelten Satz sprangen sie über die Spießgrube. Und jagten weiter.

Kurz darauf hörten sie, wie Von an der Biegung gegen die Wand prallte. Wild fuchtelnd leuchtete Jo an die Stollendecke, um sicher zu sein, dass er den Lichtstrahl bemerkte. Dass er den Blick wie gebannt darauf richtete.

Dann beobachtete sie, wie er direkt in die Grube rannte.

Mit einem Aufschrei verschwand seine massige Gestalt im Boden. Sie hörten einen dumpfen Schlag. Dann ein Kreischen.

Jo blieb stehen. Autumn klammerte sich an sie. Von schrie. Laut, lang, hemmungslos.

»Weg hier«, flüsterte Jo.

Sie sprangen zurück über die Grube, und Jo lief weiter.

Doch Autumn stoppte und lehnte sich über das Loch. »Hier wimmelt es nur so von Ratten. Wie Scheiße regnen sie vom Himmel. Viel Spaß, du Dreckskerl.«

»Ihr *Schlampen*«, kreischte Von.

Mit weit aufgerissenen Augen wandte sich Autumn ab

und rannte weiter zum Ausgang. Zuletzt hörten sie noch, wie Von aus der Grube wild um sich schoss und die Kugeln gegen die Wände krachten.

Über der Motorhaube des Mustangs schwebte diesiges Sonnenlicht. Durch die Windschutzscheibe verfolgte Evan, wie Tang vor dem Sattelschlepper auf und ab lief und den Zivilpolizisten, den Uniformierten und den Kriminaltechnikern, die zu dem Parkplatz geeilt waren, Anweisungen erteilte. Der Becher Kaffee in ihrer Hand wurde bereits kalt. Evan fuhr an dem Lastwagen vorbei und stellte den Wagen ab. Sie hatte Ferd nach Hause gebracht und war gleich zurückgeeilt. Sie konnte nur hoffen, dass Tang nicht die Minuten ihrer Abwesenheit zählen und daraus ihr Tempo berechnen würde.

Als sie ausstieg, klingelte Tangs Telefon. Aus der Ferne hörte Evan, wie sie sich meldete. »Ja?«

Dann hörte Tang eine Minute lang stumm zu. Evan zog sich der Magen zusammen.

Nachdem sie das Gespräch beendet hatte, trabte Tang zu ihr. »Tuolumne. Sie haben einen Anruf von einer Frau bekommen, die sagt, sie hatte einen Unfall in dem Wald, wo Jo verschwunden ist.«

»War es Jo?«

»Könnte sein. Sie hat angegeben, dass ihr Freund und der vermisste Deputy bei ihr sind. Der Deputy ist verletzt, braucht einen Rettungstransport.«

»Und?«

»Der Rettungsdienst im County ist völlig überlastet. Sie haben einen Hubschrauber, aber der ist gerade im Einsatz, um eine Familie aus einem Kombi zu bergen, der in den Fluss gespült wurde. Auch die Straßen sind nicht passierbar. Die Rettungskräfte kommen einfach nicht durch.«

Evan fuhr sich mit der Hand durchs Haar. »Und was passiert jetzt?«

»Sie haben die Air National Guard gerufen. Die Rettungsspringer sind schon unterwegs.«

57

Jo und Autumn ließen Vons Schreie hinter sich und stürmten aus der Mine. Mühsam kämpften sie sich den ausgewaschenen, rutschigen Hang hinauf. Mit zitternden Händen klammerte sich Autumn an Wurzeln und Steinen fest, um sich hochzuziehen.

Das Walkie-Talkie knirschte, und Vons Stimme drang heraus. »Hilfe.«

Keine Antwort. Von versuchte es erneut. »Ich bin in der Mine, hab mir das Bein an einem Scheißspeer aufgespießt. Holt mich hier raus.«

Jo kletterte weiter. Niemand antwortete auf Vons Hilferufe.

»Hören sie ihn nicht?«, fragte Autumn.

»Kann schon sein.«

Stolpernd durchquerten sie eine Rinne und gelangten zu einem schmalen Hügelkamm in den Bäumen. Über ihnen ragten die Strommasten auf. Auf ihrer Seite, neben der Treppe hinauf zu dem Steg, der sich über die Schlucht spannte, kniete Lark bei Noah. Gabe war nirgends zu sehen.

Erneut schrie Von durch das Walkie-Talkie. »Lasst mich nicht hier sitzen. Ich bin aufgespießt wie ein Schwein. Holt mich raus.«

Dann meldete sich Haugen. »Klappe.«

Von brüllte zurück: »Ratner kommt zurück. Ihr müsst mich retten.«

»Von, halt den Mund und hör gut zu. Ratner kann dir nichts tun. Er ist weg.«

»Wie weg?«

»Ist mit einer Kugel im Rücken in einem Loch gelandet.«

Jo und Autumn tauschten Blicke. Ratner war tot. Über Jo schwappte eine Welle der Erleichterung hinweg.

»Wo ist Autumn?«, fragte Haugen.

»Holt ihr mich jetzt raus?«

»Ist dir Autumn entwischt?«

Von zögerte. »Nein. Aber sie wird mir davonlaufen, wenn ihr euch nicht beeilt und mich aus diesem Dreckloch befreit.«

Jos Erleichterung verflog. Von war ein jämmerlicher Lügner. Haugen musste klar sein, dass Autumn geflohen war – und dass sie noch nicht weit gekommen sein konnte.

Haugens Stimme wurde kühl. »Keine Sorge. Wir haben die Rettung organisiert. Die Polizei schickt einen Hubschrauber.«

»Ich kann dir bloß raten, dass du mich nicht anlügst, Dane.«

»Sie sind schon unterwegs. Die meinen, Sabine ist diese Beckett und sitzt hier mit dem vermissten Deputy fest. Wir holen dich gleich da raus.«

»Und dann?«

»Dann fliegen wir in dem Polizeihubschrauber nach Reno. Und von dort ins große Nirgendwo. Halt durch, mein Freund.«

»Wie sollen wir denn wegfliegen – mit Alaska Airlines? Ich hab einen Scheißstock im Bein. Soll ich vielleicht die Stewardess um einen Becher Eis bitten, um die Schlagaderblutung zu stillen?«

Sabine übernahm. »Das ist ein Rettungshubschrauber, der

alles nötige medizinische Gerät an Bord hat. Und in Reno wartet ein Privatjet auf uns. Aber jetzt hör auf zu senden.«

»Wehe, das stimmt nicht. Wenn ihr mir hier Scheiß erzählt …« Erneut schrie er. »Scheiße, was … O Gott, Ratten …«

Sein Kreischen erzeugte fast eine Rückkopplung auf dem Walkie-Talkie. Ein Schuss krachte, dann ein zweiter.

Dann verstummte die Übertragung. Jo und Autumn starrten das Funkgerät an.

»Ich glaube, Von wurde von einem Querschläger getroffen«, flüsterte Jo.

Autumns Blick wurde hart. »Ich hab ihm versprochen, dass ihn die Ratten holen. Seine Panik hat ihn am Ende umgebracht.«

Plötzlich bewegte sich unten etwas. Autumn spähte hinab zur Mine. Jo zog den Kopf ein und zerrte das Mädchen unter den bröckelnden Rand der Rinne. Sie drückte den Finger auf die Lippen.

War es Haugen? Oder Sabine? Sie mussten irgendwo hier im Wald sein, ganz in der Nähe. Sie konnte hören, wie Steine den Hang hinunterrutschten, als wären sie von jemandem losgetreten worden, der ein Stück tiefer über die Bergwand lief.

Sie und Autumn mussten fliehen, aber nicht, wenn sie sich durch das bloße Aufstehen verraten konnten. Vorsichtig zog Jo ihr Telefon heraus. Sie klickte sich durch das Menü, bis sie die Klingeltonoptionen fand. Sie wählte *Wecker*. Dann presste sie das Handy an das Walkie-Talkie, drückte den Übertragungsknopf und löste das Weckerläuten aus.

Das Geräusch aus dem Telefon, das sie mit der Hand bedeckte, war kaum zu hören. Aber das Walkie-Talkie sandte ein starkes Signal. Es klang wie eine Hupe.

Durch die Bäume hinter der zerklüfteten Rinnenkante über ihnen drang das Geräusch plärrend verstärkt und verzerrt durch die billige Elektronik aus einem anderen Walkie-Talkie.

Und es war nur einen Meter entfernt.

Jo standen die Haare zu Berge. Gehetzt blickte sie sich um. Im selben Moment tauchte Sabine auf und griff nach ihr.

Jo sprang zurück, doch Sabine erwischte sie an den Haaren, und sie stürzten zusammen in die Rinne. Ächzend rollten sie durch den Dreck, und noch während sie sich überschlug, bemerkte Jo die Pistole in Sabines Hand. Sie schlitterten über nasse Felsen zum Rand der ausgewaschenen Böschung und knallten schließlich gegen einen umgestürzten Baumstamm. Jo landete auf dem Rücken, und Sabine, die auf ihr lag, hob die Pistole.

Plötzlich sauste über Jos Kopf mit gewaltigem Schwung eine Spitzhacke herab. Mit einem dumpfen Knacken traf sie Sabine voll ins Gesicht.

Sie kippte zur Seite und rutschte zwei Meter tief über die Böschung auf moosbewachsene Felsen.

Jo fuhr herum. Mit der Hacke in der Hand sprang Gabe über den Baum zu Sabine hinunter.

Jo stemmte sich auf die Knie und blickte über den Stamm. »Ist sie tot?«

Er hob Sabines Kopf an den Haaren hoch. Ihre Augen waren leer, aber sie atmete. Gabe ließ ihren Kopf fallen, ohne sich darum zu kümmern, dass er auf Fels prallte. Jo hatte ihn noch nie so erbarmungslos handeln sehen. Und wahrscheinlich auch noch nie so sehr geliebt.

Hastig schaute er sich nach der Pistole um. »Ist zwischen die Felsen gefallen. Da, in den Spalt – verdammt.«

Er kniete sich hin, um sie irgendwie herauszuangeln. Jo und Autumn kletterten hinunter, um ihm zu helfen. »Der Spalt ist eineinhalb Meter tief«, sagte Jo. »Wir kommen nicht ran.«

Er stand auf. »Dann verschwinden wir hier.«

Sabine stöhnte. Jo nahm ihr das Walkie-Talkie ab und wälzte sie auf den Bauch. Dann streifte sie ihr den Rucksack von den Schultern und öffnete ihn.

Volltreffer. Seile.

»Gabe, geh du schon mal los. Ich fessle sie.« Als er zögerte, setzte sie hinzu: »Nein, dieser Schlampe traue ich nicht über den Weg, solange sie auch nur einen Finger rühren kann.«

Er nickte und hetzte den Berg hinauf zu Lark und Noah.

Jo zog einen dünnen Strick und eine Rolle Isolierband heraus. Das Band warf sie Autumn zu. »Kneble sie.«

Autumn wickelte das Band fünfmal um Sabines Kopf, riss es mit den Zähnen ab und klatschte mit den Handflächen auf den Mund der Frau, damit das Band klebte. Inzwischen fesselte Jo Sabine an Händen und Füßen. Verschnürt wie ein Paket ließen sie sie liegen und kletterten hinter Gabe den Hang hinauf.

In der kalten Luft und dem goldenen Sonnenlicht herrschte beste Sicht. In den nächsten Minuten würde sich alles entscheiden. Sie mussten ihr weiteres Vorgehen abstimmen.

»Autumn, hör mir jetzt gut zu. Wir sollten uns vielleicht trennen.«

»Wie meinst du das?«

»Ich muss Gabe helfen, Noah über den Steg zu transportieren. Dann holen wir Peyton. Das wird einige Zeit dauern. Wenn Haugen mich und Gabe abfängt, musst du abhauen. Auf dem langen Weg kannst du es schaffen.«

»Ich soll euch allein lassen?«

»Es geht nicht anders. Wenn Haugen dich sieht, bist du erledigt.« Jo packte sie am Arm und deutete vorbei an den Jeffrey-Kiefern und Hartriegelsträuchern den Berg hinab. »Unterhalb der Mine ist ein Wanderweg. Er führt in Serpentinen durch die Schlucht und endet bei der Lichtung an der Forststraße, wo wir gestern auf euch gestoßen sind.«

»Da wollen wir doch sowieso hin, oder?«

»Ja. Der Wanderweg ist länger, wahrscheinlich brauchst du zwei Stunden. Ich weiß, dass du erschöpft bist. Aber wenn es zum Schlimmsten kommt, musst du es versuchen. Wenn du dort bist, kannst du warten. Die Polizei ist sicher bald da.«

Über Autumns Gesicht zog eine Welle aus Angst, Reue und Sehnsucht. »Nein.«

Jo schossen die Tränen in die Augen. Das konnte doch nicht Autumns Ernst sein. »Du kannst entkommen. Darum haben wir doch die ganze Zeit gekämpft!«

»Ich lasse meine Freunde nicht im Stich.«

Jo war klar, dass einen Faktor gab, den Autumn nicht bedacht hatte: Autumn war ihr letzter Trumpf. Wenn Haugen sie gefangen nahm, konnte sie sich höchstens damit freikaufen, dass sie ihm Autumn auslieferte. »Bist du dir sicher?«

»Vollkommen.«

Jo drückte ihr die Schulter. Autumn hatte doch Ähnlichkeit mit Tina, das wurde ihr jetzt klar.

Dann kletterten sie weiter. Durch die Bäume erspähte Jo Gabe und Lark. Sie befanden sich am Sockel des südlichen Strommasts. Bis dorthin hatten Jo und Autumn noch einen Weg von mehreren Minuten vor sich. Gabe bereitete schon alles für die Überquerung der Brücke vor.

Um zum gegenüberliegenden Strommast zu gelangen, mussten sie über einen schmalen, fast zweihundert Meter langen Steg balancieren, der sich in luftiger Höhe über die

Schlucht spannte. Gabe stieg die wacklige Treppe hinauf und quetschte sich seitlich an einem Maschendrahtgatter vorbei, das Unbefugten den Zutritt zur Brücke versperren sollte. Jo sah, dass er zwei Seile dabeihatte und sich daranmachte, sie festzubinden. Wegen ihrer schlechten Augen war der Steg für Lark ohne Halt zu gefährlich, außerdem wollte er selbst nicht risikieren, das Gleichgewicht zu verlieren, wenn er Noah trug. Sein Vorgehen war sicher vernünftig, kostete aber Zeit.

Schwer atmend mühten sich Jo und Autumn den Hang hinauf. Angst und Kälte lähmten ihre Schritte. Bald darauf rückten die Bäume zusammen und verstellten ihnen den Blick. Auf einmal empfand Jo den Geruch nach Kiefern und frischer Luft als widerlich. Sie hastete weiter, bis sich die Bäume lichteten und sie die Brücke wieder deutlich vor Augen hatte.

Lark war bereits an dem Maschendrahtgatter vorbeigeklettert und befand sich auf dem Steg. Gabe bereitete sich soeben darauf vor, ihr zu folgen. Mit einem Stück Plane aus der Sporttasche mit den Notvorräten hatte er eine Art Huckepackschlinge konstruiert. Noah war auf Gabes Rücken geschnallt und hielt sich mit den schwachen Kräften fest, über die er noch verfügte. Nun musste sich Gabe mit der Last auf dem Rücken an dem Gatter vorbeiwinden. Jo wurde plötzlich ganz schwindlig. Wenn Gabe abrutschte, stürzten die beiden in den sicheren Tod.

Dann erst bemerkte sie, dass er nicht ungesichert kletterte. Er hatte sich angeseilt: ein Ende an seinem Gürtel, das andere am Geländer des Stegs. Mit grimmigem Gesicht und angespannten Muskeln schob er sich um das Gatter herum.

Wie eine Stoffpuppe hing Noah in seiner Schlinge. Doch nachdem sie das Hindernis überwunden und die Brücke betreten hatten, konnte sich die Gruppe in Bewegung setzen.

Lark ging voran und umklammerte die Geländer mit aller Kraft. Gabe band das Seil los und folgte ihr mit langsamen, wackligen Schritten.

Jo und Autumn waren inzwischen fast oben am Grat. Geduckt liefen sie durch die Bäume und verloren die Brücke abermals aus den Augen. Dann stolperte Jo um einen Felsbrocken und hatte wieder einen ungehinderten Blick. Am liebsten hätte sie laut gejubelt. Die drei auf der Brücke hatten bereits die Hälfte der Strecke bis zum Gatter auf der anderen Seite hinter sich.

Plötzlich kam fünfzig Meter über Jo Dane Haugen aus dem Wald geritten.

Er schlug dem Pferd die Hacken in die Seiten und trieb es den Hang hinauf zum Strommast. Schnell stieg er ab und lief die Treppe zur Brücke hinauf. Vor dem Maschendrahtgatter hielt er lächelnd an. Er hatte eine Waffe, und auch sie schien in der Morgensonne zu lächeln.

Der Revolver war auf Gabes Rücken gerichtet. Er spannte den Hahn, zielte durch das Gatter und feuerte.

58

Dröhnend hallte der Schuss aus Haugens Revolver durch die Berge.

Auf der Brücke duckte sich Gabe reflexartig, und Lark sank auf die Knie.

Haugen zielte weiter mit der Waffe durch das Gatter. »Stehen bleiben. Sofort.«

Fünfzig Meter dahinter zwischen den Bäumen verharrten Jo und Autumn in atemloser Stille. Jo brannten die Augen. In ihrem Kopf setzte ein Winseln ein, fordernd und nicht mehr ganz menschlich. *Tu was.*

Gabe drängte Lark voran. Schwach hörte Jo seine Stimme. »Geh weiter.«

Lark rappelte sich wieder hoch, und gemeinsam setzten sie ihren Weg zum Gatter am Nordende des Stegs fort. Noah, der sich an Gabes Rücken klammerte, drehte sich um zu Haugen. Seine Augen schimmerten geisterhaft. Er war fast hinüber, fast schon auf der anderen Seite. Es war, als wollte er nur noch einmal zurückblicken und sehen, was hinter ihm lag.

Alles.

Haugen schob den Arm durch das Gatter und feuerte erneut.

Der Schuss prallte vom Geländer der Brücke ab. Lark stieß einen Schrei aus, wankte aber weiter über die klapprige Metallfläche voran. Gabe hielt sich unmittelbar hinter ihr.

Haugen gab den dritten Schuss ab. »Stopp!«

Sie ignorierten ihn. Gabe wusste genau, dass sie zur anderen Seite gelangen mussten. Eine andere Möglichkeit hatten sie nicht.

Haugen steckte die Waffe in die Gesäßtasche, krallte die Finger in den Maschendraht, kletterte auf das Geländer und schwang sich hinüber. Er landete auf dem Steg und stapfte dem Trio hinterher.

Tu was. Sofort.

»Ich hab eine Idee«, flüsterte Jo. »Schnell.«

Sie zog Autumn hinter den Felsbrocken und schlüpfte aus ihrer Jacke. »Du auch.«

Dreißig Sekunden später krochen beide wieder nach vorn. Lark und Gabe waren nicht mehr weit vom Nordgatter entfernt, doch Haugen holte auf.

»Stehen bleiben«, rief er. »Diesmal kann ich nicht vorbeischießen.« Das stimmte. Er war bereits dicht hinter ihnen.

Gabe und Lark stoppten.

Mit gestrecktem Arm auf Noah und Gabe zielend, schob sich Haugen voran. Sein riesiger Revolver schimmerte bläulich im Morgenlicht.

Doch er hielt Abstand, um auf dem schwankenden Steg nicht in Gabes Reichweite zu geraten. Sein Blick wanderte über die Bergwände, und seine Stimme schallte laut herüber. »Übergebt mir Autumn. Sofort, sonst sterben sie.«

Autumn, die neben Jo beim Felsen kauerte, wimmerte leise.

Unversehens strich Jo ein flüsternder Windhauch über das Gesicht. *Wenn man eine Situation nicht ändern und sich nicht daraus befreien kann, hilft nur die Flucht nach vorn.*

Jo sah Autumn nicht an. Es blieb keine Zeit, es gab nichts mehr zu sagen. Sie wölbte die Hände vor dem Mund. »Also gut.«

Autumn ächzte. »Nein.«

Haugen zielte noch immer auf Gabe, wandte aber den Kopf nach hinten. »Sofort. Raus mit ihr.«

»Okay«, schrie Jo.

Verzweifelt schüttelte Autumn den Kopf. »Nein, Jo. Tu's nicht.«

Entscheidend ist, dass man keine Angst hat. Auch wenn man weiß, was kommt.

Jo schaute sie an. »Es muss sein.« Zu Haugen: »Lass sie laufen.«

Den Arm fest um Autumns Taille geschlungen, trat sie hinaus ins Offene.

Während sie sich der Treppe näherten, versuchte Autumn immer wieder, Jo zurückzuziehen. Schließlich flüsterte sie mit erstickter Stimme: »Nicht, Jo. Es muss eine andere Möglichkeit geben.«

Doch für Gabe, Noah und Lark gab es keine andere Möglichkeit.

Haugens Revolver blieb weiter auf Gabe gerichtet. Als er Jo und Autumn entdeckte, blähte sich seine Brust. »Auf die Brücke, sofort. Beide. Sonst erschieße ich eure Freunde.«

Jo umklammerte Autumns Hand. Gemeinsam stiegen sie die Treppe hinauf.

Autumn hauchte: »Ich kann nicht glauben, dass du das machst.«

»Schsch.«

»Jo …«

Jo fauchte sie böse an: »Schluss jetzt. Komm schon.«

Haugen schrie: »Raus auf die Brücke. Beide. Beeilt euch.«

Er wollte, dass sie in der Falle saßen, ohne Fluchtmöglichkeit. Jo näherte sich dem Gatter. Dort hing immer noch Gabes Karabiner, an dem das Seil befestigt war.

Autumn starrte sie flehend an.

»Jetzt oder nie«, drängte Jo.

Resigniert kniff Autumn die Augen zusammen und nickte. Jo hakte den Karabiner an den Gürtel des Mädchens.

Autumn umklammerte das Gatter und kletterte zitternd auf das Geländer. »O mein Gott.«

Es ging tief hinunter.

»Halt dich einfach am Gatter fest und bohr die Finger rein. Dann schwingst du dich auf die andere Seite.«

Mit zusammengebissenen Zähnen schob Autumn den Fuß Zentimeter für Zentimeter über das Geländer. Vorsichtig führte sie das Bein und den Arm herum und bekam das Gatter auf der anderen Seite zu fassen. Schließlich schwang sie sich mit letztem Mut ganz herum und landete polternd auf der Brücke.

Sie hakte den Karabiner ab und klammerte sich am Geländer fest.

Jo angelte sich den Karabiner und befestigte ihn an ihrem Gürtel. Sie krallte die Finger durch den Maschendraht und kletterte auf das Geländer. Mit äußerster Vorsicht wand sie sich um das Gatter, weil sie genau wusste, wie erschöpft sie war und wie tief sie beim kleinsten Fehler stürzen würde – bis zu den Schatten und den schartigen Steinen am Grund der Schlucht.

Mit vor Kälte brennenden Fingern klammerte sie sich an dem glitschig nassen Draht fest, bis ihr Schwerpunkt über dem Steg schwebte. Dann glitt sie nach unten, hörte das helle Klirren von Aluminium und stellte die Füße auf die Brücke.

Sie löste den Karabiner und nahm Autumn an der Hand. »Los.«

Zusammen schoben sie sich langsam auf Haugen zu.

Autumn schluckte trocken. »Ich will nicht runterfallen.«

»Mach keine plötzlichen Bewegungen.« Jo warf einen Blick nach unten. Das Geländer war nicht besonders hoch. Und der Steg schwankte bedenklich. Man konnte wirklich leicht abrutschen.

Haugen beobachtete, wie sie sich näherten. »Sehr gut. Ganz zu mir.«

Autumn wimmerte. Und dann erstarrte sie.

Die Brücke wackelte. Gabe hielt sich an beiden Geländern fest und hatte Mühe, nicht unter Noahs Gewicht zusammenzusacken. Wenn er das Gleichgewicht verlor, würden sie beide unweigerlich in die Tiefe stürzen. Vor ihm zitterte Lark. Sie drehte sich halb um, um zu erkennen, was hinter ihnen auf dem Steg passierte. Gabe wagte es nicht, seinen Schwerpunkt zu verlagern, um sich umzuschauen. Aber er spürte förmlich, dass Haugens Waffe mitten auf seinen Körper zielte.

Ihm war klar, dass Haugen nicht vorhatte, sie laufen zu lassen. Vielleicht würde er sich damit begnügen, Lark und Noah den Elementen auszuliefern, sobald er Autumn hatte, aber er konnte es sich auf keinen Fall leisten, dass Gabe und Jo die Verfolgung aufnahmen oder als Zeugen gegen ihn aussagten.

»Lark, was siehst du?«, flüsterte er.

Tief geduckt umklammerte sie das Geländer und spähte angestrengt um ihn herum. »O mein Gott, Jo …«

Blinzelnd stieß sie den Zeigefinger am Nasenrücken nach

oben. Es war eine automatische Bewegung, als wollte sie die fehlende Brille zurechtrücken. »Jo drängt Autumn auf die Brücke.«

Die Worte trafen Gabe wie ein Peitschenhieb. »Das kann nicht sein.«

Haugen rief: »Nicht stehen bleiben. Kommt her. Ganz zu mir. Schnell.«

»Sie kämpfen miteinander.« Lark kniff die Augen zusammen. »Sie hat Autumn gepackt und zerrt sie zur Mitte der Brücke.« Lark schnaufte ächzend. »Ich kann es nicht glauben. O Gott.«

»Bring sie endlich her, verdammt«, brüllte Haugen.

»Autumn ist stehen geblieben. Sie bewegt sich nicht mehr.« Lark riss den Mund auf. »Jo rennt weg.«

Gabe vernahm sich entfernende Schritte. Spürte sie durch die Aluminiumbrücke. Dann hörte er, wie Haugen kehrtmachte und zur Mitte des Stegs hastete.

Er nickte Lark zu. »Lauf. *Lauf.*«

Unter Jos Füßen erschauerte die Brücke. Stampfende Stiefelschritte brachten das Aluminium zum Klirren. Sie stand immer noch nah beim Südgatter – und nah genug bei Autumn, so hoffte sie, dass Haugen keinen Schuss riskieren würde, aus Angst, das Mädchen zu treffen. Seine Beute war zum Greifen nah. Aber er brauchte Autumn lebend.

Sie hatte alles aufs Spiel gesetzt. *Gabe, bitte verzeih mir, was ich getan habe. Und Autumn … ich hoffe, du wirst es überstehen.*

Ihr Herz hämmerte heftig. Durch das Pfeifen des Windes glaubte sie in der Ferne ein tieferes Geräusch wahrzunehmen: das Donnern eines Hubschraubers. Das Vibrieren des Stegs wurde stärker. Haugen eilte auf sie zu.

Angespannt und entschlossen umklammerte er das Geländer und prüfte bei jedem Schritt seinen sicheren Halt. Lächelnd wie ein Schakal, warf er Jo einen Blick zu. Dann konzentrierte er sich wieder auf seine Füße.

Doch er hatte sie gar nicht wirklich gesehen. Hatte sie nicht angeschaut. Die Dollarzeichen in seinen Augen raubten ihm den klaren Blick.

Immer weiter rückte er über die Brücke heran, Schritt für Schritt. Als er nur noch fünfzig Meter entfernt war, drehte Jo ab und lief weg.

Autumn war bereits weit vor ihr und jagte auf das Gatter zu.

Gabe erreichte das nördliche Gatter und klammerte sich fest. Erst als er endlich sicheren Halt hatte, blickte er über die Schulter.

Was machte Jo da, verdammt noch mal?

Sie rannte in die andere Richtung zum Südende. Und sie trug Autumns Kleider.

Autumn lief vor ihr. Sie hatte Jos Jacke und Wanderstiefel an. Sie hatten die Klamotten getauscht.

Und Haugen hatte es nicht bemerkt.

Aus der Ferne, den Blick nur auf den goldenfarbenen Pullover, die polierten Reitstiefel und die langen braunen Locken gerichtet, die aus der grünen Marines-Mütze wehten, hatte er Jo mit Autumn verwechselt.

Er verfolgte die Falsche. Er hatte es auf Jo abgesehen. Wenn er sie erwischte, konnte Autumn entkommen.

Wenn er sie erwischte, war Jo ohne Fluchtmöglichkeit auf der Brücke gefangen.

Jo polterte über den schaukelnden Steg. Sie konnte hören, wie Haugen hinter ihr aufholte. Er rannte jetzt in vollem Tempo. Offenbar hielt er sie noch immer für Autumn.

Vor ihr gelangte Autumn zum Gatter. Sie krachte dagegen und zögerte. Zum Anseilen blieb ihr keine Zeit. Sie musste es einfach wagen. Schon klammerte sie sich fest und kletterte auf das Geländer.

Immer näher kamen Haugens Schritte. Jo hörte schon seinen Atem. Laut ächzend scharrte er über ihren Rucksack, doch seine Fingerspitzen rutschten ab. Sie sprintete weiter.

Jetzt. Der Hubschrauber ist gleich da. Ich muss es einfach riskieren.

Mit einer Hand griff sie nach hinten und öffnete den Reißverschluss. Haugen war dicht hinter ihr. Sie spürte ihn, seine Gegenwart, seinen heißen Atem. Dann griff er erneut nach ihr. Sie sah die Waffe, die nach oben zuckte. Gleich würde er auf das Mädchen schießen, das um das Gatter kletterte, weil er glaubte, auf Jo Beckett zu zielen.

Entschlossen fuhr Jo herum und zerrte gleichzeitig den Leinensack aus dem Rucksack. Sie packte Haugen an seiner Jacke und riss ihn so heftig nach vorn, dass er ins Straucheln geriet. Noch immer war er voll auf Autumn konzentriert.

Doch nun fiel sein Blick auf Jo, und etwas Leeres huschte über sein Gesicht.

Dann schlug seine Verwirrung in Zorn um, und er erinnerte sich an die Waffe in seiner Hand.

Sie schaute ihm tief in die Augen. »Hier, für dich.«

Mit einem jähen Ruck leerte sie den Sack über ihm aus. Klapperschlangen purzelten heraus. Und über dem Dröhnen des Hubschraubers hörte sie das unverkennbare, tödliche Klappern mehrerer Rasseln.

59

Mit schmerzenden Fingern wuchtete sich Gabe um das rüttelnde nördliche Maschendrahtgatter. Mühsam das zusätzliche Gewicht von Noah ausgleichend, sprang er nach unten und taumelte die Stufen hinab. Dann sank er auf die Knie und löste Noah aus der Rückenschlinge. Mit Larks Hilfe legte er den jungen Mann vorsichtig auf den Boden. Erst danach richtete er den Blick zurück auf die Brücke.

In Autumns golden leuchtendem Pullover war Jo jetzt am anderen Ende des Stegs angelangt und kletterte auf das Geländer vor dem Gatter. Autumn hatte das Hindernis schon hinter sich und war die Treppe hinuntergerannt. Wie der Blitz sauste sie hoch zwischen die Bäume am Hang, doch Gabe nahm diese Bewegung nur am Rande wahr, ehe er sich wieder auf Jo konzentrierte, die um ihr Leben kämpfte.

Haugen hatte sie gepackt und versuchte, sie vom Geländer herunterzuzerren. Doch sie bohrte die Finger durch den Maschendraht und klammerte sich mit aller Kraft fest. Gabe hörte Schreie. Jo war mit einem Fuß auf dem rutschigen Geländer und trat mit dem anderen nach Haugen.

Plötzlich wurde Gabe klar, dass es Haugen war, der hysterische Schreie ausstieß.

Jetzt löste sich Haugen mit einem Ruck von Jo und drosch wild fuchtelnd auf sich selbst ein. Die Waffe war ihm entglitten, und er drehte sich wild im Kreis. Es war, als stünde er in Flammen und wollte das Feuer löschen.

Jo sackte zusammen, sie wirkte benommen. Aber sie erkannte, dass Haugen mit sich selbst beschäftigt war, und versuchte, diese Chance zur Flucht zu nutzen. Mühsam stemmte sie sich wieder hoch, um zur anderen Seite zu gelangen.

Haugen kreischte wie am Spieß.

Mit letzter Kraft rappelte sich Gabe hoch und torkelte zurück zur Treppe.

Mit einem Mal durchschnitt das Geräusch schwerer Rotorblätter die Luft. Ein Hubschrauber war im Anflug.

»Lark, lauf nach oben«, rief er. »Gib ihnen Zeichen. Zieh die Jacke aus und wink ihnen.«

Lark rannte den Berg hinauf. Gabe wandte sich wieder zur Brücke.

Jo war noch immer auf dem Geländer hoch über der Schlucht und mit einem Bein auf der anderen Seite des Gatters. Brüllend stürzte sich Haugen auf sie.

Taumelnd erklomm Gabe die Stufen.

Haugen packte Jo am Bein und riss ihre Füße von dem rutschigen Geländer. Wild um sich tretend, hing sie am Gatter. Haugen lehnte sich weit über das Geländer hinaus, um sie loszureißen und in die Tiefe zu schleudern.

Sie stieß einen verzweifelten Schrei aus. Mit unerbittlichem Griff zerrte er ihre Hände vom Maschendraht weg.

Plötzlich verlor sie den letzten Halt und krallte im freien Fall nach Haugens Jacke. Irgendwie erwischte sie ihn am Kragen. Durch ihren Schwung riss sie ihn von den Füßen und über das Geländer. Wild rudernd streckte er die Hand nach dem Gatter aus und verfehlte es. Dann stürzte er in die Tiefe.

Jo verschwand mit ihm. Mehr konnte Gabe nicht erkennen.

60

Evan stand neben Tangs Auto. Die Sonnenstrahlen stachen ihr in die brennenden Augen. Ihre Nerven waren wund gescheuert.

Das Telefon war auf Lautsprecher gestellt.

»Was Neues?«, fragte Tang.

»Ich verbinde.«

Die Zentrale des SFPD stellte den Anruf durch, und plötzlich hörten sie das Funkgespräch zwischen dem Rettungshubschrauber und dem Sheriff's Office von Tuolumne County.

Im Dröhnen der Motoren und im Schlagen der Rotoren ging die Stimme des Piloten fast völlig unter. »... jetzt über der Stelle. Auf beiden Seiten der Brücke sind Leute. Zwei abgestürzt.«

Evan rieb sich über die Stirn. Tang lehnte sich an den Wagen und hörte mit geschlossenen Augen zu.

»... Überlebende. Eine Frau ist oben auf dem Gipfel und winkt uns mit ihrer Jacke zu. Unten in der Schlucht liegt jemand.« Rauschen. Motorendonnern. Dann eine andere Stimme, auch aus dem Hubschrauber: »Gerade ist ein Typ auf die Brücke geklettert – läuft direkt auf die Stelle zu, wo der Mann und die Frau runtergefallen sind.«

»Das ist doch Quintana«, sagte der Pilot.

»Was macht der denn hier? Wie ...«

Knistern. »… Stromleitungen. Können nicht tiefer runter. Wir holen die Überlebenden ab.«

Mit einem Klick schaltete sich das Funkgerät ab.

Das dumpfe Trommeln der Rotoren brandete schmerzhaft durch die Berge. Es hallte von den Hängen der Schlucht wider und fing sich in den Kiefern und am Metall der Strommasten. Der Himmel dehnte sich in strahlendem Blau. Gabe beugte sich über das Geländer, doch seine Stimme kam nicht gegen das Donnern des Hubschraubers an. Der Abwind der Rotorenblätter drückte das Gras an den Boden und ließ die Bäume schwanken. Gabe brüllte, so laut er konnte, aber seine Worte gingen einfach unter.

Jo hing an dem einen Zentimeter starken Seil, das am Geländer befestigt war. Es war an Gabes Karabiner gebunden, den sie an ihren Gürtel gehakt hatte, bevor Haugen sich auf sie stürzte. Der Gürtel konnte ihr Gewicht kaum halten. Angestrengt spähte sie hinauf zum Steg, der grell im Licht der Morgensonne glänzte. Gabe packte das Seil mit beiden Händen, um zu verhindern, dass sie hin und her pendelte.

Sie wollte nach dem Strick greifen, aber ihr Arm war taub und ließ sich nicht richtig bewegen. Dafür brannte er höllisch.

Sie war von einer Klapperschlange gebissen worden. Sie ermahnte sich, ruhig zu bleiben und den Biss unter der Höhe des Herzens zu halten. Langsam ließ sie den Arm wieder nach unten sinken, doch ihr Blick war nach oben gerichtet. Dort war ihr Herz. Er umklammerte das Seil.

»Klapperschlange …« Ihr war klar, dass Gabe sie nicht hören konnte. Dann sah sie, dass der Helikopter ein Pave Hawk war. Unfassbar, der 129th Rescue Wing war angerückt.

Sie spähte hinüber zur Nordseite der Brücke. Dort drüben waren Lark und Noah. In Sicherheit. Dann senkte sie den Blick. Unten in der Schlucht lag Haugen. Sie spürte, wie ein Schwindel sie überkam, und hörte ein hohes, fiependes Summen in den Ohren.

Vorsichtig wandte sie das Gesicht wieder zum Himmel. Auf der Brücke kletterte Autumn zurück über das Gatter und eilte an Gabes Seite, um ihm beim Einholen des Seils zu helfen. Jo fühlte, wie sie Zentimeter für Zentimeter nach oben gezogen wurde.

Autumn hatte sich gegen den Versuch gesträubt, Haugen zu überlisten. Sie hatte um Jo gefürchtet, weil sie es für zu gefährlich hielt. Autumn war verdammt klug. Sie hatte recht gehabt.

Der Schmerz war unglaublich. Ihr Arm pochte, und ihr war übel. Als sie den unverletzten Arm nach oben streckte, hörte sie das Donnern ihres Bluts im Kopf.

Haugen war mit Klapperschlangen bedeckt gewesen, die sich aus dem Sack über ihn ergossen hatten. Wütende junge Mojaves, die keinen Spaß verstanden. Sie wollte sich lieber nicht ausmalen, wie oft sie zugebissen hatten. Noch einmal spähte sie nach unten. Trotz der Entfernung glaubte sie zu erahnen, dass sein Gesicht völlig zugeschwollen war.

Oben schwebte der Helikopter, und sein hässliches Dröhnen klang wie die Erlösung selbst. Haugen hatte erwähnt, dass der Rettungshubschrauber schon unterwegs war. Und sie hatte darauf gesetzt, dass er rechtzeitig eintreffen würde, selbst wenn sie gebissen wurde. Noch wusste sie nicht, ob sie die Wette gewonnen hatte.

Beeilt euch, dachte sie. Dann fielen ihr die Augen zu.

Als sie sie wieder aufschlug, befand sie sich im Pave Hawk.

»Halten Sie durch. Wir bringen Sie sofort ins Krankenhaus«, sagte ein Rettungsspringer.

Verschwommen erkannte sie, dass sie noch auf dem Boden waren. Sie sah die Berge. Schneebedeckte Granitgipfel. Sie lag auf einer Trage. Die Rotorblätter drehten sich allmählich schneller.

Die grüne Fluguniform des Rettungsspringers wirkte beruhigend auf sie. Sie spürte den Nadelstich, doch das war ein Klacks im Vergleich zum Biss der Klapperschlange.

»Antivenin?«

»Ja, Ma'am.«

Sie hatte das Gefühl, zu brennen. Ihr war schwindlig und schlecht. Nicht weit von ihr auf einer Trage lag Noah, der von einem anderen Rettungsspezialisten betreut wurde und am Tropf hing.

»Peyton?«

»Wird bereits behandelt.« Eine Hand berührte ihre Schulter. »Halten Sie still. Das kommt schon wieder in Ordnung.«

»Da bin ich ja beruhigt.«

Mit den Händen über den Ohren starrte Lark herein. Jo versuchte, den Daumen hochzurecken.

Hinter Lark stand Gabe mit ernstem Gesicht und reglos wie ein Totempfahl. Das Zifferblatt seiner Uhr reflektierte grell die Sonnenstrahlen. Jo schloss die Augen.

Als sie sie wieder öffnete, hatten die Rotoren zu einem hohen Summen beschleunigt. Das Gras draußen wurde flach nach unten gepresst, und die Bäume schwankten. Lark lehnte in der Tür und bedeckte immer noch die Ohren mit den Händen. Sie sah Noah an und formte die Worte *Ich liebe dich* mit den Lippen.

Schließlich legte Gabe ihr eine Hand auf die Schulter und zog sie sanft weg. Hinter ihm in den Bäumen bewegten sich fahle Schatten. Jo fing seinen Blick auf. Auch sie wollte ihm sagen, wie sehr sie ihn liebte, aber der Lärm war zu laut.

Der Rettungsspringer trat zur Tür, um sie zu schließen. Jos Lider rutschten nach unten.

Und dann erschien hinter Gabe am Waldsaum Ruby Kyle Ratner.

Als Jo die Augen aufriss, glitt die Tür des Pave Hawk zu. Gabe hob die Hand, um ihr zu winken. Ratner kam rasch näher. Seine Augen brannten, die Lippen waren blau vor Kälte. Seine ganze linke Seite war verkrustet mit Blut.

Jo hob den Kopf. »Gabe …«

Ratner riss den rechten Arm hoch, auf dem blaue Schlangen wogten. In seiner Hand schimmerte eine Pistole. »Alle in den Hubschrauber«, brüllte er.

Gabe fuhr herum. Der Pave Hawk erschauerte.

»Ihr bringt mich jetzt nach Reno«, schrie Ratner.

Der Knall wurde fast vom Pochen der Rotoren verschluckt. Ratner sackte zusammen. Er schlug mit den Knien auf den Boden und kippte nach vorn ins Gras. Der Schuss hatte seine Schläfe durchbohrt.

Von der anderen Seite des Hubschraubers trat Autumn heran. Haugens Revolver lag ruhig in ihrer Hand.

61

Die Medien trafen noch vor Peter Reiniger am Flughafen von Sonora ein. Die Sturzflut – dazu die Felsabbrüche, der in den Fluss gespülte Kombi und ein fast in den Abgrund gerissener Schulbus – hatte die Nachrichtencrews in die Ausläufer der Sierras gelockt. Durch das Fenster der Gulfstream G5 erblickte Reiniger Reporter und Fotografen sowie ein Fernsehteam aus Sacramento samt Kameras, Mikrofonen und der unvermeidlichen Satellitenschüssel auf dem Kleinbus. Zumindest eine halbe Stunde lang war die Landung seines Privatjets die interessanteste Nachricht in diesen kiefernbedeckten Hügeln.

Langsam rollte die Maschine aus. Reiniger öffnete persönlich die Tür, obwohl die Triebwerke noch jaulten. Vor dem Terminal wartete Autumn.

Die Stufen senkten sich herab. Hastig kletterte Reiniger hinunter und rannte über die nasse Landebahn. Voller Ernst stand Autumn da, und ihre Locken schwebten im Wind wie eine Krone. Blendend hell spiegelte sich das Sonnenlicht in den Pfützen auf dem Boden. Sie trug eine Jeansjacke und Wanderstiefel, die er nicht kannte. Sie war blass und hatte dunkle Ringe unter den Augen.

Aber wo war Dustin? Eigentlich hatte Reiniger ihn als Stütze an Autumns Seite erwartet. Doch stattdessen war Lark neben ihr. Gerade umarmte Autumn das mollige Mädchen und sagte etwas zu ihr. Lark erwiderte die Geste. Dann wandte sich Autumn ab und kam auf ihn zu.

In wenigen Sekunden war er bei ihr. Hinter ihm fuhren die Triebwerke herunter. Er fasste Autumn an den Schultern und kämpfte gegen seine Gefühle an. Immerhin schauten die Medienvertreter zu.

»Gott sei Dank.« Er nahm sie in die Arme. »Du bist in Sicherheit. Es ist vorbei.« Er zog sie fest an sich. Sie schien erschöpft und irgendwie gereizt.

Dann löste sie sich aus der Umarmung. »Ja, ich bin in Sicherheit.«

Ihre Augen waren trocken, und sie stand stocksteif da. Saß ihr der Schreck noch so in den Gliedern?

»Schon gut, du musst keine Angst mehr haben.« Er warf einen Blick auf die Menge vor dem Terminal. Lark war vernünftig und besonnen. Wenn Autumn die Beherrschung verlor, konnte Lark sich um sie kümmern, damit sie hier kein Affentheater veranstaltete.

»Wo sind die anderen?«, fragte er.

»Hast du es noch nicht gehört?«

Er lächelte. »Was gehört?«

Entgeistert starrte sie ihn an. »Weißt du es nicht? Dustin ist tot. Grier ist tot.«

Reiniger hatte das Gefühl, dass jede Wärme aus seinem Körper wich.

»Es war Dane Haugen«, fügte sie hinzu.

Reinigers Hände gehorchten ihm nicht mehr. Die Zunge auch nicht. Er wollte Autumns Hand nehmen, konnte aber den Arm nicht heben. Er war wie gelähmt.

»Du hast gewusst, dass es Haugen war, oder?« Ihr Blick bohrte sich in ihn wie glühende Lava.

»Er hat verlangt, dass ich Lösegeld für dich zahle.«

»Aber es war Rache. Dafür, dass du ihn rausgeschmissen hast. Weil er bei diesem Wochenende von Edge Adventures ausgerastet ist.«

»Autumn, bitte nicht hier.«

»Vorher durfte er machen, was er wollte. Aber dann hat er auf deiner Spielwiese versagt, und du hast ihn in die Wüste geschickt.«

»*Nicht hier.*« Nervös schielte er zu den Nachrichtenteams. Aber sie ließ sich nicht beeindrucken. Schließlich sagte er: »Ein übler Typ.«

»Er ist auch tot. Genauso wie der Böse Cowboy. Ich hab ihn getötet.«

Reiniger hörte die Worte, aber er verstand sie nicht. »Was soll das heißen, du hast ihn getötet? Im Spiel? Hast du deine Phobie endlich abgeschüttelt?«

»Ich hab ihn mit Haugens Revolver erschossen.« Sie hielt kurz inne, wirkte frostig und unversöhnlich. »Wir müssen es den Eltern von Grier und Dustin sagen.«

Er rieb sich über die Stirn. »Stimmt.«

»Du hast das Lösegeld nicht gezahlt, oder?«

»Nein.«

»Was hat er von dir verlangt?«

Er wollte nicht darüber reden. »Das ist doch unwichtig. Es ist vorbei. Du bist gerettet.«

»Er hat einen Riesencoup an der Börse geplant, nicht wahr?«

»Schluss jetzt, Autumn. Du bist außer dir und weißt nicht, was du sagst.«

»Aber du warst bereit, mich mit allen nur möglichen schmutzigen Tricks rauszuboxen. Und Haugen in deinem Jet wegfliegen zu lassen.«

»Ich bin dein Vater. Ich würde alles tun, um dich zu retten. Alles.«

»Genau das ist das Problem.« Sie wandte sich ab und steuerte auf das kleine Terminal zu.

Kameras und Mikrofone schossen nach oben und schwenkten in ihre Richtung.

Reiniger eilte ihr nach. »Wo willst du hin?«

»Weg hier.«

»Dann steig ins Flugzeug.«

»Nein. Wir fahren ins Krankenhaus zu Noah und Peyton. Dann reden wir übers Geld.«

»Autumn …«

Betont langsam drehte sie sich zu ihm um. »Hast du dir bei Reiniger Capital Geld geholt?«

»Ja.« Allmählich kam er in Rage. »Das lässt sich auch nicht rückgängig machen. Ich muss den Kopf dafür hinhalten.«

»Gut. Denn das Geld werden wir für Noahs und Peytons Pflege brauchen, bis sie wieder gesund sind. Und für Stipendien auf Griers und Dustins Namen. Und wir fragen beim Sheriff's Office nach, was sie brauchen, und du gründest eine Stiftung zum Andenken an den Deputy, der gestern Nacht gestorben ist. Und eine weitere für die Familie des Ranchers, der ermordet wurde.«

Autumn stand vor ihm, schmutzig und erschöpft, doch gleichzeitig wie ein Symbol für Ehre, Wut und Freundschaft. Lark betrachtete sie mit unverhohlenem Stolz.

Reiniger zögerte. Er konnte es nicht glauben.

Seine Tochter war unnachgiebig wie Stahl. »Hat man die Spielleiter von Edge gefunden?«

Er nickte. »Sie sind alle am Leben.«

»Sehr gut.« Sie wirkte erleichtert. »Wunderbar. Du wirst sie bei Reiniger Capital einstellen.«

»Wie bitte?«

»Sie brauchen eine neue Arbeit.«

Er stockte. »Ich glaube, du bist ein bisschen verwirrt …«

»Sie brauchen eine neue Arbeit, weil du Edge Adventures aufkaufen wirst, auch wenn es noch so viel kostet. Und dann machst du die Firma dicht.«

»Autumn, komm zu dir.«

Ihr Lächeln war eisig. »Na schön. Dann kaufst du die Firma eben, und *ich* mach sie dicht.«

Sie schlang den Arm um Lark.

Wie vom Blitz getroffen stierte Reiniger seiner Tochter nach, die ihn einfach hatte stehen lassen.

62

Mit einem Arm in der Schlinge verließ Jo das Krankenhaus. Es war ein strahlend goldener Herbsttag, das Beste, was San Francisco zu bieten hatte. Tina ging langsam neben ihr her und trug ihre Sachen. Jos Unterarm lag ruhig gestellt in einer Manschette. Durch den Biss der Mojave-Klapperschlange hatte sie eine Nervenschädigung erlitten. Ihr standen mehrere Monate Reha und Physiotherapie bevor. Aber ihre Heilprognose war günstig. Sie hatte Glück gehabt.

Draußen lehnte Amy Tang an einem Crown Vic. Trotz Stachelhaar, Gruftikleidung und Kaugummi strahlte sie die Ruhe eines Buddhas aus. Ihre Miene hinter der Sonnenbrille war undurchdringlich. »Hey, Katze, ich zähl noch immer deine Leben.«

»Bei dir geht's doch immer nur um Statistik«, entgegnete Jo.

Tang grinste.

Tina schleppte die Blumen, die Ferd geschickt hatte. Der Strauß war so üppig, dass er wie eine Requisite für *Der kleine Horrorladen* wirkte.

»Ich muss sie ins Auto legen, bevor sie mich auffressen«, sagte sie.

Als sie sich entfernte, schlich Jo hinüber zu dem Crown Vic. Mehr als schleichen konnte sie im Moment nicht. Neben Tang lehnte wie eine Bandkollegin in einem Rockvideo Evan Delaney.

Sie wirkte ruhig und wach, und ihr karamellfarbenes Haar wehte in der leichten Brise. Ein sonderbar melancholischer Ausdruck zog über ihr Gesicht, als sie Jo musterte. Vielleicht war es der Anblick von Jos Verletzungen und das Wissen um die Gräuel, die Haugen und Ratner begangen hatten.

Noah war bereits aus dem Krankenhaus entlassen worden. Dank seiner Jugend und Konstitution verlief seine Heilung langsam, aber unkompliziert. Zwar lag noch eine schmerzhafte und zermürbende Rehabilitation vor ihm, aber er durfte mit seiner vollen Genesung rechnen. Gleiches galt für Terry Coates. Sein zerschmetterter Oberschenkelknochen war zusammengefügt worden, und mit etwas Mühe würde er seine volle Leistungsfähigkeit zurückerlangen. Peyton hatte weniger Glück gehabt. Das gebrochene Schlüsselbein heilte gut, doch auch bei ihr hatte der Schlangenbiss Schäden an den Nerven hinterlassen. Die Ärzte wussten noch nicht, ob sie ihren Arm je wieder uneingeschänkt würde bewegen können.

Jo stoppte vor dem Crown Vic. »Seh ich wirklich so schlimm aus?«

»Bereit für eine Nahaufnahme«, antwortete Evan. »In einem Zombiefilm.« Dann lächelte sie. »Nein, du strahlst ja. Aber du hast uns einen ganz schönen Schreck eingejagt.«

»Dafür hast du jetzt deine Story.«

»Eine größere, als ich es mir hätte vorstellen können. Und meine Vorstellungskraft ist gewaltig.« Das Lächeln wurde weicher. »Leider hast du das Ganze ausbaden müssen.«

»Danke für die Hilfe. Das hat mir das Leben gerettet. Danke euch beiden.« Jo streckte die Hand aus, und Evan drückte sie. Jo hielt sie lange fest. »Deine SMS kommen alle ins Archiv. Ich werde sie nie löschen.«

Tang schielte über die Straße. Auf der anderen Straßenseite

parkte Gabes 4Runner. Am Steuer saß Gabe, den Ellbogen ins offene Fenster gestützt.

»Hast du Kraft für eine Nachbesprechung?«, fragte Tang.

»Eigentlich nicht.«

Das meiste wusste Jo ohnehin schon. Haugen war an den Folgen des Sturzes in die Schlucht gestorben. Doch auch so hätte er nur noch wenige Stunden zu leben gehabt. Die zahlreichen Bisse der jungen Klapperschlangen hätten gereicht, um fünf Leute ins Jenseits zu befördern.

Von war ebenfalls tot. Seine Leiche war in der Flutgrube in der Mine gefunden worden. Ein Spieß hatte seinen Oberschenkel durchbohrt, aber es war ein von ihm selbst abgefeuerter Schuss, dessen Querschläger ihn das Leben gekostet hatte.

Nur Sabine Jurgens hatte überlebt. Bei den Verhören mit den Sheriffs von Tuolumne County und dem FBI zeigte sie sich sehr gesprächig, in der Hoffnung auf Milde. Eine vergebliche Hoffnung.

Jo interessierte sich nicht dafür, welche Geschichten sich Sabine ausdachte, um die Schuld auf andere abzuwälzen. Für sie war nur das Geständnis relevant, dass Sabine Ruben Kyle Ratner angeschossen und ihn irrtümlich für tot gehalten hatte. Sie und Haugen hatten ihn blutverschmiert in einer Rinne liegen sehen. In seiner Ungeduld hatte sich Haugen sofort abgewandt, um nach Autumn zu suchen. Doch Ratner kam wieder zu Bewusstsein und schaffte es mit letzter Kraft, die Schlucht hinaufzuklettern und fast noch den Pave Hawk zu entführen.

Kapitulierend hob Tang die Hände. Sie konnte warten, bis Jo bereit war.

Schließlich gab Jo nach. »Gib mir die Kurzfassung.«

»Die Sheriffs haben das Pferd gerettet.«

Jo spürte, dass ein Lächeln an ihren Mundwinkeln zupfte. »Großartig. Hat Autumn eigentlich schon von irgendjemand gehört, dass sie eine Heldin ist?«

»Keine Ahnung«, antwortete Tang. »Aber ich werde sie auffordern, sich beim SFPD zu bewerben. Die Kleine hat wirklich Mumm.«

»Das kannst du laut sagen.«

Evans Gesicht wurde bissig. »Besser, *ich* geb dir die Kurzfassung. Peter Reiniger hat einen Traumgeburtstag für seine Tochter geplant. Haugen hat einen Albtraum daraus gemacht. Aber du hast ihm die Schau gestohlen.«

Jo lächelte. »Mein neuer Titel: Albtraumdiebin.«

Sie schlenderte an dem Crown Vic vorbei und trat ins Sonnenlicht. Das Krankenhaus blickte über die Hügel vor der Stadt, vorbei an den weißen Türmen der St. Ignatius Church und den wellig grünen Wäldern des Presidio, bis zu den eisenroten Pylonen der Golden Gate Bridge. Tief atmete sie die salzhaltige Luft ein. Eine Zeit lang hatte sie sich gefragt, ob sie dieses Panorama je wiedersehen würde.

Langsam steuerte sie auf den 4Runner zu. Tang und Evan begleiteten sie.

»Und was habt ihr so getrieben, während ich weg vom Fenster war?«, fragte sie.

»Dies und das«, antwortete Evan. »Tang und ich haben uns gegenseitig frisiert. Und sie hat mir ihre Sammelalben mit den Bildern von Dressurponys gezeigt. Tina hat mir das Kartenzählen beigebracht.«

Jo starrte sie schief an.

»Außerdem hat uns Ferd mit ausgewählten Arien aus *Der Mikado* beglückt. Natürlich kostümiert. Und hast du gewusst, dass Mr. Peebles einen göttlichen Cosmopolitan mixt?«

»Was redest du da eigentlich für Zeug?«

»Ihr seid ein netter Haufen.« Als sie den 4Runner erreichten, wurde Evan ernst. »Da oben auf der Brücke bist du wirklich aufs Ganze gegangen, Jo.«

Gabe sah herüber.

»Es war ein kalkuliertes Risiko«, antwortete Jo.

»Aber kannst du mir erklären, wie du überhaupt den Mut dazu aufgebracht hast?«

Jo zögerte. »Dank einer Bemerkung von einem alten Freund: Wenn man eine Situation nicht ändern und sich nicht daraus befreien kann, hilft nur die Flucht nach vorn. Das ist eine Tatsache des Lebens.«

Auf einmal sah Evan aus, als hätte sie sich in glatten Stein verwandelt. Ihre Augen brannten verwirrt und zugleich sehnsüchtig. »Ein Freund hat das zu dir gesagt?«

Jo blieb beherrscht. Sie spürte, dass Evan kurz vor etwas stand: einer Veränderung, einem Durchbruch, einem Absturz. Licht am Ende des Tunnels. Sie wartete.

Dann sprach Evan den Namen aus. »Jesse.«

»Genau der.«

Evan wurde rot, und ihr Blick schimmerte feucht.

Jo senkte die Stimme. »Jesse hat mir vom Verschwinden deines Vaters erzählt – und den Rest. Es tut mir leid.«

»Ich … möchte nicht …«

Jo wollte ihr die Hand schütteln, doch dann überlegte sie es sich anders und umarmte sie. »Zaudern hat keinen Sinn. Jesse wartet.«

Evan war völlig verkrampft, doch sie hielt still. Dann atmete sie tief durch und trat zurück. Ihre Augen leuchteten. »Okay.«

Gabe stieg aus und öffnete Jo die Beifahrertür. Nachdem sie den beiden Frauen ein letztes Mal zugelächelt hatte, kletterte sie hinein.

Gabe setzte sich wieder ans Steuer und lenkte den Wagen vorsichtig auf die Straße. Eine Weile herrschte Schweigen. Er schien in Gedanken versunken. Jo vermutete, dass ihn ihre Äußerung über das kalkulierte Risiko beschäftigte.

Dann ertrug sie es nicht länger und wandte sich zu ihm. »Ich hab meine Chance gesehen und sie ergriffen. Ich wusste, dass der Hubschrauber kommt.«

»Klar.«

»Tut mir leid, dass ich dir Sorgen bereitet habe.«

»Du musst dich nicht entschuldigen.«

Plötzlich brandeten die Gefühle in ihr hoch, und alles schwappte über sie hinweg: Erleichterung, Freude darüber, dass sie wieder nach Hause konnte, Trauer um die Unschuldigen, die ihr Leben verloren hatten, Euphorie, weil Gabe unverletzt bei ihr war. Sie hatte Tränen in den Augen.

Er fuhr an den Straßenrand. »Jo.«

Sie hob die Hand. »Schon gut. Einfach eine emotionale Monsterwelle. Alles in Ordnung.«

Er öffnete den Gurt und zog sie an sich. »Vielleicht sollten wir jetzt nicht so genau über alles nachdenken. Ich weiß, dass es dir gut geht. Es ist einfach … du gehst da Risiken ein …«

Der Schreck fuhr ihr eisig in die Glieder. »Erzähl mir nicht, du willst dich von mir trennen.«

»Was? Nein. Auf keinen Fall.«

Sie blickte auf. »Was ist es dann?«

»Du machst mir manchmal Angst. Also steig mir aufs Dach. Zieh mich mit, wenn ich zu träge bin.«

»Worauf willst du hinaus?«

»Ich weiß, dass ich dir vertrauen kann. Du bist nicht leichtsinnig. Aber dein Leben ist voller Hochspannung und Gefahren. Da muss ich mich einfach drauf einstellen.«

Verblüfft schüttelte sie den Kopf. »Da komm ich nicht ganz mit.«

»Das sollst du aber. Ich will dich nicht verlieren. Ich will, dass du bei mir bist. Immer. Sophie soll ein Vorbild haben. Jo, bitte komm zu mir. Zieh bei mir ein. Machen wir uns ein gutes Leben, auch wenn es verrückt ist. Damit wir beide lebendig bleiben. Wenn ich mit dir zusammen bin, *bin* ich lebendig. Und das will ich nicht verlieren.«

Sie lehnte sich zurück. »Wow.«

»Ich rede ungefähr alle fünf Jahre über meine Gefühle, aber wenn es so weit ist, mach ich das ganze Magazin leer.« Er sah sie an. »Überleg es dir.«

»Verlass dich drauf.«

Sie zog ihn an sich und küsste ihn. Er legte ihr die Hände auf die Wangen, und sie schlang fest die Arme um ihn. Er lächelte. Dann läutete das Telefon. Er küsste sie noch einmal.

Hartnäckig klingelte das Handy weiter. Sie ignorierte es, doch dann sagte er: »Geh doch hin.«

Widerstrebend setzte sie sich auf und strich sich die Haare aus den Augen.

Als sie sich meldete, sagte eine Frau: »Dr. Beckett? Hier Quest Network.«

Ihr Lippenstift hatte Gabes Mund verschmiert. Lächelnd wischte sie ihn weg.

»Ja bitte?«

»Wir rufen wegen Edge Adventures an.«

Jo zögerte. »Quest – der Fernsehsender?«

»Wir sind dabei, aus der Spielidee eine Fernsehshow zu entwickeln. Und dafür würden wir Sie gern als Beraterin gewinnen.«

»Nein.«

»Es besteht großes Interesse an dem Konzept.«

Jo nahm das Telefon vom Ohr und starrte es an, bevor sie wieder hineinsprach. »Nein.«

Die Frau redete weiter, als ob Jo nichts gesagt hätte. »Das ist wirklich eine ganz heiße Sache. Und Sie sind im Moment die heißeste Sache überhaupt.«

»Heiß? Auf jeden Fall.«

»Na schön … es gibt vielleicht auch die Möglichkeit, dass Sie die Moderation der Show übernehmen.«

»Wirklich? Und was schwebt Ihnen als Titel vor? *Dr. Jos Katastrophencamp?*«

»Na ja, über den Namen müssten wir noch verhandeln.«

»Dann hören Sie mir jetzt bitte genau zu.« Sie wartete, bis die Frau schwieg. *»Nein.* Das heißt *nie.«*

»Aber Dr. Beckett …«

Jo schaltete ab und warf das Handy auf den Rücksitz. Dann deutete sie auf die Straße, und Gabe legte den Gang ein.

Danksagung

Für ihren Rat, ihre Hilfe und ihre Ermunterung danke ich Ben Sevier von Dutton und Patrick Janson-Smith von Blue Door. Bessere Lektoren kann sich kein Autor wünschen – es ist ein Privileg für mich, mit ihnen zusammenzuarbeiten. Dank gebührt auch meinen Agentinnen Sheila Crowley und Deborah Schneider. Ich schätze mich glücklich, dass sie zu meinem Team gehören. Für ihr Wissen und ihren Rat zu Themen, die von Notfallmedizin bis Autotechnik reichen, bin ich Sara Gardiner, John Plombon und Dan Kotwasinski verpflichtet. Ein großes Dankeschön geht an meine ersten Leser: Mary Albanese, Adrienne Dines, Kelly Gerrard, Susan Graunke, Kathy Montgomery, Betsy Speer und David Wolfe. Und wie immer sage ich danke für alles zu meinem Mann Paul Shreve.